PRESA

MICHAEL CRICHTON
PRESA

Traducción de
Carlos Milla Soler

PLAZA  JANÉS

813   Crichton, Michael
CRI   Presa.- 1ª. ed. - Buenos Aires : Plaza & Janés, 2003.
          400 p. ; 23x15 cm.

          Traducción de: Carlos Milla Soler

          ISBN 950-644-033-6

          I. Título – 1. Narrativa Estadounidense

Título original: *Prey*

Primera edición: mayo, 2003
Primera edición en la Argentina: octubre de 2003

Impreso en la Argentina

ISBN: 950-644-033-6
Queda hecho el depósito que previene la ley 11.723

Fotocomposición: Comptex & Ass., S. L.

www.edsudamericana.com.ar

Esta edición de 7.000 ejemplares se terminó de imprimir
en Artes Gráficas Piscis S.R.L., Junín 845, Buenos Aires,
en el mes de septiembre de 2003.

En el plazo de cincuenta a cien años surgirá probablemente una nueva clase de organismos. Dichos organismos serán artificiales en el sentido de que inicialmente habrán sido diseñados por humanos. No obstante, se reproducirán y «evolucionarán» en algo diferente de su forma original; estarán «vivos» según cualquier acepción razonable de la palabra. Estos organismos evolucionarán de un modo esencialmente distinto... El ritmo... será muy rápido... El impacto sobre la humanidad y la biosfera podría ser enorme, mayor que el de la revolución industrial, las armas nucleares o la contaminación del medio ambiente. Debemos tomar ya medidas para encauzar la aparición de organismos artificiales...

DOYNE FARMER Y ALETTA BELIN, 1991

Hay muchas personas, incluido yo, que ven con considerable inquietud las consecuencias futuras de esta tecnología.

ERIC DREXLER, 1992

INTRODUCCIÓN:
EVOLUCIÓN ARTIFICIAL EN EL SIGLO XXI

La idea de que el mundo que nos rodea está en continua evolución es un tópico; rara vez comprendemos sus plenas consecuencias. Generalmente no pensamos, por ejemplo, que una enfermedad epidémica cambia de carácter a medida que se propaga la epidemia. Ni pensamos en la evolución de plantas y animales como algo que tiene lugar en cuestión de días o semanas, pese a que así es. Y generalmente no concebimos el mundo verde que nos rodea como escenario de una permanente y compleja guerra química en la que las plantas producen pesticidas en respuesta a una agresión y los insectos desarrollan resistencia. Pero así ocurre.

Si nos formáramos una idea exacta de la verdadera naturaleza de la naturaleza —si alcanzáramos a comprender el auténtico significado de la evolución—, veríamos un mundo donde todas las especies de animales, insectos y plantas vivos cambian a cada instante en respuesta a todos los demás animales, insectos y plantas vivos. Poblaciones enteras de organismos crecen y decaen, se transforman y cambian. Este incesante y perpetuo cambio, tan inexorable e incontenible como el oleaje y las mareas, implica un mundo en el que toda acción humana conlleva forzosamente efectos inciertos. El sistema que en su totalidad llamamos «biosfera» es tan complejo que no podemos conocer de antemano las consecuencias de nada de lo que hacemos.[1]

---

1. Esta incertidumbre es propia de todos los sistemas complejos, incluidos los sistemas artificiales. Tras caer el mercado de valores estadounidense un

Por esta razón, incluso nuestros más lúcidos esfuerzos del pasado han tenido efectos no deseados, bien a causa de una insuficiente comprensión, bien porque el mundo cambiante ha respondido a nuestras acciones de manera inesperada. Desde este punto de vista, la historia de la protección del medio ambiente resulta tan desalentadora como la historia de la contaminación del medio ambiente. Todo aquel que afirme, por ejemplo, que la política industrial de la tala de bosques es más perjudicial que la política ecológica de la prevención de incendios ignora el hecho de que tanto una como otra se han puesto en práctica con absoluta convicción, y ambas han alterado irrevocablemente el bosque virgen. Ambas aportan sobradas pruebas del obstinado egoísmo que caracteriza la interacción humana con el medio ambiente.

El hecho de que la biosfera responda de manera imprevisible a nuestras acciones no justifica la inacción. Ahora bien, sí es una poderosa razón para obrar con prudencia, y para adoptar una actitud de duda ante todo aquello en lo que creemos y todo lo que hacemos. Por desgracia, nuestra especie ha demostrado hasta el presente una asombrosa temeridad. Cuesta imaginar que vayamos a comportarnos de otro modo en el futuro.

Creemos saber lo que hacemos. Siempre lo hemos creído. Al parecer, nunca reconocemos que si nos hemos equivocado en el pasado, bien podemos equivocarnos en el futuro. En lugar de eso, cada generación considera los anteriores errores fruto de ideas mal concebidas por mentes menos aptas, y a partir de ahí empieza a cometer sus propios errores.

Somos una de las tres únicas especies de nuestro planeta a las que puede atribuirse autoconciencia,[2] aunque en nuestro caso quizá el autoengaño sea una característica más representativa.

---

22 por ciento en un solo día en octubre de 1987, entró en vigor una nueva normativa destinada a prevenir tan bruscas bajadas. Pero era imposible saber de antemano si esa normativa aumentaría la estabilidad o empeoraría la situación. Según John L. Casti, «la imposición de la normativa era simplemente un riesgo calculado por parte de los responsables de la bolsa». Véase la amena obra de Casti *Would-be Worlds*, Wiley, Nueva York, 1997, p. 80 y ss.

2. Los únicos animales en que se ha demostrado la autoconciencia de ma-

En algún momento del siglo XXI, nuestra ilusa temeridad chocará con nuestro creciente poder tecnológico. Un campo en el que esto ocurrirá es el punto de intersección de la nanotecnología, la biotecnología y la tecnología informática. Estas tres disciplinas tienen en común la capacidad de introducir entidades autorreproducibles en el medio ambiente.

Convivimos ya desde hace unos años con la primera de estas entidades autorreproducibles, los virus informáticos. Y empezamos a tener cierta experiencia práctica con los problemas de la biotecnología. Un reciente informe revela que en el maíz autóctono de México aparecen ahora genes de maíz modificados —pese a las leyes que lo prohíben y los esfuerzos por prevenirlo—, y esto no es más que el principio de lo que muy probablemente será un largo y difícil camino para controlar nuestra tecnología. A la vez, parecen ya menos sólidas las arraigadas convicciones acerca de la seguridad intrínseca de la biotecnología, fomentadas por la gran mayoría de los biólogos desde la década de los setenta. La creación involuntaria de un virus devastadoramente letal por parte de unos investigadores australianos en 2001 ha inducido a muchos a replantearse antiguos supuestos.[3] Es evidente que en el futuro ya no nos tomaremos esta tecnología tan a la ligera como hasta ahora.

La nanotecnología es la más reciente de estas tres tecnologías y, en algunos aspectos, la más radical. Su objetivo es construir maquinaria de un tamaño sumamente pequeño, del orden de cien nanómetros, o cien millonésimas de milímetro. Dichas máquinas serían unas mil veces menores que el diámetro de un cabello humano. Según vaticinan los expertos, estas minúsculas máquinas lo abarcarán todo, desde componentes para ordenadores en minia-

---

nera convincente son los seres humanos, los chimpancés y los orangutanes. Contra la generalizada opinión, no existen pruebas inequívocas de su existencia en animales como los delfines y los monos.

3. Jackson, R. J., Ramsay, A. J., Christensen C. D., Beaton S., Hall, D. F. y Ramshaw I. A. «La activación de la interleuquina-4 del ratón mediante un virus recombinante de ectromelia inhibe las respuestas del linfocito citolítico y vence la resistencia genética a la viruela del ratón», *Journal of Virology*, 75 (2001), pp. 1.205-1.210.

tura hasta tratamientos contra el cáncer, pasando por nuevas armas de guerra.

Como concepto, la nanotecnología se remonta a una conferencia que dio Richard Feynmann en 1959 bajo el título «Hay mucho sitio al fondo».[4] Cuarenta años después, este campo sigue en sus primeros pasos, pese al exagerado despliegue de los medios de comunicación. Con todo, en la actualidad se observan avances prácticos y la financiación ha aumentado de manera espectacular. Grandes empresas como IBM, Fujitsu e Intel destinan grandes partidas a la investigación en esta línea. El gobierno estadounidense ha invertido mil millones de dólares en nanotecnología en los últimos dos años.

Entretanto se emplean ya nanotécnicas para la fabricación de filtros solares, tejidos que no se manchan y materiales compuestos para coches. Pronto se utilizarán para crear ordenadores y dispositivos de almacenamiento de datos de muy reducidas dimensiones.

Y algunos de los productos «milagrosos» tanto tiempo esperados empiezan a aparecer. En 2002, una compañía manufacturaba cristal autolimpiable para ventanas; otra producía un apósito para heridas de material nanocristalino con propiedades antibióticas y antiinflamatorias.

Por el momento la nanotecnología es primordialmente una tecnología de los materiales, pero tiene muchas más posibilidades. Durante décadas se ha especulado acerca de las máquinas autorreproducibles. En 1980 un informe de la NASA abordaba varios métodos mediante los cuales podían crearse tales máquinas. Hace diez años dos especialistas en la materia se tomaron el asunto en serio:

> En el plazo de cincuenta a cien años surgirá probablemente una nueva clase de organismos. Dichos organismos serán artificiales en el sentido de que inicialmente habrán sido diseñados por humanos. No obstante, se reproducirán y «evolucionarán» en algo diferente de su forma original; estarán «vivos» según cualquier acepción razonable de la palabra. Estos organismos evolucionarán de un modo esencialmente distinto... El ritmo del cam-

---

4. Feynman, R. P., «Hay mucho sitio al fondo», *Eng. And Sci.* 23 (1960), pp. 22-36.

bio evolutivo será muy rápido... El impacto sobre la humanidad y la biosfera podría ser enorme, mayor que el de la revolución industrial, las armas nucleares o la contaminación del medio ambiente. Debemos tomar ya medidas para encauzar la aparición de organismos artificiales...[5]

Y el principal defensor de la nanotecnología, K. Eric Drexler, manifestó una preocupación análoga:

Hay muchas personas, incluido yo, que ven con considerable inquietud las consecuencias futuras de esta tecnología. Hablamos de cambios en tantas cosas que es muy alto el riesgo de que la sociedad no los use debidamente por falta de preparación.[6]

Incluso en los pronósticos más optimistas (o alarmantes), tales organismos surgirán probablemente en cuestión de décadas. Confiemos en que cuando aparezcan, hayamos establecido controles internacionales para las tecnologías autorreproducibles. Cabe esperar que dichos controles se apliquen de manera rigurosa; ya hemos aprendido a tratar a los creadores de virus informáticos con una severidad inimaginable hace veinte años. Hemos aprendido a mandar a los *hackers* a la cárcel. Los biotecnólogos descarriados pronto seguirán sus pasos.

Pero naturalmente es posible que no impongamos controles. O que alguien logre producir organismos artificiales autorreproducibles mucho antes de lo previsto. En tal caso, es difícil calcular las consecuencias. Este es el tema de la presente novela.

MICHAEL CRICHTON
Los Ángeles, 2002

5. Farmer, J. Doyne y Aletta, d'A. Belin, «Vida artificial: la evolución futura», en *Artificial Life II*, a cargo de C. G. Langton, C. Taylor, J. D. Farmer y S. Rasmussen, Santa Fe Institute of Studies in the Science of Complexity, vol. X, Addison-Wesley, Redwood City, California, 1992, p. 815.

6. K. Eric Drexler, «Introducción a la nanotecnología», en *Prospects in Nanotechnology, Toward Molecular Manufacturing (Proceedings of the First General Conference on Nanotechnology: Development, Applications and Opportunities)*, a cargo de Markus Krummenacker y James Lewis, Wiley, Nueva York, 1992, p. 21.

Ahora son las doce de la noche. La casa está a oscuras. No sé cómo acabará esto. Los niños están muy enfermos, vomitando. Oigo las arcadas de mi hijo y mi hija, cada uno en un cuarto de baño. Hace unos minutos he entrado a ver cómo estaban, qué echaban. Me preocupa la pequeña, pero tenía que contagiarla también. Era su única esperanza.

Creo que estoy bien, al menos de momento. Pero desde luego las expectativas no son buenas: la mayoría de las personas implicadas en este asunto han muerto. Y hay muchas cosas que no sé con seguridad.

La fábrica ha sido destruida, pero no sé si lo hicimos a tiempo.

Estoy esperando a Mae. Salió hacia el laboratorio de Palo Alto hace doce horas. Espero que lo haya conseguido. Espero que les haya hecho comprender lo desesperada que es la situación. Pensaba que tendría noticias del laboratorio, pero aún no han dicho nada.

Me zumban los oídos, lo cual es mala señal. Y noto una vibración en el pecho y el abdomen. La pequeña está escupiendo, sin llegar a vomitar. Tengo mareos. Espero no perder el conocimiento. Los niños me necesitan, sobre todo la pequeña. Están asustados, y no me sorprende.

Yo también lo estoy.

Sentado aquí en la oscuridad, me cuesta creer que hace una semana mi mayor problema fuese encontrar trabajo. Ahora eso casi resulta ridículo.

Pero las cosas nunca salen como uno prevé.

CASA

DÍA 1

10.04

Las cosas nunca salen como uno prevé.

Nunca me había propuesto convertirme en amo de casa, señor de su hogar, padre a jornada completa, o como se lo quiera llamar; no hay ningún término bueno para describirlo. Sin embargo en eso me había convertido desde hacía seis meses. En ese momento estaba en Crate and Barrel, en el centro de San José, comprando unos vasos, y me fijé en que tenían un amplio surtido de manteles individuales. Necesitábamos más manteles; los ovalados de tiras entretejidas que Julia había comprado hacía un año empezaban a verse bastante gastados y tenían comida de bebé incrustada en la trama. Como eran de tiras entretejidas, no podía lavárselos, ese era el problema. Así que me detuve en esa sección para ver si había algún mantel de mi gusto. Encontré unos de color azul claro que no estaban mal y, de paso, cogí una servilletas blancas. Entonces me llamaron la atención unos manteles amarillos, bonitos y muy vistosos, y también los cogí. En el estante tenían solo tres o cuatro, y como pensaba llevarme seis, pedí a la dependienta que mirara si había más en el almacén. Mientras ella iba a comprobarlo, coloqué un mantel en la mesa y puse encima un plato blanco y, al lado de este, una servilleta amarilla. El conjunto quedaba muy alegre, y empecé a pensar que quizá debía llevarme ocho en lugar de seis. En ese instante sonó mi teléfono móvil.

Era Julia.

—Hola, cariño.

—Hola, Julia. ¿Qué tal? —dije. Oía de fondo el ruido de la

maquinaria, un tableteo ahogado y uniforme. Probablemente la bomba neumática del microscopio electrónico. En su laboratorio disponían de varios microscopios electrónicos de exploración.

—¿Qué haces? —preguntó.

—Mira, comprando unos manteles.

—¿Dónde?

—En Crate and Barrel.

Se echó a reír.

—¿Eres el único hombre en la tienda?

—No...

—Vamos, no pasa nada —dijo Julia. Noté que Julia no tenía el menor interés en la conversación. Algún otro asunto le rondaba por la mente—. Oye, Jack, quería decirte que, sintiéndolo mucho, esta noche volveré a llegar tarde.

La dependienta regresó con más manteles amarillos. Sin apartarme el teléfono del oído, le hice una seña para que se acercara. Alcé tres dedos, y ella dejó tres manteles más en la mesa. Dirigiéndome a Julia, dije:

—¿Va todo bien?

—Sí, es la locura de siempre. Hoy emitimos una demostración por vía satélite a las SCR de Asia y Europa y tenemos problemas con la conexión de este lado porque la unidad móvil que nos han mandado... En fin, no quieras saber... El caso, cariño, es que esto se alargará unas dos horas. Quizá más. Volveré a las ocho como muy pronto. ¿Puedes darles la cena a los niños y acostarlos?

—No hay problema —dije, y no lo había. Ya estaba acostumbrado.

En los últimos tiempos Julia trabajaba muchas horas. La mayoría de las noches llegaba a casa cuando los niños ya se habían dormido. Xymos Technology, la compañía en la que ocupaba un alto cargo, pretendía obtener otra aportación de capital riesgo —veinte millones de dólares—, y estaba bajo una gran presión. En especial desde que Xymos desarrollaba tecnología en el terreno de lo que la compañía llamaba «manufactura molecular», pero se conocía en general como «nanotecnología». La nanotecnología no gozaba actualmente de gran aceptación entre las SCR, sociedades de capital riesgo. Demasiadas SCR se habían ido a pique en los últimos diez años a causa de productos que estaban supuestamente a la vuelta de la esquina, pero nunca salían del laboratorio. Las SCR consideraban que la nanotecnología prometía mucho pero no producía nada.

Pero Julia no necesitaba que se lo explicaran. Ella misma había trabajado para más de una SCR. Formada inicialmente en el campo de la psicología infantil, acabó especializándose en «incubación tecnológica», y colaboraba en la puesta en marcha de incipientes compañías tecnológicas. (A modo de broma, a menudo decía que seguía dedicándose a la psicología infantil.) Al final, había dejado de asesorar a empresas y se había incorporado a una de ellas a jornada completa. Ahora era vicepresidenta de Xymos.

Según Julia, Xymos había hecho varios innovadores avances y llevaba mucha ventaja a otras compañías del sector. Decía que se hallaban a un paso de conseguir un prototipo de producto comercial. Pero yo la escuchaba con cierto escepticismo.

—Oye, Jack —dijo con tono de culpabilidad—, quiero advertirte que Eric va a llevarse una desilusión.

—¿Por qué?

—Verás..., le dije que iría al partido.

—¿Por qué, Julia? Ya habíamos hablado respecto a esa clase de promesas. Es imposible que llegues a tiempo a ese partido. Es a las tres. ¿Por qué se lo dijiste?

—Pensé que quizá podría ir.

Dejé escapar un suspiro. Era, me dije, una muestra de su afecto.

—Está bien, cariño; no te preocupes. Yo me encargaré.

—Gracias. Ah, Jack, en cuanto a los manteles..., compres los que compres, que no sean amarillos, ¿de acuerdo?

Y colgó.

Preparé unos espaguetis para cenar porque con la pasta nunca había discusiones. A las ocho los dos pequeños ya dormían, y Nicole estaba acabando las tareas. Contaba doce años y debía estar en la cama a las diez, pero no le gustaba que sus amigas lo supieran.

La menor, Amanda, tenía solo nueve meses. Empezaba a gatear por todas partes y a ponerse en pie si encontraba donde sujetarse. El otro, Eric, tenía ocho años; era un entusiasta del fútbol y jugaba a todas horas menos cuando se disfrazaba de caballero y perseguía por la casa a su hermana mayor con su espada de plástico.

Nicole atravesaba una etapa pudorosa, y a Erik nada le divertía tanto como cogerle un sujetador y correr de un lado a otro pregonando «¡Nicky lleva sujetador! ¡Nicky lleva sujetador!». Nicole, con demasiado sentido del decoro para perseguirlo, apretaba los dientes y gritaba: «¿Papá? ¡Lo ha hecho otra vez! ¡Papá!». Y yo me veía obligado a dar caza a Eric y prohibirle que tocara las cosas de su hermana.

En eso se había convertido mi vida. Al principio, tras perder mi empleo en MediaTronics, encontraba interesante lidiar con la rivalidad entre hermanos. Y a veces no me parecía tan distinto de lo que había sido mi trabajo.

En MediaTronics era jefe de un departamento de programación, al frente de un grupo de jóvenes programadores con mucho talento. A los cuarenta, ya no tenía edad para trabajar como programador; escribir en código es tarea de jóvenes. Así que organizaba el equipo, y con dedicación exclusiva. Como la mayoría de los programadores de Silicon Valley, los miembros de mi equipo vivían aparentemente en una perpetua crisis de Porsches estrellados, infidelidades, turbulentas aventuras amorosas, conflictos con los padres y malas reacciones a los fármacos, todo ello superpuesto a un ritmo de trabajo a marchas forzadas, con maratones nocturnos animados mediante cajas de Coca-Cola baja en calorías y patatas fritas.

Pero el trabajo era apasionante, en un campo de vanguardia. Creábamos lo que se llama «procesamiento distribuido en paralelo» o «programas basados en agentes». Estos programas proporcionan modelos de procesos biológicos introduciendo agentes virtuales en el ordenador y dejando luego que dichos agentes interactúen para solucionar problemas del mundo real. Parece extraño, pero da buen resultado. Uno de nuestros programas, por ejemplo, emulaba la búsqueda de alimento de las hormigas —el modo en que las hormigas encuentran el camino más corto a la comida— para dirigir el tráfico de llamadas a través de una gran red telefónica. Otros programas imitaban el comportamiento de las termitas, los enjambres de abejas y los leones al acecho.

Era divertido, y probablemente yo continuaría allí si no hubiera asumido ciertas responsabilidades extra. En mis últimos meses me habían puesto a cargo de la seguridad, en sustitución de un asesor externo que había desarrollado esa labor durante dos años, pero no había detectado el robo de un código fuente de la empresa hasta que apareció en un programa comercializado en Taiwan. De hecho, era el código fuente de mi departamento, del software de procesamiento distribuido. Ese era el código robado.

Supimos que era el mismo código porque los huevos de Pascua seguían intactos. Los programadores siempre introducen huevos de Pascua en su código, pequeñas secuencias sin utilidad real, incluidas por mera diversión. La compañía taiwanesa no había cambiado ninguno de ellos; utilizaron nuestro código en bloque. Así pues, la combinación de teclas Alt-Mayúscula-M-9 abría una ventana donde aparecía la fecha de la boda de uno de nuestros programadores. Un robo manifiesto.

Naturalmente los demandamos, pero Don Gross, el director de la empresa, quiso asegurarse de que no volvía a ocurrir. Así que me puso a cargo de la seguridad, y yo, indignado por el robo, acepté el puesto. Era solo a tiempo parcial; seguí al frente del departamento. Mi primera medida como responsable de la seguridad fue controlar el uso de los terminales de trabajo. Era bastante sencillo; actualmente, el ochenta por ciento de las empresas controlan qué hacen los empleados en sus ordenadores. Para ello, recurren al vídeo, llevan un registro de las pulsaciones del teclado, o rastrean el correo electrónico en busca de ciertas palabras clave; hay toda clase de procedimientos.

Don Gross era un hombre duro, un ex marine que no había acabado de perder el talante militar. Cuando le comenté el nuevo sistema, dijo: «Pero no estarás controlando mi ordenador, ¿verdad?». Claro que no, le contesté. De hecho, había preparado los programas para controlar todos los ordenadores de la empresa, el suyo incluido. Y así descubrí, dos semanas después, que Don tenía un lío con una chica de contabilidad y la había autorizado a disponer de un coche de la compañía. Fui a decirle que, a partir de los mensajes relacionados con Jean, de contabilidad, se desprendía que una persona desconocida tenía una aventura con ella, y que estaba disfrutando de ventajas a las que su puesto no le daba derecho. Añadí que no sabía quién era esa persona, pero si continuaba usando el correo electrónico, pronto lo averiguaría.

Supuse que Don captaría la indirecta, y así fue. Pero empezó a enviar los mensajes comprometedores desde su casa, sin darse cuenta de que todo pasaba por el servidor de la empresa y me llegaba a mí. Así me enteré de que estaba vendiendo software con «descuento» a distribuidores extranjeros e ingresando sustanciosos pagos «en concepto de asesor» en una cuenta de las islas Caimán. Eso era obviamente ilegal, y yo no podía pasarlo por alto. Consulté con mi abogado, Gary Marder, que me aconsejó que dejara el trabajo.

—¿Dejar el trabajo? —repetí.

—Sí, claro.

—¿Por qué?

—¿Qué más da el porqué? Te han hecho una oferta mejor en otra empresa. Tienes problemas de salud. O asuntos familiares. Complicaciones en casa. Sencillamente sal de ahí. Deja el trabajo.

—Un momento —dije—. ¿Opinas que *yo* debo dejar mi trabajo porque *él* viola la ley? ¿Ese es tu consejo?

—No —contestó Gary—. Como abogado, mi consejo es que si llega a tu conocimiento cualquier actividad ilegal, tienes la obligación de denunciarla. Pero, como amigo, mi consejo es que mantengas la boca cerrada y te marches de ahí cuanto antes.

—Parece una actitud un tanto cobarde. Creo que debo informar a los inversores.

Gary dejó escapar un suspiro y apoyó la mano en mi hombro.

—Jack, los inversores saben cuidarse solos. Lárgate de ahí.

Eso no me pareció correcto. Me había molestado el robo de mi código. Ahora no podía evitar preguntarme si realmente había sido un robo. Quizá lo habían vendido. La nuestra era una empresa de capital privado, y se lo dije a un miembro del consejo de administración.

Resultó que él estaba involucrado en el asunto. Me despidieron al día siguiente por negligencia grave y falta de ética profesional. Hubo amenazas de litigio; tuve que firmar diversos pactos de confidencialidad para cobrar la indemnización. Mi abogado se encargó del papeleo, suspirando a cada nuevo documento.

Al final, salimos a la calle bajo un sol blanquecino.

—Bueno, al menos esto ya ha acabado —comenté.

Él se volvió hacia mí y me miró.

—¿Por qué dices eso? —preguntó.

Porque no había acabado, claro está. Misteriosamente, me había convertido en un hombre marcado. Tenía un excelente currículum y trabajaba en un sector en auge. Pero cuando iba a las entrevistas notaba que mostraban poco interés. Peor aún, se sentían incómodos conmigo. Silicon Valley abarca un área considerable, pero es un mundo pequeño. Las noticias vuelan. Finalmente hablé con un entrevistador a quien conocía un poco, Ted Landow. Había entrenado a su hijo en la liga infantil de béisbol el año anterior. Al terminar la entrevista, le pregunté:

—¿Qué has oído de mí?

Movió la cabeza en un gesto de negación.

—Nada, Jack.

—Ted, he ido a diez entrevistas en diez días. Dímelo.

—No hay nada que decir.

—Ted.

Revolvió sus papeles, eludiendo mi mirada. Lanzó un suspiro.

—Jack Forman. Conflictivo. Reacio a cooperar. Agresivo. Exaltado. Poco espíritu de equipo. —Tras una vacilación, añadió—: Y presuntamente participaste en ciertos negocios. Sin dar explicaciones, insinúan que eran ciertos negocios turbios. Aceptaste sobornos.

—¿Sobornos? —repetí. Me invadió una repentina indignación, y empecé a protestar, hasta darme cuenta de que probablemente parecía una persona exaltada y agresiva, así que me callé y le di las gracias.

Cuando ya me iba, dijo:

—Jack, hazte un favor. Deja pasar un tiempo. Las cosas cambian deprisa en Silicon Valley. Tienes mucha experiencia y un buen currículum. Espera a que... —Se encogió de hombros.

—¿Un par de meses?

—Cuatro, diría yo. Quizá cinco.

En cierto modo sabía que Ted tenía razón. A partir de ese momento me lo tomé con más calma. Empezaron a llegarme rumores de que los manejos de MediaTronics habían salido a la luz y quizá se formularan cargos. Intuí una posibilidad de rehabilitación, pero entretanto solo podía esperar.

Gradualmente el hecho de no ir a la oficina por la mañana empezó a resultarme menos extraño. Julia tenía una larga jornada de trabajo y los niños exigían mucha atención; si yo estaba en casa, acudían a mí en lugar de a María, nuestra empleada doméstica. Comencé a llevarlos al colegio, a recogerlos, a acompañarlos al médico, al dentista, a los entrenamientos de fútbol. Las primeras comidas que preparé fueron un desastre, pero mejoré.

Y sin darme cuenta, acabé comprando manteles y considerando posibles combinaciones para la mesa en Crate and Barrel. Y todo me parecía absolutamente normal.

Julia llegó a casa cerca de las nueve y media. Yo veía el partido de los Giants por televisión, sin seguirlo con verdadero interés. Entró y me besó en la nuca.

—¿Están todos dormidos? —preguntó.

—Excepto Nicole. Aún está haciendo deberes.

—¿No es ya tarde para que todavía esté levantada?

—No, cariño —respondí—. Quedamos en que este año puede acostarse a las diez, ¿recuerdas?

Julia se encogió de hombros, como si no lo recordara. Y quizá así era. En cierto modo se habían invertido nuestros papeles; ella siempre había estado más al corriente en las cosas de los niños, pero ahora lo estaba yo. Esta situación a veces incomodaba a Julia, que por alguna razón lo vivía como una pérdida de autoridad.

—¿Cómo está la pequeña?

—Está mejor del resfriado. Solo un poco mocosa. Ya come más.

Acompañé a Julia a las habitaciones. Entró en la del bebé, se inclinó sobre la cuna y besó con ternura a la niña dormida. Viéndola, pensé que había algo en las atenciones de una madre que un hombre no podía igualar. Julia tenía una relación con los niños que yo nunca tendría. O al menos era una relación distinta. Escuchó la pausada respiración del bebé y dijo:

—Sí, está mejor.

Luego entró en la habitación de Eric, cogió la Gameboy abandonada sobre las mantas y me miró con expresión ceñuda. Me encogí de hombros, un poco molesto; sabía que Eric jugaba con la Gameboy cuando debía dormirse, pero estaba ocupado acostando a la pequeña y lo había pasado por alto. Consideré que Julia debería ser más comprensiva.

A continuación entró en el cuarto de Nicole. Nicole estaba ante su ordenador portátil, pero cerró la tapa en cuanto apareció su madre.

—Hola, mamá.

—Ya es tarde para que estés aún levantada.

—No, mamá...

—Se supone que estás haciendo los deberes.

—Ya los he hecho.

—Y entonces ¿por qué no te has acostado?

—Porque...

—No quiero que te pases la noche entera hablando con tus amigas por el ordenador.

—Mamá... —protestó Nicole, dolida.

—Las ves durante todo el día en el colegio; con eso debería bastarte.

—Mamá...

—No mires a tu padre. Ya sabemos que él hace siempre lo que tú quieres. Ahora estoy hablando contigo.

Nicole suspiró.

—Ya lo sé, mamá.

Esta clase de interacción entre Nicole y Julia se daba cada vez con mayor frecuencia. Probablemente era propio de la edad, pero decidí intervenir. Julia estaba cansada, y en momentos de cansancio adoptaba una actitud estricta y autoritaria. Le rodeé los hombros con el brazo y dije:

—Es tarde para todos. ¿Te apetece una taza de té?

—Jack, estás entrometiéndote.

—No, solo...

—Sí, estoy hablando con Nicole y tú te entrometes, como siempre.

—Cariño, acordamos que podía quedarse levantada hasta las diez; no sé a qué...

—Pero si ha terminado los deberes, debería acostarse.

—Ese no era el trato.

—No quiero que se pase todo el día frente al ordenador.

—No lo hace, Julia.

En ese punto Nicole se echó a llorar y, poniéndose en pie de un salto, exclamó:

—¡Siempre estás criticándome! ¡Te odio!

Corrió al cuarto de baño y cerró de un portazo. El ruido despertó a la pequeña, que empezó a llorar.

—Por favor, Jack, deja que me ocupe de esto yo sola —dijo Julia, volviéndose hacia mí.

—Tienes razón —contesté—. Perdona. Tienes razón.

En realidad no era eso lo que pensaba ni mucho menos. Veía cada vez más aquella casa como mi casa y a los niños como mis hijos. Julia irrumpía en *mi* casa ya de noche, cuando todo estaba en calma, como a mí me gustaba, como debía ser. Y organizaba un alboroto.

Pensaba que no tenía razón en absoluto. Pensaba que se equivocaba.

Y en las últimas semanas venía observando que incidentes como este eran cada vez más frecuentes. Al principio creía que se sentía culpable por pasar tanto tiempo fuera de casa. Luego comencé a sospechar que estaba reafirmando su autoridad, intentando recuperar el control de una familia que había quedado en mis manos. Después pensé que se debía al cansancio, a la excesiva presión en el trabajo.

Pero recientemente me daba la impresión de que yo mismo buscaba excusas a su comportamiento. Empecé a tener la sensación de que Julia había cambiado. Estaba distinta, más tensa, más inflexible.

La pequeña lloraba a lágrima viva. La cogí de la cuna, la abracé, la arrullé y simultáneamente introduje un dedo en la parte posterior del pañal para ver si estaba mojada. Lo estaba. La tendí en el cambiador y volvió a llorar hasta que agité su sonajero preferido y se lo puse en la mano. Por fin se calmó y me permitió cambiarla sin patalear demasiado.

Julia entró y dijo:

—Ya lo hago yo.

—No es necesario.

—La he despertado yo, y es justo que lo haga yo.

—No pasa nada, cariño, de verdad.

Julia me apoyó una mano en el hombro y me besó la nuca.

—Perdóname por ser tan tonta. Estoy muy cansada. No sé por qué me he puesto así. Déjame cambiar a la niña; nunca la veo.

—De acuerdo.

Me aparté, y ella ocupó mi lugar.

—Hola, chiquitina —dijo, acariciándole la barbilla a la niña—. ¿Cómo está mi cariñito?

Con tantas atenciones, la niña soltó el sonajero y de inmediato empezó a llorar y revolverse sobre el cambiador. Sin advertir que el sonajero caído era la causa de la rabieta, Julia le habló con palabras tranquilizadoras y, forcejeando, trató de ponerle el pañal, pero las contorsiones y patadas del bebé complicaban la tarea.

—¡Para, Amanda!

—Ahora hace eso —expliqué, y era verdad. Amanda atravesaba una etapa de resistencia activa al cambio de pañal. Y pataleaba con verdadera fuerza.

—Pues debería parar. ¡Para!

La niña lloró con más vehemencia e intentó apartarse. Se desprendió una de las tiras adhesivas del pañal, y este se deslizó. Amanda rodaba hacia el borde del cambiador. Julia tiró de ella con brusquedad. Amanda pataleaba sin cesar.

—¡He dicho que pares, maldita sea! —exclamó Julia, y dio un manotazo a la niña en la pierna. La niña lloró aún más, pataleó aún más—. ¡Amanda! ¡Para! ¡Para! —Volvió a pegarle—. ¡Para! ¡Para!

Por un momento no reaccioné. Estaba atónito. No sabía qué hacer. La niña tenía las piernas enrojecidas. Julia seguía golpeándole.

—Cariño —dije, y me incliné para interponerme—, no nos...

Julia estalló.

—¿Por qué has de entrometerte siempre, joder? —gritó, descargando la mano contra el cambiador—. ¿Qué problema tienes?

Y salió de la habitación hecha una furia.

Dejé escapar un largo suspiro y cogí a la niña en brazos. Amanda lloraba desconsoladamente a causa tanto del desconcierto como del dolor. Supuse que tendría que darle un biberón para que volviera a dormirse. Le acaricié la espalda hasta que se tranquilizó un poco. Luego le puse el pañal y la llevé a la cocina para prepararle el biberón. Solo estaban encendidos los fluorescentes situados sobre la encimera.

Sentada a la mesa, con la mirada perdida, Julia se tomaba una cerveza bebiendo directamente de la botella.

—¿Cuándo vas a encontrar trabajo? —preguntó.

—Estoy buscando.

—¿En serio? Yo creo que ni siquiera lo intentas. ¿Cuándo fuiste a la última entrevista?

—La semana pasada —contesté.

Lanzó un gruñido.

—Ojalá consigas empleo cuanto antes, porque esta situación me está volviendo loca.

Contuve la ira.

—Lo sé. Es difícil para todos —dije. Era tarde, y no quería discutir más. Pero la observaba de reojo.

A sus treinta y seis años, Julia era una mujer guapa, menuda, de cabello y ojos oscuros, nariz respingona, y esa personalidad que la gente calificaba de «chispeante». A diferencia de muchas ejecutivas del sector tecnológico, era atractiva y accesible. Hacía amigos con facilidad y tenía sentido del humor. Años atrás, cuando teníamos solo a Nicole, Julia llegaba a casa con jocosas anécdotas sobre sus compañeros de la sociedad de capital riesgo. Nos sentábamos a esa misma mesa y reíamos hasta marearnos literalmente de tanto reír, y la pequeña Nicole le tiraba del brazo y decía «¿Cuál es la gracia, mamá? ¿Cuál es la gracia?», porque quería participar en la broma. Lógicamente Julia nunca podía explicárselo, pero siempre encontraba otro chiste sencillo para Nicole, quien podía así sumarse a las carcajadas. Julia poseía un auténtico don para ver el lado cómico de la vida. A la vez, se distinguía por su ecuanimidad; rara vez perdía los estribos.

En ese momento estaba furiosa, sin duda. No se dignaba siquiera mirarme. Sentada a la mesa redonda de la cocina, en la oscuridad, tenía la mirada perdida y las piernas cruzadas, balanceando una de ellas con impaciencia. Mientras la observaba, tuve la sensación de que había cambiado. Desde luego había perdido peso recientemente, parte de las tensiones del trabajo. Los rasgos de su cara eran menos suaves: los pómulos sobresalían más; tenía la barbilla más angulosa. Eso le daba un aspecto más duro pero, en cierto modo, también más seductor.

También vestía de manera distinta. Llevaba una falda oscura y una blusa blanca, más o menos la indumentaria profesional al uso. Pero era una falda más ceñida que de costumbre. Y el balanceo del pie me hizo notar que calzaba zapatos de tacón alto y talón abierto, lo que ella llamaba «zapatos de buscona». La clase de zapatos que nunca se pondría para ir a trabajar.

Y entonces caí en la cuenta de que todo en ella era distinto —su actitud, su aspecto, su humor, todo— y en una súbita revelación supe por qué: mi mujer estaba liada con otro.

El agua del cazo comenzó a despedir vapor; saqué el biberón y me eché unas gotas en el antebrazo. Se había calentado demasiado y tendría que esperar un minuto a que se enfriase. La niña empezó a llorar. Subiéndomela al hombro, la zarandeé un poco mientras me paseaba por la cocina.

Julia no dirigió la vista hacia mí en ningún momento. Simplemente siguió balanceando el pie con la mirada perdida.

Había leído en algún sitio que eso era un síndrome. El marido se queda sin trabajo y decae su atractivo masculino; su esposa le pierde el respeto y se distancia. Lo había leído en *Glamour* o *Redbook* o alguna de las revistas que había por casa y yo hojeaba mientras esperaba a que acabara el ciclo de la lavadora o se descongelara una hamburguesa en el microondas.

Pero en ese momento me invadían sentimientos confusos. ¿Sería verdad? ¿Acaso solo estaba cansado y me imaginaba historias absurdas? Al fin y al cabo, ¿qué más daba si se ponía faldas más ajustadas y otra clase de zapatos? Las modas cambiaban. Las personas no se sentían igual todos los días. Y el simple hecho de que se enfadara de vez en cuando ¿significaba realmente que tenía un amante? Claro que no. Quizá aquello se debía solo a que yo me sentía poco atractivo, inferior. Probablemente estaban aflorando mis inseguridades. Mis reflexiones siguieron durante un rato por estos derroteros.

Pero por alguna razón no pude convencerme de lo contrario. Estaba convencido de que era verdad. Había convivido con esa mujer más de doce años. Sabía que estaba distinta y sabía por qué. Percibía la presencia de otro, un intruso, una persona externa a nuestra relación. Lo percibía con una certidumbre que me sorprendía. Era un presentimiento, algo visceral.

Tuve que apartarlo de mi mente.

La niña se tomó el biberón y gorjeó alegremente. En la cocina en penumbra, me miró a la cara con esa peculiar mirada fija de los bebés. Contemplarla resultaba en cierto modo tranquilizador. Al cabo de un rato cerró los ojos y aflojó los labios. Me la eché al hombro y la hice eructar mientras la llevaba a su habitación. La mayoría de los padres dan a los bebés palmadas demasiado fuertes para hacerlos eructar. Es mejor frotarles la espalda con la palma de la mano y a veces incluso basta con un suave masaje con dos dedos a lo largo de la columna. Dejó escapar un pequeño eructo y se relajó.

La metí en la cuna y apagué la lamparilla. Ahora, en la habitación, la única luz procedía del acuario, que borboteaba en el rincón con un resplandor azul verdoso. Un submarinista de plástico recorría lentamente el fondo dejando una estela de burbujas.

Al volverme para salir, vi la silueta de Julia recortada en el umbral de la puerta, su pelo oscuro iluminado desde atrás. Había estado observándome. Fui incapaz de interpretar su expresión. Avanzó hacia mí. Me puse tenso. Me rodeó con los brazos y apoyó la cabeza en mi pecho.

—Perdóname, por favor —dijo—. Soy una idiota. Haces un trabajo extraordinario. Estoy celosa, solo es eso.

Noté la humedad de sus lágrimas en el hombro.

—Lo entiendo —contesté, abrazándola—. No pasa nada.

Esperé a ver si mi cuerpo se relajaba, pero no fue así. Me sentía receloso y alerta. Tenía un mal presentimiento respecto a ella, y no desaparecía.

Salió de la ducha y entró en el dormitorio secándose el pelo con una toalla. Yo, sentado en la cama, intentaba ver el resto del partido. Se me ocurrió pensar que Julia rara vez se duchaba por la noche; siempre lo hacía por la mañana antes de irse a trabajar. En cambio ahora, caí en la cuenta, a menudo volvía a casa e iba derecha a la ducha antes incluso de saludar a los niños.

Seguía tenso. Apagué el televisor.

—¿Cómo ha ido la demostración? —pregunté.

—¿La qué?

—La demostración. ¿No tenías hoy una demostración?

—Ah, sí —dijo ella—. La hemos hecho. Ha ido bien cuando por fin hemos podido empezar. Los inversores alemanes no han podido quedarse hasta el final por el cambio de hora, pero... Por cierto, ¿quieres verla?

—¿Cómo?

—Tengo una copia de la grabación. ¿Quieres verla?

Sorprendido, me encogí de hombros.

—Sí, claro.

—Me interesa mucha saber cuál es tu opinión, Jack.

Advertí un tono de condescendencia. Mi esposa me incluía en su trabajo, me hacía sentirme parte de su vida. La observé mientras abría su maletín y sacaba un DVD. Lo introdujo en el reproductor y vino a sentarse conmigo en la cama.

—¿Qué presentáis en la demostración? —pregunté.

—La nueva tecnología de formación de imágenes médicas —contestó Julia—. No sé si está bien que yo lo diga, pero es francamente impresionante.

Se arrimó a mí y se hizo un hueco bajo mi brazo. Todo muy íntimo, como en los viejos tiempos. Aún me sentía incómodo, pero la abracé.

—A propósito —dije—, ¿por qué ahora te duchas por la noche, y no por la mañana?

—No lo sé —respondió—. ¿Eso hago? Sí, supongo que sí. Es solo que me resulta más fácil, cariño. Por las mañanas todo son prisas, y últimamente he de atender todas esas llamadas desde Europa; me llevan mucho tiempo. —Señalando la pantalla, dijo—: Ahí tienes.

Vi un caos de puntos en blanco y negro y finalmente la imagen cobró nitidez.

En la grabación Julia aparecía en un amplio laboratorio equipado como un quirófano. Un hombre yacía de espaldas en la camilla, con un catéter en el brazo y un anestesiólogo al lado. Sobre la mesa había una placa redonda de metal de unos dos metros de diámetro, que podía levantarse y bajarse, pero en ese momento estaba levantada. Se veían monitores por todas partes. Y en primer plano, mirando un monitor, estaba Julia. Tenía al lado a un técnico de vídeo.

«Es espantoso —decía, señalando el monitor—. ¿Qué son todas esas interferencias?»

«Creemos que son los purificadores de aire. Esa es la causa.»

«Pero esto es inaceptable.»

«¿En serio?»

«Sí, en serio.»

«¿Qué quieres que hagamos?»

«Quiero que lo arregléis», dijo Julia.

«Entonces tenemos que cortar la corriente, y vosotros...»

«Me da igual —lo interrumpió Julia—. No podemos presentar a los inversores una imagen de esta calidad. Han visto imágenes de Marte mucho mejores. Arregladlo.»

A mi lado, en la cama, Julia dijo:

—No sabía que hubieran grabado todo esto. Es anterior a la demostración. Pásalo.

Pulsé el botón del mando a distancia. La imagen se aceleró. Esperé unos segundos y detuve el avance rápido.

El mismo escenario. Julia aún en primer plano. Carol, su ayudante, hablándole en susurros.

«Bien, pero ¿qué le digo?»

«Dile que no.»

«Pero quiere empezar.»

«Lo entiendo. Pero falta una hora para la transmisión. Dile que no.»

En la cama, Julia me dijo:

—Perro Loco era nuestro sujeto experimental. Estaba impaciente. Se moría por empezar.

En la pantalla, la ayudante bajó la voz.

«Creo que está nervioso, Julia. Yo también lo estaría con un par de millones de esas cosas arrastrándose dentro de mi cuerpo...»

«No son un par de millones, ni se arrastran —replicó Julia—. Además, son un invento suyo.»

«Aun así.»

«¿No es ese un anestesiólogo?»

«No, es cardiólogo.»

«Bueno, quizá el cardiólogo pueda darle algo para los nervios.»

«Ya se lo ha dado. Una inyección.»

En la cama, a mi lado, Julia dijo:

—Pásala más adelante, Jack.

Obedecí. La imagen avanzó rápidamente.

—Ya, aquí.

Vi otra vez a Julia de pie ante el monitor, y al técnico junto a ella.

«Esto ya es aceptable —decía Julia en la pantalla, señalando la imagen—. No extraordinario pero aceptable. Ahora muéstrame el ME.»

«¿Cómo?»

«El ME. El microscopio electrónico. Enséñame esa imagen.»

El técnico parecía confuso.

«Esto..., nadie nos ha dicho nada de un microscopio electrónico.»

«¡Por Dios, léete el guión!»

El técnico parpadeó.

«¿Está en el guión?»

«¿Te has mirado el guión?»

«Lo siento, creo que se me ha pasado por alto.»

«No hay tiempo para lamentarse. ¡Resuélvelo!»

«No hace falta gritar.»

«Sí hace falta, porque estoy rodeada de idiotas. —Agitó las manos—. Estoy a punto de entrar en conexión y hablar a inversores de cinco países, con una aportación de capital riesgo por valor de once mil millones de dólares, y resulta que no tengo una toma del microscopio para que vean la tecnología.»

En la cama, Julia dijo:

—Casi he perdido los estribos con ese tipo. Ha sido muy irritante. Habíamos empezado la cuenta atrás para la transmisión vía satélite, con un espacio de tiempo reservado y cerrado. No podíamos cambiarlo. Teníamos que llegar a tiempo, y ese tipo era un imbécil. Pero al final lo hemos conseguido. Pasa la imagen.

La pantalla mostró un rótulo fijo en el que se leía:

UNA DEMOSTRACIÓN PRIVADA DE
FORMACIÓN AVANZADA DE IMÁGENES MÉDICAS
A CARGO DE
XYMOS TECHNOLOGY
MOUNTAIN VIEW, CALIFORNIA
LÍDER MUNDIAL EN MANUFACTURA MOLECULAR

Luego en la pantalla apareció Julia, de pie ante la camilla y los instrumentos médicos. Se había peinado y remetido la blusa en la cintura.

«Hola a todos —dijo, sonriendo a la cámara—. Soy Julia Forman, de Xymos Technology, y estamos a punto de presentar un revolucionario procedimiento de formación de imágenes médicas recién desarrollado por nuestra empresa. El sujeto, Peter Morris, está tendido en la camilla detrás de mí. Dentro de un momento vamos a ver el interior de su corazón y sus vasos sanguíneos con una facilidad y precisión inimaginables hasta la fecha.»

Sin dejar de hablar, comenzó a pasearse alrededor de la camilla.

«A diferencia del cateterismo cardíaco, nuestro procedimiento es absolutamente seguro. Y a diferencia del cateterismo, nos permite examinar cualquier parte del cuerpo, cualquier conducto, por grande o pequeño que sea. Entraremos en su aorta, la principal arteria del cuerpo. Pero también veremos los alvéolos de sus pulmones y los pequeños capilares de las yemas de los dedos. Podemos hacerlo porque la cámara introducida en sus vasos sanguíneos es menor que un glóbulo rojo. Mucho menor, de hecho.

»La tecnología de microfabricación de Xymos permite ya producir estas cámaras en miniatura, y producirlas en grandes cantidades, deprisa y a bajo coste. Se necesitaría un millar de ellas para formar un punto del tamaño de la punta de un lápiz. Podemos fabricar un kilo de estas cámaras en una hora.

»Sin duda me escuchan con escepticismo. Todos somos conscientes de que la nanotecnología ha hecho promesas que no podía cumplir. Como bien saben, el problema residía en que los científicos eran capaces de diseñar dispositivos a escala molecular pero no manufacturarlos. Pero Xymos ha resuelto el problema.»

De pronto tomé conciencia de la magnitud de sus afirmaciones.

—¿Cómo? —pregunté, sentado en la cama—. ¿Es broma? —Si eso era cierto, representaba un extraordinario avance, una auténtica innovación tecnológica, e implicaba...

—Es cierto —aseveró Julia tranquilamente—. Estamos fabricándolas en Nevada. —Sonrió, regodeándose de mi asombro.

En la pantalla Julia decía:

—Tengo una de las cámaras de Xymos bajo el microscopio electrónico, aquí —señaló el monitor—, así que pueden verla en comparación con el glóbulo rojo que hay al lado.

La imagen cambió a blanco y negro. Una delgada cánula empujó lo que parecía un diminuto calamar colocado sobre un campo visual de titanio. Era un objeto de punta ahusada, con filamentos ondulantes en la parte de atrás, diez veces más pequeño que el glóbulo rojo, que en el vacío del microscopio electrónico era un óvalo arrugado, como una pasa gris.

«Nuestra cámara tiene una longitud de una diez mil millonésima de centímetro aproximadamente. Como ven, presenta forma de calamar —explicó Julia—. La formación de imágenes se produce en el morro. Los microtúbulos de la cola sirven de estabilizadores, como la cola de una cometa. Pero también pueden ondular activamente y proporcionar así locomoción. Jerry, si es posible girar la cámara para mostrar el morro... Muy bien, ahí. Gracias. Ahora, en este plano frontal, ¿ven esa hendidura del centro? Es el detector de fotones de arseniuro de galio, que actúa como una retina, y la superficie ribeteada circundante, esa especie de neumático radial, es bioluminiscente e ilumina el área que tiene delante. Dentro del propio morro quizá distingan una serie muy compleja de moléculas trenzadas. Eso es la cascada de trifosfato de adenosina, ATP, patentada por nosotros. Puede concebirse como un cerebro primitivo, que controla el comportamiento de la cámara..., un comportamiento muy limitado, sí, pero suficiente para nuestros propósitos.»

Oí un zumbido de estática y una tos. En un ángulo de la imagen se abrió una pequeña ventana, y en ella apareció Fritz Leidermeyer, desde Alemania. El corpulento inversor cambió de posición en su silla.

«Disculpe, señorita Forman. ¿Sería tan amable de decirme dónde está la lente?»

«No hay lente.»

«¿Cómo puede haber una cámara sin lente?»

«Se lo explicaré sobre la marcha», respondió ella.

Observando, dije:

—Debe de ser una cámara oscura.

—Exacto —confirmó Julia, asintiendo con la cabeza.

La cámara oscura, del latín *camera obscura*, era el dispositivo para formación de imágenes más antiguo que se conocía. Los romanos descubrieron que si se practicaba un pequeño orificio en la pared de una habitación oscura, aparecía en la pared opuesta una imagen invertida del exterior. Eso ocurría porque, a través de cualquier pequeña abertura, la luz se concentraba, como si pasara por una lente. Regía el mismo principio que en la cámara de agujero de un niño. Por eso, desde la época romana, se llamaba «cámara» a todo dispositivo destinado a registrar imágenes. Pero en este caso...

—¿Qué hace la función de abertura? —pregunté—. ¿Hay un agujero?

—Pensaba que lo sabías. Tú eres el responsable de esa parte.

—¿Yo?

—Sí. Xymos autorizó el uso de unos algoritmos basados en agentes que elaboró tu equipo.

—No, no lo sabía. ¿Qué algoritmos?

—Para controlar la red de partículas.

—¿Vuestras cámaras están conectadas en red? ¿Todas esas cámaras minúsculas se comunican entre sí?

—Sí —contestó Julia—. Forman un enjambre, de hecho. —Aún sonreía, divirtiéndose con mis reacciones.

—Un enjambre.

Pensé en ello, intentando comprender qué quería decirme. Desde luego mi equipo había desarrollado varios programas para controlar enjambres de agentes. Esos programas tomaban como modelo el comportamiento de las abejas. Tenían muchas características útiles. Por el hecho de componerse de numerosos agentes, los enjambres respondían al medio ambiente de un modo enérgico. Ante condiciones nuevas e imprevistas, los programas enjambre no fallaban; sorteaban los obstáculos, por así decirlo, y seguían adelante.

Pero nuestros programas creaban agentes virtuales en el ordenador; Julia, en cambio, había creado agentes reales en el mundo real. Inicialmente no entendí cómo podían adaptarse nuestros programas a sus necesidades.

—Los utilizamos para la estructura —aclaró—. El programa constituye la estructura del enjambre.

Era lógico. Obviamente una sola cámara molecular no bastaba para registrar imágenes. Por tanto, la imagen debía ser el resultado de la combinación de millones de cámaras funcionando simultáneamente. Pero, además, las cámaras tenían que disponerse en el espacio conforme a una estructura ordenada, probablemente una esfera. Ahí era donde intervenía el programa. Ahora bien, eso implicaba a su vez que Xymos debía de estar generando el equivalente a...

—Estáis creando un ojo.

—Sí, más o menos.

—Pero ¿dónde está la fuente de luz?

—El perímetro bioluminiscente.

—Eso no produce luz suficiente.

—Sí. Observa.

Entretanto, en la pantalla, Julia se volvía con soltura y señalaba el catéter a sus espaldas. Sacó una jeringuilla de un cubo de hielo cercano. El tubo parecía lleno de agua.

«Esta jeringuilla —dijo— contiene aproximadamente veinte millones de cámaras en una solución salina isotónica. De momento existen como partículas pero, una vez inyectadas en el flujo sanguíneo, aumentará su temperatura y pronto se agruparán y constituirán una metaforma, del mismo modo que una bandada de aves se dispone en forma de V.»

«¿Qué clase de forma?», preguntó uno de los inversores.

«Una esfera —dijo Julia—. Con una pequeña abertura en un extremo. Podría considerarse el equivalente a una blástula en embriología. Pero en realidad las partículas forman un ojo. Y la imagen de ese ojo será una combinación de millones de detectores de fotones, de igual manera que el ojo crea una imagen mediante sus bastones y conos.»

Se volvió hacia un monitor que mostraba una animación en bucle, repitiéndose la secuencia una y otra vez. Las cámaras entraban en el flujo sanguíneo como una masa en desorden, desorganizada, una especie de efervescente nube en la sangre. En el flujo sanguíneo, la nube se aplanaba de inmediato y quedaba reducida a un haz alargado. Pero en cuestión de segundos el haz empezaba a fusionarse y adoptar una forma esférica. La forma se hacía cada vez más definida hasta que finalmente parecía casi sólida.

«Si esto les recuerda a un ojo real, hay razones para ello —dijo Julia—. En Xymos imitamos explícitamente la morfología orgánica. Puesto que diseñamos con moléculas orgánicas, sabemos que, gracias a millones de años de evolución, el mundo que nos rodea contiene innumerables disposiciones moleculares viables. Así que las utilizamos.»

«¿No pretenderán inventar la rueda?», comentó alguien.

«Precisamente. O el globo ocular.»

Hizo una señal, y la antena plana descendió hasta hallarse a solo unos centímetros del sujeto.

«Esta antena potenciará la cámara y captará la imagen transmitida —dijo—. La imagen, claro está, puede almacenarse digitalmente, reforzarse, manipularse o someterse a cualquiera de los procesos que es posible llevar a cabo con datos digitales. Ahora, si no hay más preguntas, empezaremos.»

Acopló una aguja a la jeringuilla y la clavó en un tapón de goma del catéter.

«Inicia la cuenta.»

«Cero punto cero.»

«Allá vamos.»

Empujó el émbolo rápidamente.

«Como ven, lo hago deprisa —dijo—. Nuestro procedimiento no requiere especial delicadeza. No hay riesgo de estropear nada. Si la microturbulencia generada por el flujo a través de la aguja daña los túbulos de unos cuantos miles de cámaras, no importa. Tenemos millones, de sobra para hacer el trabajo. —Retiró la aguja—. ¿Bien? Por lo general, tenemos que esperar unos diez segundos para que se forme la esfera, y pasado ese tiempo debería empezar a recibirse una imagen... Ah, parece que ya llega algo... Y ahí está.»

La escena mostraba a la cámara avanzando a considerable velocidad por lo que parecía un campo de asteroides. Salvo que los asteroides eran glóbulos rojos, flexibles bolsas violáceas desplazándose por un líquido transparente, un poco amarillento. De vez en cuando surgía un glóbulo blanco mucho mayor, llenaba la pantalla por un instante y desaparecía. Lo que estaba viendo se asemejaba más a un videojuego que a una imagen médica.

—Julia —dije—, esto es asombroso.

A mi lado, Julia se arrimó aún más y sonrió.

—Imaginaba que te impresionaría.

En la pantalla, Julia decía:

«Hemos entrado en una vena, así que los glóbulos rojos no están oxigenados. En este momento nuestra cámara se dirige al corazón. Verán ensancharse los vasos a medida que ascendamos por el sistema venoso... Sí, ahora nos acercamos al corazón... Vean las pulsaciones del flujo sanguíneo que resultan de las contracciones ventriculares...»

Así era. Veía la cámara detenerse, avanzar y detenerse otra vez. La grabación recogía el sonido de los latidos del corazón. En la camilla, el sujeto permanecía inmóvil, con la antena plana justo encima.

«Estamos llegando a la aurícula derecha, y deberíamos ver la válvula tricúspide. Activamos los flagelos para reducir la velocidad de la cámara. Esa es la válvula. Estamos en el corazón.»

Vi los repliegues rojos, como una boca abriéndose y cerrándose, y de pronto la cámara la atravesó, entró en el ventrículo y volvió a salir.

«Ahora vamos a los pulmones, donde veremos lo que nadie ha presenciado antes: la oxigenación de los glóbulos.»

Mientras observaba la imagen, el vaso sanguíneo se estrechó por momentos y a continuación los glóbulos se hincharon y, uno tras otro, adquirieron un vivo color rojo. Fue un proceso sumamente rápido; en menos de un segundo todos estaban rojos.

«Los glóbulos rojos ya se han oxigenado —anunció Julia—, y ahora regresamos al corazón.»

En la cama, me volví hacia Julia.

—Es francamente fabuloso —afirmé.

Pero ella tenía los ojos cerrados y respiraba acompasadamente.

—¿Julia?

Estaba dormida.

Julia acostumbraba dormirse viendo la televisión. No era raro que se quedara dormida durante su propia demostración; al fin y al cabo, ella la había visto ya. Yo también estaba cansado. Decidí que vería el resto de la grabación en otro momento. En todo caso, resultaba bastante larga para una demostración. ¿Cuánto tiempo llevaba ante la pantalla? Cuando me volví para apagar el televisor, eché un vistazo al indicador de tiempo al pie de la imagen. Los números saltaban rápidamente, contando las centésimas de segundo. Otra serie de números a la izquierda, estos inmóviles. Fruncí el entrecejo. Uno de ellos era la fecha. No me había fijado antes, porque estaba en formato internacional, con el año primero, luego el día y por último el mes. Marcaba 02.21.09.

21 de septiembre.

Ayer.

Había grabado la demostración el día anterior.

Apagué el televisor y la lámpara de la mesita de noche. Apoyé la cabeza en la almohada e intenté dormir.

DÍA 2

09.02

Necesitábamos leche desnatada, rosquillas, Pop-Tarts, gelatina y lavavajillas... y algo más, pero no entendía mi propia letra. Estaba en un pasillo del supermercado a las nueve de la mañana, intentando descifrar mis propias anotaciones en la lista, cuando una voz dijo:

—¡Eh, Jack! ¿Cómo va?

Alcé la vista y vi a Ricky Morse, uno de los jefes de departamento de Xymos.

—¡Hola, Ricky! ¿Qué tal?

Le estreché la mano, sinceramente complacido de verle. Siempre me alegraba ver a Ricky. Bronceado, de pelo rubio cortado al rape y amplia sonrisa, podía confundírselo fácilmente con un surfista de no ser por la camiseta con el emblema del administrador de programas SourceForge 3.1. Ricky era solo unos años más joven que yo, pero tenía un aire de eterna juventud. Yo le había proporcionado su primer empleo, recién salido de la facultad, y pronto ascendió a los cargos directivos. Con su carácter alegre y su optimismo, Ricky era un director de proyecto ideal, pese a que tendía a infravalorar los problemas y ofrecía a sus superiores expectativas poco realistas respecto al tiempo de realización de los proyectos.

Según Julia, eso había causado complicaciones en Xymos: Ricky tendía a hacer promesas que no podía cumplir. Y a veces no era totalmente sincero. Pero era tan jovial y encantador que todo el mundo lo perdonaba siempre. O al menos eso hacía yo cuando trabajaba para mí. Había llegado a apreciarlo mucho y lo consideraba casi un hermano menor. Para el empleo en Xymos, lo había recomendado yo.

Ricky empujaba un carrito lleno de enormes paquetes de pañales; también él tenía un bebé en casa. Le pregunté por qué estaba en el supermercado y no en la oficina.

—Mary ha cogido la gripe, y la asistenta está en Guatemala, así que me he ofrecido a venir a por algunas cosas.

—Veo que compras Huggies —comenté—. Yo siempre compro Pampers.

—Yo encuentro que los Huggies absorben más —dijo él—. Y los Pampers aprietan demasiado. Comprimen la pierna del bebé.

—Pero los Pampers llevan una capa que elimina la humedad y mantiene seco el culito —insistí—. Con Pampers, hay menos irritaciones.

—Cuando los uso, la tiras adhesivas tienden a soltarse. Y cuando se empapan, siempre se escapa algo y se manchan las piernas, lo cual me da más trabajo. No sé, a mí me parece que los Huggies son de mejor calidad.

Una mujer que pasaba por al lado con un carrito nos lanzó una mirada. Nos echamos a reír, pensando que nuestra charla debía de sonar a anuncio de pañales.

—¿Y qué me dices de los Giants? —preguntó Ricky, levantando la voz para que lo oyera la mujer que se alejaba ya por el pasillo.

—El no va más, joder, ¿son geniales o no? —dije, rascándome.

Volvimos a reírnos y seguimos juntos por el pasillo con nuestro respectivos carritos.

—¿Quieres saber la verdad? —dijo Ricky—. Mary prefiere los Huggies, y fin de la conversación.

—Eso ya me lo conozco.

Ricky echó un vistazo al contenido de mi carrito.

—Veo que compras leche desnatada orgánica... —comentó.

—No empecemos otra vez —lo interrumpí—. Y dime, ¿cómo va en el trabajo?

—Bueno, ya sabes, es una empresa puntera —contestó—. Y modestia aparte, la tecnología es excelente. El otro día hicimos una demostración para los que ponen el dinero, y salió bien.

—¿Cómo le va a Julia? —pregunté con toda la despreocupación posible.

—Ah, muy bien, que yo sepa —contestó Ricky.

Lo miré de reojo. ¿Había adoptado de pronto una actitud más reservada? ¿Tenía una expresión menos espontánea, más controlada? ¿Ocultaba algo? No habría podido asegurarlo.

—La verdad es que casi nunca nos vemos —añadió Ricky—. No viene mucho por la oficina.

—Yo tampoco la veo apenas.

—Sí, pasa mucho tiempo en el complejo industrial. Ahora es allí donde está la acción. —Ricky me lanzó una mirada—. Ya sabes, por los nuevos procesos de fabricación.

La fábrica de Xymos se había construido en un tiempo récord, teniendo en cuenta su complejidad. Allí ensamblaban las moléculas a partir de átomos independientes, uniendo los fragmentos de molécula como piezas de Lego. Casi todo ese trabajo se llevaba a cabo en vacío y requería campos magnéticos de gran potencia. Por tanto, en la fábrica había enormes unidades de bombeo, así como potentes refrigeradores para enfriar los imanes. No obstante, según Julia, la mayor parte de la tecnología estaba concebida específicamente para esa fábrica; no se había construido nada parecido hasta la fecha.

—Es asombroso que acabaran la fábrica en tan poco tiempo.

—Bueno, presionamos de principio a fin. Molecular Dynamics nos pisa los talones. Tenemos la fábrica montada y en marcha, y muchas solicitudes de patente. Pero MolDyne y NanoTech no pueden ir muy por detrás de nosotros. Unos meses; con suerte, quizá un semestre.

—¿Así que ya hacéis ensamblaje molecular en la fábrica? —pregunté.

—Exacto, Jack. Ensamblaje molecular completo, desde hace ya unas semanas.

—No sabía que a Julia le interesaran esas cosas —dije. Dado que su campo era la psicología, siempre la había considerado una persona con más vocación por el lado humano.

—Ha puesto verdadero interés en la tecnología, te lo aseguro. Por otra parte, allí también hacen mucha programación. Ya sabes, ciclos iterativos para perfeccionar el proceso de fabricación.

Asentí con la cabeza.

—¿Qué clase de programación? —pregunté.

—Procesamiento distribuido. Redes multiagente. Así mantenemos coordinadas la unidades independientes, para que funcionen de manera conjunta.

—¿Todo eso es para crear la cámara de uso médico?

—Sí. —Tras un silencio, añadió—: Entre otras cosas. —Me miró con cierta inquietud, como si temiera incumplir su acuerdo de confidencialidad.

—No es necesario que me lo digas.

—No, no —se apresuró a decir—. Caray, Jack, tú y yo nos conocemos desde hace mucho. —Me dio una palmada en el hombro—. Y tu esposa es directiva de la empresa. ¡En serio, qué demonios!

Pero aún parecía inquieto. Sus palabras no se correspondían con la expresión de su rostro. Y desvió la mirada al pronunciar «esposa».

La conversación llegaba a su fin, y yo noté una repentina tensión, la clase de tensión que uno siente cuando cree que otra persona sabe algo y no lo dice... porque le violenta, porque no encuentra la manera de plantearlo, porque no quiere implicarse, porque es demasiado peligroso incluso para mencionarlo, porque considera que es asunto del otro descubrirlo. En particular cuando se trata de algo relacionado con la esposa de uno; por ejemplo, que va por ahí acostándose con otros. Y te mira como a la víctima inocente, como si fuera la noche de los muertos vivientes, pero no está dispuesto a decírtelo. Por experiencia sé que los hombres nunca informan a otros hombres cuando saben algo acerca de sus esposas. Las mujeres, en cambio, siempre se lo dicen a otras mujeres cuando se enteran de la infidelidad del marido.

Así son las cosas.

Pero yo estaba tan tenso que deseaba...

—¡Eh, qué tarde se ha hecho! —exclamó Ricky con una amplia sonrisa—. He de marcharme a toda prisa; Mary me va a matar. Ya está enfadada porque he de pasar los próximos días en la fábrica y la dejaré aquí sola sin la asistenta. —Se encogió de hombros—. Ya sabes cómo es.

—Sí, lo sé. Buena suerte.

—Eh, oye, cuídate.

Nos dimos la mano. Mascullamos otra despedida. Ricky dobló con su carrito al final del pasillo y desapareció.

A veces uno es incapaz de pensar en las situaciones dolorosas, incapaz de concentrarse en ellas. El cerebro se escabulle, prefiere cambiar de tema. Era mi caso en ese momento. No podía pensar en Julia, así que empecé a dar vueltas a lo que me había dicho Ricky sobre la fábrica. Y decidí que probablemente tenía sentido, pese a que se contradecía con la opinión generalizada respecto a la nanotecnología.

Entre los nanotecnólogos existía la arraigada fantasía de que en cuanto alguien descubriera cómo manufacturar a nivel atómico, ya todo sería coser y cantar. Todo el mundo lo haría, desencadenándose así una inundación de prodigiosas creaciones moleculares producidas en las cadenas de montaje de todo el planeta. En cuestión de días, la vida humana cambiaría por efecto de esta nueva tecnología maravillosa. En cuanto alguien descubriese la manera de hacerlo.

Pero naturalmente eso nunca ocurriría. La idea misma era absurda, porque en esencia la fabricación molecular no eran tan distinta de la fabricación de ordenadores, válvulas de paso, automóviles o cualquier otro producto. Llevaba un tiempo ponerlo todo en su sitio. De hecho, ensamblar átomos para crear una molécula nueva era un proceso muy análogo a la compilación de programas informáticos a partir de líneas de código independientes. Y el código informático nunca podía compilarse a la primera. Los programadores siempre tenían que volver atrás y rectificar las líneas. E incluso después de compilarse, un programa nunca funcionaba bien a la primera, nunca. Ni a la segunda. Ni a la de cien. Había que depurarlo una vez, y otra, y otra más. Y otra más.

Siempre había pensado que ocurriría lo mismo con las moléculas manufacturadas: tendrían que depurarse una vez tras otra hasta conseguir un correcto funcionamiento. Y si Xymos quería «bandadas» de moléculas actuando conjuntamente, también tendrían que depurar el modo en que las moléculas se comunicaban, por limitada que fuese esa comunicación; ya que tan pronto como se comunicaran las moléculas, se estaría ante una red primitiva. Para organizarla, se programaría probablemente una red distribuida, como las que yo desarrollaba en MediaTronics.

Así que podía imaginármelos perfectamente programando al mismo tiempo que manufacturaban. Pero no veía cuál era el papel de Julia en ese proceso. La fábrica se hallaba lejos de la sede de Xymos. Estaba literalmente en medio de ninguna parte, en pleno desierto, cerca de Tenopah, Nevada. Y a Julia no le gustaba estar en medio de ninguna parte.

Estaba sentado en la sala de espera de la consulta del pediatra, porque a la niña tenían que ponerle la siguiente tanda de vacunas. Había allí cuatro madres meciendo en el regazo a niños enfermos mientras los niños mayores jugaban en el suelo. Todas hablaban entre sí y se esforzaban en pasar por alto mi presencia.

Empezaba a acostumbrarme a eso. Un hombre en casa, un hombre en un escenario como la consulta de un pediatra, era una circunstancia poco común. Además, significaba que algo andaba mal. Probablemente el hombre tenía algún problema: no encontraba trabajo, quizá lo habían despedido por alcoholismo o drogadicción, quizá era un vago. Fuera cual fuese la razón, no era normal ver a un hombre en la consulta del pediatra en pleno día. Así que las otras madres hacían como si yo no estuviera.

Salvo que me lanzaban alguna que otra mirada de preocupación, como si temiesen que fuera a acercarme furtivamente a ellas para violarlas en cuanto me dieran la espalda. Incluso la enfermera, Gloria, parecía recelar. Miró al bebé que llevaba en brazos, que no lloraba ni gimoteaba apenas.

—¿Cuál se supone que es el problema? —preguntó.

Dije que íbamos para la vacunación.

—¿Ha estado aquí antes, la niña?

Sí, había visitado a ese médico desde que nació.

—¿Es usted pariente?

Sí, era el padre.

Finalmente nos hizo pasar. El médico me estrechó la mano, se mostró muy cordial y en ningún momento me preguntó por qué había ido yo en lugar de mi esposa o la asistenta. Puso dos inyecciones a la niña. Amanda lloró a lágrima viva. Y en ese preciso instante telefoneó Julia.

—Hola. ¿Qué haces? —Debía de haber oído el llanto de la niña.

—Estamos en el pediatra.

—¿Llamo en mal momento?

—Más bien...

—Bueno, mira, solo quería decirte que esta noche saldré temprano... ¡por fin! Así que llegaré a casa a cenar. ¿Qué te parece si compro algo de camino?

El entrenamiento de Eric acabó tarde. Ya oscurecía en el campo de fútbol. El entrenador siempre acababa tarde. Yo me paseaba por la línea de banda, intentando decidir si quejarme o no. Era difícil saber cuándo se mimaba a un niño y cuándo se le protegía legítimamente. Nicole llamó desde su teléfono móvil para decir que había terminado su ensayo para la obra de teatro y por qué no había pasado a recogerla. ¿Dónde me había metido? Le expliqué que estaba todavía esperando a Eric y le pregunté si podía encontrar a alguien que la llevara a casa.

—Papá... —dijo, exasperada.

Daba la impresión de que le hubiera pedido que volviese a casa arrastrándose.

—Oye, no puedo moverme de aquí.

—Como tú digas —replicó ella, con mucho sarcasmo.

—Vigila ese tono, jovencita.

Pero al cabo de unos minutos el entrenamiento se suspendió de repente. Un enorme camión de mantenimiento paró junto al campo y de él salieron dos hombres con mascarillas, grandes guantes de goma y bombonas de fumigación a la espalda. Iban a rociar el campo con herbicida o algo así y nadie podía utilizarlo hasta el día siguiente.

Telefoneé a Nicole para avisarla de que iba a recogerla.

—¿Cuándo?

—Ya vamos hacia allí.

—¿Venís del entrenamiento de ese pelota?

—Nic, por favor.

—¿Por qué siempre ha de ser él el primero?

—No siempre es él el primero.

—Sí lo es. Es un pelota.

—Nicole...

—Lo siento.

—Enseguida estoy ahí.

Colgué. Los niños crecían muy deprisa hoy día: la adolescencia empezaba a los once años.

A las cinco y media los niños estaban en casa, saqueando el frigorífico. Nicole comía un trozo enorme de queso mozzarella. Le dije que lo dejara, o le quitaría el hambre para la cena. Luego empecé a poner la mesa.

—¿Cuándo cenamos?

—Enseguida. Mamá va a traer algo.

—Ya. —Nicole desapareció durante unos minutos. Al regresar, dijo—: Siente no haber llamado, pero llegará tarde.

—¿Cómo? —Yo estaba llenando de agua los vasos de la mesa.

—Siente no haber llamado, pero llegará tarde —repitió—. Acabo de hablar con ella.

—¡Por Dios! —Aquello era indignante. Procuraba no mostrar mi irritación en presencia de los niños pero a veces no podía contenerme. Dejé escapar un suspiro—. Está bien.

—Tengo mucha hambre, papá.

—Trae a tu hermano y subid al coche —dije—. Cenaremos fuera.

Esa noche Amanda estaba inquieta y se negó a dormirse. Pensé que podía deberse a las vacunas. Solo una táctica surtía efecto cuando Amanda no se dormía: había que cogerla en brazos de cara al frente y pasearla por la casa, hablándole en susurros y enseñándole las flores, las fotografías de las paredes, la vista desde la ventana. Había que seguir así hasta que bostezaba. Pero ese primer bostezo podía tardar mucho en llegar.

Así que la paseé por su habitación, mostrándole los personajes de Winnie the Pooh del estampado de la lámpara, el reloj del

Monstruo de las Galletas y todos sus sonajeros. No bostezó. La llevé a la sala de estar y le enseñé las fotografías de los estantes.

Había una de Julia.

Más tarde, cuando llevaba a Amanda a la cuna, rocé con el codo una foto de la estantería de la sala de estar. Cayó ruidosamente al suelo, y me agaché a recogerla. Era un retrato de Julia y Eric en Sun Valley cuando él tenía cuatro años. Los dos vestían trajes para la nieve; Julia, con una sonrisa radiante, le enseñaba a esquiar. En la foto de al lado Julia y yo aparecíamos en nuestro undécimo aniversario de boda en Kona; yo vestía una estridente camisa hawaiana y ella lucía una vistosa guirnalda de flores en torno al cuello, y nos besábamos al atardecer. Aquel fue un viaje maravilloso; de hecho, estábamos seguros de que Amanda fue concebida allí. Recuerdo que Julia llegó un día a casa del trabajo y dijo: «Cariño, ¿verdad que, según tú, los *mai-tais* que bebíamos eran peligrosos?». Yo contesté: «Sí». Y ella añadió: «Pues permíteme expresarlo así: es una niña». Me sobresalté de tal modo que me atraganté con el refresco que estaba tomando y el líquido me subió a la nariz. Los dos nos echamos a reír.

Luego una foto de Julia preparando magdalenas con Nicole, esta tan pequeña que, sentada en el mármol de la cocina, no le llegaban los pies al borde. No debía de tener más de un año y medio. Nicole, con un ceño de concentración, empuñaba un cucharón colmado de masa, ensuciándolo todo, y Julia se esforzaba por no reír.

Y una foto de una excursión en Colorado, Julia llevando de la mano a Nicole, que entonces contaba seis años, y yo con Eric sobre los hombros, el cuello de mi camisa manchado de sudor... o de algo peor si no recuerdo mal aquel día. Eric tenía dos años y aún llevaba pañal. Le parecía divertido taparme los ojos mientras íbamos por el camino.

La foto de la excursión se había deslizado dentro del marco y estaba ladeada. Golpeé ligeramente el marco para intentar enderezarla pero no se movió. Advertí que otras varias fotografías estaban descoloridas o la emulsión se adhería al cristal. Nadie se había molestado en cuidarlas. La niña gimoteó en mis brazos y se frotó los ojos con los puños. Era hora de acostarse. Dejé los retratos en el estante. Eran imágenes lejanas, de otro tiempo más feliz. De otra vida. Me daba la impresión de que ya no tenían nada que ver conmigo. Todo había cambiado.

El mundo había cambiado.

Esa noche dejé la mesa puesta, un mudo reproche. Julia la vio al llegar a casa a eso de las diez.

—Lo siento, cariño.

—Sé que estabas ocupada —dije.

—Lo estaba. Perdóname, por favor.

—Te perdono.

—Eres el mejor. —Me lanzó un beso desde el otro extremo de la sala—. Voy a ducharme.

La observé mientras se alejaba por el pasillo. Se asomó a la habitación de la pequeña y de pronto entró. Al cabo de un momento oí sus susurros y los gorgoritos del bebé.

En la habitación a oscuras, tenía a la niña en brazos y le acariciaba la nariz con la punta de la suya.

—Julia, la has despertado —dije.

—No, ya estaba despierta. ¿Verdad, tesoro? Estabas despierta, ¿verdad, chiquitina?

La niña se frotó los ojos con los puños y bostezó. Parecía evidente que la había despertado.

Julia se volvió hacia mí en la oscuridad.

—No la he despertado. En serio. ¿Por qué me miras de esa manera?

—¿De qué manera?

—Ya lo sabes. Con mirada acusadora.

—No te acuso de nada.

La niña empezó a protestar y finalmente rompió a llorar. Julia tocó el pañal.

—Creo que se ha mojado —dijo, y dirigiéndose a la puerta, me la entregó—. Hazlo tú, don perfecto.

En ese momento había tensión entre nosotros. Después de cambiar a la niña y acostarla, oí a Julia salir de la ducha y dar un portazo. Cuando Julia empezaba a dar portazos, era una señal para que yo fuera a tranquilizarla. Pero esa noche no me apetecía. Me molestaba que hubiera despertado a la niña, y me molestaba su informalidad, diciendo que llegaría temprano a casa y no llamando siquiera para avisar de que se retrasaría. Temía que se hubiera vuelto tan informal porque un nuevo amor la distraía. O sencillamente ya no le importaba su familia. No sabía qué hacer con esa situación, pero no me apetecía aliviar la tensión que había entre nosotros.

Me limité a dejar que diera portazos. Cerró la puerta corrediza del armario con tal fuerza que la madera crujió. Juró. Esa era otra señal de que debía acudir corriendo.

Regresé a la sala de estar y me senté. Cogí el libro que estaba leyendo y fijé la mirada en la página. Intenté concentrarme pero no pude. Estaba furioso y oía su estrépito en el dormitorio. Si seguía así, despertaría a Eric y tendría que pararle los pies. Esperaba que el asunto no llegara tan lejos.

Finalmente cesaron los ruidos. Probablemente se había acostado. Si era así, no tardaría en dormirse. Julia conciliaba el sueño sin problemas cuando discutíamos. Yo no; yo permanecía despierto, paseándome colérico de un lado a otro, procurando serenarme.

Cuando por fin me acosté, Julia dormía profundamente. Me deslicé entre las sábanas y me quedé hecho un ovillo en mi lado, lejos de ella.

Era la una de la madrugada cuando el bebé empezó a llorar. Buscando a tientas la luz, tiré la radio despertador, que se puso en marcha con música rock. Juré. A ciegas, encendí por fin la lámpara de la mesita y apagué la radio.

La niña seguía llorando.

—¿Qué le pasa? —preguntó Julia, soñolienta.

—No lo sé.

Salí de la cama y sacudí la cabeza para intentar despejarme. Entré en la habitación de Amanda y encendí la luz. Todo se me antojó muy brillante, el papel pintado con payasos muy amarillo y chillón. De pronto me pregunté: ¿Por qué no quiere manteles amarillos si en la habitación del bebé lo ha puesto todo amarillo?

La niña estaba de pie en la cuna, sujeta a los barrotes y llorando desesperadamente, la boca muy abierta y la respiración entrecortada. Las lágrimas le resbalaban por las mejillas. Le tendí los brazos y ella se cogió a mí. La consolé, pensando que debía de haber tenido una pesadilla. La mecí suavemente.

Ella siguió berreando, implacable. Quizá le dolía algo, quizá le molestaba el pañal. La examiné y entonces descubrí un virulento sarpullido en el vientre, que se extendía en ronchas hasta la espalda y subía hacia el cuello.

Entró Julia.

—¿No puedes calmarla? —preguntó.

—Le pasa algo —contesté, y le mostré el sarpullido.

—¿Tiene fiebre?

Toqué la frente a Amanda. Estaba sudorosa y caliente, pero eso podía deberse al llanto. El resto del cuerpo parecía a temperatura normal.

—No lo sé. Creo que no.

A continuación vi el sarpullido también en los muslos. ¿Lo tenía en los muslos hacía un momento? Habría pensado que casi lo veía propagarse ante mis ojos. La niña lloró aún más fuerte si cabía.

—¡Dios mío! —exclamó Julia—. Llamaré al médico.

—Sí, llámalo.

Había tendido a Amanda de espaldas y le examinaba detenidamente todo el cuerpo. El sarpullido se extendía, sin duda. Y por cómo lloraba la niña, debía de provocarle un intenso dolor.

—Lo siento, cariño, lo siento —dije.

Era evidente que se extendía.

Julia regresó y dijo que le había dejado un mensaje al médico.

—No voy a esperar —respondí—. La llevo a urgencias.

—¿De verdad crees que es necesario? —preguntó.

Sin contestar, entré en el dormitorio para vestirme.

—¿Quieres que te acompañe? —se ofreció Julia.

—No, quédate con los niños.

—¿Seguro?

—Sí.

—De acuerdo —dijo. Volvió al dormitorio.

Cogí las llaves del coche.

El bebé seguía llorando.

—Sé que no es agradable —decía el interno—, pero no creo que sea prudente administrarle un calmante.

Nos encontrábamos en un cubículo delimitado por cortinas en la sala de urgencias. Inclinado sobre mi hija, que no dejaba de llorar, el interno le examinaba los oídos con un instrumento. Amanda tenía ya todo el cuerpo de un rojo encendido. Daba la impresión de que la hubieran sumergido en agua hirviendo.

Estaba asustado. Nunca había oído hablar de nada semejante, un bebé que se ponía totalmente rojo y lloraba sin cesar. No me fiaba de aquel interno, que parecía demasiado joven para ser competente. No podía tener mucha experiencia; ni siquiera parecía afeitarse aún. Yo, nervioso, desplazaba el peso del cuerpo de un pie a otro sin cesar. Empezaba a estar enloquecido, porque Amanda no había dejado de llorar ni un solo instante en la última hora. Aquello iba a acabar conmigo. El interno hacía como si no la oyera, y yo no me explicaba cómo era capaz.

—No tiene fiebre —dijo, tomando notas en un gráfico—, pero a su edad eso no significa nada. En los menores de un año, puede darse el caso de que la temperatura no suba ni una sola décima aun con infecciones agudas.

—¿Es eso? —pregunté—. ¿Una infección?

—No lo sé. Por el sarpullido, supongo que se trata de un virus. Pero deberíamos tener el resultado del análisis de sangre preliminar dentro de... esto, bien... —Una enfermera que pasaba le entregó un papel—. Mmm... —Guardó silencio por un momento—. Bueno...

—Bueno ¿qué? —dije, sin poder parar quieto.

Mientras miraba el papel, el interno movía la cabeza en un gesto de negación. No contestó.

—Bueno ¿qué?

—No es una infección —declaró por fin—. El recuento de glóbulos blancos es normal; proteinemia, normal. No presenta la menor movilización inmune.

—¿Qué quiere decir eso?

El interno estaba muy tranquilo, allí de pie, pensando con el entrecejo fruncido. Me pregunté si acaso sería simplemente estúpido. La gente más capacitada ya no estudiaba medicina, no desde que los de Sanidad ocupaban todos los puestos de control. Aquel chico debía de pertenecer a una de las nuevas promociones de médicos estúpidos.

—Debemos ampliar el espectro diagnóstico —dijo—. Voy a pedir la opinión de cirugía, la opinión de neurología, y vienen ya hacia aquí un dermatólogo y un especialista en enfermedades infecciosas. Eso implica que varias personas hablarán de su hija con usted, le repetirán las mismas preguntas una y otra vez, pero...

—Está bien —contesté—. No importa. Pero ¿qué cree que le pasa?

—No lo sé, señor Forman. Si no es nada de tipo infeccioso, buscaremos otras posibles causas para esta reacción cutánea. ¿No ha salido del país?

—No. —Negué con la cabeza.

—¿No ha estado expuesta recientemente a metales pesados o toxinas?

—¿A qué se refiere?

—Vertederos, plantas industriales, sustancias químicas...

—No, no.

—¿Se le ocurre algo que pueda haber provocado esta reacción?

—No, nada... Un momento, ayer la vacunaron.

—¿De qué?

—No lo sé, las vacunas correspondientes a su edad.

—¿No sabe de qué la vacunaron? —dijo. Tenía el cuaderno abierto, el bolígrafo a punto sobre la página.

—¡No, por Dios! —exclamé malhumorado—. No sé qué vacunas eran. Cada vez que va allí le ponen alguna inyección. El médico es usted, maldita sea.

—No se preocupe, señor Forman —dijo con tono tranquilizador—. Sé que es una situación tensa. Si puede darme el nombre de su pediatra, yo me pondré en contacto con él. ¿Le parece bien?

Moví la cabeza en un gesto de asentimiento y me enjugué la frente con la mano. Estaba sudando. Le deletreé el nombre del pediatra y lo anotó en su cuaderno. Intenté serenarme. Intenté pensar con claridad.

Y entretanto mi hija lloraba sin cesar.

Media hora después le dieron convulsiones.

Empezaron mientras la examinaba uno de los especialistas en bata blanca, inclinado sobre ella. Su pequeño cuerpo se retorció y contrajo. Emitió sonidos semejante a arcadas como si fuera a vomitar. Sus piernas se sacudieron espasmódicamente. Comenzó a respirar con dificultad. Los ojos le quedaron en blanco.

No recuerdo qué hice o dije entonces, pero entró un enorme auxiliar del tamaño de un jugador de rugby y, sujetándome los brazos, me llevó a empujones hasta un rincón del cubículo. Miré por encima de su enorme hombro mientras seis personas se apiñaban alrededor de mi hija. Una enfermera con una camiseta de Bart Simpson le clavaba una aguja en la frente. Empecé a vociferar y forcejear. El auxiliar gritaba algo ininteligible una y otra vez. Finalmente me di cuenta de que decía «vena del cuero cabelludo». Me explicó que solo era para abrir una vía intravenosa, porque la niña se había deshidratado. Ese era el motivo de las convulsiones. Oí hablar de electrolitos, magnesio, potasio.

En todo caso, las convulsiones cesaron al cabo de unos segundos. Pero Amanda siguió llorando.

Telefoneé a Julia. Estaba despierta.

—¿Cómo sigue?

—Igual.

—¿Aún llora? ¿Esa es ella? —Oía a Amanda de fondo.

—Sí.

—Dios mío —gimió—. ¿Han dicho qué le pasa?

—Todavía no lo saben.

—Oh, pobrecita.

—Han venido a examinarla unos cincuenta médicos.

—¿Puedo hacer algo?

—No lo creo.

—Bien. Tenme informada.

—De acuerdo.

—Estaré despierta.

—De acuerdo.

Poco antes de amanecer los especialistas reunidos anunciaron que la niña tenía una oclusión intestinal o un tumor cerebral y pidieron una resonancia magnética. El cielo empezaba a presentar un color gris claro cuando por fin la llevaron a la unidad de RM. La enorme máquina blanca se hallaba en el centro de la sala. La enfermera me dijo que la niña estaría más tranquila si la ayudaba a prepararla y le retiró el catéter del cuero cabelludo porque no podía haber objetos de metal durante la exploración. Un hilo de sangre bajó por la cara de Amanda, hasta el ojo. La enfermera se la limpió.

Amanda estaba ya sujeta con correas a la plataforma blanca que entraba en las profundidades de la máquina. Mi hija, aún llorando, miraba aterrorizada los aparatos. La enfermera me dijo que podía esperar en la sala contigua con el técnico. Entré en una sala con un panel de cristal a través del cual se veía la máquina de resonancia magnética.

El técnico era extranjero, de piel oscura.

—¿Qué edad tiene, la niña? Es niña, ¿no?

—Sí, niña. Nueve meses.

—Unos buenos pulmones.

—Sí.

—Allá vamos. —Manipulaba los mandos y cuadrantes sin apenas prestar atención a mi hija.

Amanda estaba ya dentro de la máquina. Sus sollozos sonaban débilmente por el micrófono. El técnico accionó un interruptor, y se inició el tableteo de la bomba; hacía mucho ruido. Pero aún oía el llanto de mi hija.

Y de pronto el llanto se interrumpió.

Se quedó callada por completo.

Miré al técnico y la enfermera. El asombro se reflejaba en sus rostros. Todos pensamos lo mismo: algo horrible había ocurrido. El corazón se me aceleró. El técnico desconectó las bombas de inmediato y entramos apresuradamente en la otra sala.

Mi hija yacía allí, aún sujeta con las correas, respirando con esfuerzo, pero en apariencia bien. Parpadeó lentamente, como si estuviera aturdida. Tenía ya la piel de un rosa mucho más claro, con zonas de color normal. El sarpullido perdía intensidad por momentos ante nuestros ojos.

—¡No es posible! —exclamó el técnico.

En la sala de urgencias, no querían dejar marcharse a Amanda. Los cirujanos opinaban aún que tenía un tumor o un grave problema intestinal y preferían quedársela allí en observación. Pero el sarpullido seguía remitiendo gradualmente. A lo largo de la siguiente hora el color rosa se fue apagando hasta desaparecer por completo.

Nadie entendía qué había ocurrido, y los médicos estaban incómodos. Amanda volvía a tener el catéter en una vena del cuero cabelludo, pero esta vez al otro lado de la frente. Sin embargo aceptó un biberón y lo engulló vorazmente mientras la sostenía, observándome con la habitual mirada hipnótica de las tomas. Se la notaba francamente bien. Se durmió en mis brazos.

Permanecí allí sentado durante otra hora y luego insistí en que debía volver con mis hijos, debía llevarlos al colegio. Y poco después los médicos anunciaron un nuevo triunfo de la medicina moderna y me mandaron a casa con Amanda. La niña durmió profundamente todo el camino y no despertó cuando la saqué de la sillita. El cielo nocturno clareaba cuando recorrí con ella el camino de acceso y entré en la casa.

DÍA 3

06.07

La casa estaba en silencio. Los niños seguían dormidos. Encontré a Julia en el comedor, contemplando el jardín trasero por la ventana. Se oían el siseo y los chasquidos de los aspersores en marcha. Julia tenía una taza de café en las manos y permanecía inmóvil.

—Hemos vuelto —dije.

Ella se volvió.

—¿Está bien, la niña?

Le tendí el bebé.

—Eso parece.

—Gracias a Dios. Estaba muy preocupada, Jack. —Pero no tocó a Amanda, ni se acercó siquiera—. Estaba muy preocupada.

Hablaba con una voz extraña, remota. En realidad, su tono no parecía preocupado sino formal, como el de alguien que recitara las frases rituales de una cultura que no comprendía. Tomó un sorbo de café.

—No he podido dormir en toda la noche —dijo—. Estaba muy preocupada. Me sentía muy mal. Dios mío. —Me dirigió la mirada pero la desvió al instante. Su sentimiento de culpabilidad era evidente.

—¿Quieres cogerla?

—Esto... —Julia movió la cabeza en un gesto de negación y señaló la taza de su mano con la barbilla—. Ahora no. He de salir a echar un vistazo a los aspersores; están encharcando los rosales. —Y se fue al jardín.

La observé salir y quedarse examinando los aspersores. Me

lanzó una mirada y luego simuló comprobar la caja de los temporizadores de la pared. Abrió la tapa y echó una ojeada dentro. No lo entendí. Los jardineros habían ajustado los temporizadores de riego la semana anterior. Quizá no lo habían hecho correctamente.

Amanda gimoteó en mis brazos. La llevé a su habitación para cambiarla y la dejé en la cuna.

Cuando volví, Julia estaba en la cocina, hablando por su teléfono móvil. Ese era otro de sus nuevos hábitos. Ya no utilizaba el teléfono de la casa; usaba el móvil. Cuando le pregunté al respecto, contestó que era mucho más cómodo porque muchas de las llamadas eran conferencias, y la empresa pagaba las facturas del móvil.

Me aproximé lentamente, caminando por la alfombra. La oí decir:

—Sí, maldita sea, claro que sí, pero ahora debemos andar con cuidado... —Alzó la vista y me vio. Cambió de tono inmediatamente—. De acuerdo, esto... oye, Carol, creo que podemos resolver ese asunto con una llamada a Frankfurt. Envía luego un fax con los detalles e infórmame de su respuesta, ¿entendido? —Y cerró bruscamente el móvil.

Entré en la cocina.

—Jack, lamento irme antes de que se levanten los niños, pero...

—¿Tienes que irte?

—Sintiéndolo mucho, sí. Ha surgido un imprevisto en el trabajo.

Consulté mi reloj. Eran las seis y cuarto.

—Está bien.

—Entonces, tú... esto... los niños...

—Claro. Yo me ocuparé de todo.

—Gracias. Luego te llamaré.

Y se marchó.

Estaba tan cansado que no pensaba con claridad. El bebé aún dormía, y con suerte dormiría varias horas más. María, la asistenta, llegó a las seis y media y sacó los tazones para el desayuno. Los niños comieron y los llevé en coche al colegio. A duras penas conseguía mantenerme despierto. Bostecé.

Eric, en el asiento del acompañante, bostezó también.

—¿Tienes sueño hoy?

Asintió con la cabeza.

—Esos hombres me han despertado muchas veces —contestó.

—¿Qué hombres?

—Los hombres que han venido a casa esta noche.

—¿Qué hombres? —repetí.

—Los hombres de las aspiradoras. Han pasado las aspiradoras por todas partes. Y han aspirado el fantasma.

Nicole, en el asiento trasero, se rió.

—El fantasma...

—Me parece que estabas soñando, hijo.

Últimamente Eric tenía por las noches vívidas pesadillas que lo despertaban a menudo. Estaba casi seguro de que se debía a que Nicole le dejaba ver películas de terror con ella, consciente de que lo alterarían. Nicole pasaba por una edad en la que los personajes de sus películas preferidas eran asesinos enmascarados que mataban a adolescentes después de mantener relaciones sexuales con ellas. Era la fórmula de siempre: tienes relaciones sexuales, mueres. Pero no era apropiado para Eric. Había hablado con ella muchas veces sobre eso.

—No, papá, no ha sido un sueño —insistió Eric, bostezando otra vez—. Esos hombres estaban allí. Un montón.

—Ajá. ¿Y qué era el fantasma?

—Era un fantasma. Plateado y brillante, solo que no tenía cara.

—Ajá. —Estábamos aparcando delante del colegio, y Nicole decía que debía recogerla a las cuatro y cuarto en lugar de las cuatro menos cuarto porque tenía ensayo con el coro después de clase, y Eric que no pensaba ir al pediatra si iba a ponerle una inyección. Repetí el eterno mantra de todos los padres—: Ya veremos.

Los dos salieron del coche arrastrando sus mochilas. Ambos llevaban mochilas que pesaban alrededor de diez kilos cada una. No conseguía acostumbrarme a eso. En mis tiempos, los niños de su edad no llevaban mochilas enormes. Ni siquiera llevaban mochila. Ahora, por lo visto, todos las usaban. Uno veía a niños de segundo de primaria doblados como sherpas, entrando a rastras por las puertas de los colegios bajo el peso de sus mochilas. Algunos las tenían con ruedas y tiraban de ellas como quien tira de sus maletas en un aeropuerto. No me lo explicaba. El mundo entraba en la era digital; todo era más pequeño y ligero. Sin embargo los colegiales acarreaban más peso que nunca.

Hacía un par de meses, en una reunión de padres, había planteado la cuestión. Y el director dijo: «Sí, es un grave problema. Nos preocupa mucho a todos». Y luego cambió de tema.

Eso tampoco lo entendía. Si tanto preocupaba a todos, ¿por qué no se hacía algo al respecto? Pero eso, naturalmente, forma parte de la naturaleza humana. Nadie hace nada hasta que es demasiado tarde. Ponemos el semáforo en un cruce peligroso cuando un niño muere atropellado.

Volví a casa a través del lento tráfico de la mañana. Pensaba que podría dormir un par de horas. No tenía otra cosa en mente.

María me despertó a eso de las once sacudiéndome por el hombro insistentemente.

—Señor Forman, señor Forman.

Estaba aturdido.

—¿Qué ocurre?

—La niña.

Desperté de inmediato.

—¿Qué le pasa?

—Venga a verla, señor Forman. Está toda... —Hizo un gesto, frotándose el hombro y el brazo.

—Está toda ¿cómo?

—Venga a verla, señor Forman.

Tambaleándome, me levanté de la cama y fui a la habitación de la niña. Amanda estaba de pie en la cuna, agarrada a los barrotes. Brincaba y sonreía alegremente. Todo parecía normal, salvo por el hecho de que tenía el cuerpo de un uniforme color azul violáceo, como un enorme moretón.

—¡Dios mío! —exclamé.

No resistiría otro episodio en el hospital, no resistiría a más médicos en bata blanca que no decían nada, no resistiría que volvieran a asustarme de aquella manera. Aún no me había recuperado de la noche anterior. Se me revolvió el estómago ante la posibilidad de que mi hija tuviera alguna enfermedad grave. Me acerqué a Amanda, que, sonriendo, lanzó gorgoritos de satisfacción. Alargó un brazo hacia mí, abriendo y cerrando la mano, la señal para que la cogiera.

Así que la cogí. Se la veía bien. De inmediato me tiró del pelo e intentó quitarme las gafas, como siempre hacía. Sentí alivio, pese a que, de cerca, su piel no ofrecía mejor aspecto. Parecía amoratada, tenía el color de un moretón, excepto que se extendía uniformemente por todo su cuerpo. Daba la impresión de que la hubieran sumergido en tinte. La uniformidad del color era alarmante.

Decidí que, me gustara o no, debía telefonear al médico de urgencias. Saqué su tarjeta del bolsillo mientras Amanda intentaba agarrarme las gafas. Marqué con una sola mano. Era capaz de hacerlo casi todo con una sola mano. El propio médico atendió en el acto. Pareció sorprenderse.

—Ah —dijo—. Me disponía a telefonearle. ¿Cómo está su hija?

—Bien, parece que se encuentra bien —contesté, apartando la cabeza para que Amanda no llegara a mis gafas. Se reía; se había convertido en un juego para ella—. Está bien, pero el problema...

—¿Tiene moretones, por casualidad?

—Sí —respondí—. De hecho, así es. Por eso le llamaba.

—¿Es una moradura uniforme, por todo el cuerpo?

—Sí, exacto. ¿Cómo lo sabe?

—Bueno —dijo el doctor—, han llegado los resultados de los análisis, y todo es normal. Completamente normal. Una niña sana. Solo nos falta la resonancia magnética, pero la máquina está averiada. Dicen que tardará unos días.

No podía seguir esquivando los manotazos de Amanda, así que la dejé en la cuna mientras hablaba. Eso no le gustó, naturalmente, e hizo un puchero, dispuesta a llorar. Le di el Monstruo de las Galletas y se sentó a jugar con él. Sabía que el muñeco servía para unos cinco minutos.

—En todo caso —seguía el médico—, me alegra oír que está bien.

Dije que a mí también me alegraba.

Se produjo un silencio. El médico tosió.

—Señor Forman, he visto que en el formulario de ingreso en el hospital ponía que su profesión es ingeniero de software.

—Así es.

—¿Significa eso que trabaja en algún proceso de fabricación?

—No. Me dedico al desarrollo de programas.

—¿Y dónde trabaja?

—En Silicon Valley.

—¿No trabaja en una fábrica, por ejemplo?

—No. Trabajo en una oficina.

—Entiendo. —Una pausa—. ¿Puedo preguntar dónde?

—En realidad ahora estoy en el paro.

—Entiendo. Bien, ¿y desde cuándo?

—Desde hace seis meses.

—Entiendo. —Un breve silencio—. Bueno, nada, solo quería aclarar ese punto.

—¿Por qué? —pregunté.

—¿Cómo dice?

—¿Por qué me pregunta eso?

—Ah, viene en el formulario.

—¿Qué formulario? —dije—. Rellené todos los formularios en el hospital.

—Este es otro formulario —respondió—. Una encuesta del Departamento de Sanidad.

—¿A qué viene todo esto?

—Se nos ha informado de otro caso muy parecido al de su hija.

—¿Dónde?

—En el Hospital General de Sacramento.

—¿Cuándo?

—Hace cinco días —explicó el médico—. Pero se trata de una situación muy distinta. El otro afectado era un naturalista de cuarenta y dos años que dormía al aire libre en las Sierras, un especialista en flores silvestres. Tenía que ver con una determinada clase de flor o algo así. La cuestión es que lo hospitalizaron en Sacramento y su caso presentó la misma evolución clínica que el de su hija: aparición repentina y sin causa aparente, reacción eritematosa con dolor.

—¿Y el proceso se interrumpió con la resonancia magnética?

—No sé si hubo resonancia magnética —respondió—. Pero aparentemente este síndrome, sea lo que sea, es autolimitado. Aparición brusca y final súbito.

—¿Está bien ahora, el naturalista?

—Está perfectamente. Un par de días amoratado, y nada más.

—Bueno, me alegra oírlo.

—Pensaba que le interesaría saberlo —dijo, y añadió que posiblemente volvería a telefonearme para hacerme más preguntas, y quiso saber si no tenía inconveniente. Le contesté que podía llamar cuando quisiera. Me pidió que lo avisara si se producía alguna novedad en el estado de Amanda. Le aseguré que así lo haría y colgué.

Amanda había dejado el Monstruo de las Galletas y estaba de pie en la cuna, sujetándose a la barandilla con una mano y tendiendo hacia mí la otra, agarrando el aire con sus deditos.

La cogí, y al instante me quitó las gafas. Intenté recuperarlas mientras ella chillaba de satisfacción.

—Amanda...

Pero ya era demasiado tarde; las tiró al suelo.

Parpadeé.

Sin gafas veo muy mal. Aquellas eran de montura metálica, y difíciles de ver en ese momento. Con la niña aún en brazos, me arrodillé y recorrí el suelo en círculos con la mano esperando tocar cristal. No las encontré. Entorné los ojos, avancé un poco y volví a buscar a tientas. Todavía nada. Entonces vi un destello debajo de la cuna. Dejé a la niña en el suelo, me deslicé bajo la cuna, cogí las gafas y me las puse. Al hacerlo, me golpeé la cabeza contra la cuna y volví a agacharla.

Y casualmente fijé la mirada en la toma de corriente de la pared. Había una pequeña caja de plástico conectada. La desenchufé y la examiné. Era un cubo de cinco centímetros de lado, un amortiguador de onda en apariencia, un producto comercial corriente, fabricado en Tailandia. Los voltajes de entrada y salida estaban grabados en el plástico. En la parte inferior llevaba una etiqueta blanca con un código de barras y un rótulo donde se leía PROP. SSVT. Era uno de esos adhesivos que las empresas colocan en su material.

Di vueltas al cubo en la mano. ¿De dónde había salido? Me ocupaba de la casa desde hacía seis meses. Sabía qué había dónde.

Y desde luego Amanda no necesitaba un amortiguador de onda en su habitación. Solo era necesario para equipo electrónico delicado, como los ordenadores.

Me levanté y eché un vistazo alrededor para ver qué más había cambiado en la habitación. Para mi sorpresa, advertí que todo había cambiado, pero solo un poco. La lamparilla nocturna de Amanda tenía personajes de Winnie the Pooh en la pantalla. Yo siempre dejaba a Tigger en dirección a la cuna, porque era el preferido de la niña. Ahora Eeyore estaba de cara a la cuna. La tabla del cambiador de Amanda tenía una mancha en una esquina; yo siempre dejaba la mancha en el ángulo inferior izquierdo. Ahora estaba en el ángulo superior derecho. Yo dejaba las cremas hidratantes en la repisa a la izquierda, fuera de su alcance. Ahora estaban demasiado cerca; ella podía cogerlas. Y había otros detalles...

La asistenta entró detrás de mí.

—María —dije—, ¿ha limpiado esta habitación?

—No, señor Forman.

—Pero hay cosas cambiadas.

Ella echó una ojeada alrededor y se encogió de hombros.

—No, señor Forman. Todo está igual que siempre.

—No, no —insistí—. Está cambiada. —Señalé la pantalla de la lamparilla, la tela del cambiador—. Eso ha cambiado.

María volvió a encogerse de hombros.

—Si usted lo dice, señor Forman...

Percibí su expresión de desconcierto. O no me entendía, o pensaba que me había vuelto loco. Y probablemente parecía un tanto loco, un adulto obsesionado por una pantalla de Winnie the Pooh.

Le mostré el cubo.

—¿Había visto esto antes?

Negó con la cabeza.

—No.

—Estaba debajo de la cuna.

—No lo sé, señor Forman. —Lo inspeccionó, dándole la vuelta. Hizo un gesto de incomprensión y me lo devolvió. Actuaba con naturalidad, pero tenía una mirada alerta.

Empecé a sentirme incómodo.

—Muy bien, María —dije—. No se preocupe.

Se agachó para levantar a la niña.

—Ahora le daré de comer.

—Sí, bien.

Salí al pasillo con una extraña sensación.

Por pura curiosidad, consulté «SSVT» en Internet. Encontré enlaces del templo de Sri Siva Vishnu, el centro de instrucción de las Waffen-SS en Konitz, objetos nazis en venta, Subsystems Sample Display Technology, South Shore Vocational-Technology School, Optical VariTemp Cryostat Systems, Solid Surfacing Veneer Tiles para suelos domésticos, un grupo musical llamado SlingshotVenus, la Federación de Tiro Suiza, y a partir de ahí iba de mal en peor.

Apagué el ordenador.

Miré por la ventana.

María me había dado una lista de la compra, escrita con su letra casi ininteligible. Me convenía comprar antes de recoger a los niños. Pero no me moví. A veces tenía la impresión de que el implacable ritmo de la vida en el hogar me superaba, me dejaba exhausto y vacío. En tales ocasiones tenía que quedarme sentado durante unas horas.

No deseaba moverme. No en ese momento.

Me pregunté si Julia telefonearía esa noche, y si tendría un pretexto distinto. Me pregunté qué haría si un día venía y anunciaba que estaba enamorada de otro. Me pregunté qué haría si por entonces no tenía aún trabajo.

Me pregunté cuándo volvería a encontrar trabajo. Dejando vagar la mente, di vueltas al amortiguador de onda entre los dedos sin prestarle atención.

Frente a mi ventana había un enorme bucare con espeso follaje y el tronco verde. Lo plantamos al trasladarnos a esta casa, y entonces era mucho más pequeño. Naturalmente lo hicieron los jardineros, pero estábamos todos presentes. Nicole jugaba con su pala y su cubo de plástico. Eric gateaba por el césped en pañales. Julia, recurriendo a sus encantos, había convencido a los jardineros para que se quedaran a acabar el trabajo pese a ser ya tarde. Cuando se marcharon, la besé y le quité un poco de tierra de la nariz. Dijo: «Algún día dará sombra a toda la casa».

Finalmente no fue así. Durante una tormenta se rompió una rama y después creció ya un poco ladeado. El bucare es un árbol de madera blanda; las ramas se parten con facilidad. Nunca creció lo suficiente para dar sombra a toda la casa.

No obstante conservaba un vívido recuerdo de aquel momento. Mirando por la ventana, nos vi a todos de nuevo en el jardín. Pero era solo un recuerdo. Y temía que ya no se correspondiera con la realidad.

Después de trabajar durante años con sistemas multiagente, uno empieza a ver la vida en función de esos programas.

En esencia, un entorno multiagente puede concebirse como una especie de tablero de ajedrez, donde los agentes son las piezas. Los agentes interactúan sobre el tablero para alcanzar un objetivo, del mismo modo que las piezas de ajedrez se mueven a fin de ganar la partida. La diferencia es que nadie mueve los agentes. Interactúan por sí solos para producir el resultado.

Si los agentes se diseñan para tener memoria, desarrollan cierto conocimiento acerca de su entorno. Recuerdan qué posiciones del tablero han ocupado y qué ocurría allí. Pueden regresar a ciertos sitios, con ciertas expectativas. Al final, los programadores dicen que los agentes tienen creencias respecto a su entorno y que actúan conforme a esas creencias. Eso no es verdad en sentido estricto, claro está, pero bien podría serlo, o al menos lo parece.

Pero lo interesante es que con el tiempo algunos agentes adquieren creencias erróneas. Sea por un conflicto de motivos, sea por otra razón, empiezan a actuar indebidamente. El entorno ha variado, pero en apariencia ellos no lo saben. Repiten pautas desfasadas. Su comportamiento no refleja ya la realidad del tablero. Es como si se hubiesen quedado anclados en el pasado.

En programas evolutivos, esos agentes se extinguen; no tienen sucesores. En otros programas multiagente simplemente se los excluye, se los arrincona en la periferia mientras los agentes de la corriente principal siguen adelante. Algunos programas tienen un módulo «guadaña» que actúa como criba y de vez en cuando los retira del tablero.

Pero la cuestión es que se quedan anclados en su propio pasado. A veces se recuperan y vuelven a ponerse al día; a veces no.

Esta clase de reflexiones me inquietaban mucho. Nervioso, me revolví en la silla y eché un vistazo al reloj. Con alivio vi que era hora de ir a buscar a los niños.

Eric hizo los deberes en el coche mientras esperábamos a que acabara el ensayo de su hermana.

Nicole salió de mal humor; pensaba que conseguiría uno de los papeles principales, pero el profesor de arte dramático la puso como simple comparsa.

—¡Solo dos frases! —exclamó, cerrando con fuerza la puerta del coche—. ¿Quieres saber qué digo? «Mirad, ahí viene John.» Y en el segundo acto: «Eso parece bastante grave». ¡Dos frases! —Se recostó contra el asiento y cerró los ojos—. No entiendo qué problema tiene conmigo el señor Blakey.

—Quizá piensa que das pena —dijo Eric.

—¡Cagada de rata! —Amanda le dio una palmada a su hermano en la cabeza—. ¡Culo de mono!

—Ya basta —ordené a la vez que ponía el coche en marcha—. Los cinturones de seguridad.

—Este cerebro de mosquito no se entera de nada —dijo Nicole, abrochándose el cinturón.

—He dicho que basta.

—Me entero de que eres una inútil —replicó Eric.

—Basta ya, Eric.

—Eso, Eric, escucha a papá y cállate.

—Nicole... —Le lancé una mirada a través del retrovisor.

—Lo siento.

Parecía al borde del llanto.

—Cariño, es una lástima que no te hayan dado el papel que querías. Sé que te hacía mucha ilusión, y debes de estar muy decepcionada.

—No. No me importa.

—Lo siento de todos modos.

—De verdad, papá, no me importa. Ya es cosa pasada. Pienso en el futuro. —Y al cabo de un momento—: ¿Sabes a quién se lo han dado? ¡A la pelota de Katie Richards! ¡El señor Blakey es un gilipollas!

Antes de que yo pudiera despegar los labios, se echó a llorar con sonoros e histriónicos sollozos. Eric me miró y puso los ojos en blanco.

En el coche, camino de casa, tomé nota mentalmente de que debía hablar con Nicole acerca de su vocabulario después de la cena cuando se hubiera calmado.

Estaba troceando judías verdes para meterlas en la vaporera cuando Eric apareció en la puerta de la cocina.

—Oye, papá, ¿dónde está mi MP3?

—No lo sé —contesté. No acababa de acostumbrarme a la idea de que debía saber dónde estaban las pertenencias de mis hijos: la Gameboy de Eric, su guante de béisbol, las camisetas de Nicole, su pulsera...

—Pues no lo encuentro.

Eric se quedó en la puerta, sin acercarse, por si acaso le pedía que me ayudara a poner la mesa.

—¿Lo has buscado?

—Por todas partes, papá.

—Ya. ¿Has mirado en tu habitación?

—De arriba abajo.

—¿En el salón?

—En todas partes.

—¿En el coche? Quizá te lo has dejado en el coche.

—No, papá.

—¿No lo habrás dejado en tu taquilla del colegio?

—No tenemos taquillas; tenemos casillas.

—¿Has buscado en los bolsillos de tu cazadora?

—Vamos, papá. Ya he hecho todo eso. Lo necesito.

—Puesto que has buscado ya en todas partes, tampoco yo lo encontraré, ¿no crees?

—Papá, ¿podrías ayudarme, por favor?

Al estofado le quedaba aún media hora. Dejé el cuchillo y fui a la habitación de Eric. Busqué en los lugares habituales: al fondo del armario, donde la ropa estaba amontonada de cualquier manera (tendría que hablar con María al respecto), bajo la cama, detrás de la mesilla de noche, en el último cajón del mueble del cuarto de baño y debajo de las cosas apiladas en su mesa. Eric tenía razón. Su MP3 no estaba en la habitación. Nos dirigimos hacia el salón. Al pasar frente a la habitación del bebé, eché un vistazo dentro. Y lo vi al instante. Estaba en el estante contiguo al cambiador, junto a las cremas. Eric lo cogió.

—¡Gracias, papá! —exclamó, y se marchó corriendo.

Era inútil preguntar qué hacía en la habitación del bebé. Regresé a la cocina y continué cortando las judías verdes. Casi de inmediato:

—¡Papá!

—¿Qué?

—¡No funciona!

—No grites.

Eric volvió a la cocina malhumorado.

—Lo ha roto —protestó.

—¿Quién lo ha roto?

—Amanda. Ha babeado encima o algo, y lo ha roto. No es justo.

—¿Has comprobado la pila?

Me lanzó una mirada lastimera.

—Claro, papá. ¡Lo ha roto, ya te lo he dicho! ¡No es justo!

Dudaba que su MP3 estuviera roto. Aquellos aparatos eran sólidos, sin piezas móviles. Y era demasiado grande para que la niña pudiera manipularlo. Eché las judías verdes en la bandeja de la vaporera y tendí la mano.

—Déjamelo.

Entramos en el garaje y saqué la caja de herramientas. Eric observaba todos mis movimientos. Tenía un juego completo de pequeñas herramientas para ordenadores y aparatos electrónicos. Desenrosqué cuatro tornillos de estrella, y la tapa se desprendió. Examiné la placa base. Estaba cubierta de una fina capa de polvo grisáceo, como hilas de una secadora de ropa, que oscurecía todos los componentes electrónicos. Sospeche que Eric, jugando al béisbol, se había lanzado a la primera base con el aparato en el bolsillo. Probablemente por eso no funcionaba el aparato. Pero examiné el borde del plástico y vi una junta de goma donde se encajaba la tapa posterior. Lo habían diseñado hermético... como era lógico.

Soplé el polvo para ver mejor. Esperaba encontrar un contacto suelto, o un chip de memoria desprendido a causa del calor, o en todo caso cualquier cosa fácil de arreglar. Entornando los ojos intenté ver el código de los chips. El de uno de ellos estaba medio oculto, porque parecía haber una especie de...

Me interrumpí.

—¿Qué es? —preguntó Eric, observándome.

—Dame esa lupa.

Eric me entregó un lupa enorme, y yo bajé la lamparilla de alta intensidad y me incliné sobre el chip para examinarlo atentamente. El motivo por el que no podía leer el código era que la superficie del chip estaba corroída. Todo el chip tenía grabados algo así como pequeños riachuelos, un delta en miniatura. Comprendí entonces de dónde procedía el polvo. Eran los residuos desintegrados del chip.

—¿Puedes arreglarlo, papá? —quiso saber Eric—. ¿Puedes?

¿Cuál podía ser la causa de aquello? El resto de la placa base parecía en buen estado. El controlador estaba intacto. Solo el chip de memoria estaba dañado. No era experto en hardware, pero sabía lo suficiente para realizar operaciones básicas en el ordenador. Podía instalar discos duros, añadir memoria, y cosas así. Había manipulado antes chips de memoria y nunca había visto nada semejante. La única posibilidad que se me ocurrió fue que se trataba un chip defectuoso. Posiblemente los MP3 se montaban con los componentes más baratos.

—Papá, ¿puedes arreglarlo?

—No —dije—. Necesita otro chip. Mañana compraré uno.

—Porque ella lo ha ensuciado, ¿verdad?

—No. Creo que simplemente es un chip defectuoso.

—Papá, ha funcionado bien durante un año. Lo ha ensuciado ella. ¡No es justo!

Como si acabara de oírlo, la niña empezó a llorar. Dejé el MP3 en la mesa del garaje y volví a entrar en la casa. Consulté mi reloj. Mientras acababa de hacerse el estofado, tenía el tiempo justo para cambiar el pañal a Amanda.

A eso de las nueve Amanda y Eric estaban dormidos y la casa en silencio excepto por la voz de Nicole que repetía: «*Eso* parece bastante grave. Eso *parece* bastante grave. Eso parece... *bastante grave*». De pie frente al espejo del baño, se miraba y recitaba su frase.

Había encontrado en el buzón de voz un mensaje de Julia avisándome de que volvería a las ocho, pero no había llegado. No estaba dispuesto a telefonearla para averiguar qué le había pasado. Además, estaba cansado, demasiado cansado para reunir la energía necesaria para preocuparme por ella. En los últimos meses había descubierto muchos trucos domésticos, en su mayoría relacionados con un uso abundante del papel de aluminio para no tener que limpiar tanto; aun así, después de cocinar, poner la mesa, dar de cenar a los niños, hacer el avión para que Amanda se comiera los cereales, recoger los platos, limpiar la sillita, acostar a la pequeña y luego ordenar la cocina, estaba cansado. Sobre todo porque la niña había escupido una y otra vez la papilla y Eric había repetido sin cesar durante toda la cena que no era justo, que quería barritas de pollo en lugar de estofado.

Me desplomé en la cama y encendí el televisor.

En la pantalla solo se veían interferencias y de pronto me di cuenta de que el DVD seguía en marcha, interrumpiendo la transmisión. Pulse el botón del mando a distancia y aparecieron las imágenes del disco. Era la demostración de Julia, de varios días atrás.

La cámara avanzó por la corriente sanguínea y entró en el corazón. Una vez más vi los glóbulos rojos yendo de un lado a otro en el líquido casi incoloro. Julia hablaba. En la camilla yacía el sujeto con la antena sobre el cuerpo.

«Salimos del ventrículo, y más adelante pueden ver la aorta... y ahora recorreremos el sistema arterial...»

Se volvió de cara a la cámara.

«Solo hemos visto unas breves secuencias, pero podemos dejar la cámara en movimiento durante media hora y construir detalladas imágenes de todo aquello que nos interese observar. Utilizando un potente campo magnético, incluso podemos detener la cámara. Al acabar, nos limitamos a pasar la sangre por un bucle intravenoso rodeado de un potente campo magnético, a fin de extraer las partículas, y luego mandamos al paciente a casa. —La imagen volvió a centrarse en Julia—. Esta tecnología de Xymos es segura, fiable y sumamente fácil de usar. No requiere personal muy cualificado; puede administrarla una enfermera o un auxiliar médico. Solo en Estados Unidos muere un millón de personas cada año a causa de enfermedades vasculares. A más de treinta millones se les ha diagnosticado una enfermedad cardiovascular. Las perspectivas comerciales de esta tecnología de formación de imágenes son extraordinarias. Como es indolora, simple y segura, sustituirá a otras técnicas de formación de imágenes, tales como el TAC y la angiografía, y se convertirá en el procedimiento estándar. Lanzaremos al mercado las cámaras nanotecnológicas, la antena y los sistemas de monitorización. Nuestro coste por prueba será solo de veinte dólares. Esto contrasta con ciertas tecnologías genéricas que cuestan entre dos y tres mil dólares la prueba. Pero con estos veinte dólares esperamos unos beneficios mundiales por encima de los cuatrocientos millones de dólares en el primer año. Y una vez establecido el procedimiento, estas cifras se triplicarán. Estamos hablando de una tecnología que generará mil doscientos millones de dólares al año. Ahora, si tienen alguna pregunta...»

Bostecé y apagué el televisor. Era impresionante, y su argumentación convincente. De hecho, no entendía por qué Xymos tenía problemas para financiar su siguiente etapa. Para los inversores, aquello debía de ser una apuesta segura.

Pero probablemente Julia no tenía en realidad ningún problema. Probablemente utilizaba la crisis de financiación como excusa para llegar tarde todas las noches. Por razones personales.

Apagué la luz. Tendido en la cama a oscuras, con la mirada fija en el techo, empecé a ver imágenes fugaces. El muslo de Julia sobre la pierna de otro hombre. La espalda de Julia arqueada. Julia respirando agitadamente, sus músculos tensos. Sus brazos extendidos para apuntalarse en la cabecera de la cama. Me era imposible detener esas imágenes.

Me levanté y fui a ver cómo estaban los niños. Nicole seguía despierta, enviando mensajes a sus amigos. Le dije que era hora de apagar las luces. Eric se había destapado. Volví a cubrirlo con las mantas. La pequeña continuaba amoratada pero dormía profundamente, con la respiración plácida y uniforme.

Me acosté de nuevo. Intenté dormirme, pensar en cualquier otra cosa. Me revolví, me reacomodé la almohada, me levanté a buscar un vaso de leche con galletas. Al final entré en un inquieto duermevela.

Y tuve un sueño muy extraño.

En algún momento de la noche, me volví y vi a Julia de pie junto a la cama, desnudándose. Moviéndose muy despacio, como si estuviera cansada o soñolienta, se desabrochó la blusa. Se hallaba de espaldas a mí, pero le veía la cara en el espejo. Estaba preciosa, casi imponente. Sus facciones parecían más cinceladas de cómo yo las recordaba, aunque quizá se debía solo a la luz.

Yo tenía los ojos entornados. Ella no había advertido que estaba despierto. Siguió desabrochándose la blusa lentamente. Movía los labios, como si susurrara algo o rezara. Absorta en sus pensamientos, tenía la mirada perdida en el vacío.

De pronto, mientras la observaba, sus labios adquirieron un color primero rojo oscuro y luego negro. No pareció darse cuenta de ello. El color negro se extendió desde su boca por las mejillas y la parte inferior de la cara y continuó por el cuello. Contuve la respiración. Sentí un gran peligro. La negrura se propagó uniformemente por su cuerpo hasta cubrirlo por completo, como una capa. Solo la mitad superior de su cara quedó a la vista. Tenía la expresión serena; de hecho parecía ajena a todo, con la vista en el vacío, los oscuros labios moviéndose aún en silencio. Contemplándola, noté un escalofrío que me llegó hasta los huesos. Al cabo de un momento, la negra mancha se esparció por el suelo y desapareció.

Julia, otra vez normal, acabó de quitarse la blusa y entró en el cuarto de baño.

Yo quería levantarme y seguirla, pero descubrí que no podía moverme. Una profunda fatiga me mantenía inmovilizado en la cama. Me sentía tan exhausto que apenas podía respirar. Aquella opresiva sensación aumentó por momentos y debilitó mi conciencia. Perdí toda noción, noté que se me cerraban los ojos, y me dormí.

DÍA 4

06.40

A la mañana siguiente el sueño seguía en mi mente, vívido y perturbador. Me parecía absolutamente real, no un sueño.

Julia ya se había despertado. Dejé la cama y la rodeé para acercarme al lugar donde había visto a Julia la noche anterior. Examiné la alfombra, la mesilla de noche, las sábanas arrugadas y la almohada. No había nada fuera de lo común, nada anormal. Ni líneas oscuras ni marcas en ninguna parte.

Entré en el cuarto de baño y eché un vistazo a sus cosméticos, meticulosamente ordenados en su lado del lavabo. Todo lo que veía era lo habitual. Por perturbador que hubiera sido el sueño, no era más que un sueño.

Pero una parte de él era muy cierta: Julia estaba más atractiva que nunca. Cuando la encontré en la cocina, sirviéndose café, vi que su cara parecía en efecto mejor cincelada, más llamativa. Julia siempre había tenido una cara regordeta. Ahora la tenía estilizada, bien definida. Parecía una modelo de alta costura. También su cuerpo —ahora que lo observaba de cerca— parecía más esbelto, más musculoso. No había perdido peso; simplemente parecía más en forma, rebosante de energía.

—Estás magnífica —comenté.

Se echó a reír.

—No me explico cómo es posible. Estoy agotada.

—¿A qué hora llegaste?

—A eso de las once. Espero no haberte despertado.

—No. Pero he tenido un sueño extraño.

—¿Ah, sí?

—Sí, era...

—¡Mamá! ¡Mamá! —Eric irrumpió en la cocina—. ¡No es justo! Nicole no sale del cuarto de baño. Lleva una hora ahí dentro. ¡No es justo!

—Usa nuestro cuarto de baño.

—Pero necesito mis calcetines, mamá. No es justo.

Este era un problema habitual. Eric tenía dos o tres pares de calcetines preferidos que se ponía un día tras otro hasta que quedaban negros de mugre. Por alguna razón, los otros calcetines de su cajón no le satisfacían. Nunca conseguía que me explicara el motivo. Pero elegir los calcetines por las mañanas era un serio problema.

—Eric —dije—, ya habíamos hablado de esto. Tienes que llevar calcetines limpios.

—¡Pero esos son los buenos!

—Eric, tienes calcetines buenos de sobra.

—No es justo, papá. Lleva una hora ahí dentro, en serio.

—Eric, ve a coger otros calcetines.

—Papá...

Me limité a señalar con el dedo hacia su habitación.

Se alejó mascullando que no era justo.

Me volví hacia Julia para reanudar nuestra conversación. Me miraba con frialdad.

—Realmente no te das por enterado, ¿verdad?

—¿Enterado de qué?

—Eric ha venido a hablar conmigo, y tú te has entrometido. Te has adueñado de la situación.

De inmediato comprendí que tenía razón.

—Lo siento —dije.

—Jack, últimamente no veo mucho a los niños. Creo que debería poder relacionarme con ellos sin tu intervención.

—Lo siento. Me enfrento a asuntos como este a todas horas del día, y supongo...

—Esto es un verdadero problema.

—Ya me he disculpado.

—Ya lo sé, pero dudo que sea una disculpa sincera, porque no veo ningún cambio en tu tendencia al control.

—Julia —dije. Yo intentaba no perder los estribos. Respiré hondo—. Tienes razón. Lamento lo ocurrido.

—Lo dices solo para que me calle —reprochó—. Me apartas de mis hijos...

—¡Por Dios, Julia, nunca estás aquí!

Un silencio glacial. A continuación:

—Claro que estoy aquí —replicó—. ¿Cómo te atreves a decir eso?

—Un momento, un momento. ¿Cuándo estás aquí? ¿Cuándo llegaste por última vez a la hora de la cena, Julia? Anoche no, la noche anterior tampoco, ni la anterior. Ninguna noche en toda la semana, Julia. Nunca estás aquí.

Me miró con ira.

—No sé qué te propones, Jack. No sé a qué estás jugando.

—No juego a nada. Estoy haciéndote una pregunta.

—Soy una buena madre, intento equilibrar las obligaciones de un trabajo muy exigente, *muy* exigente, y las necesidades de mi familia. Y no encuentro ninguna ayuda de ti.

—¿De qué estás hablado? —pregunté, levantando cada vez más la voz. Empezaba a tener una impresión de irrealidad.

—Invades mi terreno, me saboteas, vuelves a los niños en mi contra —dijo—. Me doy perfecta cuenta de lo que estás haciendo. No creas que no lo noto. No me das el menor apoyo. Después de tantos años de matrimonio, debo decir que esa no es manera de tratar a tu esposa.

Y salió airada de la habitación con los puños apretados. Tan furiosa estaba que no vio a Nicole ante la puerta, escuchándolo todo. Y mirándome con asombro cuando su madre se marchó.

Íbamos en el coche camino del colegio.

—Está loca, papá.

—No, no lo está.

—Sabes que sí lo está. Simplemente disimulas.

—Nicole, es tu madre —dije—. Tu madre no está loca. Últimamente trabaja muchas horas.

—Eso dijiste la semana pasada, después de la pelea.

—Pues resulta que es la verdad.

—Antes no discutíais.

—En estos momentos hay mucha tensión.

Nicole lanzó un resoplido, cruzó los brazos y fijó la mirada al frente.

—No sé cómo la aguantas.

—Y yo no sé por qué estabas escuchando lo que no era de tu incumbencia.

—Papá, ¿por qué me sales con ese rollo?

—Nicole...

—Lo siento. Pero ¿por qué no puedes mantener una conversación como es debido en lugar de defenderla continuamente? Lo que está haciendo no es normal. Estoy segura de que piensas que se ha vuelto loca.

—No es verdad —contesté.

Desde el asiento trasero Eric le dio un manotazo en la cabeza.

—Eres tú la loca —dijo.

—Cállate, pedo.

—Cállate tú, vómito de rata.

—No quiero oíros más a ninguno de los dos —ordené, levantando la voz—. No estoy de humor.

Nos deteníamos ya frente al colegio. Los niños bajaron. Una vez fuera, Nicole se volvió para coger la mochila, me lanzó una mirada y se fue.

No pensaba que Julia estuviera loca, pero desde luego algo había cambiado, y mientras reproducía mentalmente la conversación de esa mañana, sentí inquietud por otras razones. Muchos de sus comentarios inducían a pensar que estaba preparando una acusación contra a mí, elaborándola metódicamente, paso a paso.

«Lo dices solo para que me calle, me apartas de mis hijos...»

«Nunca estás aquí, solo que no te das cuenta.»

«Soy una buena madre, intento equilibrar las obligaciones de un trabajo muy exigente y las necesidades de mi familia.»

«No me das el menor apoyo, invades mi terreno y me saboteas.»

«Vuelves a los niños en mi contra.»

Me imaginaba a su abogado aduciendo esas razones en un juicio. Y sabía por qué. Según un reciente artículo que había leído en la revista *Redbook,* la «enajenación del afecto» era actualmente el argumento de moda en los tribunales. El padre vuelve a los hijos contra la madre. Envenena sus jóvenes mentes de palabra y obra. Mientras la madre, como siempre, queda libre de toda culpa.

Todos los padres eran conscientes de que el sistema legal se decantaba irremediablemente a favor de las madres. Los tribunales hablaban mucho de igualdad y al final dictaminaban que un niño necesitaba a su madre. Aunque estuviera ausente. Aunque le pegara u olvidara darle de comer. Siempre y cuando no se drogara o rompiera los huesos a los niños, era una madre idónea a los ojos de la ley. Incluso si se drogaba, un padre podía perder el caso. Uno de mis amigos de MediaTronics tenía una ex esposa heroinómana que entraba y salía de los centros de rehabilitación desde hacía años. Finalmente se divorciaron y tenían la custodia compartida. Supuestamente ella ya no consumía, pero los niños decían que sí. Mi amigo estaba preocupado. No quería que su ex mujer llevara a los niños en coche cuando estaba colocada. No quería que hubiera camellos alrededor de los niños. Así que acudió a los tribunales para solicitar la custodia plena, y se la denegaron. Según el juez, la esposa realizaba un sincero esfuerzo por superar su adicción, y los niños necesitaban a su madre.

Esa era, pues, la realidad. Y ahora yo tenía la impresión de que Julia empezaba a preparar su acusación. La idea me horrorizaba.

Cuando estaba ya con los nervios a flor de piel, sonó el teléfono móvil. Era Julia. Llamaba para pedir disculpas.

—Lo siento mucho. Hoy he dicho muchas estupideces. No lo decía en serio.

—¿A qué te refieres en particular?

—Jack, sé que me apoyas. Claro que me apoyas. No podría arreglármelas sin ti. Estás haciendo un magnífico trabajo con los niños. Últimamente no soy la de siempre. Ha sido una estupidez, Jack. Lamento haber dicho todo eso.

Cuando colgué, pensé: ojalá lo hubiera grabado.

Tenía una entrevista a las diez con una cazatalentos, Annie Gerard. Nos encontramos en la soleada terraza de una cafetería de Baker Street. Siempre quedábamos fuera para que Annie pudiera fumar. Tenía abierto el portátil y conectado el módem inalámbrico. Entre sus labios pendía un cigarrillo y entornaba los ojos a causa del humo.

—¿Hay algo? —pregunté, sentado frente a ella.

—Sí, de hecho sí. Dos excelentes posibilidades.

—Magnífico —dije, revolviendo el café con leche—. Cuéntame.

—Veamos qué te parece esto. Analista jefe del departamento de investigación de IBM, para trabajar en arquitectura de sistemas distribuidos avanzados.

—Eso es lo mío.

—Lo mismo he pensado yo. Eres idóneo para el puesto, Jack. Dirigirías un laboratorio de investigación con sesenta personas. El salario es de cincuenta mil dólares anuales, con opción a acciones y contrato de cinco años, más los derechos de cualquier programa que se desarrolle en tu laboratorio.

—Parece interesante. ¿Dónde?

—Armonk.

—¿Nueva York? —Negué con la cabeza—. Ni hablar, Annie. ¿Qué más?

—Una compañía de seguros. Jefe de un equipo que elabora sistemas multiagente para análisis de datos. Es una oportunidad excelente, y...

—¿Dónde?

—Austin.

Dejé escapar un suspiro.

—Annie, Julia tiene un trabajo que le gusta, al que se dedica de pleno, y ahora no va a dejarlo. Los niños van al colegio aquí, y...

—La gente se traslada continuamente. Todos tienen niños en edad escolar. Los niños se adaptan.

—Pero con Julia...

—Otros hombres tienen esposas que trabajan y aun así se trasladan.

—Lo sé, pero el caso es que con Julia...

—¿Has hablado con ella del tema? ¿Se lo has planteado?

—Bueno, no, porque yo...

—Jack. —Annie me miró por encima de la pantalla del portátil—. Mejor será que te dejes de tonterías. No estás en posición de elegir. Empiezas a tener un problema de estancamiento.

—Estancamiento —repetí.

—Sí, Jack. Llevas seis meses sin trabajo. En el mundo de la alta tecnología eso es mucho tiempo. Las empresas deducen que si te cuesta tanto encontrar trabajo debe de ser por algo. No saben qué es; simplemente dan por sentado que te han rechazado demasiadas veces, muchas otras empresas. Pronto ni siquiera te entrevistarán. Ni en San José, ni en Armonk, ni en Austin, ni en Cambridge. Estás perdiendo el tren. ¿Me oyes? ¿He hablado claro?

—Sí, pero...

—Nada de peros, Jack. Tienes que hablar con tu mujer. Tienes que encontrar la manera de salir de esta situación.

—Pero no puedo marcharme de Silicon Valley. Debo quedarme aquí.

—Este no es buen sitio. —Volvió a levantar la pantalla—. Siempre que pronuncio tu nombre me salen con lo mismo. Por cierto, ¿qué está pasando en MediaTronics? ¿Van a procesar a ese Don Gross?

—No lo sé.

—Llevo oyendo ese rumor desde hace meses, pero parece que nunca llega el momento. Por tu bien espero que ocurra pronto.

—No lo entiendo —dije—. Estoy perfectamente situado en un campo de vanguardia, el procesamiento distribuido multiagente, y...

—¿De vanguardia? —repitió ella, mirándome con los ojos entornados—. El procesamiento distribuido no es un campo de vanguardia, Jack; es puro futurismo. En Silicon Valley todo el mundo da por supuesto que los avances en vida artificial van a derivarse del procesamiento distribuido.

—Y así es —convine, asintiendo con la cabeza.

En los últimos años la vida artificial había sustituido a la inteligencia artificial como objetivo informático a largo plazo. La idea era escribir programas que tuvieran los atributos de criaturas vivas: la capacidad de adaptarse, cooperar, aprender, asimilar cambios. Muchas de esas cualidades tenían especial importancia en robótica, y empezaban a realizarse mediante procesamiento distribuido.

El procesamiento distribuido implicaba la división del trabajo entre varios procesadores o entre una red de agentes virtuales creados en el ordenador. Había varias formas básicas de llevar eso a cabo. Una consistía en crear una numerosa población de agentes poco inteligentes que colaboraban para conseguir un objetivo, del mismo modo que una colonia de hormigas. Mi propio equipo había trabajado mucho en esa línea.

Otro método era constituir una hipotética red neural que emulara la red de neuronas del cerebro humano. Resultaba que incluso las redes neurales más sencillas poseían un sorprendente poder. Estas redes eran capaces de aprender. Eran capaces de basarse en la experiencia pasada. Nosotros también habíamos elaborado algunos de esos programas.

Una tercera técnica consistía en crear genes virtuales en el ordenador y permitir que evolucionaran en un mundo virtual hasta alcanzar determinado objetivo.

Y existían asimismo otros varios procedimientos. En conjunto estos procedimientos representaban un gran cambio respecto a las antiguas ideas sobre inteligencia artificial o IA. Antes, los programadores intentaban escribir pautas para abarcar toda situación posible. Por ejemplo, trataban de enseñar a los ordenadores que si alguien compraba algo en una tienda, tenía que pagar antes de marcharse. Pero esta información basada en el sentido común era muy difícil de programar. El ordenador cometía errores. Se añadían nuevas pautas para subsanar los errores. Aparecían nuevos errores y nuevas pautas. Al final los programas eran descomunales, millones de líneas de código, y empezaban a fallar por su pura complejidad. Eran demasiado grandes para depurarlos. Era imposible saber de dónde procedían los errores. Así que comenzó a pensarse que la IA basada en pautas nunca daría resultado. Mucha gente auguró el final inminente de la inteligencia artificial. Los ochenta fueron una buena década para los profesores de literatura que opinaban que los ordenadores nunca se equipararían a la inteligencia humana.

Pero las redes distribuidas de agentes ofrecían un enfoque completamente nuevo. Y la filosofía de programación también era nueva. Los antiguos programas basados en pautas se organizaban «de arriba abajo». Se introducían pautas de comportamiento para el sistema en su totalidad.

Los nuevos programas, en cambio, se elaboraban «de abajo arriba». El programa definía el comportamiento de los agentes individuales al nivel estructural más bajo. Pero el comportamiento del sistema en su totalidad no se definía. En lugar de eso, el comportamiento del sistema surgía espontáneamente, resultado de centenares de pequeñas interacciones que se producían a un nivel inferior.

Dado que el sistema no se programaba, podían producirse resultados sorprendentes. Resultados jamás previstos por los programadores. Por eso podían parecerse a la vida misma. Y por eso era un campo tan vanguardista, porque...

—Jack. —Annie me tocó la mano. Parpadeé—. Jack, ¿has oído algo de lo que acabo de decirte?

—Perdona.

—No estás prestándome atención —protestó. Me echó a la cara el humo del tabaco—. Sí, tienes razón, estás en un campo de vanguardia. Razón de más para preocuparte por tu estancamiento. No es lo mismo que si fueras un ingeniero electrónico especializado en mecanismos de impulso óptico. Los campos de vanguardia avanzan deprisa. En seis meses una compañía puede consolidarse o quebrar.

—Lo sé.

—Estás en la cuerda floja, Jack.

—Soy consciente de eso.

—¿Y bien? ¿Hablarás con tu mujer? Por favor.

—Sí.

—De acuerdo —dijo—. No te olvides. Porque si no, no podré ayudarte.

Lanzé la colilla del cigarrillo al resto del café con leche; la colilla crepitó y se apagó. Cerro el portátil, se levantó y se fue.

Telefoneé a Julia pero no la encontré. Me salió el buzón de voz. Sabía que era una pérdida de tiempo plantearle siquiera la posibilidad de trasladarse. Con toda seguridad se negaría, sobre todo si tenía un amante. Pero Annie estaba en lo cierto: me hallaba en una situación complicada. Tenía que hacer algo. Tenía al menos que preguntárselo.

Sentado ante mi escritorio, daba vueltas entre los dedos al cubo de SSVT e intentaba pensar qué hacer. Faltaba una hora y media para ir a recoger a los niños. Quería hablar con Julia. Decidí telefonearla otra vez a través de la centralita de la compañía para ver si podían localizarla.

—Xymos Technology.

—Con Julia Forman, por favor.

—No se retire. —Música clásica y luego otra voz—. Despacho de la señora Forman.

Reconocí a Carol, la ayudante de Julia.

—Carol, soy Jack.

—Ah, hola, señor Forman. ¿Qué tal?

—Bien, gracias.

—¿Quiere hablar con Julia?

—Sí.

—Pasará el día en Nevada, en la fábrica. ¿Quiere que intente ponerle en contacto con ella allí?

—Sí, por favor.

—Un momento.

Me dejó en espera. Durante bastante rato.

—Señor Forman, estará reunida durante una hora. Espero que me devuelva la llamada en cuanto salga. ¿Le digo que le llame?

—Sí, por favor.

—¿Quiere que le dé algún recado?

—No —respondí—. Solo dile que me llame.

—De acuerdo, señor Forman.

Colgué y, dándole vueltas al cubo de SSVT, fijé la mirada en el vacío. «Pasará el día en Nevada.» Julia no me había dicho que iría a Nevada. Reproduje mentalmente la conversación con Carol. ¿Había notado a Carol un tanto incómoda? ¿Estaba encubriendo a Julia? No estaba seguro. Ya no estaba seguro de nada. Mientras miraba por la ventana se pusieron en marcha los aspersores, lanzando conos de agua atomizada sobre el césped. Era pleno mediodía, la peor hora para regar. En teoría eso no debía ocurrir. Los aspersores habían sido ajustados hacía solo unos días.

Contemplando el agua, empecé a deprimirme. Daba la impresión de que todo iba mal. No tenía trabajo; mi esposa estaba ausente; los niños eran un agobio y, en mi trato con ellos, me sentía siempre inepto... y ahora los condenados aspersores no funcionaban bien. Iban a estropear el condenado césped.

Y de pronto la niña empezó a llorar.

Esperé la llamada de Julia pero no telefoneó. Corté unas pechugas de pollo en tiras (el truco consiste en mantenerlas frías, casi congeladas) para la cena, porque el pollo era otra de las comidas que los niños nunca rechazaban. Puse arroz a hervir. Comprobé las zanahorias de la nevera y decidí que, aunque tenían unos días, todavía podía utilizarlas.

Me corté en un dedo mientras cortaba las zanahorias. No era un corte grande pero sangraba mucho, y la tirita no interrumpía la hemorragia. La sangre traspasó el apósito, así que tuve que cambiarme la tirita una y otra vez. Resultaba molesto.

Cenamos tarde y los niños estaban de mal humor. Eric se quejó estridentemente de que mis barritas de pollo no le gustaban, afirmando que las de McDonald's eran mucho mejores, preguntando por qué no comíamos de esas. Nicole ensayó las líneas para el papel de su obra y Eric la imitaba entre dientes. La pequeña escupió todas las cucharadas de papilla hasta que me rendí y la mezclé con un poco de plátano triturado. A partir de ese punto comió sin detenerse. No sé por qué no se me había ocurrido eso nunca antes. Amanda crecía y ya no le gustaba la papilla demasiado blanda.

Eric se había dejado los deberes en el colegio; le dije que telefoneara a sus amigos para informarse, pero no quiso. Nicole pasó una hora cruzando mensajes con sus amigos; una y otra vez me asomaba a su habitación y le decía que apagara el ordenador hasta que acabara los deberes, y ella contestaba: «Dentro de un momento, papá». La pequeña estaba inquieta, y me costó mucho tiempo conseguir que se durmiera.

Regresé a la habitación de Nicole y dije:

—Apaga de una vez el ordenador, maldita sea.

Nicole se echó a llorar. Eric entró para regodearse. Le pregunté por qué no se había acostado ya. Vio la expresión de mi cara y se escabulló. Sollozando, Nicole dijo que debía pedirle disculpas. Le dije que debería haberme obedecido a la primera. Entró en el cuarto de baño y cerró de un portazo.

Desde su habitación, Eric gritó:

—¡No puedo dormir con tanto ruido!

—¡Una palabra más, y te quedas una semana sin televisión! —grité yo en respuesta.

—No es justo.

Entré en la habitación y encendí el televisor para ver el resto del partido. Al cabo de media hora fui a ver a los niños. La pequeña dormía plácidamente. Eric estaba dormido, con las mantas a un lado. Volví a taparlo. Nicole estudiaba. Al verme, pidió disculpas. La abracé.

Volví a la habitación y vi el partido durante unos diez minutos hasta que me venció el sueño.

DÍA 5

07.10

Cuando desperté por la mañana, vi que el lado de la cama de Julia seguía hecho, la almohada sin una sola arruga. Había pasado la noche fuera de casa. Comprobé los mensajes en el contestador; no había ninguno. Entró Eric y vio la cama.

—¿Dónde está mamá?

—No lo sé.

—¿Se ha ido ya?

—Supongo.

Me miró fijamente y luego volvió a mirar la cama sin deshacer. Y salió de la habitación. No le correspondía a él afrontarlo.

Pero empezaba a pensar que yo sí debía afrontarlo. Quizá incluso me convenía hablar con un abogado. Salvo que para mí, hablar con un abogado tenía algo de irrevocable. Si el problema era así de grave, probablemente era fatal. Me negaba a aceptar que mi matrimonio estuviera acabado, así que prefería aplazar la consulta con un abogado.

Decidí entonces telefonear a mi hermana, que vivía en San Diego. Ellen es psicóloga clínica y tiene un gabinete en La Jolla. Era aún temprano y supuse que no habría salido hacia el trabajo; en efecto, atendió el teléfono en casa. Pareció sorprenderse al oírme. Quiero a mi hermana pero somos muy distintos. En todo caso, le conté brevemente mis sospechas acerca de Julia, y las causas.

—¿Estas diciéndome que Julia no volvió anoche a casa ni telefoneó?

—Exacto.

—¿La has llamado?

—Todavía no.

—¿Y eso?

—No sé...

—Quizá ha tenido un accidente, quizá esté herida...

—No lo creo.

—¿Por qué no?

—Uno siempre se entera si ha habido un accidente. No se trata de un accidente.

—Te noto alterado, Jack.

—No sé... quizá.

Mi hermana guardó silencio por un momento y finalmente dijo:

—Jack, tienes un problema. ¿Por qué no haces algo?

—¿Por ejemplo?

—Por ejemplo, ir a ver a un asesor matrimonial, o a un abogado.

—¡Vamos, por favor!

—¿No te parece necesario? —preguntó.

—No lo sé. No. Todavía no.

—Jack. Anoche no volvió a casa y no se molestó en telefonear. Me parece un aviso más que evidente. ¿Te hacen falta pruebas aún más claras?

—No lo sé.

—Repites mucho «no lo sé», ¿te has dado cuenta?

—Supongo que sí.

Un silencio.

—Jack, ¿te encuentras bien?

—No lo sé.

—¿Quieres que vaya a pasar un par de días ahí? Porque podría, no hay problema. Iba a salir de viaje con mi novio, pero acaban de comprar su empresa. Así que estoy disponible si me necesitas.

—No. Está bien.

—¿Seguro? Me preocupas.

—No, no —contesté—. No tienes por qué preocuparte.

—¿Estás deprimido?

—No. ¿Por qué?

—¿Duermes bien? ¿Haces ejercicio?

—Bastante bien. Ejercicio en realidad apenas hago.

—Ajá. ¿Aún no tienes trabajo?

—No.

—¿Y perspectivas?

—En realidad, no. No.

—Jack, tienes que consultar a un abogado.

—Quizá dentro de un tiempo.

—Jack, ¿qué te pasa? Tú mismo me lo has contado. Tu mujer actúa con frialdad y tiene ataques de ira. Te miente. Tiene un comportamiento extraño con los niños. Da la impresión de que la familia le trae sin cuidado. Está de mal humor y se ausenta con frecuencia. Las cosas van de mal en peor. Crees que está liada con otro. Anoche no apareció ni llamó siquiera. ¿Ibas a dejarlo pasar sin hacer nada?

—No sé qué hacer.

—Ya te lo he dicho: ve a ver a un abogado.

—Tú crees.

—Claro que lo creo.

—No sé...

Dejó escapar un largo y sonoro suspiro de exasperación.

—Oye, Jack, ya sé que a veces eres un poco pasivo, pero...

—No soy pasivo —repliqué. Y añadí—: Me molesta cuando me hablas como una psicóloga.

—Tu mujer te hace la vida imposible; crees que está preparando una acusación para quitarte a los niños, y te quedas de brazos cruzados. Yo a eso lo llamo pasividad.

—¿Qué debo hacer?

—Ya te lo he dicho. —Otro suspiro de exasperación—. De acuerdo, me tomaré un par de días libres e iré a verte.

—Ellen...

—No discutas. Voy a ir. Puedes decirle a Julia que voy para ayudarte con los niños. Llegaré esta tarde.

—Pero...

—No discutas.

Y colgó el auricular.

No soy pasivo. Soy reflexivo. Ellen es muy enérgica. Tiene la personalidad perfecta para una psicóloga, porque le encanta decir a los demás qué deben hacer. Para ser sincero, la considero agresiva. Y ella me considera pasivo.

Esta es la idea que Ellen tiene de mí. Que fui a Stanford a finales de los setenta y estudié biología de poblaciones, una especialidad puramente académica, sin aplicación práctica, sin posibilidad de empleo excepto en las universidades. Por aquel entonces la biología de poblaciones vivía una verdadera revolución gracias a ciertos estudios de campo acerca de los animales y a los grandes avances en el área de la investigación genética. Tanto lo uno como lo otro requerían análisis informático, utilizándose complejos algoritmos matemáticos. Yo no encontraba la clase de programas necesarios para mis estudios, así que empecé a elaborarlos yo mismo. Y me desplacé hacia el terreno de la ciencia informática, otra especialidad extravagante y puramente académica.

Pero casualmente mi licenciatura coincidió con el auge de Silicon Valley y la eclosión del PC. El escaso número de especialistas empleados en empresas en formación ganaban una fortuna en los ochenta, y a mí me fueron bien las cosas en mi primer trabajo. Conocí a Julia, nos casamos y tuvimos hijos. Todo iba sobre ruedas. Los dos nos ganábamos muy bien la vida solo con presentarnos a trabajar. A mí me contrató otra empresa: más ventajas, mayores oportunidades. Seguí en la cresta de la ola hasta los noventa. Por entonces ya no programaba; supervisaba el desarrollo de programas. Y todo fue acomodándose en mi beneficio sin que yo hiciera un verdadero esfuerzo. Simplemente hice mi vida. Nunca tuve que ponerme a prueba.

Esa es la idea que Ellen tiene de mí. Mi idea es muy distinta. Las empresas de Silicon Valley son las más ferozmente competitivas en la historia del planeta. Todo el mundo trabaja cien horas por semana. Todo el mundo se ve comparado con otros continuamente. Todo el mundo recorta los ciclos de desarrollo. Inicialmente los ciclos eran de tres años para un nuevo producto, una nueva versión. Luego se redujeron a dos años. Luego a dieciocho meses. Ahora es de doce meses, una nueva versión cada año. Si se tiene en cuenta que la depuración beta de la versión final lleva cuatro meses, quedan solo ocho meses reales para trabajar. Ocho meses para revisar diez millones de líneas de código y asegurarse de que todo funciona correctamente.

En pocas palabras, Silicon Valley no es lugar para una persona pasiva, y yo no lo soy. No paraba quieto ni un minuto en todo el día. Tenía que demostrar mi valía a diario, o me despedían.

Esa es mi idea de mí mismo, y estaba seguro de que era la correcta.

Ahora bien, Ellen tenía la razón en un aspecto. A lo largo de toda mi carrera la suerte ha desempeñado un papel importante. Dado que mi especialidad inicial fue la biología supuso para mí una gran ventaja cuando los programas informáticos empezaron a imitar explícitamente los sistemas biológicos. De hecho, hubo programadores que alternaban entre la simulación informática y los estudios de grupos animales en la naturaleza, aplicando las conclusiones de un campo al otro.

Pero además yo había trabajado en biología de la población, el estudio de los grupos de organismos vivos. Y la ciencia informática había evolucionado en dirección a las estructuras masivamente organizadas en redes paralelas: los programas de poblaciones de agentes inteligentes. Se requería una manera especial de pensar para tratar con poblaciones de agentes, y yo me había preparado en esa forma de pensar durante años.

Así que era extraordinariamente apto para las tendencias de mi especialidad, y progresé mucho cuando surgieron esos campos. Estaba en el lugar adecuado en el momento adecuado.

Esa parte era verdad.

Los programas basados en agentes que tomaban como modelo poblaciones biológicas tenían una importancia creciente en el mundo real. Como mis propios programas, que emulaban la recolección de comida en las hormigas para controlar grandes redes de comunicación. O los programas que emulaban la división del trabajo en las colonias de termitas para controlar los termostatos de un rascacielos. Muy afines eran los programas que emulaban la selección genética, utilizados para una amplia gama de aplicaciones. En un programa, a los testigos de un crimen se les mostraban nueve rostros y se les pedía que eligieran el que tenía mayores probabilidades de ser el criminal, aunque ninguno lo fuera realmente; a continuación el programa les presentaba otras nueve caras y les pedía que volvieran a escoger; y a partir de muchas generaciones repetidas el programa desarrollaba lentamente una imagen muy precisa del rostro, mucho más precisa que la que podía conseguir un dibujante de la policía. Los testigos nunca tenían que especificar qué rasgo identificaban en concreto; simplemente elegían, y el programa desarrollaba la imagen.

Y por otra parte estaban las compañías biotecnológicas, que habían descubierto que no podían crear eficazmente nuevas proteínas porque las proteínas tendían a desplegarse de manera anómala. Así que ahora utilizaban la selección genética para «desarrollar» las nuevas proteínas. Todos estos procedimientos se habían convertido en la práctica habitual en cuestión de unos años, y eran cada vez más útiles, cada vez más importantes.

Así que, efectivamente, yo había estado en el lugar idóneo en el momento idóneo. Pero no era pasivo sino afortunado.

Aún no me había duchado ni afeitado. Entré en el cuarto de baño, me quité la camiseta y me miré en el espejo. Me sorprendió ver lo blando que estaba en la cintura. No me había dado cuenta. Tenía ya cuarenta años, y el hecho era que últimamente no hacía apenas ejercicio. No porque estuviera deprimido. Estaba muy ocupado con los niños, y cansado la mayor parte del tiempo. No me apetecía hacer ejercicio, sencillamente.

Contemplé mi propio reflejo y me pregunté si Ellen tendría razón.

Hay un problema con el conocimiento psicológico: nadie puede aplicárselo a sí mismo. Las personas pueden ser extraordinariamente sagaces respecto a las carencias de sus amigos, esposas o hijos. Pero no tienen la menor percepción sobre sí mismas. Aquellas que ven con fría lucidez el mundo que las rodea no albergan más que fantasías en cuanto a su propia realidad. El conocimiento psicológico no sirve de nada si uno se mira en el espejo. Este extraño hecho, que yo sepa, no tiene explicación.

Personalmente siempre había pensado que la programación informática podía aportar cierta luz al respecto, concretamente un procedimiento llamado recursión. La recursión consiste en hacer que el programa entre en un bucle y vuelva sobre sí mismo a fin de utilizar su propia información para repetir un proceso hasta obtener un resultado. Se emplea la recursión para ciertos algoritmos de distribución de datos y cosas así. Pero debe usarse con cuidado o se corre el riesgo de que el ordenador caiga en lo que se conoce como una regresión infinita. En programación, es el equivalente a esos espejos de las ferias que reflejan otros espejos, y más espejos, cada vez menores, hasta el infinito. El programa sigue adelante, repitiéndose y repitiéndose, pero nada ocurre. El ordenador se bloquea.

Siempre he pensado que algo parecido debe de suceder cuando la personas dirigen hacia sí mismas su aparato de percepción psicológica. El cerebro se bloquea. El proceso de pensamiento sigue y sigue, pero no va a ninguna parte. Debe de ser algo así, porque nos consta que la gente es capaz de pensar en sí misma indefinidamente. Algunos apenas piensan en nada más. Sin embargo da la impresión de que la gente nunca cambia como resultado de una intensiva introspección. Nunca se comprenden mejor. Es muy poco habitual encontrar un auténtico conocimiento de uno mismo.

Casi se diría que uno necesita a otra persona para que le diga quién es o le sostenga el espejo. Lo cual, si uno se para a pensarlo, resulta muy extraño.

O quizá no lo sea.

En inteligencia artificial existe la vieja duda de si un programa puede llegar a tener conciencia de sí mismo. La mayoría de los programadores afirmarán que es imposible. Algunos lo han intentado y han fracasado.

Pero existe una versión más fundamental de esa duda, una duda filosófica respecto a si una máquina puede comprender su propio funcionamiento. Algunos afirman que también eso es imposible. La máquina no puede conocerse por la misma razón que los dientes no pueden morderse a sí mismos. Y desde luego parece imposible: el cerebro humano es la estructura más compleja del universo conocido, y aun así, el cerebro todavía sabe muy poco acerca de sí mismo.

En los últimos treinta años tales dudas han servido para amenizar charlas con una cerveza en la mano los viernes por la tarde después del trabajo. Nunca se habían tomado en serio. Pero recientemente estas dudas filosóficas han adquirido renovada importancia, porque se ha avanzado rápidamente en la reproducción de ciertas funciones cerebrales. No de todo el cerebro; solo de ciertas funciones. Por ejemplo, antes de mi despido, mi equipo de desarrollo utilizaba el procesamiento multiagente para posibilitar que los ordenadores aprendieran, reconocieran las pautas en los datos, comprendieran las lenguas naturales, establecieran prioridades y cambiaran de tarea en función de estas. Lo importante de esos programas era que la máquinas aprendían en sentido literal. Realizaban mejor su trabajo con la experiencia. Que es más de lo que puede decirse de algunos seres humanos.

Sonó el teléfono. Era Ellen.

—¿Has llamado a tu abogado?

—Todavía no, por Dios.

—Tomo el vuelo de las dos y diez a San José. Nos veremos a eso de las cinco en tu casa.

—Oye, Ellen, no es necesario, de verdad...

—Ya lo sé. Es solo que quiero salir de aquí. Necesito un descanso. Hasta luego, Jack.

Y me colgó.

Así que ahora ella tomaba las decisiones por mí.

En cualquier caso decidí que no tenía sentido telefonear a un abogado ese mismo día. Estaba muy ocupado. Debía recoger la ropa de la tintorería, así que lo hice. Había una cafetería en la otra acera, y pasé a buscar un café con leche para llevármelo.

Y allí estaba Gary Marder, mi abogado, en compañía de una rubia muy joven con vaqueros cortos y un top que dejaba la cintura al descubierto. Estaban muy amartelados en la cola de la caja. La chica no parecía mucho mayor que una universitaria. Abochornado, me di media vuelta, y cuando me disponía a marcharme, Gary me vio y me saludó con la mano.

—Eh, Jack.

—Hola, Gary.

Me tendió la mano y se la estreché.

—Te presento a Melissa —dijo.

—Hola, Melissa.

—Ah, hola.

Pareció vagamente molesta por la interrupción, pero no habría podido asegurarlo. Tenía esa expresión distraída que algunas muchachas adoptan en presencia de los hombres. Pensé que no podía ser más de seis años mayor que Nicole. ¿Qué hacía con un tipo como Gary?

—¿Qué tal Jack? —preguntó Gary, rodeando con el brazo la cintura desnuda de Melissa.

—Bien —contesté—. Bastante bien.

—¿Sí? Me alegro. —Pero me miraba con el entrecejo fruncido.

—Bueno, esto, sí... —Permanecí allí vacilante, sintiéndome como un estúpido ante la chica. Obviamente quería que me marchara. Pero pensé qué diría Ellen: «¿Te encuentras a tu abogado y ni siquiera le preguntas?». Así que dije—: Gary, ¿podría hablar un momento contigo?

—Claro.

Dio a la muchacha dinero para pagar el café, y nos fuimos a un rincón.

Bajé la voz.

—Verás, Gary —empecé—, creo que necesito ver a un abogado matrimonial.

—¿Para qué?

—Porque creo que Julia tiene una aventura.

—¿Lo crees? ¿O estás seguro de ello?

—No. No estoy seguro.

—¿Así que solo lo sospechas?

—Sí.

Gary suspiró. Me lanzó una mirada.

—Y además están pasando otras cosas —añadí—. Ha empezado a decir que intento volver a los niños contra ella.

—Enajenación del afecto —dijo, asintiendo con la cabeza—. El tópico jurídico del momento. ¿Y cuándo hace esa clase de declaraciones?

—Cuando discutimos.

Otro suspiro.

—Jack, las parejas dicen muchas barbaridades cuando discuten, y no significan nada forzosamente.

—Yo creo que sí.

—¿Y eso te preocupa mucho?

—Sí.

—¿Tienes un asesor matrimonial?

—No.

—Ve a ver a alguno.

—¿Por qué?

—Por dos razones. En primer lugar, porque te conviene. Llevas muchos años casado con Julia, y que yo sepa la mayor parte del tiempo os ha ido bien. Y en segundo lugar, porque así empezarás a dejar constancia de que intentas salvar el matrimonio, lo cual contradice el alegato de enajenación del afecto.

—Sí, pero...

—Si es cierto que empieza a reunir argumentos para acusarte, debes andarte con mucho cuidado, amigo mío. Es muy difícil plantear una defensa ante una acusación de enajenación del afecto. Los niños están hartos de la madre, y ella dice que están bajo tu influencia. ¿Cómo puedes demostrar lo contrario? Es imposible. Además, has pasado mucho tiempo en casa, así que resulta más fácil imaginar que eso puede ser verdad. El tribunal te considerará un marido insatisfecho y posiblemente resentido con el cónyuge que sí trabaja. —Levantó la mano—. Ya lo sé. Sé que nada de eso es verdad, Jack; pero es un alegato fácil de mantener, eso quiere decir. Y su abogado lo utilizará. En tu resentimiento, has vuelto a los niños contra ella.

—Eso es una gilipollez.

—Por supuesto, y yo lo sé. —Me dio una palmada en el hombro—. Así que visita a un buen asesor. Si necesitas nombres, telefonea al bufete, y Barbara te proporcionará un par de confianza.

Telefoneé a Julia para decirle que Ellen vendría a pasar unos días. Naturalmente no pude ponerme en contacto con ella; salió su buzón de voz. Dejé un mensaje muy largo para explicárselo. Luego fui a comprar, porque con la llegada de Ellen necesitaríamos más provisiones.

Empujaba el carrito por un pasillo del supermercado cuando recibí una llamada del hospital. Volvía a ser el médico imberbe de urgencias. Telefoneaba para preguntar por el estado de Amanda, y le dije que los hematomas casi habían desaparecido.

—Excelente —dijo—. Me alegra oírlo.

—¿Y la resonancia magnética?

El médico respondió que los resultados de la resonancia magnética carecían de interés, porque el aparato había fallado sin llegar a examinar a Amanda.

—De hecho, nos preocupan todas las lecturas de las últimas semanas —explicó—, porque aparentemente la máquina venía averiándose de manera gradual.

—¿Qué quiere decir?

—Estaba corroyéndose o algo así. Todos los chips de memoria estaban reduciéndose a polvo.

Recordando el MP3 de Eric, sentí un escalofrío.

—¿Cómo es posible que ocurra algo así?

—Según suponen, lo más probable es que la corrosión se deba a algún gas que escapó de los conductos empotrados, probablemente durante la noche. Por ejemplo, corrientes gaseosas de cloro; eso lo explicaría. Pero lo raro es que solo estaban dañados los chips de memoria. Los otros estaban bien.

Las cosas eran cada vez más extrañas. Y resultaron más extrañas aún unos minutos más tarde, cuando Julia telefoneó feliz y contenta para anunciar que llegaría a casa a primera hora de la tarde, mucho antes de la cena.

—Será un placer ver a Ellen —dijo—. ¿Para qué viene?

—Creo que quería salir unos días de San Diego.

—Bueno, te vendrá bien tenerla aquí un tiempo, un poco de compañía adulta.

—Seguro —dije.

Esperé a que explicara por qué no había vuelto a casa la noche anterior. Pero se limitó a decir:

—Oye, Jack, ahora tengo prisa. Ya hablaremos luego.

—Julia —dije—. Un momento.

—¿Qué?

Titubeé, preguntándome cómo expresarlo. Finalmente dije:

—Anoche estaba preocupado por ti.

—¿Cómo? ¿Por qué?

—Porque no volviste a casa.

—Cariño, te telefoneé. No podía moverme de la fábrica. ¿No comprobaste los mensajes?

—Sí.

—¿Y no había un mensaje mío?

—No.

—Vaya, pues no me lo explico. Te dejé un mensaje, Jack. Telefoneé primero a casa y se puso María, pero ella no... ya sabes, era demasiado complicado..., así que te telefoneé al móvil y te dejé un mensaje para avisarte de que no podría moverme de la fábrica hasta hoy.

—Pues no lo recibí —contesté, procurando que no pareciera una queja.

—Lo siento, cariño, pero tendrás que consultar con tu operador. Ahora tengo que dejarte. Esta noche nos vemos, ¿de acuerdo? Besos.

Y colgó.

Saqué el teléfono móvil del bolsillo y lo comprobé. No había ningún mensaje. Comprobé las llamadas perdidas. No había recibido ninguna llamada la noche anterior.

Julia no me había telefoneado. Nadie había telefoneado.

Empezó a invadirme una sensación de abatimiento, una vez más esa caída en la depresión. Estaba cansado, no podía moverme. Fijé la mirada en la sección de frutas y verduras del supermercado. No recordaba a qué había ido allí.

Acababa de decidir marcharme del supermercado cuando sonó el teléfono móvil, todavía en mi mano. Lo abrí. Era Tim Bergman. El tipo que había ocupado mi puesto en MediaTronics.

—¿Estás sentado? —preguntó.

—No. ¿Por qué?

—Tengo una noticia un tanto extraña. Prepárate.

—Está bien...

—Don quiere hablar contigo.

Don Gross era el director de la compañía, el hombre que me había despedido.

—¿Para qué?

—Quiere volver a contratarte.

—Quiere ¿qué?

—Sí. Ya lo sé. Es un disparate. Volver a contratarte.

—¿Por qué? —preguntó.

—Estamos encontrándonos algunos problemas con los sistemas distribuidos que se han vendido.

—¿Cuáles?

—Pues... PREDPRESA.

—Ese es uno de los antiguos —comenté.

—¿Quién lo ha vendido?

PREDPRESA era un sistema que habíamos diseñado hacía más de un año. Como la mayoría de nuestros programas, estaba basado en modelos biológicos. PREDPRESA era un programa orientado a un objetivo e inspirado en la dinámica depredador/presa. Pero tenía una estructura sumamente sencilla.

—Verás, Xymos quería algo muy sencillo —dijo Tim.

—¿Habéis vendido PREDPRESA a Xymos?

—Sí. Registrado, de hecho. Con un contrato de mantenimiento. Nos está volviendo locos.

—¿Por qué?

—Por lo visto, no funciona bien. Falla la orientación al objetivo. La mayor parte del tiempo el programa parece perder el objetivo.

—No me extraña —dije—, porque no especificamos los reforzadores.

Los reforzadores eran controles de programa que fijaban los objetivos. Eran necesarios porque los agentes conectados en red podían aprender. Podían aprender de un modo que los llevaba a desviarse del objetivo. Había que guardar el objetivo original para que no se perdiera. Podía pensarse en los programas agentes como niños. Los programas olvidaban cosas, perdían cosas, se dejaban cosas por el camino.

Todo eso era comportamiento emergente. No estaba programado, pero era el resultado de la programación. Y aparentemente eso estaba ocurriendo en Xymos.

—Y Don calcula que tú eras el supervisor del equipo cuando se escribió el programa, así que eres la persona indicada para arreglarlo. Además, tu esposa es un alto cargo de Xymos, así que tu incorporación al equipo les dará más tranquilidad.

No estaba muy seguro de eso, pero no dije nada.

—En todo caso esa es la situación —prosiguió Tim—. Te llamo para preguntarte si no te importa que Don te telefonee, porque no quiere que le rechaces.

Me asaltó una repentina ira. «No quiere que le rechaces.»

—Tim —dije—. No puedo volver a trabajar allí.

—Ah, no estarías aquí. Irías a la fábrica de Xymos.

—¿Ah, sí? ¿Y eso cómo se organizaría?

—Don te contrataría como asesor externo o algo así.

—Ajá —contesté con el tono más evasivo posible. La propuesta parecía mala idea. Nada me apetecía menos que volver a trabajar para el hijo de puta de Don. Y siempre era mala idea volver a una empresa en la que uno había sido despedido, fueran cuales fuesen las causas y las condiciones. Eso lo sabía todo el mundo.

Pero, por otro lado, si accedía a trabajar como asesor resolvería mi problema de estancamiento. Y me permitiría salir de casa. Solucionaría muchas cuestiones al mismo tiempo. Al cabo de un momento dije:

—Mira, Tim, déjame pensarlo.

—¿Me llamarás?

—Sí, de acuerdo.

—¿Cuándo llamarás? —preguntó. La tensión en su voz era evidente.

—Es un asunto urgente...

—Sí, un poco. Como te he dicho, ese contrato de mantenimiento nos está volviendo locos. Tenemos cinco programadores del equipo original prácticamente instalados en la fábrica de Xymos. Y no están llegando a ninguna parte. Así que si tú no nos ayudas, tendremos que recurrir a otra persona inmediatamente.

—Está bien —dije—. Te telefonearé mañana.

—¿Mañana por la mañana? —preguntó con tono insistente.

—De acuerdo. Sí, mañana por la mañana.

La llamada de Tim debería haber mejorado mi estado de ánimo, pero no fue así. Llevé a la niña al parque y la columpié un rato. A Amanda le gustaba que la meciera en el columpio. Podía pasarse veinte o treinta minutos seguidos, y siempre lloraba cuando la sacaba. Después me senté en el bordillo del recuadro de arena mientras ella gateaba de un lado a otro y se ponía de pie apoyándose en las tortugas de plástico y otros juegos. Uno de los niños mayores la derribó, pero ella no lloró; volvió a levantarse. Al parecer le gustaba estar con niños mayores.

Observándola, pensé en la posibilidad de volver a trabajar.

—Les habrás dicho que sí, claro —me dijo Ellen.

Estábamos en la cocina. Acababa de llegar, y su maleta negra seguía en el rincón sin deshacer. Ellen tenía el mismo aspecto de siempre, delgada, vigorosa, rubia, y en forma. Los años no parecían pasar por ella. Estaba tomándose una taza de té de bolsa. Un té que había traído consigo. Un té orgánico chino especial de una tienda especial de San Francisco. Tampoco eso había cambiado. Ellen siempre había sido muy quisquillosa con la comida, incluso de niña. Ya adulta, viajaba siempre con su propio té, su propio aliño para ensalada, sus propias vitaminas ordenadas en bolsitas de celofán.

—No, aún no les he contestado —dije—. He dicho que lo pensaría.

—¿Pensarlo? ¿Es broma? Jack, tienes que volver a trabajar, y tú lo sabes. —Me escrutó con la mirada—. Estás deprimido.

—No lo estoy.

—Deberías tomar un poco de este té —aconsejó—. Tanto café es malo para los nervios.

—El té contiene más cafeína que el café.

—Jack, tienes que volver a trabajar.

—Lo sé, Ellen.

—Y es trabajo de asesoría... ¿No sería lo ideal? ¿No solucionaría todos tus problemas?

—No lo sé —contesté.

—¿En serio? ¿Qué es lo que no sabes?

—No sé si me han contado toda la verdad. Es decir, si Xymos tiene tantas complicaciones, ¿por qué Julia no me ha dicho nada?

Ellen movió la cabeza en un gesto de negación.

—Según parece, Julia no te cuenta apenas nada últimamente. —Me miró con fijeza—. Así pues, ¿por qué no has aceptado inmediatamente?

—Antes necesito informarme un poco.

—¿Informarte de qué, Jack? —preguntó con tono de incredulidad.

Ellen actuaba como si yo tuviera un problema psicológico que debía resolverse. Mi hermana empezaba a sacarme de quicio, y llevábamos juntos solo unos minutos. Mi hermana mayor, tratándome otra vez como si fuera un niño. Me levanté.

—Mira, Ellen. Llevo toda la vida en este oficio, sé cómo funciona. Si Don quiere que vuelva, existen dos posibles razones. La primera es que la compañía está en un lío y creen que puedo ayudarles.

—Eso te han dicho.

—Sí. Eso me han dicho. La otra posibilidad es que lo hayan estropeado todo tanto que ya no pueda arreglarse... y que ellos no sepan.

—¿Y quieran a alguien a quien echarle la culpa?

—Exacto. Necesitan un cabeza de turco.

Ellen frunció el entrecejo. Vi que vacilaba.

—¿De verdad piensas eso?

—No lo sé, esa es la duda —respondí—. Pero debo averiguarlo.

—¿Y cómo vas...?

—Haciendo unas cuantas llamadas. Quizá presentándome por sorpresa en la fábrica mañana.

—Muy bien. Eso me parece correcto.

—Me alegra contar con tu aprobación. —No pude evitar cierta irritación en mi tono de voz.

—Jack —dijo. Se levantó y me abrazó—. Estoy preocupada por ti, eso es todo.

—Te lo agradezco. Pero así no me ayudas.

—Está bien. ¿Cómo puedo ayudarte, pues?

—Cuida de los niños mientras yo hablo por teléfono.

Pensé que lo mejor era telefonear primero a Ricky Morse, el tipo que me había encontrado en el supermercado comprando pañales. Conocía a Ricky desde hacía mucho tiempo; trabajaba en Xymos y era lo bastante despreocupado respecto a la información, para explicarme qué estaba sucediendo allí. El único problema era que Ricky estaba en las oficinas de Silicon Valley, y él mismo me había dicho que la verdadera acción tenía lugar en la fábrica. Pero era un buen punto de partida.

Telefoneé a la oficina, pero la recepcionista contestó:

—Lo siento, el señor Morse no está.

—¿Cuándo volverá?

—No sabría decirle. ¿Quiere dejarle un mensaje de voz?

Dejé a Ricky un mensaje. Luego telefoneé a su casa.

Contestó su esposa. Mary estaba doctorándose en historia francesa; me la imaginé con un libro abierto sobre la falda, estudiando y meciendo al bebé. Dije:

—¿Qué tal, Mary?

—Bien, Jack.

—¿Cómo está el bebé? Ricky me ha contado que nunca se irrita por los pañales. Os envidio.

Intenté hablar con naturalidad, como si fuera solo una llamada de cortesía.

Mary se echó a reír.

—Es buena niña, y no ha tenido cólicos, gracias a Dios. Pero Ricky no estaba aquí cuando tuvo erupciones —dijo—. Ha tenido algunas.

—De hecho, quería hablar con Ricky. ¿Está en casa?

—No, Jack. Ha pasado fuera toda la semana. En Nevada, en la fábrica.

—Ah, claro. —Recordé entonces que Ricky me lo había mencionado cuando coincidimos en el supermercado.

—¿Has visitado alguna vez la fábrica? —preguntó Mary.

Me pareció advertir cierta inquietud en su voz.

—No, no he estado, pero...

—Julia pasa mucho tiempo allí, ¿no? ¿Qué te cuenta?

Obviamente estaba muy preocupada.

—No gran cosa. Por lo que he deducido, tienen una nueva tecnología que exige máximo secreto. ¿Por qué lo dices?

Vaciló.

—Quizá sean imaginaciones mías...

—¿A qué te refieres?

—Bueno, a veces cuando Ricky llama, lo noto un tanto raro.

—¿En qué sentido?

—Sé que está distraído y trabaja mucho, pero hace comentarios extraños. A veces dice cosas que no tienen sentido. Y habla con evasivas, como si, no sé... ocultara algo.

—¿Como si ocultara algo?

Rió como si se reprochara algo.

—Incluso he pensado que quizá tenga una aventura con otra. Esa tal Mae Chang está allí, ¿sabes?, y a él siempre le ha gustado. Es tan guapa...

Mae Chang trabajaba antes en mi departamento en Media-Tronics.

—No sabía que estuviera en la fábrica —dije.

—Sí. Creo que ahora están allí muchos de los que trabajaban contigo.

—Mira, no creo que Ricky tenga una aventura, Mary. No es propio de él. Y no es propio de Mae.

—Es a los más callados a quienes hay que vigilar —comentó, aludiendo aparentemente a Mae—. Y yo todavía estoy dando el pecho, así que aún no he recuperado mi peso anterior, o sea, que aún estoy como una vaca.

—No creo que...

—Me pesa el culo cuando ando.

—Mary, estoy seguro de que...

—¿Julia está bien, Jack? ¿No actúa de una manera extraña?

—No más que de costumbre —contesté, intentando hacer un chiste. Me violentó mi propio comentario. Desde hacía días deseaba que la gente me hablara con franqueza respecto a Julia, pero ahora que tenía una preocupación a compartir con Mary, yo no le hablaba con franqueza a ella. Me guardaba mis propias dudas. Añadí—: Julia está trabajando mucho, y a veces la noto un poco rara.

—¿Te ha dicho algo sobre una nube negra?

—Esto... no.

—¿Sobre el nuevo mundo? ¿Sobre la oportunidad de estar presente en el nacimiento del nuevo orden mundial?

Aquello me sonaba a conspiración, como esa gente a la que le preocupaba la Trilateral y pensaba que los Rockefeller controlaban el mundo.

—No, no me ha dicho nada de eso.

—¿Te ha mencionado una capa negra?

De pronto tuve la sensación de que todo empezaba a ocurrir a cámara lenta, moviéndose muy despacio.

—¿Cómo?

—La otra noche Ricky me habló de una capa negra, una capa negra que lo cubría. Era tarde y estaba cansado. Prácticamente balbuceaba.

—¿Qué te dijo de esa capa negra?

—Nada. Solo eso. —Guardó silencio por un instante—. ¿Crees que allí toman drogas o algo así?

—No lo sé —contesté.

—Están bajo mucha presión, ¿sabes? Trabajan día y noche y apenas duermen. Me he preguntado si estarán tomando algo.

—Déjame telefonear a Ricky —dije.

Mary me dio el número del móvil de Ricky, y lo anoté. Estaba a punto de marcarlo cuando oí cerrarse la puerta, y Eric dijo:

—Hola, mamá. ¿Quién es ese hombre que venía en el coche contigo?

Me levanté y miré por la ventana. El BMW descapotable de Julia estaba aparcado en el camino de acceso, con la capota bajada. Consulté mi reloj. Eran solo las cuatro y media.

Salí al pasillo y vi a Julia abrazar a Eric.

—Debía de ser el reflejo del sol en el parabrisas —decía—. No hay nadie en el coche.

—Sí, había alguien. Lo he visto.

—¿Ah, sí? —Abrió la puerta de la entrada—. Ve a mirarlo tú mismo.

Eric salió al jardín. Julia me sonrió y dijo:

—Cree que hay alguien en el coche.

Eric volvió a entrar encogiéndose de hombros.

—Bueno, pues parece que no.

—Claro que no, cariño. —Julia se acercó hacia mí por el pasillo—. ¿Está Ellen?

—Acaba de llegar.

—Estupendo. Voy a ducharme, y luego hablamos. Abramos una botella de vino. ¿Qué quieres hacer con la cena?

—He comprado ya unos filetes.

—Estupendo. Me parece bien.

Y con un alegre gesto, se alejó por el pasillo.

La tarde era cálida, y cenamos en el jardín trasero. Puse el mantel de cuadros y asé los filetes en la barbacoa, ciñéndome el delantal de cocinero donde se leía LA PALABRA DEL CHEF ES LA LEY. Y disfrutamos de una especie de típica cena familiar americana.

Julia estuvo encantadora y locuaz, concentrando la atención en mi hermana, hablando de los niños, el colegio y los cambios que quería hacer en la casa.

—Esa ventana ha de quitarse —explicó, señalando hacia la cocina—, pondremos puertaventanas que abran hacia el exterior. Quedará fantástico.

Me asombró la actuación de Julia. Incluso los niños la miraban atónitos. Julia mencionó lo orgullosa que estaba de Nicole por el gran papel que interpretaría en la obra del colegio. Nicole dijo:

—Mamá, tengo un mal papel.

—No, cariño, no es verdad —contestó Julia.

—Sí, sí es verdad. Solo diré dos frases.

—Vamos, cariño, estoy segura de que...

Eric intervino.

—«Mira, ahí viene John.» «Eso parece bastante grave.»

—Cállate, mierdecilla.

—La repite en el cuarto de baño una y otra vez —anunció Eric—. Como un millón de veces.

—¿Quién es John? —preguntó Julia.

—Esas son las frases de la obra.

—Ah. Bueno, en todo caso estoy segura de que lo harás muy bien. Y Eric está mejorando mucho en fútbol, ¿verdad, cariño?

—La liguilla se acaba la semana que viene —dijo Eric, malhumorado. Julia no había ido a ninguno de sus partidos ese otoño.

—El fútbol le ha ido muy bien —comentó Julia, dirigiéndose a Ellen—. Los deportes de equipo fomentan la cooperación, especialmente en los niños; les ayuda a controlar la competitividad.

Ellen, callada, se limitaba a asentir y escuchar.

Esa noche Julia había insistido en dar de comer a Amanda y había colocado la sillita junto a ella. Pero Amanda estaba acostumbrada a jugar al avión en todas las comidas. Esperaba que alguien moviera la cuchara hacia ella imitando el ruido de un avión y diciendo: «Aquí llega el avión... abrir compuertas». Como Julia no lo hacía, Amanda mantenía la boca firmemente cerrada, lo cual también formaba parte del juego.

—En fin, parece que no tiene hambre —comentó Julia con un gesto de indiferencia—. ¿Se ha tomado un biberón hace poco, Jack?

—No —contesté—. No lo toma hasta después de la cena.

—Sí, eso ya lo sé. Me refería a antes.

—No, antes no ha tomado ningún biberón —dije. Señalando a Amanda, pregunté—: ¿Lo intento yo?

—Claro.

Julia me entregó la cuchara, y yo me senté al lado de Amanda y empecé a jugar al avión. En cuanto imité el ruido del motor, Amanda sonrió y abrió la boca.

—Jack ha hecho maravillas con los niños, maravillas —dijo Julia a Ellen.

—En mi opinión —comentó Ellen—, la experiencia de la vida doméstica es buena para un hombre.

—Sí, lo es. Lo es. Jack me ha ayudado mucho. —Julia me dio una palmada en la rodilla—. Lo digo sinceramente, Jack.

Saltaba a la vista que Julia estaba demasiado animada, demasiado alegre. Tenía los nervios a flor de piel, hablaba deprisa, y obviamente intentaba dejar claro a Ellen que era ella quien estaba al frente de la familia. Advertí que Ellen no se creía una sola palabra, pero Julia estaba tan acelerada que no se daba cuenta. Comencé a preguntarme si se hallaba bajo los efectos de alguna droga. ¿Era esa la causa de su extraño comportamiento? ¿Tomaba acaso anfetaminas?

—Y últimamente estoy entusiasmada con mi trabajo —continuó Julia—. Xymos está haciendo verdaderos avances, la clase de avances que la gente lleva esperando desde hace más de diez años. Pero por fin han llegado.

—¿Como la capa negra? —pregunté, sondeando.

Julia parpadeó.

—¿La qué? —Movió la cabeza en un gesto de perplejidad—. ¿De qué estas hablando, cariño?

—Una capa negra. ¿No dijiste el otro día algo sobre una capa negra?

—No... —Negó con la cabeza—. No sé a qué te refieres. —Se volvió hacia Ellen—. En todo caso esa tecnología molecular ha llegado al mercado mucho más despacio de lo que preveíamos. Pero por fin ya está aquí.

—Se te ve muy entusiasmada —comentó Ellen.

—Es emocionante, Ellen, te lo aseguro. —Bajó la voz—. Y encima probablemente ganemos una pasta.

—Eso estaría bien —dijo Ellen—. Pero supongo que habrás tenido que dedicarle muchas horas.

—No tantas —contestó Julia—. En conjunto, ha sido llevadero. Excepto la última semana, más o menos.

Vi que Nicole abría los ojos de par en par. Eric miraba asombrado a su madre mientras comía. Pero no dijeron nada. Yo tampoco.

—Es solo un período de transición —prosiguió Julia—. Todas las empresas pasan etapas como esta.

—Claro —dijo Ellen.

El sol se ponía y empezaba a refrescar. Los niños dejaron la mesa. Me levanté y comencé a recoger los platos. Ellen me ayudaba. Julia siguió hablando, y de pronto dijo:

—Me encantaría quedarme, pero tengo un asunto pendiente y debo volver un rato a la oficina.

Si Ellen se sorprendió al oírlo, no lo exteriorizó.

—Trabajas muchas horas —se limitó a decir.

—Solo durante esta etapa de transición. —Julia se dirigió a mí—. Gracias por quedarte al pie del cañón, cariño. —En la puerta, se volvió y me lanzó un beso—. Te quiero, Jack.

Y se fue.

Observándola marcharse, Ellen frunció el entrecejo.

—Un tanto repentino, ¿no te parece?

Me encogí de hombros.

—¿Se despedirá de los niños?

—Probablemente no.

—¿Saldrá a toda prisa, sin más?

—Sí.

Ellen movió la cabeza en un gesto de asombro.

—Jack —dijo—, no sé si tiene un amante o no, pero... ¿qué toma?

—Nada, que yo sepa.

—Toma algo, de eso estoy segura. ¿No ha perdido peso?

—Sí, un poco.

—Y duerme poco. Y es evidente que está acelerada. —Ellen volvió a mover la cabeza—. Muchos de estos ejecutivos que trabajan bajo tensión se drogan.

—No sé —dije.

Se limitó a mirarme.

Regresé a mi despacho para telefonear a Ricky, y desde la ventana vi a Julia en el coche echar marcha atrás por el camino de acceso. Hice ademán de despedirme de ella con la mano, pero tenía la cabeza vuelta hacia atrás mientras retrocedía. En la luz vespertina vi reflejos dorados en el parabrisas, producto de las ramas de los árboles. Casi había llegado a la calle cuando creí ver a alguien en el asiento contiguo. Parecía un hombre.

Con el coche alejándose camino abajo, no vi claramente sus facciones a través del parabrisas. Cuando Julia, aún marcha atrás, se situó en la calle, el pasajero quedó oculto por ella. Pero me dio la impresión de que Julia conversaba animadamente con él. A continuación cambió la marcha y se reclinó contra el respaldo, y por un momento tuve una clara visión de su acompañante. El hombre estaba a contra luz, su rostro en sombras, y debía de estar mirándola directamente porque tampoco ahora distinguí sus rasgos; no obstante, por el modo en que estaba sentado tuve la impresión de que era joven, quizá de poco más de veinte años, aunque no podía estar seguro. Fue solo un vislumbre. El BMW aceleró y se alejó por la calle.

Pensé: al diablo. Salí corriendo y bajé por el camino. Llegué a la calle en el preciso instante en que Julia se acercaba al stop del cruce, con los indicadores de freno ya encendidos. Se hallaba probablemente a unos cincuenta metros, bajo la luz amarilla, tenue y oblicua de las farolas. Parecía que estaba sola en el coche, pero en realidad yo no veía bien. Por un momento sentí alivio, y me abrumó mi propia estupidez: allí estaba, de pie en medio de la calle sin motivo alguno. La mente me jugaba malas pasadas. No había nadie en el coche.

De pronto, cuando Julia dobló a la derecha, el tipo volvió a asomar, como si hubiera estado agachado, cogiendo algo de la guantera. Y de inmediato el coche desapareció. Y al instante me invadió de nuevo el malestar, como un intenso dolor que se propagara por mi pecho y por todo mi cuerpo. Sentí que me faltaba el aliento y me dio vueltas la cabeza.

Había alguien en el coche.

Cabizbajo subí por el camino de acceso, asaltado por abrasadoras emociones sin saber qué hacer a continuación.

—¿No sabes qué hacer a continuación? —preguntó Ellen. Estábamos fregando los cacharros en la cocina, todo aquello que no iba al lavavajillas. Ellen secaba; yo restregaba—. Coge el teléfono y llama.

—Julia está en el coche.

—Tiene teléfono en el coche. Llámala.

—Ajá —dije—. ¿Y cómo se lo digo? Eh, Julia, ¿quién es el hombre que va contigo en el coche? —Moví la cabeza en un gesto de negación—. Esa va a ser una conversación complicada.

—Es posible.

—Representará el divorcio con toda seguridad.

Ellen me miró con asombro.

—No quieres el divorcio, pues.

—Claro que no. Quiero mantener a mi familia unida.

—Quizá eso no sea posible, Jack. Quizá la decisión no esté en tus manos.

—Nada de esto tiene sentido —dije—. Me refiero al tipo del coche. Parecía muy joven.

—¿Y?

—Ese no es el estilo de Julia.

—¿Ah? —Ellen enarcó las cejas—. Probablemente tenía cerca de treinta años o quizá más. Y en todo caso, ¿tan seguro estás de cuál es el estilo de Julia?

—Bueno, he vivido con ella durante trece años.

Dejó uno de los cazos con un sonoro golpe.

—Jack, entiendo que todo esto debe de ser difícil de aceptar.

—Lo es, lo es.

En mi mente reproducía una y otra vez la imagen del coche retrocediendo por el camino. Pensaba que la otra persona del coche tenía algo extraño, había algo anormal en su aspecto. En mi mente, seguía intentando ver su rostro pero no podía. Los rasgos aparecían desdibujados a causa del parabrisas, de los cambios de luz mientras el coche retrocedía camino abajo. No le veía los ojos, ni los pómulos ni la boca. En mi memoria, la cara se mostraba como algo oscuro e indefinido. Intenté explicárselo a Ellen.

—No me sorprende.

—¿No?

—No. A eso se llama negación. Escucha, Jack, el hecho es que tienes la prueba justo frente a tus ojos. Lo has visto, Jack. ¿No crees que ya va siendo hora de creerlo?

Sabía que tenía razón.

—Sí —contesté—. Ya va siendo hora.

Sonaba el teléfono. Tenía los brazos hundidos en el jabón hasta los codos. Pedí a Ellen que lo cogiera, pero ya había atendido a uno de los niños. Acabé de restregar la parrilla de la barbacoa y se la entregué a Ellen para que la secara.

—Jack —dijo Ellen—, tienes que empezar a ver las cosas como son, no como quieras que sean.

—Tienes razón —dije—. La llamaré.

En ese momento Nicole entro en la cocina, pálida.

—¿Papá? Es la policía. Quieren hablar contigo.

DÍA 5

21.10

El descapotable de Julia se había salido de la carretera a ocho kilómetros de la casa. Se había despeñado por un abrupto barranco, abriendo un camino a través de los arbustos de salvia y enebro. Luego debía de haber volcado, porque estaba ladeado, con las ruedas hacia arriba. Yo solo veía los bajos del coche. El sol casi se había puesto, y el barranco estaba sumido en la oscuridad. Las tres ambulancias de la carretera tenían encendidas las luces rojas y los equipos de rescate descendían ya en rappel por el barranco. Mientras observaba, instalaron reflectores portátiles y el lugar del accidente quedó envuelto por un duro resplandor azul. Oía crepitar las radios alrededor.

Estaba en la carretera con un policía motorizado. Le había pedido que me permitiera bajar hasta el coche y me había dicho que no era posible; debía permanecer en la carretera. Cuando oí las radios, pregunté:

—¿Está herida? ¿Está herida, mi mujer?

—Lo sabremos dentro de un momento —contestó con calma.

—¿Y el otro pasajero?

—Solo un momento —dijo el policía. Llevaba un auricular en el casco, porque había empezado a hablar en voz baja, ensartando una serie de palabras en clave. Oí—: ... el 402 pasa a ser un 739...

Desde el arcén, miré hacia abajo intentando ver algo. Había hombres alrededor del coche y varios ocultos bajo la carrocería. Pasó un largo rato. Por fin el policía dijo:

—Su esposa está inconsciente pero está... Llevaba puesto el

cinturón de seguridad y no ha salido despedida del coche. Creen que está bien. Los signos vitales son estables. Dicen que no se aprecian lesiones en la columna vertebral pero... parece que tiene un brazo roto.

—Pero ¿está bien?

—Eso creen. —Otro silencio mientras escuchaba. Le oí decir—: Tengo aquí al marido, así que un ocho-siete. —Cuando se volvió hacia mí, añadió—: Sí, ya vuelve en sí. En el hospital comprobarán si hay hemorragias internas. Y en efecto tiene un brazo roto. Pero dicen que está bien. Ahora van a colocarla en una camilla.

—Gracias a Dios —dije.

El policía asintió con la cabeza.

—Este es un punto negro de la carretera.

—¿Ha habido ya otros accidentes como este?

Movió la cabeza en un gesto de asentimiento.

—Cada pocos meses, normalmente menos afortunados.

Abrí el teléfono móvil y llamé a Ellen. Le dije que explicara a los niños que no había por qué preocuparse, que su madre se pondría bien.

—Especialmente a Nicole —añadí.

—Yo me encargaré —prometió Ellen.

Cerré el teléfono y me volví hacia el policía.

—¿Y el otro pasajero? —pregunté.

—Iba sola en el coche.

—No —insistí—. Viajaba un hombre con ella.

Habló por el micrófono del auricular y luego se dirigió otra vez a mí.

—Dicen que no. Nada indica que hubiera otra persona.

—Quizá ha salido despedido —sugerí.

—Están preguntándole a su esposa. —Escuchó por un momento—. Dice que iba sola.

—No puede ser.

El policía me miró y se encogió de hombros.

—Eso dice ella.

En el resplandor de las luces rojas de las ambulancias no distinguí su expresión, pero el tono de voz daba a entender: otro hombre que no conoce a su mujer. Me di media vuelta y observé desde el arcén.

Uno de los vehículos de rescate había extendido un brazo de hacer con un cabrestante que colgaba sobre el barranco. Descendía un cable. Haciendo esfuerzos para mantener el equilibrio en la empinada pendiente, los hombres intentaban enganchar una camilla al cabrestante. No veía a Julia con claridad en la camilla; estaba sujeta con correas y cubierta con una manta plateada. Empezó a ascender. Atravesó el cono de luz azul y se desdibujó en la oscuridad.

—Preguntan respecto al posible consumo de drogas o fármacos —dijo el policía—. ¿Tomaba su esposa alguna droga o fármaco?

—No que yo sepa.

—¿Y alcohol? ¿Bebía?

—Vino en la cena. Una o dos copas.

El policía se volvió y habló otra vez, susurrando en la oscuridad. Tras una pausa, le oí decir:

—Afirmativo.

La camilla giraba lentamente mientras subía. Uno de los hombres, en medio de la pendiente, alargó el brazo para estabilizarla. La camilla continuó su ascenso.

No vi bien a Julia hasta que los miembros del equipo de rescate acercaron la camilla a la carretera y la desengancharon. Tenía el rostro tumefacto, con moretones en el pómulo izquierdo y en la frente por encima del ojo izquierdo. Debía de haberse dado un golpe considerable en la cabeza. Tenía la respiración poco profunda. Me aproximé a la camilla. Me vio y dijo:

—Jack...

Intentó sonreír.

—Tranquila —dije.

Tosió.

—Jack. Ha sido un accidente.

Los camilleros circundaron la motocicleta. Tuve que vigilar dónde pisaba.

—Claro que ha sido un accidente.

—No es lo que tú crees, Jack.

—¿Qué quieres decir, Julia? —pregunté. Parecía delirar y hablaba con voz vacilante.

—Sé lo que piensas. —Me agarró el brazo—. Prométeme que no te meterás en esto, Jack.

No contesté. Me limité a seguir caminando junto a ella. Me apretó más fuerte.

—Prométeme que te quedarás al margen.

—Te lo prometo —respondí.

Se relajó y me soltó el brazo.

—Esto no tiene nada que ver con nuestra familia. Los niños no corren ningún riesgo. Tú tampoco. Pero quédate al margen, ¿de acuerdo?

—De acuerdo —dije, solo para tranquilizarla.

—¿Jack?

—Sí, cariño, estoy aquí.

Nos acercábamos ya a la ambulancia más próxima. Las puertas se abrieron. Uno de los hombres del equipo de rescate preguntó:

—¿Es usted pariente?

—Soy su marido.

—¿Quiere venir?

—Sí.

—Suba.

Entré en la ambulancia yo primero y luego introdujeron la camilla. Uno de los hombres subió también y cerró las puertas. Nos pusimos en marcha, acompañados por el aullido de la sirena.

Inmediatamente los dos auxiliares médicos me hicieron apartarme para ocuparse de ella. Uno introducía datos en un ordenador de mano; el otro le abría una segunda vía intravenosa en el brazo. Le preocupaba la tensión arterial, que bajaba rápidamente. Eso les preocupaba mucho. Durante todo este proceso no veía a Julia; solo la oía susurrar.

Intenté acercarme, pero los auxiliares me obligaron a retroceder.

—Déjenos trabajar. Su esposa ha sufrido heridas. Tenemos que trabajar.

Durante el resto del viaje permanecí sentado en un banco y me agarré a un asidero de la pared mientras la ambulancia tomaba las curvas rápidamente. En esos momentos Julia balbuceaba palabras sin sentido, y era obvio que deliraba. Oí algo sobre «las nubes negras» que «ya no eran negras». Luego inició una especie de sermón sobre la «rebeldía adolescente». Mencionó a Amanda y

Eric, preguntando si se encontraban bien. Parecía alterada. Los auxiliares intentaba calmarla. Y finalmente, mientras la ambulancia se abría paso a través de la noche a toda velocidad, empezó a repetir una y otra vez: «No he hecho nada malo, no quería hacer nada malo».

Escuchándola, no pude evitar preocuparme.

El examen médico reveló que las heridas de Julia podían ser de mayor consideración de lo que parecía en un principio. Había numerosas posibilidades que descartar: fractura de pelvis, hematoma, fractura de vértebras cervicales, fractura doble del brazo izquierdo que acaso exigiera la inmovilización total. Al parecer, la pelvis era la principal preocupación de los médicos. La movían con mucho más cuidado mientras la trasladaban a cuidados intensivos.

Pero Julia seguía consciente, mirándome a los ojos y sonriendo de vez en cuando, hasta que se quedó dormida. Los médicos dijeron que yo ya no podía hacer nada allí; la despertarían cada media hora a lo largo de la noche. Me informaron de que permanecería internada como mínimo tres días, posiblemente una semana.

Me aconsejaron que descansara. Salí del hospital un poco antes de las doce de la noche.

Volví en taxi al lugar del accidente para recoger el coche. Era una noche fría. Las ambulancias y los coches de policía se habían marchado. Ahora había un enorme camión grúa que tiraba barranco arriba del automóvil de Julia mediante un cabrestante. Se ocupaba de ello un tipo enjuto que fumaba un cigarrillo.

—No hay nada que ver —me dijo—. Todo el mundo se ha ido al hospital.

Le expliqué que era el coche de mi esposa.

—No puede llevárselo —contestó. Me pidió la tarjeta del seguro. La saqué de la cartera y se la entregué. Comentó—: He oído decir que su mujer está bien.

—Por el momento.

—Es usted un hombre de suerte. —Señaló hacia atrás con el pulgar, en dirección al otro lado de la carretera—. ¿Vienen con usted?

Había allí estacionada una pequeña furgoneta blanca. No llevaba rótulos ni logotipos de empresa en los costados. Pero en la puerta delantera, abajo, advertí un número de serie en negro. Y debajo se leía UNIDAD SSVT.

—No, no vienen conmigo —respondí.

—Llevan ahí una hora —explicó—. Ahí sentados, sin más.

No veía a nadie en el interior de la furgoneta; los cristales de las ventanillas delanteras eran oscuros. Me dispuse a cruzar la carretera hacia ellos. Oí crepitar débilmente una radio. Cuando me hallaba a unos tres metros del vehículo, se encendieron los faros y se puso en marcha el motor. La furgoneta pasó junto a mí a toda prisa y se alejó por la carretera.

Al pasar, eché un vistazo al conductor. Llevaba un traje brillante, como de plástico plateado, y un ajustado capuchón del mismo material. Me pareció distinguir un extraño aparato plateado colgado de su cuello. Parecía una mascarilla, salvo que era plateado. Pero no podría haberlo afirmado con certeza.

Cuando se alejaba, vi dos adhesivos verdes en el parachoques trasero, cada uno con una X grande. Ese era el logotipo de Xymos. Pero fue la matrícula lo que realmente me llamó la atención. Era de Nevada.

La furgoneta había venido desde la fábrica, plantada en medio del desierto.

Fruncí el entrecejo.

Saqué el teléfono móvil y marqué el número de Tim Bergman. Le dije que había reconsiderado su oferta y aceptaba el trabajo de asesor.

—Estupendo —contestó Tim—. Ron se alegrará mucho.

—Fantástico —dije—. ¿Cuándo empiezo?

DESIERTO

DÍA 6

7.12

Con la vibración del helicóptero, debía de haberme quedado dormido durante unos minutos. Me desperté y bostecé, oyendo voces por los auriculares. Eran voces de hombres:

—¿Y cuál es exactamente el problema? —Una voz malhumorada.

—Por lo visto, una emanación de la fábrica contaminó el medio ambiente. Fue un accidente. Ahora han aparecido varios animales muertos en el desierto. En los alrededores de la fábrica. —Una voz sensata, metódica.

—¿Quién los encontró? —La voz malhumorada.

—Un par de ecologistas entrometidos. No respetaron los carteles de prohibido el paso y entraron a husmear en el recinto. Han presentado una queja a la compañía y exigen que se inspeccione la fábrica.

—Cosa que no podemos permitir.

—No, no.

—¿Cómo abordaremos el asunto? —preguntó una voz tímida.

—Propongo que minimicemos el nivel de contaminación y proporcionemos datos que demuestren que no habrá mayores consecuencias. —La voz metódica.

—Yo no lo plantearía así —replicó la voz malhumorada—. Es mejor negarlo todo rotundamente. No ha habido ninguna emanación. Además, ¿qué pruebas tienen de eso?

—Bueno, los animales muertos. Un coyote, algún que otro jerbo. Quizá unos cuantos pájaros.

—Demonios, en la naturaleza mueren animales continuamente. ¿Recordáis el asunto de las vacas acuchilladas? Se suponía que acuchillaban a las vacas unos extraterrestres, y en realidad los cadáveres reventaban debido a los gases de descomposición. ¿Os acordáis?

—Vagamente.

—No estoy seguro de que podamos negarlo sin más. —La voz tímida.

—Sí, hay que negarlo, joder.

—¿No hay fotografías? Creo que los ecologistas tomaron fotografías.

—¿Y eso qué más da? ¿Qué se ve en las fotografías? ¿Un coyote muerto? Nadie va a alterarse mucho por un coyote muerto. Confiad en mí. ¿Piloto? Piloto, ¿dónde carajo estamos?

Abrí los ojos. Iba en la parte delantera del helicóptero, al lado del piloto. Volábamos en dirección este, hacia el resplandor del sol bajo de la mañana. Abajo veía básicamente terreno llano, con grupos de cactus, enebros y alguna que otra yuca raquítica.

El piloto volaba junto a las torres de alta tensión que cruzaban el desierto en fila india, un ejército de acero con los brazos extendidos. Las torres proyectaban sombras alargadas bajo la luz matutina.

Un hombre corpulento se inclinó desde el asiento trasero. Llevaba traje y corbata.

—¿Piloto? ¿Aún no hemos llegado?

—Acabamos de cruzar la frontera de Nevada. Diez minutos más.

El hombre corpulento lanzó un gruñido y volvió a recostarse en su asiento. Nos habíamos presentado antes de despegar, pero ya no recordaba su nombre. Eché un vistazo atrás, a los otros tres pasajeros, todos con traje y corbata. Los tres eran asesores de relaciones públicas contratados por Xymos. Por sus aspectos, era fácil adivinar a quiénes correspondían las respectivas voces: un hombre delgado y nervioso que se retorcía la manos; un hombre de mediana edad con un maletín en la falda; y el hombre corpulento, mayor que los otros dos y malhumorado, obviamente al mando.

—¿Por qué demonios la instalaron en Nevada?

—La normativa es menos estricta, las inspecciones más fáciles de pasar. Últimamente California es muy exigente con los nuevos complejos industriales. La puesta en marcha iba a retrasarse solo por el informe de evaluación del impacto medioambiental. Y un proceso de licencias mucho más complicado. Así que vinieron aquí.

El malhumorado contempló el desierto por la ventanilla.

—Esto es el culo del mundo —comentó—. Me importa una mierda lo que pase allí abajo, no es un problema. —Se volvió hacia mí—. ¿Y usted a qué se dedica?

—Soy programador.

—¿Ha firmado un ADC?

Se refería a si había aceptado un acuerdo de confidencialidad que me impedía hablar de lo que acababa de oír.

—Sí —contesté.

—¿Va a trabajar en la fábrica?

—Como asesor externo, sí.

—La asesoría externa es lo ideal —dijo, asintiendo con la cabeza como si yo fuera un aliado—. Sin responsabilidad. Sin obligaciones. No tiene más que dar su opinión y quedarse cruzado de brazos viendo que no le hacen caso.

La voz del piloto irrumpió en los auriculares en medio de una ráfaga de interferencia estática.

—Manufacturas Moleculares Xymos está justo enfrente —anunció—. Ya se ve.

A unos treinta kilómetros al frente vi un grupo aislado de edificios bajos recortándose contra el horizonte. Los tres relaciones públicas se inclinaron hacia delante.

—¿Es eso? —preguntó el malhumorado—. ¿Solo eso?

—Es más grande de lo que parece desde aquí —aseguró el piloto.

Cuando el helicóptero se acercó, advertí que los edificios eran bloques de hormigón interconectados y sin rasgos distintivos, todos enjalbegados. Los tres hombres quedaron tan complacidos que casi aplaudieron.

—¡Es precioso!

—Joder, parece un hospital.

—Una magnífica obra arquitectónica.

—Quedará magnífico en las fotografías.

—¿Por qué quedará magnífico en las fotografías? —pregunté.

—Porque no tiene proyecciones —explicó el hombre del maletín—. No hay antenas, ni salientes, ni nada que asome. A la gente le asustan los salientes y las antenas. Existen estudios al respecto. Pero un edificio sencillo y cuadrado como ese, y blanco... una elección de color perfecta: se asocia con lo virginal, los hospitales, la curación, la pureza... Un edificio así no es motivo de alarma.

—Esos ecologistas la han cagado —declaró el hombre malhumorado con satisfacción—. Aquí llevan a cabo investigaciones médicas, ¿no?

—No exactamente...

—Las harán cuando yo acabe con esto, créame. Las investigaciones médicas son la solución para esto.

El piloto señaló los distintos edificios mientras los sobrevolábamos en círculo.

—El primer bloque de hormigón es el generador. En ese otro edificio bajo está la sección residencial. El edificio contiguo contiene la zona de mantenimiento, los laboratorios, etcétera. Y aquel bloque cuadrado de tres plantas sin ventanas es el edificio principal de la fábrica. Me han dicho que es un caparazón; dentro contiene otro edificio. A la derecha, en aquel anexo bajo, está el aparcamiento y el área de almacenaje externo. Aquí los coches han de guardarse a la sombra, o se deforman los salpicaderos. Si uno toca el volante, sufre quemaduras de primer grado.

—¿Y hay una sección residencial? —pregunté.

El piloto movió la cabeza en un gesto de asentimiento.

—Sí, por fuerza. El motel más cercano está a doscientos sesenta kilómetros, casi en Reno.

—¿Y cuántas personas viven aquí? —quiso saber el hombre malhumorado.

—Puede alojar a doce personas —contestó el piloto—. Pero generalmente hay entre cinco y ocho. No se requiere mucho personal para controlar la fábrica. Todo está automatizado, según he oído.

—¿Qué más ha oído?

—Poca cosa —respondió el piloto—. Hay mucho secretismo en torno al proyecto. Yo ni siquiera he entrado.

—Estupendo —dijo el malhumorado—. Asegurémonos de que las cosas sigan así.

El piloto hizo girar la palanca. El helicóptero se ladeó y empezó a descender.

Abrí la puerta de plástico de la cabina climatizada y me dispuse a salir. Fue como entrar en un horno. El golpe de calor me cortó la respiración.

—¡Esto no es nada! —gritó el piloto por encima del zumbido de los rotores—. Aquí es casi como si fuera invierno. No debemos de estar a más de cuarenta grados.

—Magnífico —contesté, inhalando aire caliente. Cogí mi bolsa de viaje y mi ordenador portátil, que había colocado bajo el asiento del hombre tímido.

—He de ir a mear —anunció el malhumorado mientras se desabrochaba el cinturón de seguridad.

—Dave... —dijo el hombre del maletín con tono admonitorio.

—Joder, es solo un momento.

—*Dave...* —Le dirigió una mirada incómoda. Bajando la voz añadió—: Dijeron que no saliéramos del helicóptero, ¿recuerdas?

—Vamos, no puedo esperar una hora más. ¿Qué problema hay? —señaló hacia el desierto—. Joder, no hay nada en kilómetros a la redonda.

—Pero, Dave...

—Me sacáis de quicio. Voy a mear, maldita sea. —Se levantó torpemente y se encaminó hacia la puerta.

No oí el resto de la conversación porque ya me había quitado los auriculares. El hombre malhumorado bajaba del helicóptero. Cogí mi equipaje, me di media vuelta y me alejé, agachado bajo las aspas, que proyectaban una sombra parpadeante en el suelo. Llegué al borde del helipuerto, donde la plataforma de hormigón terminaba repentinamente en un camino de tierra que serpenteaba entre los grupos de cactus y yucas hacia el compacto edificio blanco que albergaba el grupo electrógeno, a cincuenta metros de distancia. Nadie salió a recibirme; de hecho, no había nadie a la vista.

Mirando atrás, vi al hombre malhumorado subirse la cremallera del pantalón y volver al helicóptero. El piloto cerró la puerta y se elevó, despidiéndose de mí con un gesto mientras ascendía. Le devolví el saludo y me alejé del remolino de arena. El helicóptero trazó un círculo y se dirigió hacia el oeste. El sonido se desvaneció.

El desierto estaba en silencio excepto por el zumbido de los cables de alta tensión, a unos cientos de metros. El viento me agitó la camisa y las perneras del pantalón. Me di la vuelta lentamente, preguntándome qué hacer, y pensando en las palabras del hombre del maletín: «Dijeron que no saliéramos del helicóptero, ¿recuerdas?».

—¡Eh! ¡Eh, usted!

Mire hacia atrás. Se había abierto una puerta en el edificio blanco del generador. Un hombre asomaba la cabeza. Gritó:

—¿Es usted Jack Forman?

—Sí —contesté.

—¿A qué demonios espera? ¿Una invitación? Entre, por Dios.

Y volvió a cerrar la puerta.

Esa fue mi bienvenida al centro de fabricación de Xymos. Cargando el equipaje, recorrí el camino de tierra hacia la puerta.

Las cosas nunca salen como uno prevé.

Entré en una pequeña sala con paredes de color gris oscuro en tres lados. Eran de un material liso parecido a la formica. Tardé un momento en adaptarme a la relativa oscuridad. Finalmente vi que la cuarta pared, justo frente a mí, era completamente de cristal y daba a un pequeño compartimiento, delimitado en el lado opuesto por otro panel de cristal. Los paneles de cristal estaban provistos de brazos articulados de acero con placas metálicas de presión en los extremos. Aquel espacio recordaba en cierto modo a la cámara acorazada de un banco.

Más allá del segundo panel de cristal vi a un hombre robusto con una camisa y un pantalón azules de trabajo, con el logotipo de Xymos en el bolsillo. Obviamente era el ingeniero de mantenimiento de la fábrica. Con un gesto, me indicó que me acercara.

—Es un compartimiento estanco. La puerta es automática. Avance hacia ella.

Avancé, y la primera puerta de cristal se abrió. Se encendió una luz roja. En el siguiente compartimiento vi rejillas en el suelo, en el techo y en ambas paredes. Vacilé.

—Parece una tostadora, ¿no? —dijo el hombre, sonriendo. Le faltaban varios dientes—. Pero no se preocupe, solo le soplará un poco. Adelante.

Entré en el compartimiento de cristal y dejé la bolsa en el suelo.

—No, no. Coja la bolsa.

Volví a cogerla. Al instante la puerta de cristal a mis espaldas se cerró con un leve zumbido, desplegándose suavemente los brazos de acero. Las placas de presión se acoplaron con un golpe sordo. El compartimiento estanco se presurizó, y sentí una ligera molestia en los oídos. El hombre de azul dijo:

—Quizá prefiera cerrar los ojos.

Cerré los ojos y de inmediato algo frío me roció la cara y el cuerpo desde los lados. La ropa me quedó empapada. Percibí un penetrante olor parecido a la acetona o al quitaesmalte de uñas. Me estremecí, el líquido estaba muy frío.

La primera ráfaga de aire me llegó desde arriba, un rugido que pronto adquirió intensidad de huracán. Tensé el cuerpo para mantener el equilibrio. La ropa me aleteaba y se me adhería. El viento sopló con más fuerza, amenazando con arrancarme la bolsa de la mano. De pronto la corriente de aire se detuvo por un momento y una segunda ráfaga ascendió desde el suelo. Resultó desorientador, pero duró solo unos instantes. A continuación se pusieron en marcha las bombas de vacío y noté un leve dolor en los oídos cuando la presión bajó, como cuando un avión desciende. Luego silencio.

—Ya está. Adelante —dijo una voz.

Abrí los ojos. El líquido con que me habían rociado se había evaporado. Tenía la ropa seca. Las puertas se abrieron ante mí. Salí del compartimiento y el hombre de azul me miró con expresión interrogativa.

—¿Se encuentra bien?

—Sí, eso creo.

—¿No le escuece nada?

—No...

—Bien. Algunas personas son alérgicas a esa sustancia. Pero debemos aplicar esta rutina para mantener la asepsia de las salas.

Asentí con la cabeza. Obviamente era un procedimiento para eliminar el polvo y otros contaminantes. El fluido era en extremo volátil y se evaporaba a temperatura ambiente, extrayendo micropartículas del cuerpo y la ropa. Los chorros de aire y la aspiración completaban la limpieza, eliminando cualquier partícula desprendida y absorbiéndola.

—Soy Vince Reynolds —dijo el hombre, pero no me tendió la mano—. Llámame Vince. Y tú eres Jack, ¿no?

Asentí.

—Muy bien, Jack. Están esperándote, así que empecemos. Debemos tomar precauciones, porque esto es un entorno con un campo magnético de alta potencia, superior a 33 teslas. —Sacó una caja de cartón—. Mejor será que dejes aquí el reloj.

Coloqué el reloj en la caja.

—Y el cinturón.

Me quité el cinturón y lo puse en la caja.

—¿Algún otro adorno? ¿Pulseras? ¿Collares? ¿Piercings? ¿Pins o medallas? ¿Placas con información médica para casos de urgencia?

—No.

—¿Y algo metálico dentro del cuerpo? ¿Alguna antigua herida, balas, metralla? ¿No? ¿Algún clavo en un brazo o pierna rota, implantes de cadera o rodilla? ¿No? ¿Válvulas artificiales, cartílago artificial, bombas vasculares?

Contesté que no tenía nada de eso.

—Bueno, aún eres joven —dijo—. ¿Y qué llevas en la bolsa?

Me obligó a sacarlo todo y esparcirlo sobre una mesa para inspeccionarlo. Allí había bastante metal: otro cinturón con otra hebilla metálica, un cortaúñas, un bote de crema de afeitar, maquinilla de afeitar y hojas, una navaja de bolsillo, unos vaqueros con remaches metálicos...

Retiró la navaja y el cinturón, pero dejó el resto.

—Puedes volver a meterlo todo en la bolsa —dijo—. Estas son las normas. Puedes llevarte la bolsa al edificio residencial pero no más allá, ¿de acuerdo? Hay una alarma en la puerta de ese módulo y sonará si intentas pasar cualquier objeto metálico. Pero hazme el favor de no activarla, ¿bien? Porque desactiva los imanes como medida de seguridad y se requieren dos minutos para ponerlos de nuevo en funcionamiento. Molesta mucho a los técnicos, sobre todo si en ese momento están fabricando. Les echa a perder el trabajo.

Le dije que intentaría recordarlo.

—Tus otras cosas se quedan aquí. —Señaló con la cabeza hacia la pared situada a mis espaldas; vi una docena de pequeñas cajas de seguridad, cada una con un panel numérico—. Fija la combinación y guárdalo tú mismo. —Se volvió para permitirme hacerlo.

—¿No necesitaré reloj?

Negó con la cabeza.

—Te proporcionaremos un reloj.

—¿Y el cinturón?

—Te proporcionaremos un cinturón.

—¿Y el portátil? —pregunté.

—Dentro de la caja de seguridad —contestó—. A no ser que quieras que el campo magnético te borre el disco duro.

Dejé el ordenador con el resto de mis cosas y cerré la puerta. Me sentí extrañamente desnudo, como un preso al entrar en la cárcel.

—¿No quieres también los cordones de los zapatos? —bromeé.

—No, quédatelos. Así podrás estrangularte llegado el caso.

—¿Por qué habría de llegar el caso?

—No sabría decirte. —Vince hizo un gesto de indiferencia—. Pero los tipos que trabajan aquí... Te diré una cosa: están como regaderas. Fabrican esas cosas minúsculas que no se ven, moviendo moléculas y demás de un lado a otro, juntándolas. Es un trabajo muy intenso y absorbente, y los vuelve locos. A todos. Están como cabras. Acompáñame.

Atravesamos otra serie de puertas de cristal, pero esta vez no fui rociado.

Entramos en la sala del grupo electrógeno. Bajo unas lámparas halógenas azules, vi enormes cubas metálicas de más de tres metros de altura y aislantes cerámicos tan gruesos como el brazo de un hombre. Todo zumbaba. Percibí una clara vibración en el suelo. Por todas partes colgaban carteles con relámpagos rojos donde se leía: CUIDADO: ALTA TENSIÓN. PELIGRO DE MUERTE.

—Utilizáis mucha energía eléctrica aquí, por lo que veo.

—Suficiente para abastecer a un pueblo —confirmó Vince. Señaló uno de los carteles—. Tómate en serio esos avisos. Hace un tiempo tuvimos algún incendio.

—¿Sí?

—Sí. Había un nido de ratas en el edificio. Las condenadas quedaban fritas una y otra vez. Literalmente. Detesto el olor de pelo de rata quemada, ¿tú, no?

—No he tenido la experiencia.

—Huele como puedes imaginarte.

—Ya —dije—. ¿Cómo entraron las ratas?

—Por una taza de váter. —Debí de mostrar sorpresa, porque Vince añadió—: Ah, ¿no lo sabías? Las ratas hacen eso continuamente; solo tienen que nadar un poco para entrar. Si eso ocurriera cuando estás sentado, te llevarías una sorpresa desagradable, desde luego. —Soltó, una risotada—. El problema fue que el contratista de la obra no instaló el campo de drenaje séptico a profundidad suficiente. El caso es que entraron las ratas. Hemos tenido unos cuantos accidentes de ese estilo desde que yo estoy aquí.

—¿En serio? ¿Qué clase de accidentes?

Se encogió de hombros.

—Querían que estos edificios fueran perfectos —dijo—, porque trabajan con cosas de un tamaño muy pequeño. Pero este no es un mundo perfecto, Jack. Nunca lo ha sido y nunca lo será.

—¿Qué clase de accidentes? —repetí.

Habíamos llegado a la última puerta, provista de un panel numérico, y Vince pulso rápidamente el código. La puerta se abrió con un chasquido.

—Todas las puertas tienen la misma clave: cero seis, cero cuatro, cero dos.

Vince empujó la puerta, y entramos en un pasadizo cubierto que comunicaba el grupo electrógeno con los otros edificios. Pese al zumbido del aire acondicionado, hacía un calor sofocante.

—Por culpa del contratista —explicó Vince—. No equilibró bien los controles del aire acondicionado. Han venido a repararlos cinco veces, pero en este pasadizo siempre hace calor.

Al final del pasadizo había otra puerta, Vince me pidió que introdujera yo mismo el código. La puerta se abrió.

Me hallé ante otro compartimiento estanco: una pared de grueso cristal y otra unos pasos más allá. Y detrás de la segunda pared vi a Ricky Morse en vaqueros y camiseta. Sonrió y me saludó alegremente.

En su camiseta se leía: «Obedéceme, soy Root». Era un chiste de informáticos. En el sistema operativo UNIX, *root*, «raíz», significaba «el jefe».

Por un intercomunicador, Ricky dijo:

—A partir de aquí ya me ocupo yo, Vince.

—Muy bien —contestó Vince con un gesto.

—¿Has ajustado la presión?

—Hace una hora, ¿por qué?

—Es posible que en el laboratorio principal no se haya mantenido.

—Volveré a comprobarlo —respondió Vince—. Quizá tengamos otro escape. —Me dio una palmada en la espalda y señaló con un pulgar hacia el interior del edificio—. Mucha suerte ahí dentro. —Se dio media vuelta y se alejó por donde habíamos venido.

—Me alegro mucho de verte —dijo Ricky—. ¿Conoces el código para entrar?

Respondí que sí. Señaló un panel numérico. Pulsé los dígitos. La pared de cristal se deslizó a un lado. Entré en otro estrecho espacio de poco más de un metro de anchura, con parrillas metálicas en las dos paredes laterales, el suelo y el techo. La pared se cerró a mis espaldas.

Una intensa ráfaga de aire se elevó desde el suelo, hinchándome las perneras del pantalón y agitándome la ropa. Casi de inmediato siguieron ráfagas de aire procedentes de los lados y luego desde arriba. Noté su fuerza en el cabello y los hombros. Luego el zumbido de las bombas de vacío. El cristal de delante se deslizó lateralmente. Me alisé el pelo y salí del compartimiento.

—Disculpa las molestias. —Ricky me estrechó la mano vigorosamente—. Pero al menos así no tenemos que llevar trajes de seguridad.

Presentaba una apariencia robusta y saludable, con los músculos de los antebrazos bien definidos.

—Tienes buen aspecto, Ricky —dije—. ¿Haces ejercicio?

—Bueno, en fin... la verdad es que no.

—Te veo muy en forma. —Le di un puñetazo en el hombro. Sonrió.

—Es la tensión del trabajo. ¿Te ha asustado Vince?

—No exactamente...

—Es un poco extraño —advirtió Ricky—. Vince se crió en el desierto con su madre. Ella murió cuando él tenía cinco años. El cadáver estaba casi descompuesto cuando por fin la encontraron. El pobre niño no supo qué hacer. Con eso supongo que yo también sería extraño en esas circunstancias. —Ricky se encogió de hombros—. Pero me alegra que estés aquí, Jack. Temía que no vinieras. —Pese a la aparente buena salud de Ricky, empezaba a notarlo nervioso, crispado. Con paso enérgico, me guió por un corto pasadizo—. ¿Cómo está Julia?

—Se rompió un brazo y sufrió un fuerte golpe en la cabeza. Está bajo observación en el hospital. Pero se recuperará.

—Bien. Eso está bien. —Asintió con la cabeza sin detenerse—. ¿Quién se ocupa de los niños?

Le conté que había venido mi hermana.

—¿Puedes quedarte un tiempo, pues? ¿Unos días?

—Supongo —dije—. Si me necesitáis tanto tiempo...

Normalmente los asesores informáticos no pasan mucho tiempo en la empresa contratante. Un día, quizá dos. No más.

Ricky me miró por encima del hombro.

—Esto... ¿te ha hablado Julia de este lugar?

—No, en realidad no.

—Pero sabías que pasaba mucho tiempo aquí.

—Sí, claro. Sí.

—En las últimas semanas venía casi a diario en el helicóptero y se quedó un par de noches.

—No sabía que le interesara tanto la fabricación —comenté.

Ricky vaciló por un instante. Por fin dijo:

—Bueno, Jack, esto es algo totalmente nuevo... —Frunció el entrecejo—. ¿De verdad no te ha contado nada?

—No, de verdad. ¿Por qué?

No contestó.

Abrió la puerta del fondo y me indicó que pasara.

—Este es el módulo residencial, donde dormimos y comemos.

El aire se notaba frío después del calor del pasadizo. Las paredes eran del mismo material liso utilizado en el resto de la fábrica. Se oía el zumbido grave y continuo de los acondicionadores de aire. En el pasillo había una serie de puertas. Una de ellas tenía mi nombre escrito con rotulador en un trozo de cinta adhesiva. Ricky abrió la puerta.

—Hogar, dulce hogar, Jack.

Era una habitación monástica: una cama pequeña, un diminuto escritorio con espacio suficiente solo para un monitor y un teclado.

Sobre la cama, un estante para libros y ropa. Todos los muebles estaban revestidos de laminado plástico blanco. No había huecos ni rendijas que pudieran contener partículas de polvo perdidas. Tampoco había ventana, pero una pantalla de cristal líquido ofrecía una vista del desierto.

En la cama me habían dejado un reloj de plástico y un cinturón con hebilla de plástico. Me los puse.

—Deja tus cosas y te enseñaré las instalaciones —ofreció Ricky.

Todavía con paso enérgico, me llevó a un salón de tamaño medio con un sofá y sillas en torno a una mesa baja, con un tablón de anuncios en la pared. Todos los muebles eran del mismo laminado plástico.

—A la derecha están la cocina y la sala de recreo con un televisor, videojuegos y demás.

Entramos en la reducida cocina. Dentro había dos personas, un hombre y una mujer, comiendo de pie unos sándwiches.

—Creo que ya conoces a estos dos —dijo Ricky, sonriendo.

En efecto, los conocía. Habían formado parte de mi equipo en MediaTronics.

Rosie Castro era morena, delgada, exótica y sarcástica; llevaba unos holgados pantalones cortos y una camiseta que le ceñía el abundante pecho; en ella se leía: DESEA. Independiente y rebelde, Rosie se había dedicado al estudio de Shakespeare en Harvard hasta que decidió, en sus propias palabras, que «Shakespeare está muerto, joder. Lleva siglos muerto, joder. No hay nada nuevo que decir. ¿Qué sentido tiene?». Pidió el traslado al MIT y allí pasó a estar bajo la protección de Robert Kim, que trabajaba en programación de lenguajes naturales. Demostró grandes aptitudes. Actualmente empezaba a verse la relación entre los programas de lenguajes naturales y el procesamiento distribuido, ya que por lo visto las personas evalúan una frase de distintas maneras simultáneamente mientras la oyen; no esperan a acabar de oírla, sino que se forman expectativas de lo que va a venir. Esa es una situación ideal para el procesamiento distribuido, que puede abordar un problema desde varios puntos de vista al mismo tiempo.

—Aún llevas esas camisetas, Rosie —comenté. En MediaTronics habíamos tenido algún contratiempo por su manera de vestir.

—Mantiene a los chicos despiertos —contestó ella, encogiéndose de hombros.

—De hecho, nos tienen sin cuidado.

Me volví hacia David Brooks, rígido, formal, obsesivamente pulcro, y casi calvo a los veintiocho años. Parpadeó tras los gruesos cristales de las gafas.

—En todo caso, tampoco son nada del otro mundo —añadió.

Rosie le sacó la lengua.

David era ingeniero, y tenía la brusquedad y la ineptitud social propias de un ingeniero. También estaba cargado de contradicciones, aunque cuidaba hasta la exageración todos los detalles de su trabajo y la apariencia física, los fines de semana hacía motocross y a menudo volvía cubierto de barro. Me estrechó la mano con entusiasmo.

—Me alegra mucho que estés aquí, Jack.

—Alguien tendrá que decirme por qué os alegráis todos tanto de verme —dije.

—Bueno, es porque tú sabes más sobre algoritmos multiagente que... —contestó Rosie.

—Primero voy a enseñarle la fábrica —la interrumpió Ricky—. Ya hablaremos luego.

—¿Por qué? —preguntó Rosie—. ¿Quieres que sea una sorpresa?

—Toda una sorpresa —añadió David.

—No, en absoluto —respondió Ricky, lanzándoles una mirada severa—. Solo quiero poner a Jack en antecedentes. Quiero tratar de ese asunto a fondo con él.

David consultó su reloj.

—¿Cuánto tiempo crees que te llevará? Porque calculo que tenemos...

—He dicho que primero me dejes enseñarle la fábrica, por Dios —repitió Ricky, casi gruñendo.

Me sorprendió; nunca antes lo había visto perder el control. Pero, para David y Rosie, esa actitud aparentemente no tenía nada de raro.

—Está bien, Ricky. Está bien.

—Como digas, Ricky. Tú mandas.

—Así es, yo mando —repuso Ricky, aún visiblemente irritado—. Y por cierto, vuestro descanso ha terminado hace diez minutos, así que volved al trabajo. —Echó un vistazo a la sala de recreo contigua—. ¿Dónde están los otros?

—Reparando los sensores del perímetro.

—¿Queréis decir que están fuera?

—No, no. Están en la sala de mantenimiento. Bobby cree que hay un problema de calibración en las unidades sensoras.

—Estupendo. ¿Ha informado alguien a Vince?

—No. Es software; Bobby se ocupa de eso.

En ese instante sonó mi teléfono móvil. Sorprendido, lo saqué del bolsillo. Me volví hacia los otros.

—¿Funcionan aquí dentro los móviles?

—Sí —contestó Ricky—, tenemos cobertura.

Reanudó su discusión con David y Rosie.

Salí al pasillo y oí mis mensajes. Había solo uno, del hospital, referente a Julia: «Tenemos entendido que es usted el marido de la señora Forman. Llámenos lo antes posible». A esto seguía una extensión de un tal doctor Rana. Marqué el numero de inmediato.

La centralita me pasó con la unidad de cuidados intensivos.

Pregunté por el doctor Rana y esperé hasta que atendió.

—Soy Jack Forman, el marido de Julia Forman.

—Ah, sí, señor Forman. —Una voz agradable y melodiosa—. Gracias por llamar. Por lo que sé, acompañó usted a su esposa al hospital anoche. ¿Sí? Entonces conocerá la gravedad de sus heridas, o quizá debería decir sus heridas potenciales. Tenemos la impresión de que necesita un examen completo de la fractura cervical y del hematoma subdural. Y también de la fractura de pelvis.

—Sí —contesté—. Eso me dijeron anoche. ¿Hay algún problema?

—De hecho, sí. Su esposa rechaza el tratamiento.

—¿Lo rechaza?

—Anoche nos permitió tomarle radiografías y tratar las fracturas de la muñeca. Le explicamos que las radiografías son limitadas respecto a lo que nos permiten ver, y que es muy importante para ella someterse a una resonancia magnética, pero se niega.

—¿Por qué? —pregunté.

—Dice que no la necesita.

—Claro que la necesita —afirmé.

—Sí, así es, señor Forman —corroboró el doctor Rana—. No quiero alarmarle, pero lo que nos preocupa respecto a la fractura pélvica es la hemorragia masiva en el abdomen. En fin, está desangrándose. Eso podría causarle la muerte, y en muy poco tiempo.

—¿Qué quiere que haga?

—Nos gustaría que hablara con ella.

—Por supuesto. Póngame con Julia.

—Lamentablemente en este momento están haciéndole unas radiografías más. ¿Podemos llamarle a algún número? ¿Al móvil? De acuerdo. Una cosa más señor Forman: no hemos podido conseguir el historial psiquiátrico de su esposa...

—¿Por qué?

—Se niega a hablar de eso. Me refiero al consumo de drogas, cualquier antecedente de trastornos en el comportamiento, esa clase de cosas. ¿Podría aclararnos esa cuestión?

—Lo intentaré...

—No quiero alarmarle, pero su mujer ha estado actuando..., bueno, de un modo un tanto irracional. Casi delirando, en algún momento.

—Últimamente ha estado sometida a mucha tensión —expliqué.

—Sí, estoy seguro de que eso contribuye —comentó el doctor Rana diplomáticamente—. Y ha sufrido graves heridas en la cabeza, que es necesario examinar más a fondo. No quiero alarmarle pero debo serle franco: según el especialista psiquiátrico, su esposa padece posiblemente un trastorno bipolar, un trastorno a causa de las drogas, o ambos a la vez.

—Ya...

—Y naturalmente estas dudas se nos plantean en el contexto de un accidente de tráfico en el que no intervino ningún otro coche.

Quería decir que el accidente podía ser un intento de suicidio. Eso me parecía poco probable.

—Ignoro si mi esposa consume alguna droga —dije—. Pero desde hace unas semanas me preocupa su comportamiento.

Ricky se acercó y se quedó junto a mí con actitud impaciente. Cubrí el teléfono con la mano.

—Me han llamado por Julia.

Él asintió y echó un vistazo a su reloj. Enarcó las cejas. Me pareció muy extraño que me apremiara mientras hablaba con el hospital sobre mi esposa... y su actitud de superioridad.

El médico siguió divagando durante un rato, e hice lo posible por contestar a sus preguntas, pero el hecho era que no tenía información alguna que pudiera ayudarle.

Dijo que pediría a Julia que me llamara en cuanto la trajeran, y contesté que esperaría la llamada. Cerré el teléfono.

—Está bien, no pasa nada —dijo Ricky—. Perdona que te dé prisas, Jack, pero... en fin, tengo mucho que enseñarte.

—¿Hay un problema de tiempo? —pregunté.

—No lo sé. Es posible.

Me disponía a preguntarle a qué se refería con eso, pero él, caminando rápidamente, me llevaba ya por el pasillo. Abandonamos el módulo residencial a través de otra puerta de cristal y recorrimos otro pasadizo.

Este último, advertí, estaba herméticamente cerrado. Avanzamos por una pasarela de cristal suspendida por encima del suelo. El cristal tenía pequeños orificios y debajo había una serie de conductos de vacío para succión. Empezaba ya a acostumbrarme al continuo siseo de las unidades de tratamiento de aire.

En medio del pasadizo había otro par de puertas de cristal. Tuvimos que cruzarlas uno por uno. Se separaron y volvieron a cerrarse a nuestras espaldas. Seguimos adelante, y de nuevo me asaltó la clara sensación de estar en una cárcel, de traspasar una serie de rejas, de adentrarme cada vez más en algo.

Todo era alta tecnología y brillantes paredes de cristal... y aun así era una cárcel.

DÍA 6

08.12

Entramos en una amplia sala con el rótulo MANTENIMIENTO y debajo MATERIALMOL/MATERIALFAB/MATERIALALIM. Las paredes y el techo estaban revestidos del habitual laminado plástico. En el suelo había amontonados grandes contenedores laminados. A la derecha vi una hilera de grandes hervidores de acero inoxidable bajo el nivel del suelo, con muchos tubos y válvulas alrededor elevándose hasta el nivel de la planta superior. Tenía exactamente el mismo aspecto que una microcervecería, y me disponía a preguntar a Ricky qué era aquello cuando dijo:

—¡Así que estáis aquí!

Trabajando en una caja de empalmes debajo de un monitor había otros tres miembros de mi antiguo equipo. Adoptaron una expresión de culpabilidad cuando nos acercamos, como niños sorprendidos con las manos en el tarro de las galletas. Naturalmente Bobby Lembeck era el jefe. A sus treinta y cinco años, Bobby supervisaba más código del que escribía, pero aún era capaz de escribir cuando se lo proponía. Como siempre, llevaba unos vaqueros descoloridos y una camiseta de *Ghost in the Shell*, así como el inevitable walkman prendido de la cintura.

Allí estaba también Mae Chang, hermosa y delicada, casi tan distinta de Rosie Castro como podía serlo una mujer de otra. Mae había trabajado como bióloga de campo en Sichuan, estudiando a los lemures narigudos dorados antes de pasarse a la programación a los veinticinco años. Debido a su etapa dedicada a los estudios de campo, así como a su inclinación natural, era una persona muy silenciosa. Mae hablaba poco, se movía sin hacer ruido y nunca alzaba la voz; pero tampoco perdía jamás en una discusión. Al igual que muchos biólogos de campo, había desarrollado la extraña habilidad de confundirse con el entorno, pasar inadvertida, casi desaparecer.

Y por último Charley Davenport, hosco, desaliñado, y ya con exceso de peso a sus treinta años. Lento y pesado, daba la impresión de haber dormido con la ropa puesta, y en realidad a menudo lo hacía, después de una sesión maratoniana de programación. Charley había trabajado bajo la supervisión de John Holland en Chicago y Doyne Farmer en Los Álamos. Era un experto en algoritmos genéticos, la clase de programas que emulaba la selección natural para afinar las respuestas. Pero tenía una personalidad irritante: tarareaba, resoplaba, hablaba solo, y se tiraba pedos con ruidoso abandono. El grupo lo toleraba únicamente por su extraordinario talento.

—¿Realmente hacen falta tres personas para esto? —preguntó Ricky cuando acabé de estrechar la mano a todos los presentes.

—Sí, el Rooto —contestó Bobby—, hacen falta tres personas porque es complicado.

—¿Por qué? Y no me llames el Rooto.

—Obedezco, señor Root.

—Basta con que sigas...

—Bien —lo interrumpió Bobby—, después del episodio de esta mañana he empezado a examinar los sensores, y me parece que están mal calibrados. Pero como nadie puede salir a verificarlo, la cuestión es si tenemos una lectura incorrecta, si los sensores son defectuosos, o si la señal de salida en el equipo interior se ajusta a la escala prevista. Mae conoce estos sensores; los utilizó en China. Yo ahora estoy revisando el código. Y Charley está aquí porque no quiere irse y dejarnos en paz.

—Tengo cosas mejores que hacer —replicó Charley—. Pero yo escribí los algoritmos que controlan los sensores, y es necesario optimizar el código cuando ellos terminen. Simplemente espero a que acaben de tontear. Entonces optimizaré. —Lanzó una elocuente mirada a Bobby—. Ninguno de estos es capaz de optimizar una mierda.

—Bobby sí es capaz —terció Mae.

—Ya, si le dejas seis meses, quizá.

—Niños, niños —intervino Ricky—, no alborotéis delante de nuestro invitado.

Sonreí apáticamente. En realidad, no había atendido a la conversación. Solo los observaba. Aquellos eran tres de mis mejores programadores, y en la época en que trabajaban para mí eran personas seguras de sí mismas hasta la arrogancia. Ahora, en cambio, me asombraba su nerviosismo. Estaban todos crispados, inquietos, dispuestos a discutir por cualquier cosa. Y parándome a pensar, caí en la cuenta de que también Rosie y David tenían los nervios a flor de piel.

Charley empezó a tararear de aquel modo tan irritante suyo.

—Por Dios —saltó Bobby Lembeck—, ¿no podéis decirle que se calle?

Charley continuó tarareando.

—Charley...

Charley exhaló un largo y teatral suspiro y dejó de tararear.

—Gracias —dijo Bobby.

Charley alzó la vista al techo.

—Muy bien —dijo Ricky—. Daos prisa con esto y volved a vuestros puestos de trabajo.

—De acuerdo.

—Quiero a todo el mundo en su sitio cuanto antes.

—De acuerdo —contestó Bobby.

—Hablo en serio. A vuestros puestos.

—Bueno, Ricky, bueno. Pero ¿por qué no paras de hablar y nos dejas trabajar?

Dejando allí al grupo, Ricky me llevó a una pequeña habitación al otro extremo de la sala.

—Ricky, estos chicos no se comportan como cuando trabajaban para mí.

—Sí, lo sé. En estos momentos todos estamos un poco tensos.

—Y eso ¿por qué?

—Por lo que está pasando aquí.

—¿Y qué pasa aquí?

Se detuvo ante un reducido cubículo al otro lado de la habitación.

—Julia no podía contártelo porque era información confidencial.

Introdujo una tarjeta en una ranura de la puerta.

—¿Confidencial? —repetí—. ¿La formación de imágenes médicas es confidencial?

Se oyó el chasquido del pestillo, y entramos. La puerta volvió a cerrarse. Vi una mesa, dos sillas, un monitor y un teclado. Ricky se sentó y comenzó a teclear de inmediato.

—El proyecto de formación de imágenes médicas surgió solo de pasada —explicó—. Era una aplicación comercial menor de la tecnología que estábamos desarrollando.

—Ya. ¿Y qué tecnología es esa?

—Militar.

—¿Xymos trabaja en el área militar?

—Sí, bajo contrato. —Guardó silencio por un instante—. Hace dos años el Departamento de Defensa, a partir de su experiencia en Bosnia, descubrió el enorme valor de las aeronaves robotizadas capaces de sobrevolar el campo de batalla y transmitir imágenes en tiempo real. El Pentágono comprendió que esas cámaras voladoras tendrían usos cada vez más complejos en futuras guerras. Podía utilizárselas para localizar tropas enemigas, incluso si estaban ocultas en la selva o en edificios, para controlar misiles guiados por láser o para identificar la ubicación de tropas aliadas, y así sucesivamente. Los comandantes en el terreno podían solicitar las imágenes que desearan, y en el espectro que desearan: visibles, infrarrojos, ultravioleta, lo que fuera. La formación de imágenes en tiempo real iba a convertirse en un poderoso instrumento en la guerra del futuro.

—De acuerdo...

—Pero obviamente —continuó Ricky—, esas cámaras robotizadas eran vulnerables. Podía abatírselas como a palomas. El Pentágono quería una cámara que no pudiera derribarse. Pensaban en algo muy pequeño, quizá del tamaño de una libélula, un blanco demasiado pequeño para alcanzarlo. Pero había problemas con el suministro de energía, las diminutas superficies de control y la resolución debido al uso de lentes tan pequeñas. Necesitaban una lente mayor.

Asentí con la cabeza.

—Así que concebisteis un enjambre de nanocomponentes.

—Así es. —Ricky señaló el monitor, donde un grupo de puntos negros giraba y daba vueltas en el aire como aves—. Una nube de componentes permitiría tener una cámara con la lente tan grande como fuera necesario. Y sería imposible abatirla porque una bala simplemente traspasaría la nube. Además, podría dispersarse, tal como se dispersa una bandada de pájaros por efecto de un disparo. Entonces la cámara sería invisible hasta volver a reagruparse. Por tanto parecía la solución ideal. El Pentágono nos concedió tres años de financiación con fondos de la DARPA, Agencia de Proyectos Avanzados de Investigación para la Defensa.

—¿Y?

—Empezamos a crear la cámara. De inmediato, claro está, se puso de manifiesto que teníamos un problema con la inteligencia distribuida.

Estaba familiarizado con el problema. Las nanopartículas de la nube debían dotarse de una inteligencia rudimentaria, de modo que pudieran interactuar entre sí para constituir una bandada que girara en el aire. Una actividad tan coordinada podría parecer muy inteligente, pero se producía incluso cuando los individuos que componían la bandada eran más bien estúpidos. Al fin y al cabo, eran capaces de hacerlo las aves y los peces, que no eran precisamente las criaturas más inteligentes del planeta.

La mayoría de la gente que observa una bandada de aves o un banco de peces da por supuesto que hay un guía, y que los otros animales lo siguen. Eso se debe a que los seres humanos, como casi todos los mamíferos sociales, tienen jefes de grupo.

Sin embargo las aves y los peces no tienen guías. Sus grupos no se organizan de ese modo. El minucioso estudio del comportamiento de bandadas —videoanálisis fotograma a fotograma— demuestra que de hecho no hay guía. Las aves y los peces responden a unos cuantos estímulos sencillos transmitidos entre los individuos, y el resultado es el comportamiento coordinado. Pero nadie lo controla, nadie lo dirige. Nadie lo guía.

Tampoco hay aves individuales genéticamente programadas para el comportamiento en bandada. La formación de bandadas no es un elemento integrado. No existe nada en el cerebro del ave que diga: «Cuando ocurra tal o cual cosa, empieza a agruparte». Al contrario, las bandadas surgen simplemente dentro del grupo como resultado de normas mucho más sencillas a bajo nivel. Normas como «permanece cerca de las aves más próximas, pero no choques con ellas». A partir de estas normas todo el grupo alcanza una coordinación fluida en bandada.

Dado que el agrupamiento en bandadas surge de normas a bajo nivel, se llama «comportamiento emergente». Técnicamente, se define mediante este término la conducta que tiene lugar en un grupo pero no está programada en ningún miembro del grupo. El comportamiento emergente puede producirse en cualquier población, incluida una población informática. O una población robotizada. O un nanoenjambre.

—¿El problema residía en el comportamiento emergente del enjambre?

—Exacto.

—¿Era imprevisible?

—Por decirlo suavemente.

En décadas recientes, la idea de comportamiento grupal emergente había provocado una pequeña revolución en la ciencia informática. Para los programadores, eso implicaba que podían establecerse normas de comportamiento para agentes individuales pero no para los agentes que actuaban de manera conjunta.

Los agentes individuales —ya fueran módulos de programación, procesadores o, como en este caso, auténticos microrrobots— podían programarse para cooperar bajo ciertas circunstancias, y para competir en otras. Era posible asignarles objetivos. Era posible indicarles que persiguieran sus objetivos con resuelta intensidad o que estuvieran disponibles para ayudar a otros agentes. Pero el resultado de estas interacciones no podía programarse; simplemente surgía, a menudo con consecuencias sorprendentes.

En cierto modo esto resultaba apasionante. Por primera vez, un programa producía resultados que el programador no podía predecir en absoluto. Estos programas se comportaban más como organismos vivos que como autómatas artificiales. Este hecho entusiasmaba a los programadores, pero también causaba frustración.

Porque el comportamiento emergente era errático. A veces agentes en competencia luchaban hasta quedar paralizados, y el programa no conseguía nada. A veces los agentes se influían tanto mutuamente que perdían de vista su objetivo y hacían cualquier otra cosa. En ese sentido, el programa era muy infantil: imprevisible y fácil de distraerse. Como dijo un programador: «Intentar programar inteligencia distribuida es como decir a un niño de cinco años que vaya a su habitación y se cambie de ropa. Puede que lo haga, pero es igualmente probable que haga otra cosa y no vuelva».

Como estos programas tenían un comportamiento propio de la vida real, los programadores empezaron a extraer analogías respecto al comportamiento de organismos vivos en el mundo real. De hecho empezaron a tomar como modelo el comportamiento de organismos reales como un modo de obtener cierto control respecto al resultado de los programas.

Así que uno encontraba programadores estudiando un agrupamiento de hormigas o termiteros o los movimientos de las abejas a fin de escribir programas para controlar los horarios de aterrizaje de los aviones, el rastreo de paquetes o la traducción de uno a otro idioma. Con frecuencia estos programas funcionaban a la perfección, pero podían fallar, en especial si las circunstancias variaban drásticamente. En tales casos perdían de vista sus objetivos.

Por eso, cinco años atrás, empecé a tomar como modelo las relaciones entre depredador y presa para fijar objetivos, porque un depredador hambriento no se distraía. Las circunstancias podían obligarlos a improvisar métodos, y podían llevar a cabo numerosos intentos antes de conseguir su propósito... pero nunca perdían de vista su objetivo.

Así que me convertí en un experto en relaciones entre depredador y presa. Conocía las manadas de hienas, los perros de caza africanos, las leonas al acecho y las columnas de hormigas guerreras al ataque. Mi equipo había estudiado la literatura de los biólogos de campo, y habíamos generalizado esos hallazgos en un módulo de programa llamado PREDPRESA que podía utilizarse para controlar cualquier sistema de agentes y dotar su comportamiento de una meta, para que el programa se centrara en un objetivo.

Contemplando el monitor de Ricky, viendo moverse fluidamente por el aire las unidades coordinadas, pregunté:

—¿Usáis PREDPRESA para programar vuestras unidades independientes?

—Así es. Utilizamos esas normas.

—Bueno, el comportamiento me parece bastante aceptable —comenté, observando la pantalla—. ¿Dónde está el problema?

—No estamos seguros.

—¿Qué quieres decir?

—Quiero decir que sabemos que hay un problema, pero no estamos seguros de cuál es la causa, si el problema está en la programación o en otra parte.

—¿En otra parte? ¿Dónde, por ejemplo? —Fruncí el entrecejo—. No te entiendo, Ricky. Eso es solo un grupo de microrrobots. Puede obligársele a hacer lo que se quiera. Si el programa falla, debe ajustarse. ¿Qué es lo que se me escapa?

Ricky me miró con inquietud. Apartó su silla de la mesa y se puso en pie.

—Te enseñaré cómo fabricamos estos agentes —propuso—. Así entenderás mejor la situación.

Habiendo visto la demostración de Julia, sentí gran curiosidad por conocer lo que Ricky iba a mostrarme a continuación, ya que mucha gente a la que yo respetaba consideraba imposible la manufacturación molecular. Una de las principales objeciones teóricas era el tiempo que se requeriría para construir una molécula operativa. Para ser viable, la cadena de nanoensamblaje debería ser mucho más eficiente que cualquier otra cosa previamente conocida en manufacturación humana. En esencia, todas las cadenas de montaje creadas por el hombre avanzaban aproximadamente a la misma velocidad: podía añadirse una pieza por segundo. Un automóvil, por ejemplo, contenía unos cuantos millares de piezas. Podía construirse un coche en cuestión de horas. Un avión comercial se componía de seis millones de piezas, y su montaje requería varios meses.

Pero una molécula manufacturada media constaba de 10^{25} piezas. Es decir, 10.000.000.000.000.000.000.000.000 piezas. A efectos prácticos, esta cifra era inimaginablemente grande. El cerebro humano era incapaz de abarcarla. No obstante, los cálculos demostraban que incluso si pudiera ensamblarse a un ritmo de *un millón de piezas* por segundo, el tiempo necesario para completar una molécula seguiría siendo de tres mil billones de años, más que la edad conocida del universo. Y eso representaba un problema. Se lo conocía como el «problema del tiempo de construcción».

—Si hacéis manufacturación industrial... —empecé a decir.

—Eso es lo que hacemos, sí.

—Se sobreentiende, pues, que debéis de haber resuelto el problema del tiempo de construcción.

—Así es.

—¿Cómo?

—Espera y lo verás.

La mayoría de los científicos suponían que este problema se resolvería mediante la construcción a partir de subunidades de mayor tamaño, fragmentos moleculares compuestos de miles de millones de átomos. Eso reduciría el tiempo de ensamblaje a un par de años. Entonces, con un autoensamblaje parcial, podría acortarse el tiempo a unas horas, quizá incluso una sola hora. Pero aun con posteriores depuraciones, sería un desafío teórico producir cantidades comerciales del producto, ya que el objetivo no era fabricar una sola molécula en una hora. El objetivo era fabricar varios kilos de moléculas en una hora.

Nadie había concebido jamás la manera de hacerlo.

Pasamos frente a un par de laboratorios, uno de ellos con el aspecto de un laboratorio de microbiología o genética corriente. Vi a Mae en este laboratorio, yendo de un lado a otro. Empecé a preguntarle a Ricky por qué había allí un laboratorio de microbiología, pero él se desentendió de mi pregunta con un gesto. Estaba impaciente, tenía prisa. Lo vi echar un vistazo a su reloj. Justo enfrente había un último compartimiento estanco de cristal con cierre hermético. Grabado en el cristal, se leía el rótulo MICROFABRICACIÓN. Ricky me indicó que entrara.

—De uno en uno —dijo—. Es lo que permite el sistema.

Entré. Volvió a oírse el siseo de las puertas y el golpe sordo de las placas de presión. Otra ráfaga de aire: desde abajo, desde los lados, desde arriba. Ya comenzaba a acostumbrarme. La segunda puerta se abrió, y avancé por otro corto pasillo que daba a una sala más amplia. Vi una luz blanca, intensa y resplandeciente, tan intensa que hería los ojos.

Ricky me siguió, sin dejar de hablar. Pero no recuerdo qué dijo. No podía concentrarme en sus palabras. Simplemente miraba asombrado alrededor, porque estábamos en el edificio principal de fabricación, un enorme espacio sin ventanas, como un hangar gigante de tres pisos de altura. Y dentro de este hangar se alzaba una estructura de inmensa complejidad que parecía suspendida en el aire y brillaba como una joya.

DÍA 6

09.12

Al principio me costó entender lo que veía. Parecía un pulpo gigantesco y reluciente elevándose sobre mí, con tentáculos poliédricos extendiéndose en todas direcciones, proyectando intrincados reflejos y bandas de color sobre las paredes. Pero este pulpo tenía múltiples capas de brazos. Una capa estaba a unos treinta centímetros del suelo; la segunda, a la altura del pecho; la tercera y la cuarta más arriba, por encima de mi cabeza. Y todas resplandecían, destellaban intensamente.

Aturdido, parpadeé. Comencé a distinguir los detalles. El pulpo se hallaba en el interior de un armazón irregular de tres plantas construido íntegramente con cubos de cristal modulares. Suelos, paredes, techos, escaleras..., todo se componía de cubos. Pero parecían dispuestos al azar, como si alguien hubiera vertido una montaña de colosales terrones de azúcar transparentes en el centro de la sala. Dentro de este montón de cubos, los tentáculos del pulpo serpenteaban en todas las direcciones. Toda la estructura se sostenía en una red de puntales y conectores negros anodizados, pero quedaban eclipsados por los reflejos, y por eso daba la impresión de que el pulpo estaba suspendido en el aire.

Ricky sonrió.

—Ensamblaje convergente. Es arquitectura fractal. Increíble, ¿no?

Moví la cabeza en un lento gesto de asentimiento. Iba descubriendo nuevos detalles. Lo que me había parecido un pulpo tenía en realidad estructura de árbol. Un conducto central cuadrado ascendía verticalmente en el centro de la sala, con tuberías más pequeñas saliendo de todos sus lados. De estas ramas partían tubos aún menores, y de estos, a su vez, otros todavía más pequeños. Los más delgados tenían el grosor de un lápiz. Todo brillaba como si las superficies fueran espejos.

—¿Por qué brilla tanto?

—El cristal tiene un recubrimiento de diamantoide —explicó—. A nivel molecular, el cristal es como un queso suizo: está lleno de agujeros. Y desde luego es un líquido, así que los átomos lo traspasan.

—Recubrís el cristal, pues.

—En efecto. Es necesario.

En el interior de aquel reluciente bosque de cristal ramificado, David y Rosie se movían tomando notas, ajustando válvulas, consultando ordenadores de mano. Comprendí que tenía ante mí una descomunal cadena de ensamblaje en paralelo. Diminutos fragmentos de moléculas se introducían en los tubos más pequeños, y a estos se agregaban átomos. Cuando concluía ese proceso, pasaban a los tubos siguientes de mayor tamaño, donde se añadían más átomos. De este modo las moléculas avanzaban progresivamente hacia el centro de la estructura hasta que se completaba el ensamblaje; entonces se descargaban en el tubo central.

—Exactamente —dijo Ricky—. Es lo mismo que una cadena de montaje de automóviles, salvo que esta es a escala molecular. Las moléculas empiezan en los extremos, y descienden hacia el centro. Incorporamos una secuencia proteica aquí, y un grupo metilo allá, tal como se añadirían las puertas y las ruedas en un coche. Al final de la cadena, sale una estructura molecular nueva hecha a medida, construida conforme a nuestras especificaciones.

—¿Y los distintos brazos?

—Producen moléculas distintas. Por eso los brazos tienen un aspecto distinto.

En diversos lugares, los tentáculos del pulpo atravesaban un túnel de acero reforzado con gruesos pernos para la conducción en vacío. En otros lugares, un cubo aparecía recubierto de placas de aislante de plata, y cerca vi depósitos de nitrógeno líquido; en esa sección se generaban temperaturas extremadamente bajas.

—Esas son nuestras salas criogénicas —aclaró Ricky—. Nada

extraordinario, unos setenta grados bajo cero a lo sumo. Ven, te lo enseñaré.

Me guió a través del complejo por pasarelas de cristal. En algunos sitios, unos cuantos peldaños nos permitían pasar por encima de los brazos inferiores.

Ricky enumeraba sin cesar datos técnicos: tubos con camisa de vacío, separadores de fase metálicos, válvulas esféricas de retención. Cuando llegamos al cubo aislado, abrió la pesada puerta revelando dos pequeñas habitaciones. Parecían cámaras frigoríficas, y cada una de las puertas tenía una pequeña ventana de cristal. En ese momento todo estaba a temperatura ambiente.

—Aquí puede haber dos temperaturas distintas —explicó—. Pueden cambiarse si se quiere, pero normalmente el proceso está automatizado.

Ricky me llevó de nuevo afuera a la vez que consultaba su reloj.

—¿Llegamos tarde a una cita? —pregunté.

—¿Cómo? Ah, no, no. No es eso.

Dos de los cubos cercanos eran, de hecho, sólidas cámaras de metal, con gruesos cables eléctricos en el interior.

—¿Son las salas de imanes?

—Efectivamente —contestó Ricky—. Tenemos imanes de campo por impulsos que generan treinta y tres teslas. Eso viene a ser un millón de veces el campo magnético de la Tierra.

Lanzando un gruñido, abrió de un empujón la puerta de acero de la sala de imanes más cercana. Vi un objeto enorme en forma de rosquilla, de alrededor de un metro ochenta de diámetro, con un orificio en el centro de dos centímetros y medio de anchura aproximadamente. La rosquilla estaba envuelta por completo en tubos y aislante plástico. Los voluminosos pernos de acero que la traspasaban de arriba abajo mantenían sujeta la carcasa.

—Este artefacto necesita mucha refrigeración, te lo aseguro. Y mucha energía: quince kilovoltios. Los capacitadores tardan un minuto largo en cargarse. Y por supuesto solo podemos utilizarlos de manera intermitente. Si los hiciéramos funcionar continuamente, estallarían, los destrozaría el propio campo generado. —Señaló la base del imán, donde había un botón redondo a la altura de la rodilla—. Ese es el interruptor de seguridad. Te lo digo por si acaso. Golpéalo con la rodilla si tienes las manos ocupadas.

—Así que utilizáis campos magnéticos de alta potencia para parte del ensam... —empecé a decir. Pero Ricky ya se había dado media vuelta y se dirigía a la puerta, consultando otra vez el reloj. Corrí tras él—. Ricky...

—Tengo más cosas que enseñarte —me interrumpió—. Ya acabamos.

—Ricky, todo esto es muy impresionante —comenté, señalando los tentáculos resplandecientes—. Pero la mayor parte de vuestra cadena de ensamblaje funciona a temperatura ambiente... Sin vacío, sin criogenia, sin campo magnético.

—Así es, sin condiciones especiales.

—¿Cómo es posible?

Se encogió de hombros.

—Los ensambladores no las necesitan.

—¿Los ensambladores? —repetí—. ¿Estás diciéndome que tenéis ensambladores moleculares en esta cadena?

—Sí, claro.

—¿Los ensambladores se ocupan de la fabricación?

—Por supuesto. Pensaba que eso ya lo habías entendido.

—No, Ricky —repuse—. No lo había entendido en absoluto. Y no me gusta que me mientan.

Me miró ofendido.

—No te miento.

Pero yo estaba seguro de que sí me mentía.

Una de las primeras cosas que aprendían los científicos respecto a la manufactura molecular era la extraordinaria dificultad que comportaba llevarla a cabo. En 1990 unos investigadores de IBM bombardearon con átomos de xenón una placa de níquel hasta formar las letras «IBM» como el logotipo de la compañía. El logotipo completo tenía una longitud de una diez mil millonésima de pulgada y solo podía verse con un microscopio electrónico. Pero fue muy llamativo visualmente y recibió mucha publicidad. IBM dejó que la gente pensara que aquello era una prueba de concepto, una puerta abierta a la manufacturación molecular. Sin embargo fue un truco publicitario más que otra cosa.

Puesto que manipular átomos aislados para agruparlos de una forma específica era un trabajo lento, laborioso y muy caro, los investigadores de IBM tardaron todo un día en desplazar treinta y cinco átomos. Nadie creyó que fuera posible crear una tecnología totalmente nueva de este modo. En lugar de eso, la mayoría de la gente creyó que con el tiempo los nanoingenieros encontrarían la manera de construir «ensambladores»: máquinas moleculares que podían producir moléculas específicas del mismo modo que una máquina de cojinetes producía cojinetes. La nueva tecnología se basaría en máquinas moleculares para crear productos moleculares.

Era un concepto interesante, pero los problemas prácticos eran desalentadores. Dado que los ensambladores eran mucho más complejos que las moléculas que producían, los intentos de diseñarlos y construirlos habían planteado serias dificultades desde el principio. Que yo supiera, ningún laboratorio del mundo lo había conseguido. Sin embargo ahora Ricky me decía, como si tal cosa, que Xymos podía construir ensambladores moleculares que fabricaban moléculas para la empresa.

Y no le creí.

Llevaba toda la vida trabajando en tecnología, y había desarrollado cierto olfato respecto a qué era posible y qué no. Pasos de gigante como aquel sencillamente no existían. Nunca habían existido. Las tecnologías eran una forma de conocimiento, y como todo conocimiento, crecían, evolucionaban, maduraban. Creer lo contrario era creer que los hermanos Wright podían construir un cohete y volar a la Luna en vez de recorrer cien metros por aire sobre dunas de arena a bordo del *Kitty Hawk*.

La nanotecnología estaba aún en la fase del *Kitty Hawk*.

—Vamos, Ricky —dije—. ¿Cómo lo hacéis en realidad?

—Los detalles técnicos no son tan importantes, Jack.

—¿Qué gilipollez es esa? Claro que son importantes.

—Jack —dijo con su sonrisa más convincente—. ¿De verdad piensas que estoy mintiéndote?

—Sí, Ricky —respondí—. Lo pienso.

Alcé la vista y contemplé los tentáculos del pulpo. Rodeado de cristal, vi mi propio reflejo docenas de veces en las superficies que tenía alrededor. Era confuso, desorientador. Intentando concentrarme, bajé la vista, y noté que pese a que habíamos pasado por pasarelas de cristal, algunas secciones del suelo también eran de cristal. Una sección se hallaba a corta distancia. Caminé hacia ella. A través del cristal vi tuberías y conductos de acero por debajo del nivel del suelo. Una de las series de tuberías me llamó la atención, porque iba desde el cuarto de almacenamiento hasta un cubo de cristal cercano, y allí salían del suelo y ascendían, subdividiéndose en tubos de menor diámetro.

Aquel era, supuse, el material de alimentación: la masa de materia orgánica que se transformaría en moléculas acabadas al final de la cadena de ensamblaje.

Bajando de nuevo la vista seguí las tuberías con la mirada hasta el punto por donde salían del cuarto contiguo. Ese empalme era también de cristal. Vi los fondos curvos de acero de los grandes hervidores en que me había fijado antes, los depósitos que había tomado por una microcervecería. Porque sin duda era eso lo que parecía, una pequeña cervecería. Maquinaria para fermentación controlada, para crecimiento microbiano controlado.

Y de pronto comprendí qué era en realidad.

—Eres un hijo de puta —dije.

Ricky volvió a sonreír e hizo un gesto de indiferencia.

—Eh, sirve para hacer el trabajo —contestó.

Los hervidores del cuarto contiguo eran en efecto depósitos para el crecimiento microbiano controlado. Pero Ricky no hacía cerveza; creaba microbios, y no me cabía la menor duda de cuál era la razón. Incapaz de construir auténticos nanoensambladores, Xymos utilizaba bacterias para producir sus moléculas.

Eso era ingeniería genética, no nanotecnología.

—Bueno, no exactamente —dijo Ricky cuando se lo comenté—. Pero admito que estamos utilizando una tecnología híbrida. Tampoco es tan extraño, ¿no?

Eso era cierto. Desde hacía al menos una década los observadores venían pronosticando que con el tiempo la ingeniería genética, la programación informática y la nanotecnología se unirían. Todas se dedicaban a actividades similares e interrelacionadas. No existía una gran diferencia entre usar un ordenador para decodificar parte de un genoma bacteriano y usarlo para ayudar a introducir nuevos genes en la bacteria, para crear nuevas proteínas. No existía gran diferencia entre crear una nueva bacteria para producir, por ejemplo, moléculas de insulina, y crear un ensamblador micromecánico artificial para producir nuevas moléculas. Todo tenía lugar a nivel molecular. Todo formaba parte del mismo desafío: imponer un diseño humano a sistemas sumamente complejos. Y el diseño molecular era de una gran complejidad.

Podía concebirse una molécula como una serie de átomos unidos del mismo modo que piezas de Lego, una tras otra. Pero la imagen era errónea, porque a diferencia de una construcción de Lego, los átomos no podían unirse al gusto de uno. Un átomo insertado estaba sujeto a poderosas fuerzas locales —magnéticas y químicas—, con resultados frecuentemente no deseados.

El átomo podía ser desalojado de su posición. Podía permanecer en ella, pero en un ángulo anómalo. Podía incluso plegar la molécula en nudos.

Como consecuencia, la manufacturación molecular era un ejercicio dentro del arte de lo posible, de sustituir átomos y grupos de átomos para crear estructuras equivalentes que actuarían de la manera deseada. En vista de todas estas dificultades, era imposible pasar por alto el hecho de que ya existían fábricas moleculares probadas capaces de generar gran cantidad de moléculas: se las llamaba células.

—Por desgracia, la manufacturación celular solo puede llevarnos hasta cierto punto —explicó Ricky—. Cultivamos las moléculas sustrato, la materia prima, y luego trabajamos a partir de ellas con procedimientos de nanoingeniería. Así que hacemos un poco de cada cosa.

Señalé los depósitos.

—¿Qué células cultiváis?

—Theta-d 5972 —dijo.

—¿Y eso es?

—Una variedad de *E. coli*.

E. coli es una bacteria común, presente en casi todas partes en el medio natural, incluso en el intestino humano.

—¿A nadie se le ha ocurrido que podría no ser una buena idea emplear células capaces de vivir en el interior de los seres humanos? —pregunté.

—En realidad no —respondió—. Para serte sincero, eso no se tuvo en cuenta. Simplemente queríamos una célula bien conocida y muy documentada. Escogimos un elemento habitual en la industria.

—Ya...

—En todo caso, no creo que sea un problema, Jack. No proliferaría en el vientre humano. Theta-d es optimizada para diversas fuentes nutrientes, a fin de abaratar su cultivo en laboratorio. De hecho, creo que puede crecer incluso en la basura.

—Así es como conseguís las moléculas, pues. Os las fabrican las bacterias.

—Sí —contestó—, así es como conseguimos las moléculas *primarias*. Cultivamos veintisiete moléculas primarias. Se unen en ambientes con temperaturas relativamente altas donde los átomos son más activos y se mezclan rápidamente.

—¿Por eso hace aquí tanto calor?

—Sí. La eficiencia de la reacción alcanza un máximo a sesenta y cuatro grados centígrados, así que trabajamos a esa temperatura. En esas condiciones obtenemos el índice de combinación más rápido. Pero estas moléculas se combinarán a temperaturas muy inferiores. Incluso entre uno y cuatro grados se conseguirá cierta cantidad de combinación molecular.

—¿Y no se requieren otras condiciones? —pregunté—. ¿Vacío? ¿Presión? ¿Campos magnéticos de alta potencia?

Ricky negó con la cabeza.

—No, Jack. Mantenemos esas condiciones para acelerar el ensamblaje, pero no son estrictamente necesarias. El diseño es francamente elegante. Las moléculas integrantes se unen con gran facilidad.

—¿Y estas moléculas integrantes se combinan para formar vuestro ensamblador final?

—Que luego ensambla las moléculas que queremos, sí.

Crear los ensambladores con bacterias era una solución astuta. Pero Ricky me decía que los componentes se ensamblaban casi automáticamente, sin más condición que una temperatura alta. ¿Para qué se utilizaba, pues, ese complejo edificio de cristal?

—Eficiencia y separación de procesos —aclaró Ricky—. Podemos construir hasta nueve ensambladores simultáneamente en los distintos brazos.

—¿Y dónde hacen los ensambladores las moléculas finales?

—En esta misma estructura. Pero primero los reaplicamos.

Moví la cabeza en un gesto de incomprensión. No conocía ese término.

—¿Los reaplicáis?

—Es un pequeño descubrimiento que desarrollamos aquí. Vamos a patentarlo. Verás, el sistema funcionó perfectamente desde el principio, pero el rendimiento era muy bajo. Generábamos medio gramo de moléculas acabadas por hora. A ese ritmo, llevaría varios días hacer una sola cámara. No entendíamos cuál era el problema. La última parte del ensamblaje en los brazos se realiza en fase gaseosa. Resultó que los ensambladores moleculares eran pesados y tendían a depositarse en el fondo. Las bacterias formaban una capa sobre ellos, liberando las moléculas integrantes, que eran aún más ligeras y flotaban a mayor altura. Así que los ensambladores apenas entraban en contacto con las moléculas que debían ensamblar. Probamos tecnologías de mezclado, pero no sirvieron.

—¿Y qué hicisteis?

—Modificamos el diseño de los ensambladores para crear una base lipotrófica que se adhiriese a la superficie de las bacterias. Eso mejoró el contacto de los ensambladores con las moléculas integrantes, y de inmediato el rendimiento se quintuplicó.

—¿Y ahora vuestros ensambladores se posan en las bacterias?

—Exacto. Se adhieren a la membrana exterior de la célula.

En un terminal cercano, Ricky hizo aparecer el diseño del ensamblador en la pantalla plana del monitor. El ensamblador parecía una especie de molinete, una serie de brazos en espiral que partían en distintas direcciones y un denso nudo de átomos en el centro.

—Es fractal, como he dicho —continuó Ricky—. Así que tiene más o menos el mismo aspecto en órdenes de magnitud menores. —Soltó una carcajada—. Es como el chiste de la torre de tortugas.* —Pulsó más teclas—. En todo caso, aquí tienes la configuración acoplada.

El monitor mostró el ensamblador adherido a un objeto mucho mayor en forma de cápsula. Como un molinete acoplado a un submarino.

—Esa es la bacteria Theta-d —dijo Ricky—. Con el ensamblador sobre ella.

Mientras observaba, se acoplaron varios molinetes más.

—¿Y estos ensambladores crean las unidades de cámara?

—Exacto. —Volvió a teclear. Vi una nueva imagen—. Esta es nuestra micromáquina, la cámara final. Tú has visto la versión para la corriente sanguínea. Esta es la versión para el Pentágono, mucho mayor y concebida para moverse por el aire. Lo que estás viendo es un helicóptero molecular.

—¿Dónde está la hélice? —pregunté.

—No tiene. Esta máquina utiliza esas pequeñas protuberancias redondas que ves ahí, dispuestas en ángulo; esos son los motores. De hecho, las máquinas se desplazan trepando por la viscosidad del aire.

—Trepando ¿por dónde?

—Por la viscosidad. Del aire. —Sonrió—. A nivel de micromáquina, ¿recuerdas? Es un mundo totalmente nuevo, Jack.

Por innovador que fuera el diseño, Ricky estaba condicionado por las especificaciones técnicas del Pentágono para el producto, y el producto no rendía como se esperaba. Sí, habían creado una cámara que no era posible abatir, y transmitía bien las imágenes. Ricky explicó que funcionaba perfectamente durante las pruebas a puerta cerrada. Pero al aire libre, incluso una ligera brisa tendía a arrastrarla como la nube de polvo que era.

* Anécdota popularizada por Stephen Hawking. Alude a una absurda hipótesis según la cual la Tierra sería una plataforma plana colocada sobre el caparazón de una tortuga gigante, que a su vez se sostendría en una columna infinita de tortugas. (N. del T.)

El equipo de ingenieros de Xymos intentaba modificar las unidades para aumentar la movilidad, sin éxito hasta el momento. Entretanto el Departamento de Defensa decidió que las limitaciones del diseño eran insalvables, y se habían echado atrás en cuanto al nanoproyecto; se había anulado el contrato de Xymos, y en seis semanas el Departamento de Defensa iba a interrumpir la financiación.

—¿Por eso Julia buscaba tan desesperadamente capital riesgo en las últimas semanas? —pregunté.

—Sí —contestó Ricky—. Para serte sincero, la compañía podría ir a la quiebra antes de Navidad.

—A menos que acondicionéis las unidades para operar con viento.

—Así es, así es.

—Ricky, soy programador —dije—. No puedo ayudaros con el problema de la movilidad de los agentes. Eso es una cuestión de diseño molecular. Es ingeniería. No es mi especialidad.

—Lo sé. —Arrugando la frente, guardó silencio por un instante—. Pero en realidad creemos que el código del programa puede influir en la solución.

—¿El código? ¿En la solución a qué?

—Jack, debo hablarte con franqueza. Hemos cometido un error —dijo—. Pero la culpa no es nuestra. Te lo juro. No hemos sido nosotros. Fueron los contratistas. —Empezó a bajar por la escalera—. Ven, te lo enseñaré.

Con paso enérgico, me guió hasta el extremo del edificio, donde vi la caja amarilla de un ascensor abierto montado sobre la pared. Era un ascensor pequeño, y me resultaba incómodo porque estaba abierto; desvié la mirada.

—¿No te gustan las alturas? —preguntó Ricky.

—No las soporto.

—Bueno, pero es mejor que ir a pie. —Señaló a un lado, donde una escala de hierro ascendía por la pared hasta el techo—. Cuando el ascensor se avería, tenemos que subir por allí.

Me estremecí.

—Yo no.

El ascensor llegó hasta el techo, a una altura de tres pisos. Suspendida del techo, había una maraña de conductos, y una red de pasarelas de rejilla metálica para que los trabajadores realizaran el mantenimiento. Detestaba la rejilla, porque a través de ella veía el suelo, mucho más abajo. Procuré no mirar. Tuve que agacharme varias veces para pasar por debajo de tuberías. Ricky levantó la voz para hacerse oír por encima del rugido del equipo.

—Todo está aquí arriba —gritó, señalando en distintas direcciones—. Las unidades de tratamiento de aire están allí; el depósito del agua para el sistema contraincendios está allí. Las cajas de empalmes eléctricos también. De hecho, esto es el centro de todo. —Ricky continuó por la pasarela y finalmente se detuvo junto a un enorme respiradero, de un metro de diámetro aproximadamente, que daba al exterior. Inclinándose para acercarse a mi oído, dijo—: Este es el respiradero número tres, uno de los cuatro respiraderos principales de salida de aire al exterior. ¿Ves esas ranuras a lo largo del respiradero y las cajas cuadradas acopladas a las ranuras? Son grupos de filtros. Hay microfiltros dispuestos en capas sucesivas para evitar la contaminación externa.

—Las veo.

—Las ves *ahora* —precisó Ricky—. Por desgracia, el contratista olvidó instalar los filtros en este respiradero en concreto. De hecho, ni siquiera hizo las ranuras, así que los inspectores del edificio no llegaron a darse cuenta de que faltaba algo. Dieron el visto bueno a las instalaciones, y empezamos a trabajar. Y emanamos aire sin filtrar al medio ambiente.

—¿Durante cuánto tiempo?

Ricky se mordió el labio.

—Tres semanas.

—¿Y estabais en plena producción?

Asintió con la cabeza.

—Calculamos que emitimos aproximadamente veinticinco kilos de contaminantes.

—¿Y cuáles eran los contaminantes?

—Un poco de todo. No sabemos exactamente qué.

—¿Así que dejasteis escapar *E. coli*, ensambladores, moléculas acabadas, todo?

—Exacto. Pero no sabemos en qué proporciones.

—¿Tienen mucha importancia las proporciones?

—Podrían tenerla, sí.

Ricky estaba cada vez más nervioso a medida que me contaba todo aquello, mordiéndose el labio, rascándose la cabeza, eludiendo mi mirada. No lo entendía. En los anales de la contaminación industrial, veinticinco kilos eran una insignificancia. Veinticinco kilos de materia cabían holgadamente en una bolsa de gimnasia. A menos que se tratara de sustancias muy tóxicas o radiactivas —y no era el caso—, una cantidad tan pequeña carecía de importancia.

—¿Y qué, Ricky? —dije—. El viento dispersa esas partículas a lo ancho de cientos de kilómetros de desierto. Se deteriorarán con la luz del sol y la radiación cósmica. Se desintegrarán, se descompondrán. En cuestión de horas o días, desaparecerán. ¿No?

Ricky se encogió de hombros.

—En realidad, Jack, no es eso lo que...

En ese momento se activó la alarma.

Era una alarma silenciosa, nada más que un tintineo suave e insistente, pero Ricky se sobresaltó. Corrió por la pasarela hacia un terminal montado en la pared, sus pasos resonando contra el metal. En el ángulo del monitor, había una ventana de situación. En rojo, parpadeaba el rótulo: ENTRADA PV-90.

—¿Qué quiere decir eso? —pregunté

—Algo ha disparado las alarmas del perímetro. —Se desprendió la radio del cinturón y dijo—: Vince, cierra herméticamente.

La radio crepitó.

—Ya está cerrado, Ricky.

—Aumenta la presión positiva.

—Está a treinta y cinco kilopascales sobre la línea base. ¿Quieres más?

—No. Déjala así. ¿Tenemos visualización?

—Todavía no.

—Mierda.

Ricky volvió a prenderse la radio en el cinturón y empezó a teclear rápidamente. La pantalla del terminal se dividió en media docena de pequeñas imágenes procedentes de las cámaras de seguridad instaladas en torno a la fábrica. Algunas mostraban el desierto desde posiciones elevadas, desde los tejados. Otras eran vistas a ras de tierra. Las cámaras giraban lentamente.

No vi nada, solo matas del desierto y algún que otro grupo de cactus.

—¿Falsa alarma? —pregunté.

Ricky negó con la cabeza.

—Ojalá.

—No veo nada —dije.

—Tardaremos un momento en localizarlo.

—Localizar ¿qué?

—Eso.

Señaló el monitor y se mordió el labio.

Vi lo que parecía una nube pequeña y arremolinada de oscuras partículas. Semejaba una tolvanera de polvo, una de esas diminutas agrupaciones semejantes a un tornado que se desplazan a escasa altura, girando por efecto de las corrientes de convección que se elevan del suelo caliente del desierto. Salvo que esta nube era negra y poseía cierta definición; parecía algo más ancha en el centro, lo cual le daba el aspecto de una botella de Coca-Cola. Pero no conservaba esa forma de manera permanente. La apariencia cambiaba sin cesar.

—Ricky —dije—. ¿Qué estamos viendo?

—Esperaba que tú me lo dijeras.

—Parece un enjambre de agentes. ¿Es ese vuestro enjambre cámara?

—No. Es otra cosa.

—¿Cómo lo sabes?

—Porque no podemos controlarlo. No responde a nuestras señales de radio.

—¿Lo habéis intentado?

—Sí. Llevamos casi dos semanas intentando establecer contacto con eso —explicó—. Genera un campo eléctrico que podemos medir, pero con el que por alguna razón no podemos interactuar.

—Así que tenéis un enjambre fuera de control.

—Sí.

—Actuando autónomamente.

—Sí.

—Y esto ocurre desde hace...

—Días. Unos diez días.

—¿Diez días? —Fruncí el entrecejo—. ¿Cómo es posible, Ricky? Ese enjambre es un conjunto de máquinas microrrobóticas. ¿Por qué no se han deteriorado o se han quedado sin energía? ¿Y por qué exactamente no podéis controlarlas? Porque si tienen la capacidad de formar un enjambre, quiere decir que existe entre ellas alguna interacción eléctrica. Así que deberíais poder controlar el enjambre... o como mínimo disgregarlo.

—Todo eso es cierto —admitió Ricky—. Solo que no podemos. Ya hemos probado todo lo que se nos ha ocurrido. —Mantenía la mirada fija en la pantalla, observando con atención—. Esa nube es independiente de nosotros. Punto.

—Y me has traído aquí...

—Para ayudarnos a traer aquí esa mierda —dijo Ricky.

DÍA 6

09.32

Era, pensé, un problema que nadie había imaginado. Durante los años que había dedicado a la programación de agentes, el propósito había sido conseguir que interactuaran de un modo que produjera resultados útiles. Nunca se nos ocurrió que pudiera surgir un problema mayor de control o de independencia, sencillamente porque no podía ocurrir. Los agentes individuales eran demasiado pequeños para autoalimentarse; debían recibir energía de una fuente externa, por ejemplo un campo eléctrico o de microondas. Bastaba con desactivar el campo y los agentes se extinguían. El enjambre no era más difícil de controlar que una licuadora o cualquier otro electrodoméstico. Se cortaba la corriente y se apagaba.

Pero Ricky me decía que aquella nube llevaba días autoabasteciéndose, y eso no tenía sentido.

—¿De dónde saca la energía?

Dejó escapar un suspiro.

—Construimos las unidades con una lámina piezoeléctrica para generar corriente a partir de fotones. Es solo complementaria, la añadimos en el último momento; pero, por lo visto, se las arreglan con eso.

—Así que las unidades funcionan con energía solar —comenté.

—Exacto.

—¿De quién fue la idea?

—Lo exigió el Pentágono.

—¿Y tienen capacitancia?

—Sí. Pueden almacenar carga para tres horas.

—De acuerdo, muy bien —dije. Ya llegábamos a alguna parte—. Así que tienen energía suficiente para tres horas. ¿Y qué pasa por la noche?

—De noche, suponemos, pierden la energía al cabo de tres horas de oscuridad.

—¿Y la nube se dispersa?

—Sí.

—¿Y las unidades caen a tierra?

—Supuestamente sí.

—¿Y no podéis controlarlas entonces?

—Podríamos si las encontráramos —contesto Ricky—. Salimos a buscarlas todas las noches, pero nunca las encontramos.

—¿Habéis incorporado localizadores?

—Sí, claro. Cada unidad lleva un módulo fluorescente en el armazón. Bajo una luz ultravioleta se ven de color verde azulado.

—Así pues, salís todas las noches a buscar un trozo de desierto con un brillo verde azulado.

—Exacto. Y hasta el momento no lo hemos encontrado.

En realidad, no me sorprendió. Si la nube se venía abajo sin disgregarse, debía de formar una masa compacta de unos quince centímetros de diámetro en el desierto. Y era un desierto muy extenso. Podía pasarles inadvertido una noche tras otra.

Pero pensando en ello, descubrí otro aspecto que no tenía sentido. Una vez que la nube caía a tierra —una vez que se agotaba la energía de las unidades individuales—, la nube carecía de organización. Podía dispersarla el viento, como a las partículas de polvo, y no reagruparse. Pero obviamente eso no ocurría. Las unidades no se dispersaban, y la nube volvía día tras día. ¿Por qué?

—Pensamos que de noche quizá se esconda —aventuró Ricky.

—¿Esconderse?

—Sí. Pensamos que va a algún lugar protegido, tal vez un saliente o un agujero en la tierra, algo así.

Señalé la nube mientras giraba en dirección a nosotros.

—¿Crees que ese enjambre es capaz de *esconderse*?

—Creo que es capaz de adaptarse. De hecho, me consta que

así es. —Dejó escapar un suspiro—. Además, no hay un solo enjambre, Jack.

—¿Hay más de uno?

—Al menos tres. A estas alturas quizá más.

Me asaltó un momentáneo desconcierto, una especie de soñolienta confusión. De pronto me sentí incapaz de pensar, incapaz de comprenderlo.

—¿Qué estás diciendo?

—Estoy diciendo que se reproduce, Jack —respondió—. Ese jodido enjambre se reproduce.

La cámara mostraba en ese momento una imagen a ras del suelo del remolino de polvo dirigiéndose hacia nosotros. Pero observándolo advertí que no giraba como una tolvanera. Las partículas se deslizaban a uno y otro lado en una especie de movimiento sinuoso.

Sin duda estaban enjambrando.

«Enjambrar» era un término que describía el comportamiento de ciertos insectos sociales como las hormigas y las abejas, que enjambraban siempre que la colmena se trasladaba. Una nube de abejas vuela alternativamente en una y otra dirección, formando un río oscuro en el aire. El enjambre podía parar y adherirse a un árbol durante quizá una hora, quizá una noche entera, antes de reanudar su camino. Al final, las abejas establecían la colmena en una nueva ubicación y dejaban de enjambrar.

En los últimos años los programadores habían escrito programas tomando como modelo el comportamiento de los insectos. Los algoritmos de inteligencia en enjambre se habían convertido en una importante herramienta de programación. Para los programadores, un enjambre equivalía a una población de agentes que actuaban de manera conjunta para resolver un problema mediante inteligencia distribuida. El proceso de enjambrar pasó a ser una forma habitual de organizar agentes para trabajar en cooperación. Existían organizaciones profesionales y congresos dedicados por completo a los programas de inteligencia en enjambre. Recientemente era ya una especie de solución por defecto: si uno no conseguía codificar algo más ingenioso, enjambraba a sus agentes.

Pero mientras observaba, noté que aquella nube no enjambraba de un modo corriente. Aparentemente el sinuoso vaivén solo formaba parte de su movimiento. Se apreciaba también una expansión y contracción rítmicas, una palpitación, casi como si respirase. Y de manera intermitente la nube parecía hacerse menos densa y elevarse, para luego bajar otra vez y concentrarse. Estas alteraciones se producían continuamente, pero con un ritmo repetitivo, o más bien en una serie de ritmos superpuestos.

—¡Mierda! —exclamó Ricky—. No veo los otros. Y sé que no está solo. —Volvió a pulsar el botón de la radio—. ¿Vince? ¿Ves algún otro?

—No, Ricky.

—¿Dónde están los otros? ¿Chicos? Hablad.

Las radios crepitaron desde distintos puntos de la fábrica.

—Ricky, está solo —dijo Bobby Lembeck.

—No puede estar solo.

—Ricky, ahí fuera no se detecta nada más —confirmó Mae Chang.

—Hay un solo enjambre —dijo David Brooks.

—¡No puede estar solo! —Ricky apretaba la radio con tal fuerza que sus dedos perdieron el color. Pulsó el botón—. ¿Vince? Aumenta a cuarenta y ocho la PPI.

—¿Estás seguro?

—Hazlo.

—Bueno, de acuerdo, si realmente crees...

—¡Ahórrate los comentarios y hazlo!

Ricky le había pedido que aumentara la presión positiva en el interior del edificio a cuarenta y ocho kilopascales. Todas las instalaciones donde se requerían un alto grado de asepsia mantenían cierta presión positiva para evitar la entrada de partículas de polvo; estas eran arrastradas hacia fuera por el aire expulsado a causa de la diferencia de presiones interior y exterior. Pero para ello bastaba con diez o quince kilopascales. Cuarenta y ocho kilopascales eran excesivos. No hacía falta tanta presión positiva para impedir el paso de partículas pasivas.

Pero naturalmente aquellas no eran partículas pasivas.

Observando la nube arromolinarse y ondular mientras se aproximaba, vi que de vez en cuando el sol se reflejaba en algunos puntos de modo que adquiría un color plateado iridiscente. Al cabo de un momento el color se desvanecía, y el enjambre volvía a ser negro. Debía de ser el reflejo de la luz en las láminas piezoeléctricas. En todo caso, demostraba que las microunidades, por separado, tenían una gran movilidad, puesto que nunca se volvía plateada toda la nube al mismo tiempo, sino solo porciones o franjas.

—¿No decías que el Pentágono os había retirado el proyecto porque no podíais controlar este enjambre con viento?

—Así es. No podíamos.

—Pero en los últimos días debe de haber soplado el viento con fuerza en algún momento.

—Claro. Normalmente el viento se levanta al atardecer. Ayer alcanzó los diez nudos.

—¿Por qué no se disgregó el enjambre?

—Porque ha aprendido a protegerse —contestó Ricky sombríamente—. Se ha adaptado al viento.

—¿Cómo?

—Obsérvalo con atención y probablemente lo verás. A cada racha de viento, el enjambre desciende, flota cerca del suelo. Cuando el viento amaina, vuelve a elevarse.

—¿Es comportamiento emergente?

—Sí. Nadie lo programó. —Se mordió el labio. ¿Mentía otra vez?

—Estás diciéndome, pues, que ha aprendido...

—Sí, sí.

—¿Cómo aprende? Los agentes no tienen memoria.

—Esto... bueno, es largo de contar —dijo Ricky.

—¿Tienen memoria?

—Sí, tienen memoria. Limitada. La incorporamos. —Ricky apretó el botón de la radio—. ¿Se oye algo?

El aparato volvió a crepitar, y se oyeron las respuestas:

—Todavía no.

—Nada.

—¿Ningún ruido?

—Aún no.

—¿Hace ruido? —pregunté a Ricky.

—No estamos seguros. A veces da esa impresión. Hemos intentado grabarlo. —Tecleó en el terminal, variando rápidamente las imágenes del monitor, agrandándolas una tras otra. Movió la cabeza en un gesto de negación—. Esto no me gusta. Ese enjambre no puede estar solo. Quiero saber dónde están los otros.

—¿Cómo sabes que hay otros?

—Porque siempre los hay. —Tenso, siguió mordisqueándose el labio con la vista fija en el monitor—. Me pregunto qué se propondrá ahora...

No tuvimos que esperar mucho. En cuestión de segundos el enjambre negro se había acercado a unos metros del edificio. De pronto, se dividió en dos y luego volvió a dividirse. Ya había tres enjambres, girando uno al lado del otro.

—Hijo de puta —dijo Ricky—. Escondía en su interior a los otros. —Volvió a apretar el botón—. Chicos, ahí tenemos a los tres. Y están cerca.

De hecho, se hallaban tan cerca que no era posible verlos a través de la cámara a ras de suelo. Ricky cambió a la vista de las cámaras superiores. Vi tres nubes negras, todas desplazándose lateralmente junto al edificio. El comportamiento parecía tener un objetivo claro.

—¿Qué intentan hacer? —pregunté.

—Entrar —contestó Ricky.

—¿Por qué?

—Tendrás que preguntárselo a ellos. Pero ayer uno...

De un grupo de cactus cercano al edificio salió de repente un tapetí y se echó a correr por el desierto. Inmediatamente los tres enjambres giraron y fueron en su persecución.

Ricky cambió la imagen del monitor. De nuevo teníamos una vista a ras de suelo. Las tres nubes convergían en el aterrorizado tapetí, que corría rápidamente, un borrón blancuzco en la pantalla. Las nubes lo seguían a sorprendente velocidad. El comportamiento era evidente: estaban cazando.

Sentí por un instante un orgullo irracional. PREDPRESA funcionaba perfectamente. Aquellos enjambres bien podrían haber sido leonas tras una gacela, tan resuelto era su comportamiento. Los enjambres giraron bruscamente y luego se separaron, cortando la huida al tapetí a izquierda y derecha. Sin duda el comportamiento de las tres nubes parecía ordenado. En ese momento estaban cercando a la presa.

Y súbitamente uno de los enjambres se abatió y envolvió al tapetí. Los otros dos se precipitaron sobre el animal segundos después. La nube de partículas resultante era tan densa que ya apenas podía verse al tapetí. Aparentemente había rodado y estaba cara arriba, porque vi las patas traseras sacudiéndose espasmódicamente en el aire, por encima de la propia nube.

—Están matándolo —comenté.

—Sí —dijo Ricky, asintiendo con la cabeza—. Exacto.

—Pensaba que era un enjambre cámara.

—Sí, bueno...

—¿Cómo lo matan?

—No lo sabemos, Jack. Pero es una muerte rápida.

Arrugué la frente.

—¿Así que ya habéis visto esto antes?

Ricky titubeo, se mordió el labio. Mantuvo la mirada fija en la pantalla, sin contestar.

—Ricky, ¿ya habéis visto esto antes?

Dejó escapar un largo suspiro.

—Sí. Bueno, ayer fue la primera vez. Ayer mataron a una serpiente de cascabel.

Pensé: «Ayer mataron a una serpiente de cascabel».

—¡Por Dios, Ricky! —exclamé.

Recordé la conversación de los hombres del helicóptero sobre los animales muertos. Me pregunté si Ricky me contaba todo lo que sabía.

—Sí.

El tapetí ya no pataleaba. La única pata visible temblaba con ligeras convulsiones, hasta que por fin quedó inmóvil. La nube se arremolinó a baja altura en torno al animal, elevándose y descendiendo ligeramente. Esto se prolongó durante casi un minuto.

—¿Qué hacen ahora? —dije.

Ricky movió la cabeza en un gesto de negación.

—No estoy seguro. Pero también esto lo habían hecho antes.

—Casi parece que estén comiéndoselo.

—Lo sé —dijo Ricky.

Naturalmente eso era absurdo. PREDPRESA no era más que una analogía biológica. Mientras observaba aquella nube palpitante, se me ocurrió que ese comportamiento podía representar un bloqueo del programa. No recordaba exactamente qué pautas habíamos escrito para unidades individuales una vez alcanzado el objetivo. Los auténticos depredadores, claro está, devoraban a su presa, pero no existía un comportamiento análogo para estos microrrobots. Así que quizá la nube simplemente se arremolinaba confusamente. En tal caso, pronto debía empezar a moverse otra vez.

Normalmente, cuando un programa de inteligencia distribuida se bloqueaba, era un fenómeno pasajero. Tarde o temprano, influencias ambientales casuales inducían a actuar a suficientes unidades para que todas actuaran también. Luego el programa empezaba a funcionar de nuevo. Las unidades reanudaban la búsqueda del objetivo.

Este comportamiento se asemejaba poco más o menos a lo que uno veía en una sala de congresos una vez concluida la conferencia. El público permanecía allí un rato, desperezándose, charlando, saludando amigos, recogiendo los abrigos y demás pertenencias. Solo unos cuantos se marchaban en el acto, y la masa principal no les prestaba atención. Pero después de irse determinado porcentaje de los asistentes, los restantes dejaban de entretenerse y empezaban a salir rápidamente. Era una especie de desplazamiento de la atención.

Si yo estaba en lo cierto, vería algo semejante en el comportamiento de la nube. Los remolinos perderían su aspecto coordinado; se elevarían en el aire grupos dispersos de partículas. Solo entonces se movería la nube principal.

Eché un vistazo al reloj del ángulo del monitor.

—¿Cuánto tiempo lleva así?

—Unos dos minutos.

Eso no era demasiado tiempo para un bloqueo, pensé. Cuando escribíamos PREDPRESA, utilizamos en cierto punto el ordenador para simular un comportamiento coordinado de agentes. Después de un bloqueo siempre reiniciábamos, pero al final decidimos esperar para ver si el programa realmente se había bloqueado de manera permanente. Descubrimos que el programa podía bloquearse hasta doce horas seguidas antes de reactivarse y volver a la vida. De hecho, ese comportamiento interesaba a los neurocientíficos porque...

—Ya se ponen en marcha —dijo Ricky.

Y así era. Los enjambres empezaban a elevarse apartándose del tapetí muerto. De inmediato vi que mi teoría era errónea. No había grupos dispersos de partículas. Las tres nubes ascendieron juntas, de manera homogénea. El comportamiento parecía totalmente controlado y en absoluto fortuito. Las nubes giraron por separado durante un momento y luego se fundieron en una sola. El sol se reflejó con destellos plateados. El tapetí yacía inmóvil sobre el costado.

Y a continuación el enjambre se alejó velozmente y se adentró en el desierto. Dirigiéndose hacia el horizonte, se volvió cada vez más pequeño. Al cabo de unos instantes había desaparecido.

Ricky me observaba.

—¿Tú qué opinas?

—Tenéis un nanoenjambre robótico en fuga, que algún idiota ha dotado de autoabastecimiento de energía y autonomía.

—¿Crees que podemos recuperarlo?

—No —contesté—. Por lo que he visto, no existe la menor posibilidad.

Ricky suspiró y sacudió lo cabeza desesperado.

—Pero sin duda podéis deshaceros de él —añadí—. Podéis matarlo.

—¿Podemos?

—Por supuesto.

—¿De verdad? —Se le iluminó el rostro.

—Por supuesto. —Y así lo pensaba. Estaba convencido de que Ricky exageraba el problema. No lo había pensado a fondo. No había hecho todo lo posible.

Tenía la certeza de que podía destruir en poco tiempo el enjambre fugitivo. Esperaba dar por zanjado el asunto al amanecer del día siguiente, como mucho.

Tan escasa era la comprensión que tenía de mi adversario.

DÍA 6

10.11

Pensando en retrospectiva, tenía razón respecto a una cosa: era de vital importancia saber cómo había muerto el tapetí. Naturalmente conocía ya la razón. Sabía también por qué había sido atacado el tapetí. Pero ese primer día en el laboratorio no tenía la menor idea de qué había ocurrido. Y no habría podido adivinar la verdad.

Ninguno de nosotros podría, en aquel punto.

Ni siquiera Ricky.

Ni siquiera Julia.

Hacía diez minutos que los enjambres se habían ido y estábamos todos de pie en el cuarto de almacenamiento. Todo el grupo se había reunido allí, tenso y ansioso. Me observaron mientras me prendía un radiotransmisor en el cinturón y me colocaba unos auriculares en la cabeza. Los auriculares iban acoplados a unas gafas de sol con una videocámara montada junto al ojo izquierdo. Tardamos un rato en conseguir que el videotransmisor funcionara correctamente.

—¿En serio vas a salir? —preguntó Ricky.

—Sí —contesté—. Quiero saber qué le ha pasado a ese tapetí. —Me moví hacia los otros—. ¿Quién viene conmigo?

Nadie se movió. Bobby Lembeck, con las manos en los bolsillos, fijó la mirada en el suelo. David Brooks parpadeó rápidamente y desvió la vista. Ricky se examinaba las uñas. Miré a Rosie Castro a los ojos. Negó con la cabeza.

—Ni por asomo, Jack.

—¿Por qué no, Rosie?

—Tú mismo lo has visto. Están cazando.

—¿Ah, sí?

—Desde luego eso es lo que parece.

—Rosie, no es esto lo que aprendiste conmigo —dije—. ¿Cómo pueden cazar los enjambres?

—Todos lo hemos visto. —Echó el mentón al frente en actitud obstinada—. Los tres enjambres, cazando, coordinados.

—Pero ¿cómo? —insistí.

Aparentemente confusa, frunció el entrecejo.

—¿Qué estás preguntándome? No hay ningún misterio. Los agentes se comunican. Cada uno de ellos puede generar una señal eléctrica.

—Exacto —dije—. ¿Una señal de qué intensidad?

—Bueno... —Se encogió de hombros.

—¿De qué intensidad, Rosie? No puede ser mucha. El agente tiene solo una centésima parte del grosor de un cabello humano. No puede generar una señal muy intensa, ¿verdad?

—No...

—Y la radiación electromagnética disminuye en proporción al cuadrado del radio, ¿no?

Todos los estudiantes aprendían ese principio en las clases de física de secundaria. A medida que aumentaba la distancia respecto a la fuente electromagnética, se desvanecía la fuerza cada vez más deprisa.

Y eso implicaba que los agentes individuales solo podían comunicarse con sus vecinos inmediatos, con agentes muy próximos a ellos. No con otros enjambres a veinte o treinta metros de distancia.

Rosie arrugó aún más la frente. Ahora todos cruzaban inquietas miradas con expresión ceñuda.

David Brooks carraspeó.

—Y entonces, Jack, ¿qué hemos visto?

—Una ilusión —respondí con firmeza—. Habéis visto tres enjambres actuando de manera independiente y os ha parecido que estaban coordinados. Pero no es así. Y estoy casi seguro de que muchas otras cosas que creéis acerca de estos enjambres tampoco son verdad.

Había muchas aspectos que no comprendía acerca de los enjambres, y cosas a las que no daba crédito. No creía, por ejemplo, que los enjambres se reprodujeran. Pensaba que Ricky y los demás debían de estar muy nerviosos para concebir algo así. Al fin y al cabo, los veinticinco kilos de emanaciones que se habían liberado en el medio ambiente podían corresponderse fácilmente con los tres enjambres que habíamos visto... y otras varias docenas más. (Según mis cálculos, cada enjambre se componía aproximadamente de un kilo y medio de nanopartículas. Ese era poco más o menos el peso de un enjambre de abejas grande.)

En cuanto al hecho de que estos enjambres actuaran con un objetivo, no era en absoluto preocupante; era el resultado previsto de la programación a bajo nivel. Y no creía que los enjambres estuvieran coordinados. Sencillamente no era posible, porque los campos eran demasiado débiles.

Tampoco creía que los enjambres tuvieran la capacidad de adaptación que Ricky les atribuía. Había visto demasiadas demostraciones de robots realizando una tarea —como, por ejemplo, colaborar para empujar una caja por una habitación— que los observadores tomaban por comportamiento inteligente, cuando de hecho los robots eran estúpidos, estaban programados mínimamente y cooperaban por casualidad. Gran parte del comportamiento parecía más inteligente de lo que era. (Como Charley Davenport decía, «Ricky debía dar gracias a Dios por eso».)

Y por último no creía que los enjambres fueran peligrosos. No pensaba que una nube de nanopartículas de un kilo y medio pudiera representar una gran amenaza para nada, ni siquiera para un tapetí. No tenía ni mucho menos la certeza de que lo hubieran matado. Me parecía recordar que los tapetíes eran criaturas nerviosas, propensas a morir de miedo. O quizá las partículas habían penetrado en la nariz y la boca, obstruyendo los conductos respiratorios y asfixiando al animal. De ser así, la muerte era accidental, no intencionada. Le veía más sentido a la posibilidad de una muerte accidental.

En resumen, opinaba que Ricky y los demás habían malinterpretado lo que veían. Se habían asustado.

Por otra parte, debía admitir que me inquietaban varias preguntas sin respuesta.

La primera, y más evidente, era por qué el enjambre había escapado a su control. El enjambre cámara original estaba diseñado para controlarse mediante un transmisor de radiofrecuencia dirigido hacia él. Ahora, en apariencia, el enjambre no atendía las órdenes transmitidas por radio, y no entendía por qué. Sospechaba que se trataba de un error de fabricación. Probablemente las partículas se habían creado de manera incorrecta.

En segundo lugar, estaba la duda de la longevidad del enjambre. Las partículas individuales eran en extremo pequeñas y estaban sujetas a deterioro a causa de los rayos cósmicos, la descomposición fotoquímica, la deshidratación de sus cadenas proteicas y otros factores medioambientales. En los rigores del desierto, todos los enjambres deberían haberse consumido y muerto de «viejos» muchos días atrás. Pero no había sido así. ¿Por qué no?

En tercer lugar, estaba la cuestión del aparente objetivo del enjambre. Según Ricky, los enjambres volvían una y otra vez al edificio principal. Ricky creía que intentaban entrar. Pero ese no parecía un objetivo lógico para los agentes, y yo quería comprobar el código del programa para ver qué lo causaba. Sinceramente, sospechaba que había un fallo en el código.

Y por último quería saber por qué habían perseguido al tapetí, ya que PREDPRESA no programaba las unidades para convertirse en depredadores literales; simplemente utilizaba como modelo a los depredadores para mantener a los agentes concentrados y orientados a un objetivo. Por alguna razón, eso se había alterado, y ahora daba la impresión de que los enjambres cazaban realmente.

Probablemente eso también era un fallo en el código.

Desde mi punto de vista, todas estas incertidumbres se reducían a una única pregunta central: ¿Cómo había muerto el tapetí? No creía que lo hubieran matado. Sospechaba que la muerte del tapetí era accidental, no intencionada.

Pero era necesario comprobarlo.

Me ajusté los auriculares, con las gafas de sol y la videocámara montada junto al ojo izquierdo. Cogí la bolsa de plástico para introducir el cuerpo del tapetí y me volví hacia los demás.

—¿Me acompaña alguien?

Siguió un incómodo silencio.

—¿Para qué es la bolsa? —preguntó Ricky.

—Para traer al tapetí.

—Ni hablar —dijo Ricky—. Si quieres salir, es asunto tuyo. Pero no traigas aquí a ese tapetí.

—No hablas en serio.

—Sí hablo en serio. Jack, este es un ambiente aséptico de nivel seis. Ese tapetí está sucio. No puede entrar.

—De acuerdo. Si es así, podemos dejarlo en el laboratorio de Mae y...

—Ni hablar, Jack. Lo siento. No puede pasar del primer compartimiento estanco.

Miré a los otros. Todos expresaron su respaldo con gestos de asentimiento.

—Muy bien, pues. Lo examinaré fuera.

—¿De verdad vas a salir?

—¿Por qué no? —Los miré sucesivamente—. Debo deciros, chicos, que creo que estáis todos muy confusos. La nube no es peligrosa. Y sí, voy a salir. —Me volví hacia Mae—. ¿Tienes algún kit de disección?

—Te acompaño —dijo en voz baja.

—Bueno, gracias.

Me sorprendió que Mae fuera la primera en aceptar mi punto de vista. Pero, como bióloga de campo, probablemente estaba mejor preparada que los demás para evaluar los riesgos del mundo real. En todo caso, su decisión pareció disolver un poco la tensión del ambiente; los otros se relajaron visiblemente. Mae fue a buscar los instrumentos de disección y equipo de laboratorio. En ese momento sonó el teléfono. Vince contestó y se volvió hacia mí.

—¿Conoces a una mujer llamada doctora Ellen Forman?

—Sí. —Era mi hermana.

—Está al teléfono.

Vince me entregó el auricular y se apartó. Me invadió un repentino nerviosismo. Eché un vistazo a mi reloj. Eran las once de la mañana, la hora de la siesta matutina de Amanda. En esos momentos debía de estar dormida en su cuna. Recordé entonces que le había prometido a mi hermana que llamaría a las once para ver cómo iba todo.

—¿Sí? ¿Ellen? ¿Todo en orden?

—Sí, claro. —Un larguísimo suspiro—. Todo en orden. Simplemente no sé cómo te las arreglas.

—¿Cansada?

—Cansada como nunca lo había estado.

—¿Se han marchado los niños al colegio?

Otro suspiro.

—Sí. En el coche Eric le ha pegado a Nicole en la espalda, y ella le ha dado un puñetazo en la oreja.

—Cuando empiezan con eso, Ellen, tienes que obligarlos a cortar.

—Eso estoy viendo —contestó con hastío.

—¿Y la pequeña? ¿Cómo está del sarpullido?

—Mejor. Estoy poniéndole la pomada.

—¿Y qué tal sus movimientos?

—Perfectamente. Tiene mucha coordinación para su edad. ¿Hay algún problema del que debería estar enterada?

—No, no —contesté. Volví la espalda al grupo y bajé la voz—. Me refería a si hace caca bien.

Detrás de mí oí reírse a Charley Davenport.

—En abundancia —contestó Ellen—. Ahora está dormida. La he llevado un rato al parque. Estaba rendida. Todo va bien en casa. Excepto que el piloto del calentador se ha apagado, pero ya viene el técnico a arreglarlo.

—Bien, bien... oye, Ellen, ahora estoy ocupado...

—Jack, Julia ha telefoneado desde el hospital hace unos minutos. Te buscaba.

—Ajá...

—Cuando le he dicho que estabas en Nevada, se ha alterado mucho.

—¿Ah, sí?

—Ha dicho que tú no lo entendías y que ibas a empeorar las cosas. Algo así. Me parece que vale más que la llames. La he notado muy nerviosa.

—De acuerdo, la llamaré.

—¿Qué tal van las cosas por ahí? ¿Volverás esta noche?

—Esta noche, no —contesté—. Mañana por la mañana en algún momento. Ellen, ahora tengo que dejarte.

—Si puedes, llama a los niños a la hora de la cena. Les gustará saber de ti. La tía Ellen está bien, pero no es su papá. Ya sabes a qué me refiero.

—Muy bien. ¿Cenaréis a las seis?

—Más o menos.

Le dije que intentaría telefonear y colgué.

Mae y yo estábamos ante la doble pared de cristal del compartimiento estanco exterior, a la entrada del edificio. Al otro lado del cristal, veía la puerta contraincendios de acero macizo que daba al exterior. Ricky estaba con nosotros, sombrío e intranquilo, observándonos mientras hacíamos los últimos preparativos.

—¿Estás seguro de que esto es necesario? ¿Salir?

—Es vital.

—¿Por qué no esperáis tú y Mae hasta la noche y salís entonces?

—Porque el tapetí ya no estará —contesté—. Por la noche, habrán venido los coyotes o los halcones y se habrán llevado el cuerpo.

—No creas —dijo Ricky—. No vemos coyotes por aquí desde hace tiempo.

—¡Demonios! —exclamé con impaciencia, conectando los auriculares—. En el rato que llevamos aquí hablando podríamos haber salido y vuelto a entrar. Hasta luego, Ricky.

Crucé la puerta de cristal y me detuve en el interior del compartimiento estanco. La puerta se cerró con un silbido a mis espaldas. Oí el breve zumbido ya familiar de las unidades de aire, y luego se abrió el otro panel de cristal. Me dirigí hacia la puerta de acero. Al volverme, vi a Mae entrar en el compartimiento estanco.

Entreabrí la puerta contraincendios. La luz áspera e intensa proyectó una ardiente banda en el suelo. Noté el aire caliente en la cara. Por el intercomunicador Ricky dijo:

—Buena suerte, chicos.

Tomé aire, empujé la puerta y salí al desierto.

El viento había amainado, y el calor de media mañana era sofocante. En algún sitio gorjeó un pájaro; por lo demás, reinaba el silencio. De pie junto a la puerta, entorné los ojos ante el resplandor del sol. Un escalofrío me recorrió la espalda. Volví a respirar hondo.

Tenía la convicción de que los enjambres no eran peligrosos. Sin embargo una vez fuera mis inferencias teóricas parecieron perder fuerza. Debía de habérseme contagiado la tensión de Ricky, porque sentía una clara inquietud. Ahora que estaba fuera, el tapetí muerto se me antojaba mucho más lejos de lo que había imaginado. Estaba quizá a cincuenta metros de la puerta, la mitad de la longitud de un campo de fútbol. Alrededor, el desierto parecía un lugar inhóspito y desprotegido. Recorrí el trémulo horizonte con la mirada en busca de formas negras. No vi ninguna.

La puerta de acero se abrió detrás de mí, y Mae dijo:

—Cuando quieras, Jack.

—Vamos, pues.

Nos encaminamos hacia el tapetí; oyendo crujir la arena del desierto bajo los pies. Nos alejamos del edificio. Casi de inmediato el corazón me latió con fuerza y empecé a sudar. Me obligué a respirar hondo y despacio, esforzándome por conservar la calma. El sol me abrasaba la cara. Era consciente de que me había dejado asustar por Ricky, pero no podía evitarlo. Una y otra vez dirigía la mirada hacia el horizonte.

Mae me seguía a un par de pasos.

—¿Cómo va? —pregunté.

—Me alegraré cuando hayamos terminado.

Avanzábamos entre nopales amarillos que nos llegaban a la altura de la rodilla. El sol se reflejaba en sus espinas. Aquí y allá, un enorme cactus barril se alzaba de la tierra como un erizado pulgar verde.

Unos cuantos pájaros pequeños y silenciosos brincaban por el suelo, bajo los nopales. Cuando nos acercamos, levantaron el vuelo, manchas en movimiento contra el cielo azul.

Volvieron a posarse a unos cien metros.

Por fin llegamos junto al tapetí, rodeado por una nube negra y zumbante. Sobresaltado, vacilé.

—Son solo moscas —aseguró Mae.

Indiferente a las moscas, se adelantó y se agachó al lado del animal muerto. Se puso un par de guantes de goma y me entregó a mí otro par. Extendió una lámina de plástico en la tierra y la aseguró con una piedra en cada esquina. Cogió el tapetí y lo colocó en el centro del plástico. Corrió la cremallera de un pequeño kit de disección y lo abrió. Vi brillar bajo el sol los instrumentos de acero: fórceps, escalpelo, varias clases de tijeras. Dispuso también una jeringuilla y varios tubos de ensayo con tapones de goma en fila. Sus movimientos eran rápidos y expertos. Ya había hecho aquello antes.

Me agaché junto a ella. El cuerpo del animal no despedía olor alguno. Externamente nada revelaba cuál podía haber sido la causa de la muerte. El ojo abierto tenía un aspecto rosado y saludable.

—¿Bobby? —preguntó Mae—. ¿Recibes imagen?

—Inclina la cámara hacia abajo —oí decir a Bobby Lembeck.

Mae ajustó la cámara montada en las gafas.

—Un poco más... Un poco más... Bien. Así.

—De acuerdo —dijo Mae. Dio la vuelta al tapetí entre las manos, inspeccionándolo desde todos los ángulos. Apresuradamente, dictó—: En el examen externo, el animal parece por completo normal. No hay señales de enfermedad o anomalía congénita; tiene el pelo espeso y saludable en apariencia. Los conductos nasales están parcial o totalmente obstruidos. Noto un poco de materia fecal excretada en el ano, pero supongo que es resultado de una evacuación normal en el momento de la muerte.

Colocó al animal cara arriba en el plástico y separó las patas delanteras con las manos.

—Necesito tu ayuda, Jack.

Quería que sujetara las patas. El cuerpo aún estaba caliente y no había empezado a endurecerse.

Cogió el escalpelo y cortó rápidamente el vientre expuesto. Se abrió una hendidura roja entre el pelo y fluyó la sangre. Vi los huesos de la caja torácica y partes de intestino rosado. Mae hablaba continuamente mientras sajaba, fijándose en el color y la textura de los tejidos.

—Sujeta aquí —me dijo, y bajé la mano para mantener a un lado el resbaladizo intestino.

De un solo tajo de escalpelo, seccionó el estómago. Salió un líquido verde y denso, y cierta pulpa que parecía fibra a medio digerir. La pared interior del estómago parecía áspera, pero Mae dijo que era normal. Recorrió la pared del estómago expertamente con la yema del dedo y de pronto se detuvo.

—Mmm. Mira aquí —dijo.

—¿Qué?

—Aquí. —Señaló con el dedo. En varios puntos el estómago presentaba un color rojizo y sangraba un poco, como si estuviera en carne viva. Vi manchas negras en medio de la sangre. Mae explicó—: Esto no es normal. Es patología. —Cogió una lupa y miró de cerca. Al cabo de un momento volvió a dictar—: Observo áreas oscuras de entre cuatro y ocho milímetros de diámetro aproximadamente, que son, supongo, grupos de nanopartículas presentes en el revestimiento del estómago. Estos grupos se encuentran en asociación con una leve hemorragia de la pared biliar.

—¿Hay nanopartículas en el estómago? —pregunté—. ¿Cómo han llegado ahí? ¿Se las ha comido el tapetí? ¿Las ha tragado involuntariamente?

—Lo dudo. Supongo que han entrado activamente.

Fruncí el entrecejo.

—Quieres decir que han descendido por el...

—Esófago. Sí. Al menos, eso creo.

—¿Por qué iban a hacer una cosa así?

—No lo sé.

En ningún momento interrumpía su rápida disección. Cogió unas tijeras y cortó hacia arriba por el esternón; luego separó ambas mitades de la caja torácica con los dedos.

—Sujeta aquí.

Desplacé la mano libre para mantener separadas las costillas como ella había indicado. Los huesos tenían los bordes afilados. Con la otra mano sujetaba las patas traseras. Mae trabajó entre mis manos.

—Los pulmones presentan firmeza y color rosa vivo, aspecto normal. —Cortó un lóbulo con el escalpelo y siguió cortando hasta dejar a la vista el tubo bronquial. Lo abrió también. Estaba negro por dentro.

—Los bronquios aparecen infestados de nanopartículas, lo

cual confirma la inhalación de elementos del enjambre —continuó, dictando—. ¿Recibes, Bobby?

—Lo recibo todo. La resolución de la imagen es buena.

Mae continuó cortando en dirección ascendente.

—Sigo el árbol bronquial hacia la garganta... —Y continuó cortando. Entró en la garganta y luego desde la nariz retrocedió a través del carrillo hasta la boca. Tuve que apartar la vista un momento. Pero ella siguió dictando tranquilamente—. Observo una considerable infiltración de todos los conductos nasales y la faringe. Esto indica una obstrucción parcial o total de las vías respiratorias, lo cual a su vez puede ser la causa de la muerte.

Volví a mirar.

—¿Cómo?

La cabeza del tapetí ya era apenas reconocible. Había desprendido la mandíbula y examinaba la garganta.

—Echa un vistazo tú mismo —dijo—. Una densa masa de partículas parece tapar la faringe y da la impresión de que se ha producido una reacción alérgica o...

Ricky la interrumpió:

—Eh, ¿vais a quedaros ahí fuera mucho más tiempo?

—Tanto como sea necesario —contesté. Me volví hacia Mae—. ¿Qué clase de reacción alérgica?

—Fíjate en los tejidos de esta zona, lo hinchados que están, y fíjate en la coloración gris, que indica...

—¿Sois conscientes de que lleváis ahí fuera cuatro minutos? —preguntó Ricky.

—Estamos aquí porque no podemos entrar el tapetí en el edificio —contesté.

—Exacto, no podéis.

Mae movió la cabeza en un gesto de negación al escucharlo.

—Ricky, no nos ayudas...

—No muevas la cabeza, Mae —dijo Bobby—. Desplazas la cámara.

—Lo siento.

Pero la vi levantar la cabeza, como si mirara al horizonte, y al hacerlo, destapó un tubo de ensayo e introdujo una porción de revestimiento del estómago. Se lo guardó en el bolsillo. Luego volvió a bajar la vista. A través del vídeo nadie vio lo que había hecho.

—Muy bien —dijo—, ahora tomaremos muestras de sangre.

—Sangre es lo único que vais a traer aquí dentro —dijo Ricky.

—Sí, Ricky. Ya lo sabemos.

Mae cogió la jeringuilla, clavó la aguja en una arteria, extrajo una muestra de sangre, la vertió en un tubo de plástico, desprendió la aguja con una sola mano, colocó otra, y extrajo una segunda muestra de una vena. En ningún momento aminoró el ritmo de trabajo.

—Tengo la sensación de que ya has hecho esto antes —comenté.

—Esto no es nada. En Sichuan, siempre trabajábamos en medio de inmensas ventiscas. No veíamos lo que hacíamos, se nos helaban las manos, los animales estaban congelados, era imposible clavar una aguja... —Dejó aparte los tubos de sangre—. Ahora solo falta tomar unos cultivos y habremos acabado. —Abrió su maletín y miró dentro—. ¡Vaya! Mala suerte.

—¿Qué pasa? —pregunté.

—Las torundas para cultivo no están aquí.

—Pero ¿los tenías ahí?

—Sí, estoy segura.

—Ricky, ¿ves las torundas por algún sitio? —pregunté.

—Sí están aquí, junto al compartimiento estanco.

—¿Podrías traérnoslas?

—Sí, claro. —Soltó una áspera carcajada—. No voy a salir ahí en pleno día por nada del mundo. Si las queréis, venid a buscarlas.

—¿Quieres ir? —me preguntó Mae.

—No —contesté. Estaba sujetando al animal; tenía las manos en posición—. Ve tú. Yo esperaré aquí.

—De acuerdo. —Se puso en pie—. Procura espantar las moscas. No nos interesa que haya más contaminación de la necesaria. Enseguida vuelvo.

Trotando, se alejó hacia la puerta.

Oí desvanecerse sus pisadas y luego el golpe de la puerta metálica al cerrarse. Después, silencio. Atraídas por el cuerpo abierto del animal, las moscas regresaron en tropel. Zumbando en torno de mi cabeza, intentaban posarse en las entrañas. Solté las patas traseras del tapetí y ahuyenté las moscas con una mano. Ocupado con las moscas, no pensé en la circunstancia de que me hallaba solo allí fuera.

Seguí lanzando miradas a lo lejos pero no veía nada. Continué apartando las moscas, y de vez en cuando rozaba con la mano el pelo del tapetí, y fue entonces cuando advertí que, bajo el pelo, la piel tenía un color rojo intenso.

Rojo intenso, exactamente igual que una quemadura solar. Sentí un escalofrío solo de verlo.

Hablé por el micrófono del auricular.

—¿Bobby?

Ruido de estática.

—Sí, Jack.

—¿Ves el tapetí?

—Sí, Jack.

—¿Ves la rojez de la piel? ¿Estás registrándolo?

—Ah, espera un momento.

Oí un leve susurro junto a la sien. Bobby controlaba a distancia la cámara, acercando la imagen con el zoom. El susurro se detuvo.

—¿Ves esto? —pregunté—. ¿A través de mi cámara?

No hubo respuesta.

—¿Bobby?

Oí murmullos, cuchicheos. O quizá era estática.

—Bobby, ¿estás ahí?

Silencio. Oí una respiración.

—Esto..., ¿Jack? —Era la voz de David Brooks—. Vale más que entres.

—Mae aún no ha vuelto. ¿Dónde está?

—Mae está dentro.

—He de esperarla. Va a tomar los cultivos...

—No, entra ya, Jack.

Solté el tapetí y me puse en pie. Miré alrededor, observé el horizonte.

—No veo nada.

—Están al otro lado del edificio, Jack.

Mantenía la voz serena, pero me recorrió un escalofrío.

—¿Están?

—Entra ya, Jack.

Me incliné para coger las muestras de Mae y su kit de disección. La piel negra del kit estaba caliente por efecto del sol.

—¿Jack?

—Solo un momento...

—Jack, déjate de gilipolleces.

Me dirigí hacia la puerta de acero. La arena del desierto crujió bajo mis pies. No veía nada en absoluto.

Pero oí algo.

Un peculiar sonido, grave y palpitante. Al principio, creí que se trataba de una máquina, pero aumentaba y disminuía, como un latido. Otros latidos se superponían, junto a una especie de silbido, creando un sonido extraño, irreal, distinto a cualquier otra cosa que hubiera oído.

Cuando recuerdo aquellos momentos, creo que fue ese sonido, más que nada, lo que me asustó.

Apreté el paso.

—¿Dónde están? —pregunté.

—Acercándose.

—¿Dónde?

—¿Jack? Vale más que corras.

—¿Cómo?

—Corre.

Aún no veía nada, pero el sonido cobraba intensidad. Empecé a trotar. La frecuencia del sonido era tan baja que lo percibía como una vibración en el cuerpo. Pero también lo oía. Una palpitación irregular y sorda.

—Corre, Jack.

Mierda, pensé.

Y me eché a correr.

Arremolinado y en medio de destellos plateados, el primer enjambre apareció por la esquina del edificio. La sibilante vibración procedía de la nube. Deslizándose junto a la fachada lateral del edificio, avanzaba hacia mí. Llegaría a la puerta mucho antes que yo.

Al volver la vista, vi un segundo enjambre aparecer desde el extremo opuesto del edificio. También este avanzaba hacia mí.

El auricular crepitó. Oí decir a David Brooks:

—Jack, no lo conseguirás.

—Ya lo veo —contesté.

El primer enjambre había llegado ya a la puerta, y se había quedado allí inmóvil, cortándome el paso. Me detuve, sin saber qué hacer. Vi un palo en el suelo frente a mí, uno grande, de más de un metro de largo. Lo cogí y lo blandí.

El enjambre palpitó, pero no se apartó de la puerta.

El segundo enjambre seguía avanzando en dirección a mí.

Era el momento de iniciar una maniobra de distracción. Conocía bien el código de PREDPRESA. Sabía que los enjambres estaban programados para perseguir blancos en movimiento si parecían huir de ellos. ¿Qué serviría como blanco?

Levanté el brazo y lancé el kit de disección negro por el aire, a gran altura, hacia el segundo enjambre. El kit cayó de lado y rodó por la tierra brevemente.

De inmediato el segundo enjambre fue tras él.

En el mismo instante el primer enjambre se apartó de la puerta, también en persecución del kit. Era igual que un perro detrás de una pelota. Sentí un momento de euforia al verlo moverse. Después de todo, no era más que un enjambre programado. Pensé: esto es un juego de niños. Corrí hacia la puerta.

Eso fue un error. Aparentemente mis apresurados movimientos captaron la atención del enjambre, que de inmediato se detuvo y retrocedió hacia la puerta para cortarme de nuevo el paso. Allí se quedó: palpitantes franjas plateadas, como la hoja de un cuchillo brillando bajo el sol.

Cortándome el paso.

Tardé un momento en tomar conciencia del significado de aquello. Mi movimiento no había inducido al enjambre a seguirme. El enjambre no había intentado darme caza en absoluto. En lugar de eso, había ido a cortarme el paso. Preveía mis movimientos.

Eso no estaba en el código. El enjambre estaba inventando un nuevo comportamiento, adecuado a la situación. En lugar de perseguirme, había vuelto atrás y me había acorralado.

Había ido más allá de su programación, mucho más allá. No me explicaba cómo había ocurrido. Pensé que debía de tratarse de una especie de refuerzo aleatorio, porque las partículas individuales disponían de muy poca memoria. La inteligencia del enjambre era forzosamente limitada. No debería ser demasiado difícil superarlo en inteligencia.

Hice ademán de ir a la izquierda y luego a la derecha; la nube me imitó, pero solo por un momento. Después volvió a la puerta, como si supiera que mi objetivo era aquel y le bastara con quedarse allí esperando.

Ese era un comportamiento demasiado inteligente. Debía de haber programación adicional de la que no me habían hablado. Por el auricular pregunté:

—¿Qué demonios habéis hecho con esto?

—No va a dejarte pasar, Jack —aseguró David.

Solo oírselo decir me indignó.

—¿Eso crees? Ya veremos.

El siguiente paso era obvio. Cerca del suelo como estaba, el enjambre era estructuralmente vulnerable. Era un conjunto de partículas apiñadas no mayores que motas de polvo. Si alteraba el conjunto —si rompía su estructura—, las partículas tendrían que reorganizarse, del mismo modo que una bandada dispersa de aves volvería a colocarse en formación en el aire. Eso les requeriría unos segundos como mínimo. Y en ese tiempo conseguiría cruzar la puerta.

Pero ¿cómo alterarlo?

Agité el palo, oyéndolo rehilar, pero evidentemente no servía. Necesitaba algo con una superficie plana mucho mayor, como un remo o una hoja de palmera, algo capaz de crear una considerable ráfaga de aire.

Tenía la mente acelerada. Necesitaba algo.

Algo.

A mis espaldas, se aproximaba la segunda nube. Avanzaba hacia mí con un irregular zigzagueo para atajar cualquier intento por mi parte de escapar. La observé con una especie de horrorizada fascinación. Sabía que tampoco aquello había sido codificado en el programa original. Eso era comportamiento emergente autoorganizado, y su finalidad resultaba muy clara. Estaba acorralándome.

El sonido palpitante aumentó de volumen a medida que el enjambre se acercaba.

Tenía que alterarlo.

Girando en círculo, recorrí el suelo con la mirada. No vi nada que pudiera utilizar. El enebro más cercano estaba demasiado lejos. Los nopales eran demasiado ligeros. Estoy en el desierto, pensé; claro que no hay nada. Eché un vistazo al exterior del edificio con la esperanza de que alguien hubiera dejado fuera una herramienta, quizá un rastrillo o algo así.

Nada.

Nada en absoluto. Estaba allí fuera sin nada más que la camisa, y no había nadie para ayudarme a...

¡Claro!

El auricular crepitó.

—Jack, escucha...

Pero ya no oí nada más. Al sacarme la camisa por la cabeza, el auricular cayó al suelo. A continuación, sosteniendo la camisa en la mano, tracé con ella amplios arcos por el aire y, gritando como un poseso, embestí contra el enjambre situado ante la puerta.

El enjambre vibró con aquel sonido grave y palpitante. Cuando corría hacia él, se dispersó un poco, y de pronto me vi en medio de las partículas y me sumergí en una extraña semioscuridad, como si estuviera en una tormenta de arena. No veía nada. No veía la puerta. Busqué a ciegas el tirador. Me escocían los ojos a causa de las partículas, pero seguía agitando la camisa en amplios arcos. Al cabo de un momento la oscuridad empezó a disiparse. Estaba dispersando la nube, alejando las partículas en todas las direcciones. Mi visibilidad mejoraba, y aún podía respirar normalmente, aunque tenía la garganta seca y dolorida. Empecé a notar millares de minúsculos alfilerazos por todo el cuerpo, pero apenas dolían.

Veía ya la puerta frente a mí. Tenía el tirador a mi izquierda. Seguía agitando la camisa, y de pronto la nube desapareció por completo, casi como si saliera de mi radio de acción. En ese instante crucé la puerta y la cerré a mis espaldas.

Parpadeé en la repentina oscuridad. Apenas veía. Pensé que mi vista se adaptaría después del resplandor del sol y esperé un momento, pero mi visión no mejoró. En realidad, parecía empeorar.

Distinguía vagamente las puertas de cristal del compartimiento estanco justo enfrente. Sentía aún los alfilerazos en la piel. Tenía la garganta seca y la respiración ronca. Tosí. Mi visión se hacía más borrosa. Empecé a marearme.

Al otro lado del compartimiento, estaban Ricky y Mae observándome. Oí gritar a Ricky.

—¡Adelante, Jack! ¡Deprisa!

Me ardían los ojos. La sensación de mareo aumentaba por momentos. Me apoyé contra la pared para no desplomarme. Notaba un nudo en la garganta. Me costaba respirar. Jadeando, aguardé a que las puertas de cristal se abrieran, pero permanecían cerradas. Sin comprender, fijé la mirada en el compartimiento.

—¡Tienes que colocarte de pie frente a la puerta! ¡Erguido!

Tuve la sensación de que el mundo se movía a cámara lenta. Me habían abandonado las fuerzas. Estaba débil y tembloroso. El escozor empeoraba. El espacio se oscurecía. Dudaba que fuera capaz de mantenerme en pie.

—¡Erguido! ¡Jack!

De algún modo conseguí apartarme de la pared y abalanzarme hacia el compartimiento estanco. Con un susurro, las puertas de cristal se abrieron.

—¡Entra, Jack! ¡Ya!

Vi puntos ante mis ojos. Estaba aturdido y tenía náuseas. Tambaleándome, entré en el compartimiento y choqué con el cristal. A cada segundo que pasaba respiraba con mayor dificultad. Era consciente de que estaba asfixiándome.

Fuera del edificio oí de nuevo el sonido grave y palpitante. Me volví lentamente para mirar atrás.

La puerta de cristal se cerró.

Me miré el cuerpo pero apenas pude verlo. Parecía tener la piel negra. Estaba cubierto de polvo. Me dolía todo. También la camisa estaba negra de polvo. Noté el escozor del líquido con que me rociaron y cerré los ojos. Después se pusieron en marcha las unidades de tratamiento de aire con su sonoro zumbido. Vi desaparecer el polvo de la camisa. Mi visión mejoró, pero seguía sin poder respirar. La camisa se me escapó de la mano y quedó adherida a la rejilla del suelo a mis pies. Me agaché para cogerla. Empecé a temblar. Oía solo el ruido de las unidades de aire.

Se me revolvió el estómago. Me flaquearon las rodillas. Me desplomé contra la pared.

Miré a Mae y Ricky a través de la segunda puerta de cristal; parecían muy lejos. Mientras los observaba, retrocedieron aún más. Pronto estaban tan lejos que ya no necesitaba preocuparme más. Sabía que iba a morir. Al cerrar los ojos, caí al suelo y el rugido de las unidades de aire se desvaneció dando paso a un frío y absoluto silencio.

DÍA 6

11.12

—No te muevas.

Algo frío como el hielo recorrió mis venas. Me estremecí.

—Jack. No te muevas. Solo un segundo, ¿de acuerdo?

Algo frío, un líquido frío me ascendió por el brazo. Abrí los ojos. Tenía la luz justo encima, resplandeciente, verdosa. Hice una mueca. Me dolía todo el cuerpo. Me sentía como si me hubieran dado una paliza. Estaba tendido de espaldas en la camilla negra del laboratorio biológico de Mae. Entornando los ojos bajo el resplandor, vi a Mae junto a mí, inclinada sobre mi brazo izquierdo. Me había abierto una vía intravenosa en la sangría.

—¿Qué ocurre?

—Por favor, Jack, no te muevas. Solo había hecho esto con animales de laboratorio.

—Resulta tranquilizador.

Levanté la cabeza para ver qué hacía. Me palpitaron las sienes. Lancé un gemido y volví a apoyar la cabeza.

—¿Te encuentras mal? —preguntó Mae.

—Fatal.

—No me extraña. He tenido que inyectarte tres veces.

—¿Con qué?

—Tenías un shock anafiláctico, Jack. Presentabas una aguda reacción alérgica. Casi se te había cerrado la garganta.

—Una reacción alérgica —repetí—. ¿Era eso?

—Aguda.

—¿A causa del enjambre?

Tras una breve vacilación, respondió:

—Claro.

—¿Causarían las nanopartículas una reacción alérgica así?

—Desde luego sería posible...

—Pero tú no lo crees —la interrumpí.

—No, no lo creo. En mi opinión, las nanopartículas son antigénicamente inertes. Creo que has reaccionado a una toxina coliforme.

—Una toxina coliforme... —El dolor de cabeza me venía a rachas. Tomé aire y lo expulsé lentamente. Intenté entender de qué me hablaba. Mi mente pensaba con lentitud. Una toxina coliforme.

—Sí.

—¿Una toxina de la bacteria *E. coli*? ¿Te refieres a eso?

—Sí. Una toxina proteolítica probablemente.

—¿Y de dónde provendría una toxina como esa?

—Del enjambre —contestó.

Eso no tenía el menor sentido. Según Ricky, las bacterias *E. coli* solo se utilizaban para manufacturar moléculas precursoras.

—Pero las bacterias no pueden estar presentes en el propio enjambre —comenté.

—No lo sé, Jack. Quizá sí.

¿Por qué estaba tan cambiada?, me pregunté. Esa actitud no era propia de ella. Normalmente Mae era precisa y clara.

—Pues alguien ha de saberlo —dije—. El enjambre ha sido diseñado. Las bacterias han sido incorporadas a él o no.

La oí suspirar, como si yo no acabara de entender.

Pero ¿qué no entendía?

—¿Habéis recuperado las partículas absorbidas en el compartimiento estanco? —pregunté—. ¿Conserváis el material del compartimiento?

—No. Todas las partículas del compartimiento se han incinerado.

—¿Ha sido eso una manera inteligente...?

—El sistema está configurado así, Jack. Como medida de seguridad. No podemos anular el procedimiento.

—De acuerdo. —Ahora me tocaba a mí suspirar. Así que no teníamos ejemplares de los agentes del enjambre para estudiarlos.

Intenté incorporarme, pero Mae apoyó una mano en mi pecho con delicadeza para impedírmelo.

—Tómatelo con calma, Jack.

Tenía razón, porque sentado empeoró mi dolor de cabeza. Dejé caer los pies a un lado de la camilla.

—¿Cuánto tiempo he estado fuera?

—Doce minutos.

—Me siento como si me hubieran apaleado. —Me dolían las costillas cada vez que tomaba aire.

—Tenías graves problemas respiratorios.

—Todavía los tengo.

Cogí un pañuelo de papel y me soné. Salieron muchas partículas negras, mezcladas con sangre y polvo del desierto. Tuve que sonarme cuatro o cinco veces para despejarme la nariz. Arrugué el pañuelo e hice ademán de tirarlo. Mae tendió la mano.

—Dámelo.

—No, no importa...

—Dámelo, Jack.

Cogió el pañuelo y lo introdujo en una bolsita de plástico que luego cerró herméticamente. Fue entonces cuando me di cuenta de lo torpemente que funcionaba mi cabeza. Como era obvio, aquel pañuelo contenía precisamente las partículas que deseaba examinar. Cerré los ojos, respiré hondo y esperé a que remitiera un poco el palpitante dolor de cabeza. Cuando volví a abrir los ojos, el resplandor de la sala me pareció menos intenso, casi normal.

—Por cierto —dijo Mae—, acaba de telefonear Julia. Ha dicho que no está localizable, por algo relacionado con unas pruebas. Pero quería hablar contigo.

—Ajá.

Observé a Mae coger la bolsa con el pañuelo de papel y meterla en un bote. Enroscó la tapa con fuerza.

—Mae, si hay *E. coli* en el enjambre, podemos averiguarlo examinando eso ahora mismo. ¿No deberíamos hacerlo?

—Ahora no puedo. Lo haré en cuanto me sea posible. Tengo un pequeño problema con una de las unidades de fermentación y necesito los microscopios para eso.

—¿Qué clase de problema?

—Todavía no estoy segura. Pero en un depósito ha bajado el rendimiento. —Movió la cabeza en un gesto de negación—. Probablemente no es nada importante. Estas cosas pasan con frecuencia. El proceso de manufacturación es extraordinariamente delicado en todas su fases, Jack. Mantenerlo en funcionamiento es como hacer malabarismos con cien bolas a la vez. Estoy desbordada.

Asentí. Pero empezaba a pensar que en realidad no examinaba el pañuelo porque ya sabía que el enjambre contenía bacterias. Simplemente no creía que le correspondiese a ella informarme. Y si era así, no me lo diría nunca.

—Mae, alguien ha de contarme qué está pasando aquí. No Ricky. Quiero alguien que me lo cuente realmente.

—Bien —respondió—. Me parece una excelente idea.

Así fue como acabé frente a un terminal de trabajo en una de aquellas reducidas habitaciones. El ingeniero de proyecto, David Brooks, estaba sentado a mi lado. Mientras hablaba, se arreglaba continuamente la ropa: se alisaba la corbata, se estiraba los puños de la camisa, se reacomodaba el cuello, se tiraba de las rayas del pantalón desde los muslos. Luego cruzaba el tobillo de una pierna sobre la rodilla de la otra, se ajustaba el calcetín, cruzaba el otro tobillo. Se sacudía de los hombros un polvo imaginario. Y después volvía a comenzar de nuevo. Era todo inconsciente, por supuesto, y con mi dolor de cabeza podría haberlo encontrado irritante. Pero no presté atención a eso, porque el dolor empeoraba a cada nuevo dato que me daba David.

A diferencia de Ricky, David tenía una mente muy organizada, y me lo contó todo, empezando por el principio. Xymos tenía un contrato para crear un enjambre microrrobótico que actuara como cámara aérea. Las partículas se fabricaron con éxito y tenían un buen rendimiento en espacios cerrados. Pero cuando se las probaba en el exterior, con viento, carecían de movilidad. Una fuerte brisa disgregó el enjambre de prueba. De eso hacía seis semanas.

—¿Probasteis más enjambres después? —pregunté.

—Sí, muchos. Durante las cuatro semanas siguientes, más o menos.

—¿No funcionó ninguno?

—Exacto, ninguno.

—Así pues, ¿todos esos enjambres originales desaparecieron, se los llevó el viento?

—Sí.

—Eso significa que los enjambres fugitivos que ahora vemos no tienen nada que ver con los enjambres de prueba originales.

—Así es.

—Son el resultado de una contaminación...

David parpadeó.

—¿Contaminación? —repitió—. ¿A qué te refieres?

—A los veinticinco kilos de sustancias expulsados al medio ambiente por el respiradero de escape debido a que faltaba un filtro...

—¿Quién ha dicho que eran veinticinco kilos?

—Ricky.

—No, no Jack —corrigió David—. Despedimos material durante días, quinientos o seiscientos kilos de contaminantes: bacterias, moléculas, ensambladores.

Así que Ricky había estado quitándole importancia a la situación una vez más. Pero no entendía por qué se tomaba la molestia de mentir sobre aquello. Al fin y al cabo, era solo un error, y como Ricky había dicho, un error del contratista.

—Muy bien —dije—. ¿Y cuándo visteis el primero de estos enjambres?

—Hace dos semanas —contestó David, asintiendo y alisándose la corbata.

Explicó que al principio el enjambre estaba tan desorganizado que cuando apareció por primera vez, pensaron que se trataba de una nube de insectos del desierto, mosquitos o cualquier otra cosa.

—Se quedó durante un tiempo, yendo de un lado a otro alrededor del laboratorio, y luego se marchó. Pareció un suceso aleatorio.

Un enjambre volvió a aparecer un par de días más tarde, continuó David, y esta vez estaba mucho más organizado.

—Presentaba un claro comportamiento de enjambre, la clase de movimiento que tú has visto. Así que no quedaba duda de que eran nuestras partículas.

—¿Y qué ocurrió entonces?

—El enjambre se movió por el desierto cerca del edificio, como la otra vez. Iba y venía. Durante los días siguientes intentamos controlarlo por radio, pero fue imposible. Y al final, pasada un semana, nos encontramos con que no arrancaba ningún coche. —Guardó silencio por un instante—. Salí a echar un vistazo y descubrí que todos los ordenadores integrados estaban averiados. Hoy día todos los automóviles llevan incorporados microprocesadores. Lo controlan todo, desde la inyección del combustible hasta la radio y el cierre de las puertas.

—¿Y esos ordenadores no funcionaban?

—No. En realidad los chips del procesador en sí estaban intactos. Pero los chips de memoria se habían erosionado. Habían quedado reducidos a polvo literalmente.

Mierda, pensé, y dije:

—¿Descubriste por qué?

—Claro. No fue un gran misterio, Jack. La erosión llevaba el sello característico de los ensambladores gamma. Eso ya lo sabes, ¿no? Verás, participan en el proceso de manufacturación nueve ensambladores diferentes. Cada ensamblador tiene una función distinta. Los ensambladores gamma dividen el carbono en capas de silicato. De hecho, cortan a un nanonivel, separando porciones de sustrato carbónico.

—Así que esos ensambladores cortaron los chips de memoria de los coches.

—Exacto, exacto, pero... —David vaciló. Actuaba como si yo no hubiera entendido lo esencial. Se tiró de los puños de la camisa y se arregló el cuello con un dedo—. Debes tener en cuenta, Jack, que estos ensambladores trabajan a temperatura ambiente. El calor del desierto incluso mejora su rendimiento. A más calor, más eficientes.

Por un momento no comprendí de qué hablaba. ¿Qué diferencia representaba que estuvieran a temperatura ambiente o bajo el calor del desierto? ¿Qué tenía eso que ver con los chips de memoria de los coches? Y por fin, de pronto, caí en la cuenta.

—Dios santo —dije.

David asintió con la cabeza.

—Sí.

David estaba diciendo que se había expulsado al desierto una mezcla de componentes, y que estos componentes —diseñados para autoensamblarse en la estructura de fabricación— también se autoensamblarían en el mundo exterior. El ensamblaje podía realizarse de manera autónoma en el desierto. Y obviamente eso estaba ocurriendo.

Enumeré los puntos uno por uno para asegurarme de que había entendido bien.

—El ensamblaje básico comienza con las bacterias. Se las ha manipulado para que se alimenten de cualquier cosa, incluso de basura, así que pueden encontrar en el desierto algo de que vivir.

—Así es.

—Lo cual significa que las bacterias se multiplican y empiezan a producir moléculas que se autocombinan formando moléculas de mayor tamaño. En poco tiempo hay ensambladores, y estos inician la etapa final de trabajo y crean nuevos microagentes.

—Eso es, eso es.

—Lo cual significa que los enjambres están reproduciéndose.

—Sí. Así es.

—Y los agentes individuales tienen memoria.

—Sí. Una pequeña cantidad.

—Y no necesitan mucha, esa es la clave de la inteligencia distribuida. Es colectiva. Así que tienen inteligencia, y como tienen memoria, pueden aprender con la experiencia.

—Sí.

—Y el programa PREDPRESA les permite solucionar problemas, y a la vez genera elementos aleatorios suficientes para que innoven.

—Exacto. Sí.

Me palpitaba la cabeza. Preveía ya todas las posibles consecuencias, y no eran buenas.

—Así que, por lo que me cuentas, este enjambre se reproduce, se automantiene, aprende con la experiencia, posee inteligencia colectiva y puede innovar para resolver problemas.

—Sí.

—Es decir que, a efectos prácticos, está vivo.

—Sí. —David asintió con la cabeza—. Al menos se comporta como si estuviera vivo. Funcionalmente actúa como si estuviera vivo, Jack.

—Es muy mala noticia —comenté.

—A mí me lo vas a contar —dijo Brooks.

—Me gustaría saber por qué ese enjambre no ha sido destruido hace tiempo.

David calló. Simplemente se alisó la corbata, visiblemente incómodo.

—Porque, como ves —continué—, estás hablando de una epidemia mecánica. A eso nos enfrentamos. Es exactamente como una epidemia bacteriana o una epidemia viral, salvo que se trata de organismos mecánicos. ¡Demonios, estamos ante una epidemia artificial!

David movió la cabeza en un gesto de asentimiento.

—Sí.

—Y está evolucionando.

—Sí.

—Y no está limitada por los ritmos biológicos de la evolución. Probablemente evoluciona mucho más deprisa.

Movió la cabeza en un gesto de asentimiento y dijo:

—Evoluciona más deprisa, sí.

—¿Mucho más deprisa, David?

Dejó escapar un suspiro.

—Bastante más deprisa. Esta tarde cuando vuelva será distinto.

—¿Volverá?

—Siempre vuelve.

—¿Y por qué vuelve? —pregunté.

—Intenta entrar.

—¿Por qué?

David se agitó inquieto.

—Solo tenemos teorías, Jack.

—Expónmelas.

—Una posibilidad es que se trate de un comportamiento territorial. Como sabes, el código inicial de PREDPRESA incluye el concepto de radio de acción, un territorio en el que se mueven los depredadores. Dentro de ese radio de acción se define una especie de base, que para el enjambre quizá esté dentro del laboratorio.

—¿Eso crees?

—En realidad, no. —Titubeó—. De hecho, la mayoría de nosotros creemos que vuelve en busca de tu mujer, Jack. En busca de Julia.

DÍA 6

11.42

Así fue como, con un severo dolor de cabeza, acabé telefoneando al hospital de San José.

—Con Julia Forman, por favor. —Deletreé el nombre a la operadora.

—Está en cuidados intensivos —contestó ella.

—Sí, ya lo sé.

—Lo siento pero no se permiten las llamadas directas.

—Póngame, pues, con el puesto de enfermeras.

—Un momento, por favor.

Esperé. Nadie contestó. Volví a llamar, hablé otra vez con la operadora y por fin conseguí acceder al puesto de enfermeras de la unidad de cuidados intensivos. La enfermera me dijo que Julia estaba en rayos X y no sabía cuándo regresaría. Respondí que supuestamente Julia ya debería haber vuelto. La enfermera insistió, un tanto malhumorada, en que veía la cama de Julia y podía asegurarme que Julia no estaba allí.

Dije que volvería a llamar.

Apagué el teléfono y me volví hacia David.

—¿Qué participación tenía Julia en todo esto?

—Nos ayudaba, Jack.

—Estoy seguro. Pero ¿cómo exactamente?

—Al principio, intentaba atraerlo —explicó David—. Necesitábamos el enjambre cerca del edificio para controlarlo por radio, y Julia nos ayudaba a mantenerlo cerca.

—¿Cómo?

—Bueno, lo entretenía.

—¿Qué?

—Supongo que podría llamarse así. Enseguida resultó evidente que el enjambre tenía una inteligencia rudimentaria. A Julia se le ocurrió la idea de tratarlo como a un niño. Salía con bloques de colores, juguetes. La clase de cosas que gustarían a un niño. Y aparentemente el enjambre respondió. Julia se entusiasmó con aquello.

—¿No era peligroso acercarse al enjambre por entonces?

—No, en absoluto. Era solo una nube de partículas. —David hizo un gesto de indiferencia—. El caso es que pasado un día más o menos decidió ir más allá y examinarlo formalmente. Ya sabes, examinarlo como haría un psicólogo infantil.

—Enseñarle, quieres decir.

—No. Su idea era examinarlo.

—David, el enjambre tiene inteligencia distribuida. Es una red. Aprenderá a partir de todo aquello que uno haga. Examinarlo es enseñarle. ¿Qué hacía Julia exactamente con el enjambre?

—Una especie de juegos, ya sabes. Colocaba tres bloques de colores en el suelo, dos azules y uno amarillo, para ver si el enjambre elegía el amarillo. Luego probaba con cuadrados y triángulos. Cosas así.

—Pero, David, todos sabíais que era un enjambre incontrolado, que evolucionaba fuera del laboratorio. ¿A nadie se le ocurrió salir a destruirlo?

—Claro. Todos queríamos. Pero Julia no lo permitió.

—¿Por qué?

—Quería mantenerlo vivo.

—¿Y nadie se lo discutió?

—Es vicepresidenta de la compañía, Jack. Insistía en que el enjambre era un accidente afortunado, que por casualidad nos habíamos encontrado con algo muy importante, que quizá al final fuera la salvación de la compañía y, por tanto, no debíamos destruirlo. Estaba... No sé... Estaba realmente encariñada con el enjambre. Mejor dicho, estaba orgullosa de él. Como si fuera un invento suyo. Lo único que quería hacer era «ponerle las riendas». Esas eran sus palabras.

—Sí, ya, ¿y cuánto hace que dijo eso?

—Ayer, Jack. —David se encogió de hombros—. Ya sabes, se fue de aquí ayer por la tarde.

Necesité un instante para darme cuenta de que tenía razón. Había pasado solo un día desde que Julia estuvo allí, y luego tuvo el accidente. Y en ese tiempo los enjambres habían evolucionado considerablemente.

—¿Cuántos enjambres había ayer?

—Tres. Pero solo vimos dos. Uno estaba escondido, supongo. —Movió la cabeza en un gesto de incredulidad—. Sabes, uno de los enjambres se había convertido en una especie de mascota para ella. Era más pequeño que los otros. Esperaba a que Julia saliera, y siempre se quedaba a su lado. A veces cuando salía, el enjambre giraba alrededor de ella, como si se alegrara de verla. Además, ella le hablaba, como si fuera un perro o algo así.

Me apreté las sienes palpitantes.

—Le hablaba —repetí. Dios santo—. No me digas que los enjambres también tienen sensores auditivos.

—No. No tienen.

—Así que hablarles era una pérdida de tiempo.

—Esto... bueno, pensamos que la nube estaba lo bastante cerca como para que el aliento de Julia desviara algunas de las partículas. Con una pauta rítmica.

—¿La nube entera actuaba como un tímpano gigante, pues?

—En cierto modo, sí.

—Y como es una red, aprendió...

—Sí.

Suspiré.

—¿Vas a decirme que el enjambre también le hablaba?

—No, pero empezó a hacer ruidos extraños.

Asentí con la cabeza. Yo mismo había oído esos ruidos.

—¿Cómo los hace?

—No estamos seguros. Bobby cree que es la inversión de la desviación auditiva lo que le permite oír. Las partículas palpitan en un frente coordinado y generan una onda sonora, algo así como un altavoz.

Tenía que ser algo así, pensé. Aunque resultaba inverosímil. En esencia, el enjambre era una nube de polvo compuesta de diminutas partículas. Estas carecían de la masa y la energía necesarias para generar una onda sonora.

Me asaltó una sospecha.

—David —dije—, ¿estuvo Julia ayer ahí fuera con los enjambres?

—Sí, por la mañana. No hubo problema. Fue unas horas más tarde, después de marcharse ella, cuando mataron a la serpiente.

—¿Ya habían matado algo antes?

—Esto... posiblemente un coyote hace unos días, no estoy seguro.

—¿Así que quizá la serpiente no fue la primera víctima?

—Quizá no.

—Y hoy han matado a un tapetí.

—Sí. Ahora evoluciona deprisa.

—Gracias, Julia —dije.

Estaba convencido de que el comportamiento acelerado de los enjambres era el resultado de su anterior aprendizaje. Esa era una característica de los sistemas distribuidos, y de hecho una característica de la evolución, que podía considerarse una especie de aprendizaje si uno deseaba verlo desde ese punto de vista. En cualquier caso, significaba que los sistemas experimentaban un período inicial largo y lento, seguido de etapas cada vez más rápidas.

Esa misma aceleración se advertía en la evolución de la vida en la Tierra. La vida surgió hace cuatro mil millones de años en forma de organismos unicelulares. Nada cambió durante los siguientes dos mil millones de años. De pronto aparecieron núcleos en las células. Las cosas empezaron a cobrar velocidad. Solo unos cientos de millones de años después, los organismos pluricelulares. Unos centenares de años más tarde, la diversidad explosiva de la vida. Y más diversidad. Hace unos doscientos millones de años había grandes plantas y animales, criaturas complejas, dinosaurios. En todo esto, el hombre es un recién llegado: hace cuatro millones de años, simios erguidos. Hace dos millones de años, los primeros humanos. Hace treinta y cinco mil años, la pintura rupestre.

La aceleración era espectacular. Si se comprimiera la historia de la vida en la Tierra en veinticuatro horas, los organismos pluricelulares aparecerían en las últimas doce horas, los dinosaurios en la última hora, los primeros hombres en los últimos cuarenta segundos, y los hombres modernos hace menos de un segundo.

Se habían requerido dos mil millones de años para que las células primitivas incorporaran un núcleo, el primer paso hacia la complejidad. Pero habían bastado doscientos millones de años, —una décima parte de ese tiempo— para la evolución de los animales pluricelulares. Y habían bastado cuatro millones de años para pasar de los simios de cerebro pequeño con toscas herramientas de hueso al hombre moderno y la ingeniería genética. A ese ritmo se había incrementado la velocidad.

Esa misma pauta se advertía en el comportamiento de los sistemas basados en agentes. Los agentes tardaban mucho tiempo en «asentar las bases» y llevar a cabo sus primeros avances, pero una vez completada esa etapa, los progresos posteriores podían ser rápidos. No era posible saltarse esa fase inicial, del mismo modo que no era posible para un ser humano saltarse la infancia. El trabajo preliminar era imprescindible.

Pero al mismo tiempo no había manera de evitar la posterior aceleración. Estaba implantada en el sistema, por así decirlo.

El adiestramiento mejoraba la progresión, y yo estaba convencido de que el adiestramiento de Julia había sido un factor importante en el actual comportamiento del enjambre. Por el mero hecho de interactuar con él había introducido una presión de selección en un organismo con un comportamiento emergente imprevisible. Había sido una estupidez.

Así pues, el enjambre —con un desarrollo ya rápido—, se desarrollaría más deprisa en el futuro. Y puesto que era un organismo artificial, la evolución no se producía a una escala de tiempo biológica. Por el contrario, tenía lugar en cuestión de horas.

La destrucción de los enjambres sería más difícil a cada hora que pasase.

—Muy bien —dije a David—. Si los enjambres van a volver, vale más que nos preparemos.

Con una mueca a causa del dolor de cabeza, me puse en pie y me dirigí hacia la puerta.

—¿Qué tienes en mente? —preguntó David.

—¿Tú qué crees? Tenemos que eliminar a esos enjambres. Tenemos que barrerlos de la faz de la tierra. Y tenemos que hacerlo ya.

David se revolvió en su silla.

—Yo no tengo inconveniente —dijo—. Pero dudo que a Ricky le guste.

—¿Por qué?

David se encogió de hombros.

—Simplemente creo que no va a gustarle.

Esperé en silencio.

David se movía nervioso, cada vez más incómodo.

—La cuestión es que él y Julia están... esto... de acuerdo.

—Están de acuerdo.

—Sí, se entienden muy bien. Respecto a esto, quiero decir.

—¿Qué intentas decirme, David?

—Nada. Lo que he dicho. Coinciden en que los enjambres deben mantenerse vivos. Creo que Ricky va a oponerse, eso es todo.

Tenía que hablar otra vez con Mae. La encontré en el laboratorio de biología, encorvada ante un monitor, observando las imágenes de un cultivo bacteriano blanco sobre un medio rojo oscuro.

—Óyeme, Mae, he hablado con David y necesito... mmm, ¿Mae? ¿Hay algún problema?

Tenía la mirada fija en la pantalla.

—Creo que sí —contestó—. Un problema con el material de alimentación.

—¿Qué clase de problema?

—Las últimas colonias de Theta-d no crecen debidamente. —Señaló una imagen en el ángulo superior de la pantalla que mostraba unas bacterias creciendo en uniformes círculos blancos—. Eso es un crecimiento coliforme normal. Ese debe ser en principio su aspecto. Pero aquí... —Colocó otra imagen en el centro de pantalla. Las formas redondas parecían apolilladas, irregulares y mal constituidas—. Esto no es un cultivo normal —añadió, negando con la cabeza—. Me temo que es fagocontaminación.

—¿Te refieres a un virus? —pregunté. Un fago era un virus que atacaba a las bacterias.

—Sí —contestó—. Las *E. coli* son susceptibles a un gran número de fagos. Naturalmente el fago T4 es el más común, pero la Theta-d se manipuló genéticamente para hacerla resistente al T4. Así que sospecho que esto se debe a un nuevo fago.

—¿Un nuevo fago? ¿Te refieres a uno recién desarrollado?

—Sí. Probablemente una mutación de una cepa existente que de algún modo elude la resistencia manipulada genéticamente. Pero no augura nada bueno para el proceso de manufacturación. Si tenemos colonias bacterianas infectadas, habrá que interrumpir la producción. De lo contrario, simplemente estaremos propagando virus.

—Para serte sincero —dije—, opino que interrumpir la producción sería buena idea.

—Probablemente me veré obligada a hacerlo. Intentaré aislar el virus, pero parece agresivo. Quizá no sea capaz de deshacerme de él sin limpiar a fondo el hervidor, sin empezar de cero con un cultivo nuevo. A Ricky no va gustarle.

—¿Le has hablado de esto?

—Todavía no. —Negó con la cabeza—. Dudo que necesite más malas noticias en estos momentos. Y además... —Se interrumpió, como se hubiera pensado mejor lo que iba a decir.

—Además ¿qué?

—Ricky tiene mucho interés en el éxito de la compañía. —Se volvió hacia mí—. Bobby lo oyó hablar por teléfono el otro día de sus opciones de compra de acciones. Parecía preocupado. Por lo visto, Ricky ve a Xymos como su última gran oportunidad. Lleva aquí cinco años. Si esto no sale bien, será demasiado mayor para empezar en una nueva empresa. Tiene mujer y un hijo; no puede arriesgarse a perder otros cinco años esperando a ver si la siguiente empresa despunta. Así que realmente ha puesto todo su empeño en que esto dé resultado. Se pasa la noche en vela, trabajando, pensando. No duerme más de tres o cuatro horas. La verdad, me preocupa que esto afecte su buen criterio.

—Me lo imagino —comenté—. La presión debe de ser espantosa.

—Está tan falto de sueño que tiene un comportamiento imprevisible —explicó Mae—. Nunca sé qué va hacer ni cómo va a reaccionar. A veces tengo la impresión de que no quiere deshacerse de los enjambres. O quizá está asustado.

—Quizá —convine.

—En todo caso su comportamiento es imprevisible. Así que yo en tu lugar me andaría con cuidado cuando persigas a los enjambres. Porque eso vas a hacer, ¿no? ¿Perseguirlos?

—Sí —respondí—. Eso voy a hacer.

DÍA 6

13.12

Estaban todos en la sala de recreo, con los videojuegos y las máquinas del millón. En este momento nadie jugaba. Todos me observaban con expresión inquieta mientras les explicaba qué debíamos hacer. El plan era bastante sencillo: el propio enjambre nos dictaba cómo había que actuar, pero me abstuve de mencionar esa molesta verdad.

En esencia les dije que tenían un enjambre fuera de control. Y el enjambre presentaba un comportamiento autoorganizativo.

—Siempre que se da un alto componente autoorganizativo, el enjambre puede reensamblarse después de un daño o una perturbación. Como ha hecho conmigo. Así que este enjambre ha de destruirse físicamente de manera definitiva. Para eso hay que someter las partículas a calor, frío, ácido o potentes campos magnéticos. Y por lo que he visto de su comportamiento, diría que tenemos más probabilidades de destruirlo por la noche, cuando el enjambre pierde energía y cae a tierra.

—Pero, Jack —gimoteó Ricky—, ya te hemos dicho que por la noche no lo encontramos...

—Así es, no podéis —lo interrumpí—. Porque no lo marcáis. Oídme, el desierto es muy grande. Si queréis seguirle el rastro hasta su escondite, tenéis que marcarlo con algo lo bastante potente.

—Marcarlo ¿cómo?

—Esa es mi próxima pregunta —dije—. ¿Qué clase de agentes de marcado tenemos aquí? —Me miraron con cara de incomprensión—. Vamos, chicos, esto es un complejo industrial. Debéis de tener algo para recubrir las partículas que deje una pista que podamos seguir. Me refiero a una sustancia con una intensa fluorescencia, o una feromona con una señal química característica, o algo radiactivo... ¿No?

Más caras de incomprensión. Gestos de negación.

—Bueno —dijo Mae—, tenemos radioisótopos, claro.

—Bien, perfecto. —Ya estábamos llegando a alguna parte.

—Los utilizamos para detectar fugas en el sistema. El helicóptero los trae una vez por semana.

—¿Qué isótopos tenemos?

—Selenio-72 y renio-186. A veces también xenón-133. No estoy muy segura de qué hay ahora.

—¿De qué vida media hablamos? —pregunté. Ciertos isótopos perdían radiactividad muy pronto, en cuestión de horas o minutos. En tal caso, no me serían útiles.

—Alrededor de una semana por término medio —contestó Mae—. La del selenio es de ocho días; la del renio, cuatro. El xenón-133 tiene una vida media de cinco días, cinco y cuarto para ser exactos.

—Muy bien. Cualquiera de ellos nos servirá. Una vez marcado el enjambre, nos basta con que la radiactividad dure una noche.

—Normalmente ponemos los isótopos en FDG. Es una base líquida de glucosa. Podría atomizarse.

—Eso sería perfecto —dije—. ¿Dónde están ahora los isótopos?

Mae esbozó una sombría sonrisa.

—En la unidad de almacenamiento —contestó.

—¿Dónde está eso?

—Fuera. Junto a los coches.

—De acuerdo. Vamos a buscarlos.

—¡Por Dios! —exclamó Ricky, levantando las manos—. ¿Te has vuelto loco? Has estado a punto de morir esta mañana, Jack. No puedes salir otra vez.

—No hay otra opción —respondí.

—Claro que la hay. Espera hasta la noche.

—No —insistí—, porque entonces no podremos rociarlos hasta mañana, y no podremos seguirles el rastro y destruirlos hasta mañana por la noche. Eso equivale a una espera de treinta y seis horas, y se trata de un organismo que evoluciona deprisa. No podemos correr el riesgo.

—¿El riesgo? Jack, si sales ahora, no sobrevivirás. Es un disparate incluso planteárselo.

Charley Davenport había estado atento al monitor. En ese instante volvió junto al grupo.

—No, Jack no está loco. —Me sonrió—. Y yo voy con él. —Charley empezó a tararear *Born to Be Wild*.

—Yo también voy —dijo Mae—. Sé dónde están los isótopos.

—No es necesario, Mae —contesté—. Puedes decirme...

—No. Iré.

—Habrá que improvisar un atomizador de algún tipo. —David se remangaba cuidadosamente—. Controlado a distancia, es de suponer. Esa es la especialidad de Rosie.

—De acuerdo, yo también voy —dijo Rosie Castro, mirando a David.

—¿Vais a salir todos? —Ricky nos miró uno por uno, moviendo la cabeza en un gesto de incomprensión—. Es muy arriesgado. *Muy* arriesgado.

Nadie habló. Nos limitamos a mirarle fijamente.

—Charley, ¿quieres callarte, joder? —dijo Ricky por fin. Se volvió hacia mí—. Creo que no puedo permitirlo, Jack.

—Y yo creo que no tienes elección —repuse.

—Aquí mando yo.

—Ya no —dije. Sentí un súbito enojo.

De buena gana le habría dicho que lo había echado todo a perder permitiendo que un enjambre evolucionara en el medio ambiente. Pero no sabía cuántas decisiones críticas había tomado Julia. En último extremo, Ricky tenía una actitud obsequiosa con la dirección e intentaba complacerlos como un niño a sus padres. Para ello, empleaba todo su encanto; era así como se había abierto paso en la vida. Ese era también su mayor punto débil.

Ricky echó al frente el mentón en actitud obstinada.

—Sencillamente no puedes, Jack —insistió—. No podéis salir allí y sobrevivir.

—Claro que podemos, Ricky —dijo Charley Davenport. Señaló el monitor—. Míralo tú mismo.

El monitor mostraba el desierto. El sol del mediodía brillaba sobre los achaparrados cactus. A lo lejos, un enebro enano, su oscura silueta recortándose contra el sol. Por un momento no entendí a qué se refería Charley. Entonces me fijé en la arena que flotaba a baja altura sobre la tierra. Y vi que el enebro estaba inclinado.

—Así es, chicos —dijo Charley Davenport—. El viento sopla con fuerza. Cuando el viento sopla, no hay enjambres, ¿recordáis? Tienen que adherirse al suelo. —Se encaminó hacia el pasillo que llevaba al grupo electrógeno—. No hay tiempo que perder. Vamos allá.

Todos salieron. Yo fui el último en salir. Ricky me cortó el paso colocándose ante la puerta y me llevó aparte.

—Lo siento, Jack, no quería violentarte delante de los demás. Pero no puedo permitírtelo.

—¿Preferirías que lo hiciera otro? —pregunté.

Frunció el entrecejo.

—¿Qué quieres decir?

—Ricky, vale más que afrontes los hechos. Esto es ya un desastre, y si no lo controlamos de inmediato, tendremos que pedir ayuda.

—¿Ayuda? ¿A qué te refieres?

—Me refiero al Pentágono. Al ejército. Tenemos que avisar a alguien para que controle a estos enjambres.

—Por Dios, Jack, no podemos hacer una cosa así.

—No tenemos alternativa.

—Pero eso acabaría con la compañía. Nunca más encontraríamos financiación.

—Eso me traería sin cuidado —contesté. Me molestaba lo que había ocurrido en el desierto, una sucesión de torpes decisiones, errores y meteduras de pata durante semanas y meses. Daba la impresión de que en Xymos todos adoptaran soluciones a corto plazo, parches y remiendos, rápidos y sucios. Nadie tomaba en consideración las consecuencias a largo plazo—. Oye, tienes un enjambre fuera de control aparentemente letal. No puedes seguir tonteando con esto.

—Pero Julia...

—Julia no está aquí.

—Pero dijo...

—Me da igual lo que dijo, Ricky.

—Pero la compañía...

—Olvídate de la compañía. —Lo agarré por los hombros y lo sacudí con fuerza—. Ricky, ¿no lo entiendes? Tú no vas a salir. Esto te da miedo, Ricky. Tenemos que matarlo. Y si no podemos matarlo, tenemos que pedir ayuda.

—No.

—Sí, Ricky.

—Ya lo veremos —gruñó. Se tensó y le brillaron los ojos. Me cogió por el cuello de la camisa. Yo permanecí inmóvil, mirándole fijamente. Ricky me devolvió la mirada por un momento y luego me soltó. Me dio una palmada en el hombro y me arregló el cuello de la camisa—. Demonios, Jack, ¿qué estoy haciendo? —Me dirigió una de sus sonrisas de surfista, como desaprobando su propio comportamiento—. Lo siento. Creo que la presión me está afectando. Tienes razón. Toda la razón. Olvidémonos de la compañía. Tenemos que hacer esto. Tenemos que destruir esos enjambres de inmediato.

—Sí —dije, mirándolo aún a los ojos—. Tenemos que hacerlo.

Guardó silencio. Retiró la mano del cuello de mi camisa.

—Piensas que me comporto de manera extraña, ¿verdad? También Mary lo piensa. El otro día me lo dijo. ¿Me comporto de una manera extraña?

—Bueno...

—Puedes decírmelo.

—Quizá se te ve un poco nervioso... ¿Duermes?

—No mucho. Un par de horas.

—Quizá deberías tomar alguna pastilla.

—Ya lo he hecho. No me sirve de nada. Es esta maldita presión. Llevo aquí una semana. Este sitio lo saca uno de quicio.

—Lo imagino.

—Sí. Bueno, es igual. —Desvió la mirada, como si de pronto se sintiera avergonzado—. Oye, me quedaré junto a la radio. Estaré con vosotros en todo momento. Te estoy muy agradecido, Jack. Nos has traído cordura y orden. Pero... Pero ándate con cuidado ahí fuera, ¿de acuerdo?

—Así lo haré.

Ricky me franqueó el paso.

Salí por la puerta.

Recorriendo el pasillo en dirección al grupo electrógeno, con el zumbido de los acondicionadores de aire a plena potencia, Mae aminoró el paso y se colocó junto a mí.

—No es necesario que salgas, Mae, de verdad —dije—. Podrías explicarme por la radio cómo manipular los isótopos.

—No son los isótopos lo que me preocupa —respondió en un susurro para que el zumbido ahogara su voz—. Es el tapetí.

No estaba seguro de haberla entendido bien.

—¿El qué?

—El tapetí. Necesito examinarlo otra vez.

—¿Por qué?

—¿Recuerdas la muestra de tejido que extraje del estómago? Le he echado un vistazo por el microscopio hace unos minutos.

—¿Y?

—Me temo que tenemos un grave problema, Jack.

DÍA 6

14.52

Fui el primero en salir por la puerta, entornando los ojos ante el resplandor del desierto. Pese a que eran casi las tres el sol parecía brillar y calentar con la misma intensidad de siempre. Un viento tórrido me agitó el pantalón y la camisa. Me acerqué el micrófono de los auriculares a los labios y dije:

—Bobby, ¿me recibes?

—Te recibo, Jack.

—¿Tienes imagen?

—Sí, Jack.

Charley Davenport salió y se echó a reír.

—¿Sabes, Ricky? —dijo—. Eres un auténtico imbécil.

Por el auricular oí contestar a Ricky:

—Ahórratelo. Sabes que no me gustan los cumplidos. Sigue con lo tuyo.

Mae fue la siguiente en salir. Llevaba una mochila colgada al hombro.

—Para los isótopos —me aclaró.

—¿Pesan mucho?

—Los recipientes sí.

A continuación salió David Brooks, seguido inmediatamente de Rosie. Ella hizo una mueca en cuanto puso los pies en la arena.

—¡Dios mío, qué calor! —comentó.

—Sí —dijo Charley—, creo que es normal en los desiertos.

—Déjate de tonterías, Charley.

—Yo no te diría tonterías a ti, Rosie. —Eructó.

Recorrí el horizonte con la mirada, pero no vi nada. Los coches estaban aparcados a unos cincuenta metros bajo un cobertizo. Contiguo a este, había un edificio blanco y cuadrado de hormigón con estrechas ventanas. Era la unidad de almacenamiento. Nos dirigimos hacia allí.

—¿Hay aire acondicionado allí?

—Sí —respondió Mae—. Aun así, dentro hace calor. Está mal aislado.

—¿Está cerrado herméticamente? —pregunté.

—En realidad, no.

—Eso significa que no —aclaró Davenport, y se echó a reír. Habló por el auricular—. Bobby, ¿qué viento tenemos?

—Diecisiete nudos —informó Bobby Lembeck.

—¿Hasta cuándo tendremos viento? ¿Hasta la puesta de sol?

—Probablemente sí. Otras tres horas.

—Tiempo de sobra —dije.

Noté que David Brooks permanecía callado. Se limitaba a avanzar pesadamente hacia el edificio. Rosie lo seguía de cerca.

—Pero nunca se sabe —comentó Davenport—. Podríamos acabar todos asados. En cualquier momento. —Volvió a lanzar una de sus irritantes carcajadas.

—Charley —dijo Ricky—, ¿por qué no te callas de una puñetera vez?

—¿Por qué no sales y me haces callar tú, valiente? —contestó Charley—. ¿Qué te pasa? ¿Tienes mierda de gallina en las venas?

—No nos distraigamos, Charley —dije.

—Eh, yo estoy muy atento. Muy atento.

El viento levantaba la arena, creando una neblina parduzca casi a ras de tierra. Mae caminaba a mi lado. Miró hacia el desierto y de pronto dijo:

—Quiero echar un vistazo al tapetí. Seguid adelante si queréis.

Se desvió a la derecha, en dirección al cuerpo del animal. La acompañé. Y los otros giraron en grupo y nos siguieron. Por lo visto, todos deseábamos permanecer juntos. El viento aún soplaba con fuerza.

—¿Para qué quieres verlo, Mae? —preguntó Charley.

—He de comprobar una cosa —respondió ella, poniéndose unos guantes mientras avanzaba.

El auricular crepitó.

—¿Haría alguien el favor de decirme qué demonios está pasando? —preguntó Ricky.

—Vamos a ver el tapetí —explicó Charley.

—¿Para qué?

—Mae quiere verlo.

—Ya lo ha visto antes. Chicos, ahí fuera corréis un alto riesgo. Yo no andaría paseándome de aquí para allá.

—Nadie está paseándose, Ricky.

Veía ya el tapetí a lo lejos, parcialmente oculto por la arena que el viento arrastraba. Momentos después estábamos todos junto al cuerpo. El viento lo había vuelto de costado. Mae se agachó, lo colocó boca arriba y lo abrió.

—¡Caramba! —exclamó Rosie.

Me sorprendió ver que la carne expuesta no presentaba ya una textura lisa y un color rosado. Ahora aparecía áspera por todas partes y en algunos puntos daba la impresión de que hubiera sido raspada. Y la recubría una capa de un color blanco lechoso.

—Parece que haya estado sumergido en ácido —dijo Charley.

—Sí, eso parece —convino Mae con tono sombrío.

Consulté mi reloj. Todo aquello había ocurrido en dos horas.

—¿Qué le ha pasado?

Mae había sacado la lupa y estaba inclinada sobre el animal. Miró aquí y allá, desplazando la lupa con rapidez. Al final dijo:

—Está parcialmente devorado.

—¿Devorado? ¿Por qué?

—Bacterias.

—Un momento —dijo Charley Davenport—. ¿Crees que esto lo ha causado Theta-d? ¿Crees que la *E. coli* lo está devorando?

—Pronto lo sabremos —contestó. Metió la mano en una bolsa y sacó varios tubos de cristal con torundas estériles.

—Pero lleva muy poco tiempo muerto.

—Tiempo suficiente —respondió Mae—. Y las altas temperaturas aceleran el crecimiento. —Raspó los tejidos del animal con una torunda tras otra, volviendo a colocar cada una de ellas en el tubo correspondiente.

—Entonces la Theta-d debe de estar multiplicándose muy agresivamente.

—Las bacterias actúan así si disponen de una buena fuente de nutrientes. Entran en una fase de crecimiento logarítmico en la que se duplican cada dos o tres minutos. Creo que eso está pasando aquí.

—Pero si eso es verdad —dije—, significa que el enjambre...

—No sé qué significa, Jack —se apresuró a decir Mae. Me miró e hizo un leve gesto de negación con la cabeza. El sentido era claro: «Ahora no».

Pero los otros no se dejaron disuadir.

—Mae, Mae, Mae —dijo Charley Davenport—. ¿Estás diciéndonos que los enjambres mataron al tapetí para comérselo? ¿Para desarrollar más *E. coli*? ¿Y crear más nanoenjambres?

—Yo no he dicho eso, Charley —contestó ella con voz serena, casi tranquilizadora.

—Pero eso es lo que piensas —prosiguió Charley—. Piensas que los enjambres consumen tejidos de mamíferos para reproducirse.

—Sí, eso es lo que pienso, Charley. —Mae guardó cuidadosamente las torundas y se puso en pie—. Pero ahora he tomado cultivos. Los pondremos en luria y agerosa, y ya veremos.

—Me juego algo a que si volvemos dentro de una hora, esa sustancia blanca habrá desaparecido, y veremos formarse algo negro por todo el cuerpo. Nuevas nanopartículas negras. Y al final habrá suficientes para un nuevo enjambre.

Mae asintió con la cabeza.

—Sí, eso creo yo también.

—¿Y por eso han desaparecido los animales en esta zona? —preguntó David Brooks.

—Sí. —Mae se apartó un mechón de pelo de la cara con la mano—. Esto viene ocurriendo desde hace un tiempo.

Se produjo un momento de silencio. Todos permanecimos inmóviles en torno al cuerpo del tapetí, de espaldas al viento. El animal se consumía tan deprisa que casi imaginé verlo ante mis ojos, en tiempo real.

—Vale más que nos libremos de los jodidos enjambres —dijo Charley.

Nos volvimos y nos encaminamos hacia el cobertizo.

Nadie habló.

No había nada que decir.

Mientras avanzábamos, algunos de los pequeños pájaros que brincaban por la arena bajo los nopales alzaron de pronto el vuelo, gorjeando y revoloteando ante nosotros.

—¿Así que no hay aquí ningún animal excepto los pájaros? —dije a Mae.

—Eso parece.

La bandada viró y regresó, posándose en tierra a unos cien metros de distancia.

—Quizá son demasiado pequeños para atraer a los enjambres —aventuró Mae—. En sus cuerpos no hay carne suficiente.

—Puede ser.

Estaba pensando que quizá hubiera otra respuesta. Pero para asegurarme debía verificar el código.

Ya bajo la sombra de las planchas onduladas del cobertizo, pasé junto a la hilera de coches en dirección a la puerta de la unidad de almacenamiento. La puerta estaba cubierta de símbolos de advertencia: radiación nuclear, peligro biológico, microondas, explosivos, radiación láser.

—Ya ves por qué tenemos esta mierda aquí fuera —dijo Charley.

Cuando llegaba a la puerta, Vince anunció:

—Jack, tienes una llamada. Te la paso.

Sonó mi teléfono móvil. Probablemente era Julia. Lo abrí.

—¿Sí?

—Papá. —Era Eric. Con el tono enfático que empleaba cuando estaba nervioso.

Suspiré.

—Sí, Eric.

—¿Cuándo vuelves?

—No estoy seguro.

—¿Llegarás a la hora de cenar?

—Me parece que no. ¿Por qué? ¿Hay algún problema?

—Es una gilipollas.

—Eric, solo dime qué problema...

—La tía Ellen se pone siempre de su lado. No es justo.

—Ahora estoy ocupado, Eric, así que dime...

—¿Por qué? ¿Qué estás haciendo?

—Hijo, dime qué pasa.

—No importa —contestó, malhumorado—. Si no vas a venir, de igual. ¿Dónde estás? ¿En el desierto?

—Sí. ¿Cómo lo sabes?

—He hablado con mamá. La tía Ellen nos ha hecho ir al hospital para verla. No es justo. Yo no quería ir. Me ha obligado de todos modos.

—Ya. ¿Cómo está mamá?

—Va a salir del hospital.

—¿Ya le han hecho todas las pruebas?

—Los médicos querían que se quedara —continuó Eric—. Pero ella quiere marcharse. Solo tiene un brazo escayolado. Dice que no le pasa nada más. ¿Papá? ¿Por qué tengo que hacer siempre lo que dice la tía Ellen? No es justo.

—Déjame hablar con Ellen.

—No está. Ha llevado a Nicole a comprar un vestido nuevo para la obra de teatro.

—¿Quién está contigo en casa?

—María.

—Muy bien —dije—. ¿Has hecho los deberes?

—Todavía no.

—Pues hazlos. Los quiero acabados antes de la cena. —Resultaba asombroso cómo brotaban estas frases de la boca de un padre.

Había llegado ya a la puerta de la unidad de almacenamiento. Observé todos los carteles de peligro. Había varios que no conocía, como un rombo con cuatro cuadrados de distintos colores dentro, cada uno con un número. Mae sacó una llave y abrió la puerta. Entramos.

—¿Papá? —Eric se echó a llorar—. ¿Cuándo vendrás a casa?

—No lo sé —contesté—. Con un poco de suerte mañana.

—Está bien. ¿Me lo prometes?

—Prometido.

Oí sus sollozos y luego un roce de tela contra el teléfono cuando se limpió la nariz con la camisa. Le dije que me llamara más tarde si quería. Ya más tranquilo, dijo que sí y se despidió.

Corté y entré en el edificio de almacenamiento.

El interior se dividía en dos grandes salas con estantes en las cuatro paredes y también en el centro. Paredes de hormigón, suelo de hormigón. En la segunda sala había otra puerta y una persiana de metal ondulado para la descarga de los camiones. Un sol caliente penetraba por las ventanas con marco de madera. El aire acondicionado resonaba ruidosamente pero, como Mae había dicho, dentro hacía calor. Cerré la puerta y eché un vistazo al aislante. Eran simples tiras adhesiva. Desde luego no era un espacio herméticamente cerrado.

Me paseé a lo largo de los estantes, llenos de bandejas con piezas de repuesto para la maquinaria de fabricación y los laboratorios. La segunda sala contenía objetos más corrientes: productos de limpieza, papel higiénico, pastillas de jabón, cajas de cereales y un par de frigoríficos repletos de comida.

Me volví hacia Mae.

—¿Dónde están los isótopos?

—Por aquí.

Rodeando una estantería, me guió hasta una trampilla en el suelo de hormigón. Tenía alrededor de un metro de diámetro. Parecía un contenedor de basura enterrado, excepto por el indicador luminoso y el panel numérico de la cerradura situado en el centro. Mae apoyó una rodilla en tierra y pulsó rápidamente una clave.

La trampilla se levantó con un siseo.

Vi una escalerilla que bajaba a una cámara circular de acero. Los isótopos estaban en recipientes metálicos de distintos tamaños. Al parecer, Mae los distinguía a simple vista, porque dijo:

—Tenemos selenio-172. ¿Lo utilizamos?

—Sí.

Mae empezó a descender por la escalerilla.

—¿Puedes parar de una vez, joder?

En una esquina de la sala David Brooks se apartó de un salto de Charley Davenport. Charley sostenía un enorme atomizador

223

de limpiador Windex. Estaba probando el mecanismo disparador y de paso rociando de agua a David. No parecía un accidente.

—Dame esa mierda —dijo David, arrebatándole el atomizador.

—Creo que servirá —comentó Charley con poca convicción—. Pero necesitaríamos algún mecanismo para controlarlo a distancia.

Desde la primera sala, Rosie preguntó:

—¿Serviría esto? —Levantó un cilindro brillante del que pendían unos cables—. ¿No es un relé selenoide?

—Sí —contestó David—. Pero dudo que pueda ejercer fuerza suficiente para activar el disparador. ¿Tiene información de las características? Necesitamos algo más grande.

—Y no olvides que también hace falta un mando a distancia —dijo Charley—. A menos que quieras quedarte ahí fuera y rociar tú mismo al jodido enjambre.

Mae subió de la cámara con un pesado tubo de metal. Se acercó al fregadero y cogió una botella de un líquido de color paja. Se puso unos gruesos guantes revestidos de goma y empezó a mezclar el isótopo con el líquido. Sobre el fregadero se oía el tableteo de un medidor de radiación.

Por los auriculares, Ricky dijo:

—¿No os olvidáis de una cosa? Aunque consigáis controlarlo a distancia, ¿cómo vais a hacer que la nube se acerque? Porque dudo que el enjambre vaya y se quede quieto mientras lo rociáis.

—Buscaremos algo que lo atraiga —contesté.

—¿Como qué?

—Lo ha atraído el tapetí.

—No tenemos ningún tapetí.

—¿Sabes, Ricky? —dijo Charley—. Eres una persona muy negativa.

—Simplemente os planteo la situación real.

—Gracias por compartirla —respondió Charley.

Al igual que Mae, también Charley se había dado cuenta: Ricky había puesto inconvenientes en todo momento. Daba la impresión de que quisiera mantener vivos los enjambres. Lo cual carecía de sentido. Pero así actuaba.

Le habría dicho algo a Charley sobre Ricky, pero lo habría

oído todo el mundo por los auriculares. El lado negativo de las comunicaciones modernas: cualquiera puede escuchar.

—¿Eh, chicos? —Era Bobby Lembeck—. ¿Cómo va?

—Ya casi hemos acabado. ¿Por qué?

—El viento afloja.

—¿Qué velocidad tenemos? —pregunté.

—Quince nudos. Ha bajado desde dieciocho.

—Aún es un viento fuerte —comenté—. No hay peligro.

—Lo sé. Solo os aviso.

Desde la sala contigua, Rosie preguntó:

—¿Qué es la termita? —Tenía en la mano una bandeja de plástico llena de tubos metálicos del tamaño de un pulgar.

—Cuidado con eso —dijo David—. Debió de quedarse aquí tras la construcción. Supongo que hicieron soldadura con termita.

—Pero ¿qué es?

—La termita es aluminio y óxido de hierro —explicó David—. Arde a gran temperatura, a unos mil seiscientos grados, y brilla con tal intensidad que no puede mirarse directamente. Funde el acero para soldadura.

—¿Cuánto tenemos de eso? —pregunté a Rosie—. Porque podríamos utilizarlo esta noche.

—Allí atrás hay cuatro cajas. —Sacó un tubo de la caja—. ¿Y cómo se activa?

—Cuidado, Rosie. Eso es una envoltura de magnesio. Cualquier fuente razonable de calor lo hará entrar en combustión.

—¿Incluso unas cerillas?

—Sí, si quieres perder la mano. Es mejor utilizar bengalas de carretera, algo con una mecha.

—Ya veré —dijo Rosie, y desapareció en la otra sala.

El medidor seguía sonando. Me volví hacia el fregadero. Mae había tapado el tubo de isótopo y en ese momento vertía el líquido de color paja en una botella de Windex.

—Eh, chicos. —Era Bobby Lembeck otra vez—. Registro cierta inestabilidad. El viento fluctúa a doce nudos.

—Muy bien —dije—. No necesitamos enterarnos de todos los cambios menores, Bobby.

—Capto cierta inestabilidad, eso es todo.

—Creo que por el momento no corremos peligro, Bobby.

En cualquier caso, a Mae le quedaban aún unos minutos. Me acerqué a un terminal y lo conecté. La pantalla resplandeció; había un menú de opciones. Alzando la voz dije:

—Ricky, ¿puedo ver el código del enjambre por este monitor?

—¿El código? —repitió Ricky. Parecía alarmado—. ¿Para qué quieres el código?

—Quiero ver lo que habéis hecho.

—¿Por qué?

—Por Dios, Ricky, ¿puedo verlo o no?

—Por supuesto, claro que puedes. Todas las revisiones del código están en el directorio barra código. Se accede con contraseña.

Empecé a teclear. Encontré el directorio. Pero no me permitió entrar.

—¿Y la contraseña es?

—Es l-a-n-g-t-o-n, todo en minúsculas.

—De acuerdo.

Introduje la contraseña. Estaba ya en el directorio. Vi una lista de modificaciones al programa, cada una con el tamaño del archivo y la fecha. Los tamaños de los documentos eran considerables, lo cual significaba que se trataba de programas para otros aspectos del mecanismo del enjambre, ya que el código para las propias partículas tenía que ser pequeño, solo unas líneas, ocho o diez kilobytes a lo sumo.

—Ricky.

—Sí, Jack.

—¿Dónde está el código de las partículas?

—¿No está ahí?

—Maldita sea, Ricky. Déjate de estupideces.

—Eh, Jack, yo no soy el responsable de la clasificación de archivos.

—Ricky, no son archivos corrientes; son archivos de trabajo. Dime dónde están.

Un breve silencio.

—Debería haber un subdirectorio barra C-D-N. Está guardado ahí.

Avancé página.

—Ya lo veo.

Dentro del directorio encontré una lista de archivos, todos

muy pequeños. Las fechas de modificación empezaban unas seis semanas atrás. No había nada nuevo en las últimas dos semanas.

—Ricky, ¿no habéis cambiado el código en dos semanas?

—No, más o menos en dos semanas.

Seleccioné el documento más reciente.

—¿Tenéis sumarios de nivel superior?

Cuando trabajaban para mí, siempre había insistido en que escribieran sumarios en lenguaje natural de la estructura del programa. Se revisaban más deprisa que la documentación incluida en el propio código. Y a menudo resolvían problemas lógicos cuando tenían que escribirlo brevemente.

—Debería estar ahí —dijo Ricky.

En la pantalla vi:

```
/*Inicializar*/
For J = 1 to L x V do
Sj = 0/*demanda inicial en 0*/
End For
For i = I to z do
    For j = 1 to L x V do
    ∂ij = (state(x,y,z)) /*parám umbral agente*/
    Ø ij = (intent(Cj,Hj)) /*intención agente*/
    Response = 0 /*empezar reacción agente*/
    Zone = z(i) /*zona inicial desconocida por agente*/
    Sweep = 1 /*activar viaje agente*/
    End For
End For
/*Principal*/
For kl = 1 to RVd do
    For tm = 1 to nv do
        For ∂ = I to j do /*rastreo entorno*/
        Ø ij = (intent (Cj,Hj)) /*intención agente*/
        ∂ij <> (state (x,y,z)) /*agente en movimiento*/
        ∂ikl = (field (x,y,z)) /*rastreo agentes cercanos*/
```

Lo examiné durante un rato, buscando las modificaciones. Luego avancé página hasta el código real, para ver la puesta en práctica. Pero el código importante no estaba. El conjunto de los comportamientos de las partículas aparecía indicado como una llamada a algo titulado «compstat_do».

—Ricky —dije—, ¿qué es «compstat_do»? ¿Dónde está?

—Debería estar ahí.

—No está.

—No lo sé. Quizá esté compilado.

—Bueno, eso no va a servirme de nada, ¿no? —Era imposible leer código compilado—. Ricky, quiero ver ese condenado módulo. ¿Qué problema hay?

—Ninguno. Tengo que buscarlo, solo eso.

—De acuerdo.

—Lo haré cuando volváis.

Miré a Mae.

—¿Has repasado el código?

Negó con la cabeza. Con su expresión parecía decir que no había ninguna posibilidad, que Ricky se inventaría más excusas y seguiría dándome largas. No entendía por qué. Al fin y al cabo, yo estaba allí para asesorarlos respecto al código. Esa era mi especialidad.

En la sala contigua, Rosie y David revolvían en las estanterías de material, buscando relés, sin resultado hasta el momento. En el lado opuesto de la sala Charley Davenport se echó un sonoro pedo y exclamó:

—¡Premio!

—¡Por Dios, Charley! —protestó Rosie.

—No conviene guardarse nada dentro —contestó Charley—. Puedes ponerte enfermo.

—Tú sí me pones enferma a mí —repuso Rosie.

—Lo siento. —Charley levantó la mano para mostrar un dispositivo metálico brillante—. Si es así, supongo que no querrás esta válvula de compresión controlada a distancia.

—¿Qué? —preguntó Rosie, volviéndose.

—¿Bromeas? —dijo David, aproximándose a echar un vistazo.

—Y tiene una clasificación de presión de convertidor analógico-digital de veinte pi.

—Eso nos serviría —afirmó David.

—Si no lo jodéis —contestó Charley.

Cogieron la válvula y se acercaron al fregadero, donde Mae seguía virtiendo el líquido.

—Dejadme acabar —dijo.

—¿Brillaré en la oscuridad? —preguntó Charley, sonriéndole.

—Solo tus pedos —dijo Rosie.

—Pero si ya brillan. Especialmente cuando acercas un encendedor.

—Por Dios, Charley.

—Los pedos son metano, ya lo sabes. Arden con una llama azul e intensa como una piedra preciosa. —Y se echó a reír.

—Me alegra ver que te hace gracia el comentario —dijo Rosie—. Porque no le hace gracia a nadie más.

—¡Oh, oh! —dijo Charley, aferrándose el pecho—. Me muero, me muero...

—No alimentes nuestras esperanzas.

Mi auricular crepitó.

—¿Eh, chicos? —Era Bobby Lembeck otra vez—. La fuerza del viento ha caído a seis nudos.

—Muy bien —dije. Me volví hacia los otros—. Acabemos, chicos.

—Estamos esperando a Mae —respondió David—. Luego montaremos esta válvula.

—Montémosla en el laboratorio —propuse.

—Solo quería asegurarme...

—En el laboratorio —insistí—. Guardadla en la mochila.

Me aproximé a la ventana y miré al exterior. El viento agitaba aún los enebros, pero ya no se veía una nube de arena a ras de tierra.

—Jack, saca a tu equipo de ahí —dijo Ricky por los auriculares.

—Ya salimos —respondí.

—No tiene sentido marcharse —dijo David Brooks con tono formal—, hasta que tengamos una válvula que sepamos que encaja en esta botella.

—Creo que será mejor que nos vayamos —sugirió Mae—. Hayamos acabado o no.

—¿Y qué arreglamos así? —repuso David.

—Metedlo todo en la mochila —ordené—. Dejad de hablar y guardadlo todo ya.

Por los auriculares, Bobby informó:

—Cuatro nudos y bajando. Deprisa.

—Vámonos, todos —dije.

Los empujaba hacia la puerta cuando oímos decir a Ricky:

—No.

—¿Cómo?

—Ahora no podéis salir.

—¿Por qué no?

—Porque es demasiado tarde. Están aquí.

DÍA 6

15.12

Todos nos acercamos a la ventana. Nos golpeamos las cabezas intentando mirar en todas las direcciones. En apariencia, el horizonte estaba despejado. No vi nada.

—¿Dónde están? —pregunté.

—Vienen desde el sur. Los tenemos en los monitores.

—¿Cuántos? —preguntó Charley.

—Cuatro.

—¡Cuatro!

—Sí, cuatro.

El edificio principal se hallaba al sur de nuestra posición. No había ventanas al sur en la unidad de almacenaje.

—No vemos nada —dijo David—. ¿Vienen muy deprisa?

—Muy deprisa.

—¿Tenemos tiempo de llegar si nos echamos a correr?

—No lo creo.

David frunció el entrecejo.

—No lo creo. Dios santo.

Y sin darme tiempo a hablar, David se precipitó hacia la puerta del fondo, la abrió y salió bajo la luz del sol. A través del rectángulo de la puerta abierta, lo vimos mirar hacia el sur protegiéndose los ojos con la mano. Simultáneamente exclamamos:

—¡David!

—David, ¿qué carajo haces?

—¡David, eres un gilipollas!

—Intento ver...

—¡Vuelve aquí!

—¡Imbécil!

Pero Brooks siguió donde estaba, con las manos sobre los ojos.

—Aún no veo nada —dijo—. Ni oigo nada. Escuchad, creo que quizá lleguemos... Eh, no podemos.

Retrocedió rápidamente, tropezó con el marco de la puerta, cayó, se puso en pie con dificultad y cerró de un portazo, quedándose agarrado al tirador.

—¿Dónde están?

—Vienen —contestó—. Están viniendo. —Le temblaba la voz a causa de la tensión—. Dios mío, vienen. —Sujetando el tirador, apoyó en el todo su peso. Mascullaba una y otra vez—: Vienen... vienen...

—Fantástico —dijo Charley—. El jodido se ha venido abajo.

Me acerqué a David y apoyé la mano en su hombro. Sujetaba el tirador respirando entrecortadamente.

—David —dije con calma—. Tranquilízate. Respira hondo.

—Solo... tengo que... tengo que impedir... —Estaba sudando, su hombro temblaba bajo mi mano, y tenía todo el cuerpo en tensión. Era puro pánico.

—David —dije—, respira hondo, ¿de acuerdo?

—Tengo que... tengo que... tengo... tengo... tengo...

—Respira, David. —Tomé aire, dándole ejemplo—. Así uno se siente mejor. Vamos, ahora tú. Respira hondo.

David asintió con la cabeza, intentando escucharme. Tomó una breve bocanada de aire. Luego volvió a jadear.

—Muy bien, David, ahora otra vez.

Volvió a tomar aire. Su respiración se tranquilizó un poco. Dejó de temblar.

—Perfecto, David, eso está bien.

A mis espaldas, Charley dijo:

—Ya sabía yo que este tipo estaba chiflado. Miradlo, hablándole como si fuera un bebé.

Me volví y lancé una mirada a Charley. Él hizo un gesto de indiferencia.

—Eh, tengo razón.

—No es de gran ayuda, Charley —dijo Mae.

—Me da igual.

—Charley —intervino Rosie—, cállate un rato, ¿de acuerdo?

Me volví hacia David. Mantuve la voz serena.

—Muy bien, David. Así está bien. Respira. Perfecto, ahora suelta el tirador.

David movió la cabeza en un gesto de negación, pero parecía confuso. Sin saber qué hacer. Parpadeó rápidamente. Daba la impresión de que saliera de un trance.

—Suelta el tirador —dije con delicadeza—. No sirve de nada.

Finalmente lo soltó y se sentó en el suelo. Empezó a llorar, apoyando la cabeza en las manos.

—Dios mío —dijo Charley—. Lo que nos faltaba.

—Cállate, Charley.

Rosie fue al frigorífico y regresó con una botella de agua. Se la entregó a David, y este bebió mientras lloraba. Lo ayudó a levantarse y me indicó con la cabeza que se ocuparía de él.

Volví al centro de la sala, donde los demás estaban de pie ante el monitor del terminal. En la pantalla, las líneas de código habían dado paso a una vista de la fachada norte del edificio principal. Había allí cuatro enjambres, despidiendo destellos plateados mientras se desplazaban de un extremo a otro del edificio.

—¿Qué hacen? —pregunté.

—Intentan entrar.

—¿Por qué?

—No estamos seguros —contestó Mae.

Observamos por un momento en silencio. De nuevo me llamó la atención la intencionalidad de su comportamiento. Me recordaron a los osos que intentan entrar en una caravana para robar comida. Se detenían en todas las puertas y ventanas y permanecían allí por un rato, subiendo y bajando por las junturas herméticas para pasar finalmente a la siguiente abertura.

—¿Y siempre tantean las puertas así? —pregunté.

—Sí. ¿Por qué?

—Porque da la impresión de que no recuerdan que las puertas están cerradas herméticamente.

—No —respondió Charley—. No lo recuerdan.

—¿Porque no tienen memoria suficiente?

—Por eso —contestó—, o porque esta es otra generación.

—¿Quieres decir que hay ya nuevos enjambres desde el mediodía?

—Sí.

Consulté mi reloj.

—¿Hay una generación nueva cada tres horas?

Charley se encogió de hombros.

—No sabría decirte. No hemos llegado a averiguar dónde se reproducen. Son solo suposiciones.

La posibilidad de que vinieran nuevas generaciones tan deprisa significaba que, fueran cuales fuesen los mecanismos evolutivos incorporados, el código avanzaba también deprisa. Normalmente los algoritmos genéticos —que se inspiraban en la reproducción para llegar a soluciones— necesitaban entre quinientas y cinco mil generaciones para llegar a una optimización. Si estos enjambres se reproducían cada tres horas, implicaba que habían producido unas cien generaciones en las dos últimas semanas. Y con cien generaciones el comportamiento sería mucho más inteligente.

Mae los observó por el monitor y dijo:

—Como mínimo se quedan junto al edificio principal. Parece que no saben que estamos aquí.

—¿Cómo iban a saberlo? —pregunté.

—No tienen manera de saberlo —aseguró Charley—. Su principal modalidad sensora es la visión. Quizá hayan adquirido un poco de capacidad auditiva a lo largo de las generaciones. Pero predomina la visión. Si no ven algo, para ellos no existe.

Rosie se acercó con David.

—Lo siento mucho, chicos, de verdad —dijo él.

—No te preocupes.

—No importa, David.

—No sé qué me ha pasado. Simplemente no he podido soportarlo.

—Da igual, David —dijo Charley—. Lo comprendemos. Eres un psicópata y te has venido abajo. Nos hacemos cargo. No pasa nada.

Rosie rodeó los hombros de David con los brazos y él se sonó ruidosamente. Rosie miró con atención el monitor.

—¿Qué hacen ahora? —preguntó Rosie.

—Da la impresión que no saben que estamos aquí.

—De acuerdo...

—Esperemos que sigan así.

—Ya. ¿Y si no? —dijo Rosie.

—Había estado pensando en eso.

—Si no, dependemos de las lagunas en los supuestos de PREDPRESA. Aprovecharemos los puntos débiles del programa.

—¿Y eso significa?

—Formaremos una bandada —respondí.

Charley soltó una ronca risotada.

—Sí, eso, una bandada... y nos pondremos a rezar.

—Hablo en serio —dijo.

En los últimos treinta años los científicos habían estudiado las interacciones entre depredador y presa en toda clase de animales, desde el león hasta las hormigas soldado, pasando por la hiena. Existía ya una mejor comprensión de cómo se defendían las presas. Los animales como la cebra y el caribú no vivían en manada porque fueran sociables: la manada era una defensa contra la depredación. Un gran número de animales proporcionaba una mayor vigilancia. Y los depredadores al ataque con frecuencia se desorientaban cuando la manada huía en todas direcciones. A veces se quedaban paralizados literalmente. Si se le presentaban a un depredador muchos objetivos en movimiento, a menudo no perseguía a ninguno.

Lo mismo ocurría con las bandadas de aves y los bancos de peces: esos movimientos coordinados en grupo dificultaban a los depredadores la elección de un individuo aislado. Los depredadores tendían a atacar a un animal que se diferenciaba del resto de algún modo. Esa era una de las razones por las que frecuentemente atacaban a las crías, no solo porque fueran una presa más fácil, sino porque presentaban una apariencia diferente. Análogamente, los depredadores mataban más machos que hembras, porque los machos no dominantes tendían a quedarse en la periferia de la manada, donde eran más perceptibles.

De hecho, treinta años atrás, cuando Hans Kruuk estudió las hienas en el Serengeti, descubrió que marcar con pintura a un animal garantizaba que moriría en el siguiente ataque. Ese era el efecto de la diferencia.

Así que el mensaje era sencillo. Había que permanecer juntos. Había que ofrecer el mismo aspecto.

Esa era nuestra mejor opción.

Pero esperaba no tener que llegar a ese punto.

Los enjambres desaparecieron durante un rato. Se habían ido al lado opuesto del edificio del laboratorio. Esperamos en tensión. Al final reaparecieron.

Una vez más recorrieron la fachada del edificio, tanteando puertas y ventanas una tras otra.

Todos observamos el monitor. David Brooks sudaba copiosamente. Se enjugó la frente con la manga.

—¿Hasta cuándo van a seguir haciendo eso?

—Mientras les dé la gana —dijo Charley.

—Como mínimo hasta que vuelva a levantarse el viento —contestó Mae—. Y no parece que eso vaya a ocurrir pronto.

—Dios mío —dijo David—. No sé cómo lo soportáis.

Estaba pálido; el sudor le goteaba desde las cejas y le corría por los cristales de las gafas. Daba la impresión de que fuera a desvanecerse de un momento a otro.

—¿Quieres sentarte, David? —sugerí.

—Será lo mejor.

—Muy bien.

—Vamos, David —dijo Rosie. Lo llevó a través de la sala hasta el fregadero y lo ayudó asentarse al suelo. Él se abrazó las rodillas y agachó la cabeza. Rosie humedeció una toalla de papel con agua fría y se la colocó en la nuca con actitud tierna.

—Ese jodido —dijo Charley, moviendo la cabeza en un gesto de enojo—. Es lo único que nos faltaba en este momento.

—Charley —intervino Mae—, no nos ayudas...

—¿Y qué? Estamos atrapados en este cobertizo de mierda, sin cierres herméticos; no podemos hacer nada, no tenemos adónde ir, y él se viene abajo, complicándolo todo aún más.

—Sí, todo eso es verdad —admitió ella con voz serena—. Y tú no ayudas.

Charley le lanzó una mirada y empezó a tararear el tema de *Dimensión desconocida*.

—Charley, presta atención —dije.

Estaba observando los enjambres. Su comportamiento había variado sutilmente. Ya no permanecían junto al edificio. Ahora zigzagueaban alejándose de la pared hacia el desierto y volviendo a ella. Lo hacían los cuatro, en una especie de fluida danza.

Mae también lo notó.

—Un nuevo comportamiento...

—Sí —contesté—. Su estrategia no da resultado y por tanto prueban otra.

—No va a servirles de una mierda —comentó Charley—. Por más que zigzagueen, no van a abrirse las puertas.

Aun así, me fascinó ver ese comportamiento emergente. El zigzagueo era cada vez más exagerado; los enjambres se alejaban más y más de los edificios. Su estrategia cambiaba gradualmente. Evolucionaba ante nuestros ojos.

—Es asombroso —dije.

—Los muy hijos de puta —dijo Charley.

Uno de los enjambres estaba en ese momento muy cerca del cuerpo del tapetí. Se aproximó a unos metros y volvió a desviarse, de regreso al edificio principal. Se me ocurrió una idea.

—¿Cómo es de buena la visión de los enjambres?

Oí el chasquido de los auriculares. Era Ricky.

—Extraordinaria —respondió—. Al fin y al cabo están diseñados para ver. Visión veinte cero cinco. Una excelente resolución. Mejor que la de cualquier humano.

—¿Y cómo forman las imágenes? —pregunté. Eran solo una serie de partículas independientes. Al igual que con los bastones y los conos del ojo, se requería procesamiento central para formar una imagen a partir de toda la información recibida. ¿Cómo se llevaba a cabo ese procesamiento?

Ricky carraspeó.

—Esto... no estoy seguro.

—Se puso de manifiesto en generaciones posteriores —explicó Charley.

—¿Quieres decir que desarrollaron la visión por sí solos?

—Sí.

—Y no sabemos cómo lo hacen...

—No. Solo sabemos que lo hacen.

Observamos mientras el enjambre se apartaba de la pared, volvía a aproximarse al tapetí y volvía a acercarse a la pared. Los otros enjambres hacían lo mismo más allá, adentrándose en el desierto y retrocediendo de nuevo.

—¿Por qué lo preguntas? —dijo Ricky por los auriculares.

—Por curiosidad.

—¿Crees que encontrarán al tapetí?

—No me preocupa el tapetí —contesté—. En todo caso parece que ya les ha pasado inadvertido.

—Entonces ¿qué?

—Oh, oh —dijo Mae.

—Mierda —exclamó Charley, y dejó escapar un largo suspiro.

Estábamos mirando el enjambre más cercano, el que acababa de pasar de largo el tapetí. El enjambre había vuelto a adentrarse en el desierto, yendo unos diez metros más allá del tapetí. Pero en lugar de volver atrás con su habitual zigzagueo, se había detenido en el desierto. No se movía del punto donde estaba, pero la columna plateada ascendía y descendía.

—¿Por qué hace eso? —pregunté—. ¿Por qué sube y baja de esa manera?

—¿Tendrá algo que ver con la formación de imágenes, quizá? ¿Con el enfoque?

—No —contesté—. Me refiero al hecho de que se haya detenido.

—¿Un bloqueo de programa?

Negué con la cabeza.

—Lo dudo.

—¿Qué puede ser, pues?

—Creo que ha visto algo.

—¿Qué? —dijo Charley.

Me temía que conocía la respuesta. El enjambre equivalía a una cámara de alta resolución combinada con una red de inteligencia distribuida. Y una de las cosas que esta clase de redes hacía especialmente bien era detectar pautas. Por esa razón utilizaban programas de redes distribuidas para identificar caras en los sistemas de seguridad o para unir los fragmentos rotos de piezas de alfarería arqueológicas. Las redes descubrían pautas en los datos mejor que el ojo humano.

—¿Qué pautas? —preguntó Charley cuando se lo comenté—. Ahí fuera no hay nada que detectar aparte de arena y espinas de cactus.

—Y huellas —añadió Mae.

—¿Cómo? ¿Te refieres a nuestras huellas? ¿De cuando hemos venido aquí? Joder, Mae, el viento ha estado levantando la arena durante quince minutos. No queda una sola huella que encontrar.

Observamos el enjambre allí suspendido, elevándose y descendiendo como si respirara. La nube era ahora casi por completo negra, sin más que algún que otro destello plateado. Había permanecido en el mismo punto durante diez o quince segundos, repitiendo aquel palpitante movimiento de ascenso y descenso. Los otros enjambres mantenían su zigzagueo, pero este se quedaba donde estaba.

Charley se mordió el labio.

—¿De verdad crees que ve algo?

—No lo sé —contesté—. Quizá.

De pronto el enjambre se elevó y empezó a desplazarse otra vez. Pero no venía hacia nosotros. Trazó una diagonal por el desierto en dirección a la puerta del grupo electrógeno. Cuando llego allí, se detuvo y giró sobre sí mismo.

—¿Qué demonios hace? —dijo Charley. Yo lo sabía. También Mae.

—Ha seguido nuestro rastro —respondió ella—. Hacia atrás.

El enjambre había recorrido el camino que nosotros habíamos tomado inicialmente desde la puerta hasta el tapetí. La duda era qué haría a continuación.

Los siguientes cinco minutos fueron tensos. El enjambre desanduvo el camino y volvió hasta el tapetí. Se arremolinó en torno el tapetí durante un rato, dibujando lentos semicírculos. Regresó a la puerta del grupo electrógeno. Permaneció allí por un momento y luego volvió hasta el tapetí.

Repitió esta secuencia tres veces. Entretanto los otros enjambres habían continuado su zigzagueo alrededor del edificio y en ese momento no se los veía. El enjambre solitario regresó a la puerta y una vez más se encaminó hacia el tapetí.

—Ha caído en un bucle —dijo Charley—. Hace lo mismo una y otra vez.

—Para suerte nuestra —comenté. Esperaba ver si el enjambre variaba su comportamiento. Por el momento no había sido así. Y si tenía muy poca memoria, actuaría como un enfermo de Alzheimer, incapaz de recordar que había hecho ya antes todo aquello.

En ese momento se movía en semicírculos en torno al tapetí.

—Ha caído en un bucle, está claro —repitió Charley.

Esperé.

No había podido revisar todos los cambios introducidos en PREDPRESA, porque faltaba el módulo central. Pero el programa original incluía un elemento aleatorio, a fin precisamente de resolver situaciones como aquella. Cuando PREDPRESA no conseguía alcanzar su objetivo y el entorno no ofrecía información específica para provocar una nueva acción, su comportamiento se modificaba aleatoriamente. Era una solución muy utilizada. Los psicólogos, por ejemplo, creían actualmente que se requería cierto grado de comportamiento aleatorio para que apareciera una innovación. Era imposible actuar de manera creativa sin probar nuevas direcciones, y muy probablemente esas direcciones se elegían al azar.

—Oh, oh —dijo Mae.

El comportamiento había cambiado.

El enjambre empezó a trazar círculos más amplios alrededor del tapetí. Y casi de inmediato descubrió otro camino. Se detuvo por un momento y súbitamente se elevó y se dirigió hacia nosotros. Seguía exactamente el mismo camino que habíamos tomado hacia la unidad de almacenamiento.

—Mierda —dijo Charley—. La hemos jodido.

Mae y Charley corrieron al lado opuesto de la sala para mirar por la ventana. David y Rosie se levantaron y echaron un vistazo por la ventana que había sobre el fregadero. Y yo comencé a gritar:

—¡No, no! ¡Apartaos de las ventanas!

—¿Cómo?

—Es visual, ¿recordáis? Apartaos de las ventanas.

En la unidad de almacenamiento no había ningún sitio donde esconderse. Rosie y David se ocultaron bajo el fregadero. Charley se apretujó al lado de ellos, indiferente a sus protestas. Mae desapareció entre las sombras de un rincón, deslizándose en el espacio que separaba dos estanterías. Solo podía vérsela desde la ventana de la pared oeste, y desde allí con dificultad.

La radio crepitó.

—¿Chicos? —Era Ricky—. Uno va hacia vosotros. Y... no... los otros dos se unen a él.

—Ricky —dije—. Corta la comunicación.

—¿Cómo?

—No más contacto por radio.

—¿Por qué?

—Corta, Ricky.

Me arrodillé tras una caja de cartón con provisiones en la sala principal. La caja no me ocultaba por completo —me asomaban los pies—, pero al igual que a Mae, no se me veía fácilmente. Desde el exterior una persona tendría que mirar oblicuamente por la ventana norte para verme. En todo caso, no podía hacer otra cosa.

Desde mi posición, veía a los otros apiñados bajo el fregadero. No veía a Mae a menos que asomara la cabeza por el lado de la caja. Cuando lo hice, la noté serena. Volví a esconder la cabeza y esperé.

Solo oía el zumbido del aire acondicionado.

Pasaron diez o quince segundos. Veía el sol que entraba a través de la ventana norte por encima del fregadero. Formaba un rectángulo blanco en el suelo a mi izquierda.

Mi auricular crepitó.

—Sin contacto, ¿por qué?

—Joder —masculló Charley.

Me llevé un dedo a los labios y moví la cabeza en un gesto de negación.

—Ricky —dije—, ¿no tenían estas partículas capacidad auditiva?

—Sí, quizá un poco, pero...

—Cállate y corta la comunicación.

—Pero...

Busqué a tientas el transmisor prendido de mi cinturón y lo desconecté. Hice una seña a los que estaban bajo el fregadero. Los tres apagaron sus transmisores.

Charley formó unas palabras con los labios. Creo que dijo: «Ese hijo de puta quiere que nos maten».

Pero no estaba seguro.

Esperamos.

No podían haber pasado más de dos o tres minutos, pero se me antojó una eternidad. Empezaban a dolerme las rodillas. Intentando ponerme más cómodo, cambié cuidadosamente de postura. Tenía ya la certeza de que el primer enjambre andaba cerca. Aún no había aparecido en las ventanas, y me preguntaba por qué tardaba tanto. Quizá se había detenido en el camino para inspeccionar los coches. Sentí curiosidad por saber qué idea se formaría la inteligencia de enjambre de un automóvil. Debía resultar extraño para aquel ojo de alta resolución. Pero quizá como los coches eran inanimados el enjambre los pasaría por alto tomándolos por rocas grandes de varios colores.

Aun así... ¿por qué tardaba tanto? Las rodillas me dolían más a cada segundo que pasaba. Cambié de postura apoyando el peso en las manos y levantando las rodillas, como un velocista en sus marcas. Sentí un momentáneo alivio. Tan concentrado estaba en mi dolor que al principio no advertí que el resplandeciente rectángulo blanco del suelo se oscurecía en el centro, ni que la sombra se extendía hacia los lados. Al cabo de un instante todo el rectángulo se volvió gris.

Allí estaba el enjambre.

Tuve la sensación de que, bajo el zumbido del aire acondicionado, se percibía aquel sonido grave y palpitante. Desde mi posición tras la caja, vi la ventana situada sobre el fregadero oscurecerse gradualmente a causa de las partículas negras en movimiento. Daba la impresión de que hubiera una tormenta de arena. El interior del edificio quedó a oscuras. Una oscuridad sorprendente.

Bajo el fregadero, David Brooks empezó a gemir. Charley le tapó la boca con la mano. Miraron hacia arriba pese a que el fregadero les impedía ver la ventana.

Y de pronto el enjambre desapareció de la ventana tan deprisa como había llegado. El sol volvió a entrar.

Nadie se movió.

Esperamos.

Instantes después la ventana de la pared oeste se oscureció del mismo modo. Me pregunté por qué no entraba el enjambre. No era una ventana hermética. Las nanopartículas podían penetrar por los resquicios sin dificultad. Pero en apariencia ni siquiera lo intentaban.

Quizá en eso el aprendizaje en red nos favorecía. Quizá por su experiencia en el laboratorio los enjambres habían concluido que las puertas y las ventanas eran impermeables. Tal vez por eso no lo intentaban.

La idea me permitió albergar esperanzas y eso me sirvió para contrarrestar el dolor de las rodillas.

La ventana oeste seguía oscurecida cuando la ventana norte volvió a oscurecerse. Dos enjambres inspeccionaban el interior simultáneamente. Ricky había dicho que venían tres hacia el edificio. No había mencionado el cuarto. Me pregunté dónde estaba el tercero. Lo supe al cabo de un momento.

Como una silenciosa niebla negra, las partículas empezaron a entrar por debajo de la puerta oeste. Pronto entraron más partículas, todas por el marco de la puerta. Dentro, las partículas parecían girar y arremolinarse sin rumbo, pero sabía que se reorganizarían en cuestión de segundos.

En ese momento vi penetrar más partículas a través de los resquicios de la ventana norte, y aún más partículas descendieron por las bocas del aire acondicionado.

No tenía sentido seguir esperando. Me puse en pie y abandoné mi escondite. Grité a los demás para que salieran de los suyos.

—¡Formad en dos filas!

Charley agarró el atomizador y se colocó en la fila, gruñendo:

—¿Qué posibilidades crees que tenemos?

—No las tendremos mejores —contesté—. ¡Las reglas de Reynolds! Poneos en fila y quedaos junto a mí. Vamos, ahora.

A no ser por el miedo, quizá nos habríamos sentido ridículos, moviéndonos de un lado a otro de la sala en un apretado grupo e intentando coordinar nuestros movimientos, intentando imitar una bandada de alas. El corazón me latía con fuerza. Me zumbaban los oídos. Era difícil concentrarse en el paso. Sabía que nos movíamos con torpeza, pero mejoramos rápidamente. Cuando llegábamos a una pared, nos dábamos media vuelta y, moviéndonos al unísono, seguíamos caminando en dirección contraria. Empecé a agitar los brazos y dar palmadas a cada paso. Los otros hicieron lo mismo. Eso nos permitió ganar coordinación y todos intentamos vencer el terror. Como Mae dijo más tarde, «parecía aerobic del infierno».

Continuamente veíamos entrar nanopartículas negras a través de las grietas de puertas y ventanas. Aquello pareció prolongarse durante mucho rato, pero probablemente no fueron más de treinta o cuarenta segundos. Pronto una especie de niebla indiferenciada llenó la sala. Sentí alfilerazos por todo el cuerpo, y sin duda los otros los sentían también. David empezó a gemir otra vez, pero Rosie, a su lado, lo alentaba y lo instaba a conservar la calma.

De pronto, con sorprendente velocidad, la niebla se disipó, agrupándose las partículas en dos columnas perfectamente formadas que se colocaron frente a nosotros ascendiendo y descendiendo en ondas oscuras.

Vistos de tan cerca, los enjambres producían una inconfundible sensación de amenaza, casi malevolencia. El sonido grave y palpitante era claramente audible, pero de manera intermitente se oía también un furioso silbido, como el de una serpiente.

Pero no nos atacaron. Tal como esperaba, las deficiencias del programa actuaron a nuestro favor. Enfrentados a un grupo de presas coordinadas, aquellos depredadores se amilanaron. No hicieron nada.

Al menos de momento. Entre palmada y palmada, Charley dijo:

—¡Parece mentira!... ¡Esta gilipollez... da resultado!

—Sí, pero quizá... no por mucho tiempo —dije. Me preocupaba cuánto tardaría David en perder el control. Y me preocupaban los enjambres. No sabía cuánto tiempo permanecerían allí antes de adoptar un nuevo comportamiento—. Propongo que vayamos... hacia la puerta delantera... y salgamos de aquí.

Después de llegar a la pared y dar media vuelta, avanzamos en un leve ángulo hacia la otra sala. Dando palmadas y marcando el paso al unísono, nos alejamos de los enjambres, que nos siguieron con su grave zumbido.

—Y si salimos..., ¿qué hacemos? —preguntó David, gimoteando. Le costaba mantener sincronizados sus movimientos con el resto de nosotros. En su pánico, tropezaba una y otra vez. Sudaba y parpadeaba rápidamente.

—Continuaremos así..., en bandada..., hacia el laboratorio... y entraremos... ¿Estás dispuesto a intentarlo?

—Dios mío —gimió—. Es muy lejos... no sé si...

Dio otro traspié y casi perdió el equilibrio. Y dejó de dar palmadas. Casi palpaba su terror, su abrumador deseo de huir.

—David, sigue con nosotros... si te vas tú solo... no lo conseguirás... ¿me escuchas?

—No sé... Jack... no sé si puedo...

Volvió a tropezar, chocó con Rosie, que cayó contra Charley; este la sujetó y la ayudó a mantenerse en pie. Pero la bandada se había desordenado por un momento, había perdido la coordinación.

De inmediato los enjambres adquirieron una apariencia más densa y negra, enroscándose y tensándose, como si estuvieran listos para atacar. Oí maldecir a Charley en susurros, y por un instante pensé que tenía razón y todo había terminado.

Pero recuperamos el ritmo y de inmediato los enjambres se elevaron, volvieron a la normalidad. La densa negrura se desvaneció. Reanudaron su uniforme palpitar. Nos siguieron a la sala contigua. Pero no atacaron. Estábamos a unos siete metros de la puerta delantera, la misma por la que habíamos entrado. Empecé a sentir optimismo. Por primera vez pensé que teníamos verdaderas posibilidades.

Y entonces, en un instante, todo se fue al infierno.

David Brooks de pronto se separó del grupo.

Estábamos más allá de media sala y a punto de rodear las estanterías del centro, cuando David se dio media vuelta, corrió entre los dos enjambres y los dejó atrás, en dirección a la puerta trasera.

Los enjambres se arremolinaron al instante y salieron tras él.

Rosie le pidió a gritos que volviera, pero David tenía puesta toda su atención en la puerta. Los enjambres lo persiguieron con sorprendente velocidad. David casi había llegado a la puerta, tendía ya la mano hacia el tirador, cuando un enjambre descendió y se extendió por el suelo frente a él, ennegreciéndolo.

En cuanto David Brooks pisó la superficie negra, sus pies resbalaron como si hubiera pisado hielo. Aulló de dolor al golpearse contra el suelo de hormigón y de inmediato intentó levantarse pero no pudo. Siguió resbalando y cayendo una y otra vez. Se le rompieron las gafas y se cortó la nariz con los cristales. Tenía los labios cubiertos de partículas negras en movimiento. Empezaba a costarle respirar.

Rosie seguía gritando cuando el segundo enjambre se precipitó sobre David, y la mancha negra se propagó por su cara, sus ojos, su pelo. Sus movimientos era cada vez más desesperados; gemía lastimeramente, como un animal, y sin embargo, arrastrándose con manos y rodillas, consiguió abrirse camino hacia la puerta. Por fin tendió el brazo hacia arriba, agarró el tirador y logró erguir el tronco. Con un desesperado movimiento final, accionó el tirador y abrió la puerta al tiempo que caía de espaldas.

El sol abrasador penetró en la sala y con él entró el tercer enjambre.

—¡Tenemos que hacer algo! —exclamó Rosie. La agarré del brazo cuando pasó junto a mí en dirección a David. Forcejeó para zafarse—. ¡Tenemos que ayudarle! ¡Tenemos que ayudarle!

—No podemos hacer nada.

—¡Tenemos que ayudarle!

—Rosie, no podemos hacer nada.

David rodaba por el suelo, negro de la cabeza a los pies. El tercer enjambre lo había envuelto. Era difícil ver a través de las partículas danzantes. La boca de David parecía un agujero oscuro, las cuencas de sus ojos estaban completamente negras. Pensé que posiblemente era incapaz de ver. Respiraba entrecortadamente, con un leve sonido estertóreo. El enjambre penetraba en su boca como un río negro.

Su cuerpo empezó a estremecerse. Se agarró el cuello. Golpeó el suelo con los pies convulsamente. Yo tenía la certeza de que estaba muriendo.

—Vamos, Jack —dijo Charley—. Larguémonos de aquí.

—¡No podéis dejarle! —gritó Rosie—. ¡No podéis, no podéis!

Arrastrándose, David cruzó la puerta y salió a la luz del sol. Sus movimientos eran menos vigorosos. Articulaba palabras con los labios pero oíamos gritos ahogados.

Rosie intentó soltarse.

Charley la agarró por el hombro y dijo:

—Maldita sea, Rosie...

—¡Vete a la mierda! —Se desprendió de Charley, me pisó el pie y, sorprendido, la solté. Ella se echó a correr y entró en la sala contigua, gritando—: ¡David! ¡David!

Él tendió hacia ella la mano, negra como la de un minero. Rosie le agarró la muñeca. Y al instante cayó, resbalando en el suelo negro tal y como le había ocurrido a él. Siguió pronunciando el nombre de David hasta que empezó a toser y una orla negra apareció en sus labios.

—Vámonos, por Dios —dijo Charley—. No puedo verlo.

Me sentí incapaz de mover los pies, incapaz de marcharme. Me volví hacia Mae. Las lágrimas le rodaban por las mejillas.

—Adelante —dijo.

Rosie seguía gritando el nombre de David al tiempo que lo abrazaba y lo estrechaba contra su pecho. Pero él ya no parecía moverse.

—No es culpa tuya, joder —dijo Charley, inclinándose hacia mí.

Asentí lentamente con la cabeza. Sabía que eso era verdad.

—Demonios, este es tu primer día de trabajo. —Charley alargó el brazo hacia mi cinturón y encendió el transmisor—. Vamos.

Me volví hacia la puerta delantera.

Y salimos.

DÍA 6

16.12

Bajo el tejadillo ondulado del cobertizo, el aire se notaba caliente e inmóvil. Oí el susurro del motor de la videocámara instalada junto al tejadillo. Ricky debía de habernos visto salir por los monitores. En los auriculares sonó un silbido de interferencia estática.

—¿Qué demonios pasa? —preguntó Ricky.

—Nada bueno —contesté.

Más allá de la línea de sombra, el sol vespertino brillaba aún con intensidad.

—¿Dónde están los otros? —quiso saber Ricky—. ¿Estáis todos bien?

—No. Todos no.

—Pues cuéntame...

—Ahora no.

Estábamos todos aturdidos por lo ocurrido. Nuestro único impulso era intentar ponernos a salvo.

El edificio del laboratorio se hallaba a nuestra derecha y nos separaban de él cien metros de desierto. Podíamos llegar a la puerta del grupo electrógeno en treinta o cuarenta segundos. Nos encaminamos hacia allí con un trote enérgico. Ricky seguía hablando, pero no le contestamos. Todos pensábamos lo mismo: en medio minuto llegaríamos a la puerta y estaríamos en lugar seguro.

Pero nos habíamos olvidado del cuarto enjambre.

—¡Joder! —exclamó Charley.

El cuarto enjambre salió de una esquina del laboratorio y vino derecho hacia nosotros. Confusos, nos detuvimos.

—¿Qué hacemos? —preguntó Mae—. ¿Actuamos como una bandada?

—No. —Negué con la cabeza—. Solo somos tres.

Éramos un grupo demasiado pequeño para desorientar a un depredador. Pero no se me ocurría ninguna otra estrategia. Empecé a repasar mentalmente todos los estudios sobre la relación entre depredador y presa que había leído. Estos estudios coincidían en un aspecto tanto si se basaban en las hormigas guerreras como en los leones del Serengeti; los datos confirmaban una dinámica fundamental: si de ellos dependía, los depredadores mataban a todas las presas hasta que no quedaba ninguna, a menos que hubiera un refugio para la presa. En la vida real, el refugio podía ser un nido en un árbol, una madriguera subterránea, o un remanso profundo en un río. Si las presas contaban con un refugio, sobrevivían. Sin refugio, las mataban a todas.

—Creo que estamos jodidos —dijo Charley.

Necesitábamos un refugio. El enjambre se acercaba. Casi podía sentir los alfilerazos en la piel y el sabor a ceniza en la boca. Teníamos que encontrar cobijo antes de que el enjambre nos alcanzara. Giré en redondo, mirando en todas direcciones pero no vi nada, excepto...

—¿Están los coches cerrados con llave?

El auricular crepitó.

—No deberían estarlo —informó Ricky.

Nos dimos media vuelta y echamos a correr.

El coche más cercano era un Ford sedán azul. Abrí la puerta del conductor, y Mae la del pasajero. Teníamos el enjambre justo detrás de nosotros. Oía el sonido palpitante cuando yo cerré mi puerta y Mae la suya. Charley, todavía con el atomizador, intentaba abrir la puerta trasera del lado del pasajero, pero tenía el seguro puesto. Mae se giró en el asiento para abrirlo, pero Charley ya se había vuelto hacia el coche contiguo, un Land Cruiser, y entró. Y cerró la puerta.

—¡Uf! —exclamó Charley—. ¡Joder, qué caliente!

—Sí, ya lo sé —dije. El interior del coche parecía un horno. Mae y yo estábamos sudando. El enjambre se precipitó hacia nosotros y se arremolinó sobre el parabrisas, palpitando, desplazándose a uno y otro lado.

Por los auriculares Ricky, aterrorizado, dijo:

—¿Chicos? ¿Dónde estáis? ¿Chicos?

—Dentro de los coches.

—¿Qué coches?

—¿Qué más da? —dijo Charley—. Estamos en dos coches, Ricky.

El enjambre negro se apartó de nuestro sedán y se acercó al Toyota. Lo observamos deslizándose de una ventanilla a otra, intentando entrar. Charley me sonrió a través del cristal.

—No es como en el edificio. Estos coches cierran herméticamente. Así pues... que se jodan.

—¿Y las entradas de aire? —pregunté.

—He cerrado las mías.

—Pero no son herméticas, ¿no?

—No —contestó Charley—. Pero tendrían que entrar por debajo del capó para llegar. O quizá por el maletero. Y me juego algo a que a esta pelota zumbante no se le ocurre.

Dentro de nuestro coche, Mae cerraba las entradas de aire del salpicadero una tras otra. Abrió la guantera, miró dentro y volvió a cerrar.

—¿Has visto alguna llave? —pregunté.

Movió la cabeza en un gesto de negación.

Por los auriculares, Ricky informó:

—Chicos, tenéis más compañía.

Al volverme, vi otros dos enjambres procedentes de la unidad de almacenamiento. De inmediato empezaron a arremolinarse alrededor de nuestro coche. Tenía la sensación de hallarme en medio de una tormenta de arena. Miré a Mae. Estaba sentada muy quieta, inexpresiva, limitándose a observar.

Las dos nuevas nubes acabaron de rodear el coche y luego se situaron en la parte delantera. Una se colocó junto a la ventanilla de Mae. Palpitaba, despidiendo destellos plateados. La otra estaba sobre el capó del coche, desplazándose desde el lado de Mae al mío. De vez en cuando se precipitaba sobre el parabrisas y se dispersaba a lo ancho del cristal. Luego volvía a unirse, retrocedía y venía de nuevo.

Charley se echó a reír.

—Intentan entrar. Ya os lo he dicho: no pueden.

Yo no estaba tan seguro. Advertí que a cada acometida el enjambre se alejaba más sobre el capó, como si tomara carrerilla. Pronto retrocedió hasta la rejilla delantera. Y si empezaba a inspeccionar la rejilla, encontraría la abertura de los conductos de ventilación. Y todo habría terminado.

Mae revolvía en el interior del compartimiento situado entre los dos asientos. Encontró un rollo de cinta adhesiva y una caja de bolsas de plástico para sándwiches.

—Quizá podamos sellar con cinta las entradas de aire.

Negué con la cabeza.

—No sirve de nada —contesté—. Son nanopartículas. Con su tamaño, pueden atravesar una membrana.

—¿Quieres decir que traspasarían el plástico?

—O lo rodearían, a través de pequeñas grietas. No puedes sellarlo lo bastante para impedir que entren.

—¿Nos quedamos aquí de brazos cruzados, pues?

—En esencia, sí.

—Con la esperanza de que no descubran el camino.

Asentí con la cabeza.

—Así es.

Por los auriculares, Bobby Lembeck dijo:

—Empieza a levantarse el viento otra vez. Seis nudos.

Daba la impresión de que intentaba animarnos, pero seis nudos no eran suficiente fuerza ni remotamente. Fuera, los enjambres se movían sin esfuerzo en torno al coche.

—¿Jack? —dijo Charley—. He perdido de vista mi enjambre. ¿Dónde está?

Miré hacia el coche de Charley y vi que el tercer enjambre había bajado a la rueda delantera, donde se movía en círculos y entraba y salía a través de los orificios del tapacubos.

—Está examinando tus tapacubos, Charley —dije.

—Mmm. —Parecía preocupado, y con razón. Si el enjambre empezaba a explorar el coche parte por parte, quizá encontrara una vía de entrada—. Supongo que la cuestión es qué nivel ha alcanzado su componente de autoorganización.

—Así es —dije.

—¿Lo cual significa...? —preguntó Mae.

Se lo expliqué. Los enjambres no tenían un guía, ni inteligencia central. Su inteligencia era la suma de las partículas individuales. Esas partículas se autoorganizaban en un enjambre, y su tendencia autoorganizativa tenía resultados imprevisibles. En realidad, no se sabía qué harían. Los enjambres podían continuar siendo ineficaces, como hasta ese momento; podían encontrar la solución por casualidad, o podían empezar a buscar de una manera organizada.

Pero hasta el momento no lo habían hecho.

Tenía la ropa empapada en sudor. El sudor me goteaba desde la nariz y la barbilla. Me enjugué la frente con el dorso de la mano. Miré a Mae. También ella sudaba.

—¿Eh, Jack? —dijo Ricky.

—¿Qué?

—Julia ha telefoneado hace un rato. Ha salido del hospital y...

—Ahora no, Ricky.

—Vendrá a la fábrica esta noche.

—Después hablamos, Ricky.

—Solo pensaba que quizá quisieras saberlo.

—¡Dios santo! —prorrumpió Charley—. ¿Puede decirle alguien a ese gilipollas que se calle? ¡Estamos ocupados!

—Ocho nudos de viento ya —informó Bobby Lembeck—. No, perdón... siete.

—Dios mío, el suspense me está matando —comentó Charley—. ¿Dónde está mi enjambre ahora?

—Debajo del coche. No veo qué hace... no, espera... está saliendo por detrás, Charley. Parece que examina tus luces de posición.

—Un entusiasta de los coches —dijo—. Bueno, que examine.

Estaba mirando por encima del hombro en dirección al enjambre de Charley cuando Mae dijo:

—Mira, Jack.

El enjambre situado junto a su ventanilla había cambiado. Presentaba un color casi por completo plateado; vibraba pero permanecía muy estable, y en su superficie plateada vi reflejarse la cabeza y hombros de Mae. El reflejo no era perfecto, porque los ojos y la boca aparecían un tanto desdibujados, pero en esencia era preciso.

Fruncí el entrecejo.

—Es un espejo...

—No —dijo ella—. No lo es. —Volvió la cabeza para mirarme, y su imagen en la superficie plateada no se alteró. El rostro siguió mirando hacia el interior del coche. Al cabo de un momento, la imagen tembló, se disipó y volvió a formarse para mostrar la parte posterior de su cabeza—. ¿Qué significa eso?

—Tengo una idea bastante aproximada, pero...

El enjambre de la parte delantera hacía lo mismo, salvo que en su superficie plateada nos veíamos los dos sentados uno al lado del otro dentro del coche, visiblemente asustados. La imagen aparecía también un tanto desdibujada. Y esta vez advertí claramente que el enjambre no era un espejo en sentido literal. El propio enjambre generaba la imagen mediante la exacta disposición de las partículas individuales, lo cual significaba...

—Mala noticia —dijo Charley.

—Lo sé —contesté—. Están innovando.

—¿Qué crees? ¿Es uno de los parámetros predeterminados?

—En esencia, sí. Supongo que es imitación.

Mae movió la cabeza en un gesto de incomprensión.

—El programa predetermina ciertas estrategias para facilitar la consecución de objetivos. Las estrategias reproducen el comportamiento de los depredadores reales. Así que una de las estrategias predeterminadas es permanecer inmóvil y esperar, acechar. Otra es deambular al azar hasta tropezarse con la presa y entonces perseguir. Una tercera es el camuflaje, eligiendo algún elemento del entorno para fundirse con él. Y una cuarta es imitar el comportamiento de la presa.

—¿Piensas que eso es imitación? —preguntó.

—Pienso que es una forma de imitación.

—¿Intenta parecerse a nosotros?

—Sí.

—¿Es comportamiento emergente? ¿Se ha desarrollado por sí solo?

—Sí —respondí.

—Mala noticia —dijo Charley lastimeramente—. Muy mala noticia.

Sentado en el coche, empecé a enfurecerme, porque esa formación de reflejos implicaba que yo desconocía la verdadera estructura de las nanopartículas. Me habían dicho que había una lámina piezoeléctrica que reflejaba la luz. Así que no era raro que el enjambre de vez en cuando despidiera destellos plateados bajo el sol. Eso no exigía una compleja orientación de las partículas. De hecho, cabía esperar esa clase de ondas plateadas como efecto aleatorio del mismo modo que las autovías con tráfico denso se atascan de manera intermitente. La congestión se debía a cambios de velocidad aleatorios de uno o dos automovilistas, pero el efecto se propagaba por toda la autovía. Lo mismo sería aplicable a los enjambres. Un efecto casual se transmitiría como una onda a lo largo del enjambre. Y eso habíamos visto.

Pero la formación de imágenes reflejadas era algo por completo distinto. Los enjambres creaban ahora imágenes en color y las mantenían de manera bastante estable. Tal complejidad no era posible a partir de las simples nanopartículas que me habían mostrado. Dudaba que pudiera generar un espectro completo a partir de una capa plateada. Era teóricamente posible que esa superficie se ladeara con la precisión necesaria para producir colores prismáticos, pero eso conllevaba una gran complejidad de movimiento.

Era más lógico suponer que las partículas disponían de otro método para crear colores y eso significaba que no me habían dicho la verdad respecto a las partículas. Ricky me había mentido una vez más. Así que estaba furioso.

Ya había llegado a la conclusión de que algo le pasaba a Ricky, y pensando en retrospectiva comprendí que el problema estaba en mí, no en él; incluso después del desastre en la unidad de almacenamiento, seguí sin comprender que los enjambres evolucionaban más deprisa que nuestra capacidad para anticiparnos a ellos. Debería haberme dado cuenta de a qué me enfrentaba cuando los enjambres me mostraron una nueva estrategia, haciendo el suelo resbaladizo para incapacitar a sus presas y para moverlas. Entre las hormigas, eso se llamaría transporte colectivo; era un fenómeno muy conocido. Pero por lo que se refería a estos enjambres, se trataba de un comportamiento recién desarrollado, sin precedentes. Sin embargo en su momento el terror me había impedido comprender su verdadero significado. Ahora, sentado en el sofocante coche, de nada servía echar la culpa a Ricky, pero yo estaba asustado, y cansado, y no pensaba con claridad.

—Jack. —Mae, pálida, me tocó el hombro y señaló hacia el coche de Charley.

El enjambre situado junto a la luz de posición del coche de Charley formaba ahora un río negro que se curvaba en el aire y penetraba por la juntura entre el plástico rojo y el metal.

Por los auriculares dije:

—Eh, Charley... creo que ha encontrado una entrada.

—Sí, ya lo veo. Mierda.

Charley intentaba pasar al asiento trasero. Las partículas empezaban a llenar el interior del coche, creando una bruma gris que se oscureció rápidamente. Charley tosió. No vi qué hacía; estaba agachado por debajo de la ventanilla. Volvió a toser.

—¿Charley?

No contestó. Pero lo oí jurar.

—Charley, vale más que salgas.

—Voy a joderlas.

Y de pronto se oyó un extraño sonido, que al principio no identifiqué. Me volví hacia Mae, que se apretaba el auricular contra el oído. Era un ruido áspero y rítmico. Me dirigió una mirada interrogativa.

—¿Charley?

—Voy a rociar a estas hijas de puta. Veamos cómo actúan cuando están mojadas.

—¿Vas a rociarlas con el isótopo? —preguntó Mae.

Charley no contestó. Pero al cabo de un momento volvió a aparecer tras la ventanilla, rociando en todas las direcciones con el atomizador. El líquido manchó el cristal y resbaló por la superficie. El interior del coche se oscurecía cada vez más a medida que entraban las partículas. Pronto ya no lo veíamos. Su mano apareció entre la negrura, se apoyó contra el cristal y volvió a perderse de vista. Tosía sin cesar. Era una tos seca.

—Charley —dije—, corre.

—¿De qué serviría, joder?

—Sopla un viento de diez nudos —informó Bobby Lembeck—. Intentadlo.

Diez nudos no era suficiente pero era mejor que nada.

—¿Charley? ¿Lo oyes?

Oímos llegar su voz desde el interior del coche.

—Sí, bien... estoy buscando.... No encuentro... jodido tirador de la puerta, no noto... dónde está el condenado tirador de esta... —se interrumpió a causa de un espasmo de tos.

Por los auriculares oí las voces del laboratorio, todas aceleradas.

—Está en el Toyota —dijo Ricky—. ¿Dónde está el tirador en el Toyota?

—No lo sé, no es mi coche —respondió Bobby Lembeck.

—¿De quién es? ¿Vince?

—No, no. Es de ese tipo con un problema en los ojos.

—¿Quién?

—El ingeniero. Ese tipo que parpadea continuamente.

—¿David Brooks?

—Sí, ese.

—¿Chicos? —dijo Ricky—. Creemos que es el coche de David.

—Eso no va a servirnos de... —empecé a decir y me interrumpí de repente, porque Mae señaló el asiento trasero de nuestro coche. Por la juntura donde se unían el respaldo del asiento y la bandeja posterior, entraban partículas en el coche como humo negro.

Miré alrededor con atención y vi una manta en el suelo detrás de nuestros asientos. Mae la vio también y se lanzó a la parte de atrás entre los dos respaldos. Me golpeó con el pie en la cabeza al hacerlo, pero tenía la manta y empezó a remeterla en la rendija. Se me desprendió el auricular, y quedó atrapado en el volante cuando intenté pasar a la parte de atrás para ayudarla. Estábamos muy apretados en el coche. Oí una débil voz procedente del auricular.

—Vamos —dijo Mae—, vamos.

Yo era más corpulento que ella. No había espacio para mí en la parte de atrás. Doblándome por encima del asiento del conductor, agarré la manta y la ayudé a colocarla.

Vagamente, advertí que en el Toyota se abría la puerta del pasajero, y vi asomar el pie de Charley. Iba a probar suerte fuera. Mientras ayudaba a Mae con la manta, pensé que también nosotros debíamos intentarlo. La manta no serviría de mucho; era solo una táctica dilatoria. Notaba ya que las partículas se filtraban a través de la tela; el coche seguía llenándose; el aire se oscurecía cada vez más. Sentí los alfilerazos por toda la piel.

—Mae, corramos.

No contestó. Siguió introduciendo la manta por las rendijas. Probablemente sabía que si salíamos, no sobreviviríamos. Los enjambres se nos adelantarían, nos cortarían el paso, nos harían resbalar y caer. Y en cuanto cayéramos, nos asfixiarían. Tal como habían hecho con los otros.

El aire era más denso. Empecé a toser. En la semioscuridad seguía oyendo una débil voz procedente del auricular. No sabía quién hablaba. A Mae se le había caído también el auricular, y yo creía haberlo visto en el asiento delantero, pero la visibilidad era ya demasiada escasa para encontrarlo. Me escocían los ojos. Tosía sin cesar. Mae tosía también. Yo no sabía si ella continuaba remetiendo la manta. Era solo una sombra en la bruma.

Apreté los ojos con fuerza para protegerme del intenso dolor. Se me cerraba la garganta y tenía una tos seca. Volvía a sentirme mareado. Era consciente de que no sobreviviríamos durante mucho más de un minuto, quizá menos. Volví a mirar a Mae, pero no la vi. La oí toser. Agité la mano para despejar la bruma y verla. No sirvió de nada. Agité la mano ante el parabrisas y la bruma se disipó por un momento.

Pese a la tos, vi el laboratorio a lo lejos. Lucía el sol. Todo parecía normal. Resultaba enloquecedor que todo pareciera tan normal y apacible mientras nosotros nos moríamos de tos. No veía qué le ocurría a Charley. No estaba frente a mí. De hecho, cuando volví a agitar la mano solo vi...

Arena levantada por el viento.

¡Dios santo, arena levantada por el viento!

Volvía a soplar el viento.

—Mae. —Tosí—. Mae. La puerta.

No sé si me oyó. Tosía mucho. A tientas, busqué el tirador de la puerta. Me sentía confuso y desorientado. No paraba de toser. Toqué un objeto metálico y caliente y tiré de él.

La puerta se abrió. Entró el aire caliente del desierto y agitó la bruma. Sin duda se había levantado el viento.

—Mae.

Tenía una tos convulsa. Quizá no podía moverse. Me abalancé hacia la puerta del pasajero, golpeándome las costillas con el cambio de marchas. La bruma era menos densa, y vi el tirador, lo accioné y empujé la puerta. El viento volvió a cerrarla. Volví a empujar y, contorsionándome sobre el asiento, la mantuve abierta con la mano.

El viento barrió el interior del coche.

La nube negra se desvaneció en cuestión de segundos. Arrastrándome, salí por la puerta del pasajero y abrí la puerta de atrás, Mae me tendió la mano, y tiré de ella. Los dos tosíamos con fuerza. A Mae le flaqueaban las piernas. Apoyándome su brazo en los hombros, la llevé hacia el desierto.

Ni aun ahora sé cómo conseguí llegar al edificio del laboratorio. Los enjambres habían desaparecido; el viento soplaba con fuerza. Mae era un peso muerto sobre mis hombros, su cuerpo inerte, sus pies arrastrándose por la arena. No me quedaba energía. Me sacudía una tos convulsa que a menudo me obligaba a detenerme. No podía respirar. Estaba mareado, desorientado. El resplandor del sol tenía un tono verdoso, y yo veía puntos ante los ojos. Mae tosía débilmente y su respiración era poco profunda. Tuve la impresión de que no sobreviviría. Penosamente, seguía avanzando paso tras paso.

De algún modo la puerta apareció ante mí, y conseguí abrirla. Metí a Mae en la oscura sala exterior. Al otro lado del compartimiento estanco de cristal esperaban Ricky y Bobby Lembeck. Nos vitoreaban, pero yo no los oía. Mis auriculares se habían quedado en el coche. Las puertas del compartimiento estanco se abrieron, y entré a Mae. Logró mantenerse en pie, aunque se doblaba a causa de la tos. Me aparté. El viento empezó a limpiarla. Me apoyé contra la pared, sin aliento, mareado.

¿No he hecho esto antes?, pensé.

Consulté mi reloj. Hacía solo tres horas que había escapado milagrosamente al primer ataque. Me agaché y apoyé las manos en las rodillas. Fijé la mirada en el suelo y aguardé a que el compartimiento estanco quedara libre. Eché un vistazo a Ricky y Bobby. Gritaban, señalando sus oídos. Negué con la cabeza.

¿No veían que no llevaba auriculares?

—¿Dónde está Charley? —pregunté.

Contestaron pero no los oí.

—¿Ha podido llegar? ¿Dónde está Charley?

Hice una mueca al oír el áspero chirrido electrónico, y a continuación Ricky dijo por el intercomunicador.

—... poco que puedas hacer.

—¿Está aquí? —pregunté—. ¿Lo ha conseguido?

—No.

—¿Dónde está?

—En el coche —respondió Ricky—. No ha llegado a salir del coche. ¿No lo sabías?

—Estaba muy ocupado —contesté—. ¿Así que aún está allí?

—Sí.

—¿Está muerto?

—No, no. Está vivo.

Yo seguía mareado y aún respiraba con dificultad.

—Por el monitor no es fácil saberlo, pero parece que está vivo...

—¿Y por qué carajo no vais a buscarlo?

—No podemos, Jack —dijo Ricky con calma—. Tenemos que atender a Mae.

—Alguien podría ir.

—No tenemos a nadie más.

—Yo no puedo ir —dije—. No estoy en condiciones.

—Claro que no —contestó Ricky, volviendo a adoptar su tono tranquilizador. Era la voz de empleado de funeraria—. Debe de haber sido una horrible conmoción para ti, Jack, todo lo que has pasado...

—Solo quiero... que me digas... quién va a ir a buscarlo, Ricky.

—Para serte brutalmente sincero, no creo que sirva de nada. Tenía convulsiones. Graves. Dudo que le quede mucho tiempo.

—¿Nadie va a ir? —pregunté.

—Me temo que no sirve de nada, Jack.

En el compartimiento estanco, Bobby ayudaba a salir a Mae y

la guiaba por el pasillo. Ricky permanecía allí, observándome a través del cristal.

—Es tu turno, Jack. Entra.

No me moví. Seguía apoyado contra la pared.

—Alguien ha de ir a buscarlo —insistí.

—Ahora no. El viento no es estable, Jack. Perderá fuerza de un momento a otro.

—Pero Charley está vivo.

—No por mucho tiempo.

—Alguien ha de ir —repetí.

—Jack, sabes tan bien cómo yo a qué nos enfrentamos —dijo Ricky. Ahora era la voz de la razón, serena y lógica—. Hemos sufrido espantosas pérdidas. No podemos arriesgar a nadie más. Para cuando alguien llegara hasta Charley, él estaría muerto. Puede que ya lo esté. Vamos, entra en el compartimiento.

Examiné mi propio estado: palpándome el pecho, notando el ritmo de mi respiración y mi profunda fatiga. En ese momento no podía volver. No en aquel estado.

Así que entré en el compartimiento.

Con un rugido, los chorros de aire me alisaron el pelo, me agitaron la camisa y el pantalón y limpiaron de partículas negras mi ropa y mi piel. Casi de inmediato mejoró mi visión. Empecé a respirar con más facilidad. Cuando el aire sopló hacia arriba, tendí la mano y la vi pasar primero de negro a gris claro y luego recuperar su habitual color.

Luego el aire sopló desde los lados. Respiré hondo. Los alfilerazos no eran ya tan dolorosos. O los sentía menos, o el aire arrancaba las partículas de mi piel. Se me despejó un poco la cabeza. Volví a respirar hondo. No me encontraba bien, pero sí mejor.

Las puertas de cristal se abrieron. Ricky me tendió los brazos.

—Jack, gracias a Dios que estás a salvo.

No le contesté. Simplemente di media vuelta y me fui por donde había llegado.

—Jack...

Las puertas de cristal se deslizaron con un siseo y se cerraron con un golpe sordo.

—No voy a dejarlo ahí fuera —dije.

—¿Qué vas a hacer? No puedes traerlo tú solo; pesa demasiado. ¿Qué vas a hacer?

—No lo sé. Pero no voy a abandonarlo, Ricky.

Y volví a salir.

Por supuesto estaba haciendo lo que Ricky quería —precisamente lo que esperaba que hiciera— pero en ese momento no me di cuenta. Incluso si alguien me lo hubiera dicho, no habría atribuido a Ricky tal grado de sutileza psicológica. Ricky era muy transparente en su manera de tratar a las personas. Pero en esa ocasión me engañó.

DÍA 6

16.22

El viento soplaba con fuerza. No vi indicio de los enjambres y llegué hasta el cobertizo sin problemas. No llevaba auriculares, así que me ahorré los comentarios de Ricky.

La puerta trasera del lado del pasajero del Toyota estaba abierta. Encontré a Charley tendido de espaldas, inmóvil. Tardé un momento en darme cuenta de que aún respiraba. Tirando de él con cierto esfuerzo, logré incorporarlo. Me miró con los ojos sin vida. Tenía los labios azules y la piel gris blanquecina. Una lágrima le resbaló por la mejilla. Movió la boca.

—No intentes hablar —dije—. Ahorra la energía.

Gruñendo, lo arrastré hasta el borde del asiento, junto a la puerta y le desplacé las piernas hacia el exterior para que quedase de cara al exterior. Charley era un hombre corpulento, de un metro ochenta de estatura y unos diez kilos de peso más que yo como mínimo. Comprendí que no podría llevarlo a cuestas. Pero tras el asiento posterior del Toyota vi los gruesos neumáticos de una motocicleta de motocross. Eso podía servirme.

—Charley, ¿me oyes?

Asintió de manera imperceptible.

—¿Puedes levantarte?

Nada. No hubo reacción alguna. No me miraba; tenía la vista perdida en el vacío.

—Charley —dije—, ¿crees que puedes mantenerte en pie?

Volvió a asentir. Luego irguió el cuerpo para salir del coche deslizándose del asiento. Vacilante, permaneció de pie por un mo-

262

mento, temblándole las piernas, y se desplomó contra mí, aferrándose para no caerse. Me tambaleé bajo su peso.

—Muy bien, Charley... —Lo ayudé a retroceder hasta el coche y sentarse en el estribo—. Quédate aquí, ¿de acuerdo?

Lo solté, y permaneció sentado. Seguía mirando al vacío.

—Enseguida vuelvo.

Rodeé el Toyota y abrí el maletero. Había en efecto una moto, la moto de motocross más limpia que había visto en la vida. Estaba cubierta con una gruesa bolsa de lona. Y la habían limpiado después de usarla. Muy propio de David, pensé; siempre tan pulcro, tan organizado.

Saqué la moto del coche y la dejé en tierra. No había llave en el contacto. Fui a la parte delantera del Toyota y abrí la puerta del pasajero. Los asientos estaban impecables y todo en perfecto orden. David tenía en el salpicadero uno de esos blocs de notas sujetos mediante una ventosa, un soporte para el teléfono móvil y un auricular de teléfono colgado de un pequeño gancho. Abrí la guantera y vi que el interior también estaba ordenado. Los documentos del coche en un sobre, bajo una pequeña bandeja de plástico dividida en compartimentos que contenían una barra de cacao para labios, pañuelos de papel, apósitos. No había llaves. Noté entonces que entre los asientos había un espacio para el CD portátil, y debajo una bandeja cerrada con llave. Probablemente tenía la misma cerradura que el contacto. Probablemente se abría con la llave de contacto del coche.

Golpeé la bandeja con la mano y oí moverse algo metálico en el interior. Podía tratarse de una llave pequeña. Como la llave de una moto. En todo caso algo de metal.

¿Dónde estaban las llaves de David? Me pregunté si Vince se habría quedado las llaves de David a su llegada, como se había quedado las mías. En tal caso estarían en el laboratorio, y eso de poco me servía.

Miré en dirección al laboratorio, preguntándome si me convenía volver a buscarlas. En ese instante noté que el viento soplaba con menos fuerza. Había aún una nube de arena flotando sobre la tierra, pero con menos ímpetu.

Fantástico, pensé. Solo me faltaba esto.

Con creciente apremio, decidí renunciar a la moto y la llave perdida. Quizá hubiera algo en la unidad de almacenamiento que me permitiera trasladar a Charley hasta el laboratorio. No recordaba nada, pero fui de todos modos al edificio para comprobarlo. Entré con cautela, oyendo un golpeteo. Era la puerta del fondo, que se abría y cerraba agitada por el viento. El cuerpo de Rosie yacía a un paso de la puerta, iluminado y oscuro alternativamente por el movimiento de la puerta. Tenía en la piel el mismo recubrimiento lechoso que había visto en el tapetí. Pero no me acerqué a examinarla. Inspeccioné apresuradamente los estantes, abrí el armario de material. Miré detrás de las cajas amontonadas. Encontré una plataforma de tablas para muebles con pequeñas ruedas. Pero sería inútil en la arena.

Volví a salir bajo las onduladas planchas del cobertizo y corrí hacia el Toyota. La única posibilidad era tratar de acarrear a Charley hasta el laboratorio. Quizá lo consiguiera si él era capaz de sostener parte de su propio peso. Quizá se encontraba ya mejor, pensé. Quizá había recobrado parte de sus fuerzas.

Pero un vistazo a su cara me indicó que no era así. De hecho, parecía más débil.

—Mierda, Charley, ¿qué voy a hacer contigo?

No contestó.

—No puedo llevarte a cuestas. Y David no ha dejado ninguna llave en el coche, así que no tenemos suerte...

Me interrumpí.

¿Y si David hubiera perdido las llaves del coche? Era ingeniero; pensaba en esa clase de contingencias. Aunque fuera algo improbable, David tendría algo previsto. Él nunca se pondría a parar coches para preguntar si podían prestarle una percha de alambre. No, no.

David tendría una llave escondida. Probablemente en una de esas cajas magnéticas para llaves. Me disponía a tenderme de espaldas en el suelo para mirar bajo el coche cuando caí en la cuenta de que David nunca se ensuciaría la ropa solo por recuperar una llave. Buscaría un escondrijo inteligente pero accesible.

Con eso en mente, deslicé los dedos por el lado interior del parachoques delantero. Nada. Fui al parachoques trasero y repetí la operación. Nada. Palpé bajo los estribos a ambos lados del coche. Nada. No había caja magnética ni llave. No podía creerlo, así que me tendí y miré bajo el coche para ver si había una abrazadera o un saliente que no hubiera notado con los dedos.

No, no lo había. No encontré la llave.

Perplejo, moví la cabeza en un gesto de desesperación. El escondrijo tenía que ser de acero para prender la caja magnética. Y tenía que estar protegida de los elementos. Por eso casi todo el mundo escondía sus llaves en el interior de los parachoques.

David no lo había hecho.

¿Dónde podía haber escondido una llave?

Volví a rodear el coche, observando las uniformes líneas del metal. Recorrí los dedos las aberturas de la rejilla delantera y la parte posterior de la placa de matrícula.

Ninguna llave.

Empecé a sudar. No se debía solo a la tensión: percibía ya claramente que el viento había perdido fuerza. Regresé junto a Charley, que seguía sentado en el estribo.

—¿Cómo va, Charley?

No contestó, limitándose a encogerse de hombros. Le quité el auricular y me lo puse yo. Oí ruido de interferencia estática y unas voces hablar en voz baja. Eran Ricky y Bobby, y parecía una discusión. Me acerqué el micrófono a los labios y dije:

—¿Chicos? Habladme.

Un silencio.

—¿Jack? —Era Bobby, sorprendido.

—Sí, soy yo.

—Jack, no puedes quedarte ahí. La fuerza del viento ha descendido uniformemente en los últimos minutos. Ya es solo de diez nudos.

—De acuerdo...

—Jack, tienes que volver.

—Aún no puedo.

—Por debajo de siete nudos, los enjambres pueden moverse.

—De acuerdo.

—¿Cómo que de acuerdo? —dijo Ricky—. Por Dios, Jack, ¿vienes o no?

—No puedo llevar a Charley.

—Ya lo sabías al salir.

—Ajá.

—Jack, ¿qué demonios estás haciendo?

Oí el susurro de la videocámara colocada en el rincón del cobertizo. Miré por encima del techo del coche y vi girar la lente cuando me enfocaron. El Toyota era tan grande que apenas permitía ver la cámara. Y el portaesquíes lo hacía aún más alto. Vagamente me pregunté por qué tenía David un portaesquíes, ya que no esquiaba; nunca le había gustado el frío. El portaesquíes debía de formar parte del equipamiento de serie y...

Lancé un juramento. Era tan evidente.

Era el único sitio donde no había buscado. Salté sobre el estribo y miré en el techo del coche. Deslicé los dedos por el portaesquíes y por las barras paralelas sujetas al techo. Noté el contacto de la cinta adhesiva negra sobre el portaesquíes negro. Arranqué la cinta y vi una llave plateada.

—¿Jack? Nueve nudos.

—De acuerdo.

Bajé del estribo y ocupé el asiento del conductor. Introduje la llave en la cerradura de la bandeja y la giré. La bandeja se abrió. Dentro encontré una pequeña llave amarilla.

—¿Jack? ¿Qué estás haciendo?

Corrí a la parte trasera del coche. Inserté la llave amarilla en el contacto y la arranqué. El motor resonó estruendosamente bajo las planchas onduladas del cobertizo.

—¿Jack?

Llevé la moto al lado del coche donde estaba sentado Charley. Esa iba a ser la parte difícil. La moto no tenía caballete; me aproximé lo más posible a Charley y luego intenté proporcionarle apoyo para que montara detrás mientras yo permanecía sentado en la moto y la mantenía recta. Por suerte, pareció entender lo que me proponía. Una vez sentado, le dije que se sujetara a mí.

—¿Jack? Están aquí.

—¿Dónde?

—En el lado sur. Van hacia vosotros.

—De acuerdo.

Di gas y cerré la puerta del Toyota. Y me quedé donde estaba.

—¿Jack?

—¿Qué le pasa? —dijo Ricky, hablando con Bobby—. Es consciente del peligro.

—Lo sé —contestó Bobby.

—Está ahí inmóvil.

Charley se sujetaba a mi cintura con las manos y tenía su cabeza apoyada en mi hombro. Oía su respiración ronca.

—Agárrate fuerte Charley.

Asintió con la cabeza.

—¿Jack? —dijo Ricky—. ¿Qué estás haciendo?

—Idiota de mierda —me susurró Charley al oído.

—Sí.

Asentí con la cabeza. Esperé. Ya veía los enjambres rodear el edificio. Esta vez había nueve enjambres y venían derecho hacia mí en formación de cuña. Un comportamiento propio de bandada.

Nueve enjambres, pensé. Pronto habría treinta enjambres y después doscientos...

—Jack, ¿los ves? —preguntó Bobby.

—Los veo. —Claro que los veía.

Y claro que eran distintos a los de antes. Ahora eran más densos, las columnas más tupidas y consistentes. Aquellos enjambres ya no pesaban un kilo y medio. Presentí que estábamos cerca de los cinco o diez kilos. Quizá incluso más. Quizá quince kilos. Ahora tenían verdadero peso, verdadero contenido.

Esperé. Me quedé donde estaba. Una distanciada parte de mi cerebro se preguntaba qué haría la formación al llegar a mí. ¿Me rodearían? ¿Permanecerían al margen y esperarían algunos de los enjambres? ¿Qué conclusión sacarían ante la ruidosa moto?

Ninguna. Vinieron derechos hacia mí, primero convirtiendo la cuña en una línea y luego esta en una especie de cuña invertida. Oí el zumbido grave y vibrante. Con tantos enjambres era mucho más sonoro.

Las columnas arremolinadas estaban a veinte metros de mí. A diez. ¿Se movían ahora más deprisa o eran imaginaciones mías? Aguardé hasta que estaban casi sobre mí y entonces di gas y salí a toda velocidad. Traspasé el enjambre de cabeza, penetrando en la negrura y volviendo a salir. Me dirigí hacia la puerta del grupo electrógeno, sobre las irregularidades del desierto, sin atreverme a mirar atrás. Fue un viaje desenfrenado y duró solo unos segundos. Al llegar al edificio, dejé caer la moto, me eché el brazo de

Charley al hombro y, tambaleándome, recorrí los dos pasos que me separaban de la puerta.

Los enjambres se hallaban aún a cincuenta metros de la puerta cuando conseguí hacer girar el picaporte, tiré, metí un pie en la abertura y de una patada abrí la puerta. Al hacerlo, perdí el equilibrio, y Charley y yo caímos poco más o menos a través de la puerta en el suelo de hormigón. La puerta se cerró, atrapándonos las piernas. Sentí un intenso dolor en los tobillos; pero peor aún, la puerta seguía abierta. A través del hueco vi aproximarse los enjambres.

Como pude, me levanté y entré a rastras el cuerpo inerte de Charley. La puerta se cerró, pero sabía que era una puerta contraincendios, y no era hermética. Las nanopartículas podían penetrar. Debíamos llegar los dos al compartimiento estanco. No estaríamos a salvo hasta que la puerta de cristal se cerrara.

Gruñendo y sudando, llevé a Charley hasta el interior del compartimiento. Lo coloqué sentado, apoyándolo contra las salidas de aire laterales. Así conseguí que sus pies no obstruyeran la puerta de cristal. Y como solo podíamos pasar de uno en uno, volví a salir. Aguardé a que se cerrara la puerta.

Pero no se cerraba.

Busqué algún botón en la pared pero no lo había. En el interior del compartimiento las luces estaban encendidas, así que llegaba corriente eléctrica. Pero la puerta no se cerraba.

Y sabía que los enjambres se acercaban rápidamente.

Bobby Lembeck y Mae aparecieron apresuradamente en la sala del lado opuesto. Los vi a través de la segunda puerta de cristal. Agitaban los brazos y hacían amplios gestos, indicándome aparentemente que volviera a entrar en el compartimiento. Pero eso no tenía sentido. Por el micrófono de los auriculares dije:

—Pensaba que teníamos que pasar de uno en uno.

No llevaban auriculares y no me oían. Desesperadamente seguían indicándome que entrara.

Con expresión interrogativa alcé dos dedos.

Negaron con la cabeza. Por lo visto, querían decir que no había entendido la situación.

A mis pies, vi las nanopartículas empezar a entrar como un río negro. Atravesaban los resquicios de la puerta contraincendios. Me quedaban solo quince o diez segundos.

Volví a entrar en el compartimiento estanco. Bobby y Mae manifestaron su aprobación con gestos de asentimiento. Pero la puerta no se cerró. Comenzaron a hacer otros gestos, moviendo las manos hacia arriba.

—¿Queréis que levante a Charley?

Así era. Negué con la cabeza. Charley seguía medio desplomado, un peso muerto en el suelo. Eché un vistazo a la antesala y vi que estaba llenándose de partículas negras; formaban ya una niebla grisácea en el aire. La niebla también entraba en el compartimiento. Noté los primeros alfilerazos.

Miré a Bobby y Mae, al otro lado del cristal. Veían lo que ocurría; sabían que quedaban solo unos segundos. Volvían a hacer gestos: levanta a Charley. Me incliné y pasé las manos bajo sus axilas. Tiré de él para ponerlo en pie pero no se movió.

—Ayúdame, Charley, por Dios. —Gimiendo, volví a intentarlo. Charley empujó con brazos y piernas y logré separarlo medio metro del suelo. Al instante volvió a desplomarse—. Vamos, Charley, una vez más.

Tiré con todas mis fuerzas y esta vez él ayudó mucho más. Conseguimos que encogiera las piernas bajo el cuerpo y, con un esfuerzo final, lo puse en pie. Lo sujeté por las axilas, en una especie de enloquecido abrazo. Charley resoplaba. Miré hacia la puerta de cristal.

La puerta no se cerró.

El aire era cada vez más negro. Miré a Mae y Bobby. Estaban desesperados. Alzando dos dedos, agitaban las manos en dirección a mí. No lo entendía.

—Sí, somos dos.

¿Qué ocurría con las malditas puertas? Finalmente Mae se inclinó y se señaló claramente los dos zapatos con un dedo de cada mano. Le vi formar con los labios: «Dos zapatos». Y señalaba a Charley.

—Sí, tenemos dos zapatos. Está de pie sobre sus dos zapatos.

Mae negó con la cabeza.

Alzó cuatro dedos.

—¿Cuatro zapatos?

Los alfilerazos eran muy molestos; me impedían pensar. Noté que la confusión de minutos antes volvía a adueñarse de mí. Estaba ofuscado. ¿Cuatro zapatos? ¿Qué quería decir?

En el compartimiento el aire empezaba a oscurecerse. Cada vez me costaba más ver a Mae y Bobby. Con gestos me indicaban algo más, pero no lo entendía. Empezaban a parecerme distantes, distantes e intrascendentes. No me quedaba energía, ni me preocupaba.

Dos zapatos, cuatro zapatos.

Y por fin comprendí. Me volví de espaldas a Charley, me apoyé contra él y dije:

—Pon los brazos alrededor de mi cuello.

Lo hizo, y yo, cogiéndolo por las piernas lo levanté del suelo.

Al instante la puerta se cerró.

Eso era, pensé.

El viento empezó a soplar sobre nosotros. El aire se despejó rápidamente. Me esforcé por mantener a Charley en alto y lo conseguí hasta que vi abrirse la segunda puerta. Mae y Bobby entraron apresuradamente al compartimiento.

Y yo me desplomé. Charley cayó sobre mí. Creo que fue Bobby quien me lo sacó de encima. No estoy seguro. A partir de ese momento apenas recuerdo nada.

EL NIDO

DÍA 6

18.18

Desperté en mi cama del módulo residencial. Las unidades de tratamiento de aire rugían de tal modo que la habitación retumbaba como un aeropuerto. Legañoso, me dirigí hacia la puerta con paso tambaleante. Estaba cerrada con llave. La golpeé varias veces pero nadie acudió, ni siquiera cuando grité. Fui al terminal del escritorio y lo encendí. Apareció un menú y busqué algún tipo de intercomunicador. No vi nada de esas características pese a que examiné la pantalla durante un rato. Debí de activar algo, porque apareció una ventana y Ricky me sonrió desde ella.

—Así que estás despierto —dijo—. ¿Cómo te encuentras?

—Abre esa puerta.

—¿Está cerrada con llave?

—Ábrela, maldita sea.

—Era solo por tu protección.

—Ricky, abre la puerta.

—Ya lo he hecho. Está abierta, Jack.

Me acerqué a la puerta. Era verdad; se abrió de inmediato. Eché un vistazo al cerrojo. Había un pasador extra, una especie de mecanismo de cierre a distancia. Debía acordarme de cubrirlo con cinta adhesiva.

—Quizá te apetezca tomar una ducha —sugirió Ricky desde el monitor.

—Sí, me apetece. ¿Por qué hace tanto ruido la salida de aire?

—En tu habitación la hemos puesto a plena potencia por si quedaba alguna partícula —explicó Ricky.

Revolví en el interior de mi bolsa para sacar ropa.

—¿Dónde está la ducha?

—¿Necesitas ayuda?

—No, no necesito ayuda. Solo quiero que me digas dónde está la ducha.

—Te noto enfadado.

—Vete a la mierda, Ricky.

La ducha me sentó bien. Permanecí bajo el chorro unos veinte minutos, dejando que el agua caliente corriera por mi cuerpo dolorido. Tenía muchos moretones, en el pecho, en el muslo, pero no recordaba cómo me los había hecho.

Cuando salí, encontré allí a Ricky, sentado en un banco.

—Jack, estoy muy preocupado.

—¿Cómo está Charley?

—Bien, parece. Ahora duerme.

—¿También has cerrado con llave su habitación?

—Jack, sé por lo que has pasado y quiero que sepas que te estamos muy agradecidos por lo que has hecho..., es decir la compañía te está agradecida, y...

—A la mierda la compañía.

—Jack, entiendo tu enfado.

—Déjate de rollos, Ricky. Nadie me ha ayudado. Ni tú, ni ninguna otra persona de esta fábrica.

—No dudo que da esa impresión...

—No es una impresión, Ricky. Cuando digo nadie quiero decir nadie.

—Jack, Jack, por favor. Intento decirte que lamento todo lo ocurrido. Lo siento mucho, de verdad. Si hubiera alguna posibilidad de volver atrás y cambiarlo, lo haría, créeme.

Lo miré.

—No te creo, Ricky.

Me dirigió una de sus persuasivas sonrisas.

—Espero que a su debido tiempo cambies de opinión.

—No lo esperes.

—Sabes que siempre he valorado nuestra amistad, Jack. Para mí siempre ha sido lo más importante.

Mantuve la mirada fija en él. Ricky no me escuchaba. Tenía en el rostro aquella estúpida expresión risueña y optimista. Me pregunté si tomaba alguna droga. Desde luego actuaba de manera extraña.

—Bueno, da igual. —Respiró hondo y cambió de tema—. Una buena noticia: va a venir Julia, llegará hoy a última hora.

—¿Para qué viene?

—Sin duda porque le preocupan estos enjambres fuera de control.

—¿Le preocupan mucho? —pregunté—. Porque estos enjambres podrían haber sido eliminados hace semanas, cuando empezaron a mostrarse las tendencias evolutivas. Pero eso no ocurrió.

—Sí, bueno, el hecho es que por entonces nadie entendía en realidad...

—Yo creo que sí lo entendían.

—Pues no. —Consiguió adoptar el aspecto de quien se siente injustamente acusado y un poco ofendido, pero yo comenzaba a cansarme del juego.

—Ricky —dije—, he venido en el helicóptero con varios tipos de relaciones públicas. ¿Quién les comunicó que tenéis aquí un problema de relaciones públicas?

—No sé nada de esos relaciones públicas.

—Les habían dicho que no debían salir del helicóptero, que esto era peligroso.

Negó con la cabeza.

—No tengo la menor idea... no sé de qué me hablas.

Levanté las manos en un gesto de exasperación y salí del cuarto de baño.

—¡No lo sé! —protestó Ricky—. Te juro que no sé nada de eso.

Media hora después, en una especie de ofrecimiento de paz, Ricky me trajo el código desaparecido que le había pedido. Era breve, solo una hoja de papel.

—Disculpa por esto —dijo—. Me ha costado un rato encontrarlo. Rosie separó todo un subdirectorio hace unos días para trabajar en una sección. Supongo que se olvidó de reintroducirlo. Por eso no estaba en el directorio principal.

—Ya. —Examiné la hoja—. ¿En qué estaba trabajando?

Ricky se encogió de hombros.

—Eso es lo que no me explico. En otro archivo.

```
/*Mod Compstat-do */
Exec mode {Ø ij (Cx1, Cy1, Cz1)}/*inic*/
{∂ij (x1,y1,z1)} /*estado*/
{∂ikl (x1,y1,z1) (x2,y2,z2)} /*rastreo*/
Push {z(i)} /*guardar*/
React <advan> /*ref estado*/
    ß1 {(dx(i,j,k)} {place(Cj,Hj)}
    ß2 {(fx,(a,q))}
Place {z(q)}/ *guardar*/
Intent <advan> /*ref intent*/
    ßijk {(dx(i,j,k)} {place(Cj,Hj)}
    ßx {(fx,(a,q))}
Load {z(i) }/*guardar*/
Exec (move {Øij (Cx1, Cy1, Cz1)})
Exec (pre{Ø ij (Hx1, Hy1, Hz1)})
Exec (post{Ø ij (Hx1, Hy1, Hz1)})
Push {∂ij (x1,y1,z1)}
    {∂ikl (x1, y1, z1) move (x2,y2,z2)} /*rastreo*/
(0,1,0,01)
```

—Ricky —dije—, este código es casi idéntico al original.

—Sí, eso creo. Todos los cambios son menores. No se por qué le das tanta importancia. —Se encogió de hombros—. Es decir, en cuanto perdimos el control del enjambre, el código concreto, desde mi punto de vista, carecía de interés. En todo caso no podía cambiarse.

—¿Y cómo perdisteis el control? En este código no hay algoritmo evolutivo.

Extendió las manos.

—Jack, si supiéramos eso lo sabríamos todo. No estaríamos metidos en este lío.

—Pero, Ricky, me pidieron que viniera aquí a estudiar los problemas del código que había escrito mi equipo. Me dijeron que los agentes perdían el rastro de sus objetivos...

—Yo diría que librarse del control de radio es perder el rastro de los objetivos.

—Pero el código no ha cambiado.

—No, ya, en realidad a nadie le importaba el código en sí, Jack. Lo que cuenta son las consecuencias del código, el comportamiento que emerge del código. Con eso queríamos que nos ayudaras. Porque es tu código, ¿no?

—Sí, y es vuestro enjambre.

—Es verdad, Jack.

Se encogió de hombros, como riéndose de sí mismo y salió de la habitación. Contemplé la hoja durante un rato y me pregunté por qué me había sacado una copia por impresora. Eso significaba que no podía comprobar el documento electrónico. Quizá Ricky estaba enmascarando otro problema más. Quizá el código sí había sido modificado, pero él me lo ocultaba. O quizá...

Al diablo, pensé. Arrugué la hoja y la tiré a la papelera. Fuera cual fuese la solución a ese problema, no estaría en el código informático. De eso no cabía duda.

Mae estaba en el laboratorio de biología atenta a su monitor, con la barbilla apoyada en la mano.

—¿Te encuentras bien? —pregunté.

—Sí. —Sonrió—. ¿Y tú?

—Solo un poco cansado. Y me duele otra vez la cabeza.

—A mí también, pero creo que en mi caso se debe a este fago.

Señaló la pantalla. Mostraba la imagen en blanco y negro de un virus obtenida a través de un microscopio electrónico. El fago parecía un obús: una cabeza abultada y puntiaguda, unida a una cola más estrecha.

—¿Ese es el nuevo mutante del que me hablabas? —dije.

—Sí. Ya he desactivado un depósito de fermentación. La producción está solo al sesenta por ciento de su capacidad. Aunque eso poco importa, supongo.

—¿Y qué estás haciendo con ese depósito desactivado?

—Ensayos con reagentes antivirales —contestó—. Aquí tengo un número limitado de ellos. De hecho, no es nuestro objetivo analizar contaminantes. El protocolo solo exige desactivar y limpiar cualquier depósito que deje de funcionar correctamente.

—¿Por qué no lo habéis hecho?

—Al final probablemente lo haré. Pero como este es un nuevo mutante, pensé que era mejor encontrar primero un contraagente, porque lo necesitarán para la producción futura. Es decir, el virus volverá.

—¿Quieres decir que reaparecerá? ¿Reevolucionará?

—Sí. En una forma más o menos virulenta, pero en esencia el mismo.

Asentí con la cabeza. Conocía esa situación por mi trabajo con algoritmos genéticos, programas concebidos específicamente para imitar la evolución. La mayoría de la gente imaginaba la evolución como un proceso aislado, una confluencia de sucesos casuales. Si las plantas no hubieran empezado a producir oxígeno, no se habría desarrollado la vida animal. Si un asteroide no hubiera barrido del planeta a los dinosaurios, los mamíferos no habrían aparecido. Si algunos peces no hubieran salido a tierra, seguiríamos en el agua. Y así sucesivamente.

Todo eso era verdad hasta cierto punto, pero la evolución tenía otro lado. Ciertas formas y pautas de vida reaparecían una y otra vez. Por ejemplo, el parasitismo —un animal viviendo a costa de otro— se había desarrollado de manera independiente muchas veces a lo largo de la evolución. El parasitismo era una pauta fiable de interacción para las formas de vida, y reemergía.

Un fenómeno análogo tenía lugar con los programas genéticos. Tendían a encaminarse hacia ciertas soluciones ensayadas. Los programadores las llamaban picos en un paisaje de adecuación; podían representarlo como una cordillera montañosa tridimensional de falso color. Pero el hecho era que la evolución también tenía su lado estable.

Y algo con lo que podía contarse era que cualquier caldo de cultivo de bacterias tenía muchas probabilidades de ser contaminado por un virus, y si ese virus no podía infectar a las bacterias, mutaba a una forma que sí fuera capaz de hacerlo. Podía contarse con eso en igual medida que cabía esperar encontrar hormigas en el azucarero si se lo dejaba demasiado tiempo en el mármol de la cocina.

Considerando que la evolución se había estudiado durante ciento cincuenta años, era sorprendente que aún se la conociera tan poco. Las antiguas ideas acerca de la supervivencia de los más aptos habían quedado desfasadas hacía mucho. Esos puntos de vista eran demasiado simplistas. Los pensadores del siglo XIX veían la evolución como «la naturaleza con garras y dientes», imaginando un mundo donde los animales fuertes mataban a los débiles. No habían tenido en cuenta que los más débiles inevitablemente se fortalecerían o se defenderían de algún modo, cosa que por supuesto siempre ocurría.

Las nuevas ideas ponían de relieve la interacción entre formas en continua evolución. Algunos hablaban de la evolución como una carrera armamentística, aludiendo con ello a una interacción creciente. Una planta atacada por una plaga desarrolla un pesticida en las hojas. La plaga evoluciona para tolerar el pesticida, así que la planta desarrolla un pesticida más potente. Y así sucesivamente.

Otros hablaban de esta tendencia como coevolución, según la cual dos o más formas de vida evolucionaban simultáneamente para tolerarse la una a la otra. Así, una planta atacada por las hormigas evoluciona para tolerar a las hormigas, incluso empieza a generar un alimento especial para ellas en la superficie de sus hojas. A cambio, las hormigas huéspedes protegen a la planta, picando a cualquier animal que intenta comerse las hojas. Pronto ni la planta ni la hormiga pueden sobrevivir la una sin la otra.

Esta tendencia era tan básica que muchos creían que era el núcleo real de la evolución. El parasitismo y la simbiosis eran el verdadero fundamento del cambio evolutivo. Estos procesos se encontraban en el corazón mismo de toda evolución, y habían estado presentes desde el principio. Lynn Margulis se hizo famoso por demostrar que las bacterias inicialmente habían desarrollado núcleos engullendo a otras bacterias.

En el siglo XXI era evidente que la coevolución no se limitaba a criaturas emparejadas en una danza aislada. Existían tendencias coevolutivas con tres, diez o n formas de vida, donde n podía ser cualquier número. Un maizal contenía muchas clases de plantas, era atacado por muchas plagas y desarrollaba muchos mecanismos de defensa. Las plantas competían con las malas hierbas; las plagas competían con otras plagas; los animales superiores se comían tanto a las plantas como a las plagas. El resultado de esta compleja interacción era siempre el cambio, la evolución.

Y era inherentemente imprevisible.

Por eso, en último extremo estaba tan furioso con Ricky.

Él debería haber conocido los peligros al advertir que no podía controlar a los enjambres. Era una locura quedarse de brazos cruzados y permitir que evolucionaran por su cuenta. Ricky era muy inteligente; conocía los algoritmos genéticos y los antecedentes biológicos de las actuales tendencias en programación.

Sabía que la autoorganización era inevitable.

Sabía que las formas emergentes era imprevisibles.

Sabía que la evolución implicaba la interacción de n formas.

Sabía todo eso, y sin embargo había dejado que ocurriera.

Él o Julia.

Fui a ver a Charley. Dormía aún en su habitación, tumbado en la cama con los brazos y las piernas extendidos. Bobby Lembeck pasó por allí.

—¿Cuánto hace que duerme?

—Desde que habéis vuelto. Unas tres horas.

—¿No crees que deberíamos despertarlo y examinarlo?

—No, déjalo dormir. Lo examinaremos después de la cena.

—¿A qué hora es la cena?

—Dentro de media hora. —Bobby Lembeck se echo a reír—. Yo soy el cocinero.

Eso me recordó que tenía que llamar a casa hacia la hora de la cena, así que entré en mi habitación y marqué el número.

Ellen atendió el teléfono.

—¿Sí? ¿Quién es? —Parecía agobiada. Oí de fondo a Amanda llorar y a Eric gritar a Nicole—. ¡Nicole, no la hagas eso a tu hermano!

—Hola, Ellen —dije.

—Gracias a Dios. Tienes que hablar con tu hija.

—¿Qué pasa?

—Un momento. Nicole, es tu padre.

Adiviné que estaba tendiéndole el teléfono. Un silencio.

—Hola, papá —dijo Nicole por fin.

—¿Qué pasa, Nic?

—Nada. Eric está con sus niñerías —respondió con tono flemático.

—Nic, quiero saber qué le has hecho a tu hermano.

—Papá. —Bajó la voz. Intuí que estaba protegiendo el auricular con la mano ahuecada—. La tía Ellen no es muy simpática.

—Te he oído —dijo Ellen de fondo. Pero al menos Amanda había dejado de llorar; la habían cogido en brazos.

—Nicole —dije—, eres la mayor. Cuento contigo para que ayudes a mantener las cosas en orden mientras yo no estoy.

—Lo intento, papá. Pero Eric se comporta constantemente como un imbécil.

De fondo:

—¡No lo soy! ¡Eso lo serás tú, idiota!

—Papá, ya ves qué tengo que aguantar.

—¡Tarada! —exclamó Eric.

Miré el monitor que tenía enfrente. Mostraba vistas del desierto, imágenes rotativas de todas las cámaras de seguridad exteriores. Una cámara enfocaba la moto, caída de lado, cerca de la puerta del grupo electrógeno. Otra cámara mostraba la unidad de almacenamiento, con la puerta batiendo y revelando el contorno del cuerpo de Rosie en el interior. Ese día habían muerto dos personas. Yo había estado a punto de morir. Y ahora mi familia, que el día anterior era para mí lo más importante de mi vida, me parecía remota e insignificante.

—Es muy sencillo, papá —explicaba Nicole con su más razonable tono de persona adulta—. He llegado de la tienda con la tía Ellen; he comprado una blusa preciosa para la obra, y de repente Eric ha entrado en la habitación y me ha tirado todos los libros al suelo. Le he dicho que los recogiera. Él se ha negado y me ha insultado, así que le he dado una patada en el culo, no muy fuerte, y le he quitado el G.I. Joe y lo he escondido, eso es todo.

—¿Le has quitado el G.I. Joe?

El G.I. Joe era la posesión más preciada de Eric. Hablaba con el G.I. Joe. Dormía con el G.I. Joe a su lado.

—Se lo devolveré en cuanto recoja mis libros.

—Nic...

—Papá, me ha insultado.

—Dale el G.I. Joe.

Las imágenes del monitor rotaban de cámara en cámara. Cada imagen permanecía en pantalla solo un par de segundos. Aguardé a que apareciera otra vez la imagen de la unidad de almacenamiento. Tenía un mal presentimiento. Algo me inquietaba.

—Papá, esto es humillante.

—Nic, tú no eres la madre...

—No, ya, y ella ha estado aquí unos cinco segundos.

—¿Ha estado en casa? ¿Mamá ha estado ahí?

—Pero, para gran sorpresa, ha tenido que irse. Tenía que tomar un avión.

—Ya. Nicole, tienes que hacer caso a Ellen...

—Papá ya te he dicho que no es...

—Porque ella es quien manda hasta que yo vuelva. Así que si te dice que hagas algo, hazlo.

—Papá, esto parece poco razonable —dijo con su tono de voz de abogado frente al jurado.

—Es lo que hay, cariño.

—Pero el problema...

—Nicole, es lo que hay, hasta que yo vuelva.

—¿Cuándo vuelves?

—Mañana probablemente.

—Está bien.

—¿Queda claro, pues?

—Sí, papá. Probablemente tenga un ataque de nervios...

—Si es así, te prometo que te visitaré en el hospital psiquiátrico en cuanto vuelva.

—Muy gracioso.

—Déjame hablar con Eric.

Mantuve una breve conversación con Eric, que me dijo varias veces que no era justo.

Le pedí que recogiera los libros de Nicole. Contestó que no los había tirado aposta, que había sido un accidente. Insistí en que los recogiera de todos modos. Luego hablé un momento con Ellen. La animé lo mejor que supe.

En algún punto de esta conversación el monitor volvió a mostrar la unidad de almacenamiento. Y de nuevo vi la puerta que batía y el exterior del edificio. El edificio estaba ligeramente por encima del nivel del suelo; cuatro peldaños de madera descendían desde la puerta hasta la tierra. Pero todo parecía normal. No sabía qué me había llamado la atención.

De pronto me di cuenta.

El cadáver de David no estaba allí. No aparecía en la imagen. Horas antes lo había visto resbalar por la escalera, así que debería haber estado tendido allí fuera. Dada la ligera pendiente, podría haber rodado a unos metros de la puerta, pero no más allá.

El cadáver no estaba.

Pero quizá yo me confundía. O quizá había coyotes. En cualquier caso la imagen ya había cambiado. Tendría que aguardar a que se completara el ciclo para verla otra vez. Decidí no esperar. Si el cadáver de David había desaparecido, de momento no podía hacer nada al respecto.

Alrededor de las siete nos sentamos a cenar en la pequeña cocina del módulo residencial. Bobby sirvió unos platos de raviolis con salsa de tomate y revoltillo de verduras. Había sido un padre a jornada completa durante tiempo suficiente para reconocer las marcas de comida congelada que utilizaba.

—Creo sinceramente que los raviolis de Contadina son mejores.

Bobby se encogió de hombros.

—Voy a la nevera y cojo lo que hay.

Tenía un hambre voraz. Me acabé el plato.

—No debían de estar tan malos —comentó Bobby.

Mae comió en silencio, como de costumbre. A su lado, Vince comió ruidosamente. Ricky estaba al otro extremo de la mesa, lejos de mí, con la vista fija en el plato para eludir mi mirada. A mí no me importó. Nadie quería hablar de Rosie y David. Pero las sillas vacías junto a la mesa eran una prueba palpable de su ausencia.

—¿Vas a salir esta noche, pues? —me preguntó Bobby.

—Sí —contesté—. ¿A qué hora oscurece?

—La puesta de sol es alrededor de las siete y media —dijo Bobby. Consultó un monitor montado en la pared—. Averiguaré la hora exacta.

—Así pues, podemos salir unas tres horas más tarde. Un poco después de las diez —sugerí.

—¿Y crees que podrás seguir el rastro al enjambre? —preguntó Bobby.

—Tendría que ser posible. Charley roció un enjambre casi por completo.

—Y como consecuencia de ello brillan en la oscuridad —dijo Charley, y se echó a reír. Entró en la cocina y se sentó.

—Todos lo saludamos con entusiasmo. Como mínimo, nos sentíamos mejor teniendo a otra persona a la mesa. Le pregunté cómo se encontraba.

—Bien, un poco débil. Y tengo un dolor de cabeza espantoso.

—Lo sé. Yo también.

—Y yo —dijo Mae.

—Es peor que los dolores de cabeza que me provoca Ricky —dijo Charley, mirando hacia el extremo de la mesa—. Además, este dura más.

Ricky guardó silencio y siguió comiendo.

—¿Entrarán esas cosas en el cerebro? —preguntó Charley—. Al fin y al cabo, son nanopartículas. Pueden inhalarse y pasar de la sangre al cerebro.

Bobby colocó un plato de pasta frente a Charley. Este de inmediato lo roció de pimienta.

—¿No quieres probarla?

—No te ofendas, pero estoy seguro de que lo necesita. —Empezó a comer—. Por eso todo el mundo está tan preocupado por la contaminación del medio ambiente, ¿no? Las nanopartículas son tan pequeñas que pueden llegar a sitios adonde antes no llegaba nada. Pueden entrar en las sinapsis entre neuronas. Pueden entrar en el citoplasma de las células cardíacas. Pueden entrar en los núcleos de las células. Son tan pequeñas que pueden entrar en cualquier parte del cuerpo. Así que quizá estamos infectados, Jack.

—No pareces muy preocupado por eso —dijo Ricky.

—¿Qué voy a hacer? Al menos espero contagiártelo. Eh, estos espaguetis no están mal.

—Raviolis —corrigió Bobby.

—Lo que sean. Solo necesitan un poco de pimienta.

Se echó más pimienta.

—El sol se pone a las siete veintisiete —informó Bobby, leyendo la hora en el monitor. Continuó comiendo—. Y no necesitan pimienta.

—Joder si necesitan.

—Ya había añadido pimienta.

—Necesitan más.

—¿Chicos? —dije—. ¿Falta alguien?

—No lo creo. ¿Por qué?

Señalé el monitor.

—¿Quién hay allí en el desierto?

DÍA 6

19.12

—Mierda —dijo Bobby. Se levantó de un salto de la mesa y salió a toda prisa de la cocina. Todos hicieron lo mismo. Yo los seguí.

Ricky habló por la radio mientras caminaba:

—Vince, cierra herméticamente. ¿Vince?

—Ya está cerrado —contestó Vince—. La presión está a treinta y cinco.

—¿Por qué no se ha disparado la alarma?

—No lo sé. Quizá también han aprendido a sortearla.

Seguí a los demás al interior de la sala de material, donde había grandes monitores de cristal líquido montados en la pared con las imágenes de las cámaras exteriores, vistas del desierto desde todos los ángulos.

El sol estaba ya por debajo del horizonte, pero el cielo presentaba un vivo color naranja, que pasó primero a morado y luego a azul oscuro. Contra este cielo se recortaba la silueta de un hombre joven de cabello corto. Vestía vaqueros y una camiseta blanca, y parecía un surfista. No le veía claramente la cara en la débil luz; aun así, observando sus movimientos me pareció advertir en él algo familiar.

—¿Tenemos algún foco ahí fuera? —preguntó Charley. Se paseaba de un lado a otro con el plato de pasta en la mano, todavía comiendo.

—Las luces están encendiéndose —dijo Bobby, y un momento después el hombre apareció bajo el resplandor.

En ese instante lo vi con toda claridad, y caí en la cuenta. Parecía el mismo joven que había visto en el coche la noche anterior después de la cena, cuando ella se iba, poco antes del accidente. El mismo surfista rubio que, ahora que volvía a verlo, se parecía a...

—Dios mío, Ricky —dijo Bobby—. Se te parece.

—Es verdad —confirmó Mae—. Es Ricky. Incluso lleva la misma camiseta.

Ricky se tomaba un refresco de la máquina expendedora. Se volvió hacia el monitor.

—¿De qué habláis?

—Se te parece —dijo Mae—. Incluso lleva la camiseta con «Soy Root» en el pecho.

Ricky se miró la camiseta y luego volvió a fijar la vista en la pantalla. Guardó silencio por un momento.

—Maldita sea.

—Tú nunca has salido del edificio, Ricky —dije—. ¿Cómo es posible que seas tú?

—No me lo explico, joder —contestó Ricky. Se encogió de hombros con despreocupación. ¿Demasiada despreocupación?

—No distingo bien la cara —comentó Mae—. Me refiero a las facciones.

Charley se acercó al monitor más grande y contempló la imagen con los ojos entornados.

—No ves las facciones, porque no las hay —observó.

—¡Vamos!

—Charley es un problema de resolución, nada más que eso.

—No lo es —respondió Charley—. No hay facciones. Amplía la imagen con el zoom y lo verás con tus propios ojos.

Bobby aplicó el zoom. La imagen de la cabeza rubia se amplió. La figura se movía de un lado a otro, entrando y saliendo del encuadre, pero de inmediato quedó claro que Charley tenía razón. No tenía facciones. Bajo la línea del pelo había un óvalo de piel clara y se veían insinuados la nariz y los arcos de las cejas, y una especie de protuberancia donde deberían haber estado los labios. Pero no tenía verdaderas facciones.

Era como si un escultor hubiera empezado a tallar un rostro y se hubiera interrumpido antes de acabar. Era un rostro inacabado.

Pero las cejas se movían de vez en cuando; era un especie de aleteo. O quizá fuese solo un efecto óptico.

—Os dais cuenta de lo que estamos viendo, ¿no? —dijo Charley. Parecía preocupado—. Danos un plano de la parte inferior. Veamos el resto.

Bobby bajó el plano de la imagen, y vimos unas zapatillas blancas moverse por la arena del desierto. Salvo que las zapatillas no parecían tocar el suelo sino flotar justo por encima. Y las propias zapatillas se veían desdibujadas. Había una apariencia de cordones, y una mancha donde habría estado el logotipo de Nike. Pero eran como un esbozo, más que unas verdaderas zapatillas.

—Esto es muy extraño —comentó Mae.

—No os extrañe en absoluto —repuso Charley—. Es una aproximación calculada por densidad. El enjambre no dispone de agentes suficientes para reproducir unas zapatillas en alta resolución. Así que se aproxima.

—O si no, es lo mejor que puede hacer con los materiales que tiene —sugerí—. Debe de generar todos esos colores ladeando su superficie fotovoltaica en ligeros ángulos, reflejando la luz. Es como esas placas reflectantes que utiliza la gente en los estadios de fútbol para formar una imagen.

—En cuyo caso, su comportamiento es bastante sofisticado —dijo Charley.

—Más sofisticado de lo que habíamos visto hasta ahora —añadí.

—Por Dios —protestó Ricky irritado—, actuáis como si ese enjambre fuera Einstein.

—Obviamente no lo es —contestó Charley—; si está tomándote a ti como modelo, desde luego no es Einstein.

—Déjame tranquilo, Charley.

—Lo haría, Ricky, pero eres tan gilipollas que me siento provocado una y otra vez.

—¿Por qué no os tranquilizáis los dos? —dijo Bobby.

—¿Por qué hace eso el enjambre? —preguntó Mae, volviéndose hacia mí—. ¿Está imitando a la presa?

—En esencia, sí —respondí.

—No me gusta pensar en nosotros como presas —dijo Ricky.

—¿Quieres decir que ha sido codificado para imitar físicamente a la presa, en sentido literal? —continuó Mae.

—No —contesté—. Las instrucciones del programa son más generales. Simplemente dirigen a los agentes a la consecución del objetivo. Así que estamos presenciando una posible solución emergente, más avanzada que en la versión anterior. Antes tenía dificultades para crear una imagen estable en dos dimensiones. Ahora reproduce modelos en tres dimensiones.

Eché un vistazo a los programadores. Tenían expresión de asombro. Eran conscientes de la magnitud del avance que estábamos presenciando. La transición a tres dimensiones significaba que ahora el enjambre no solo imitaba nuestra apariencia externa; imitaba también nuestro comportamiento. Nuestro andar, nuestros gestos. Y eso implicaba un modelo interno mucho más complejo.

—¿Y el enjambre ha decidido eso por sí solo? —preguntó Mae.

—Sí —dije—. Aunque dudo que «decidido» sea el término adecuado. El comportamiento emergente es la suma de los comportamientos de los agentes individuales. Ahí no hay nadie que «decida» nada. En ese enjambre no hay un cerebro, no hay un control superior.

—¿Mentalidad de grupo? —aventuró Mae—. ¿Mentalidad de colmena?

—En cierto modo —respondí—. La cuestión es que no existe un control central.

—Pero parece muy controlado —dijo ella—. Parece un organismo definido, con un propósito.

—Sí, bueno, también nosotros lo parecemos —comentó Charley, y soltó una ronca carcajada. Nadie más se rió.

Si quiere verse de ese modo, un ser humano es en realidad un enjambre gigante. O más exactamente es un enjambre de enjambres, porque cada órgano —el hígado, los riñones, el aparato circulatorio— es un enjambre independiente. Aquello que llamamos «cuerpo» es de hecho la combinación de todos esos enjambres.

Concebimos nuestros cuerpos como algo sólido, pero eso es solo porque no vemos qué ocurre a nivel celular. Si pudiera ampliarse el cuerpo humano a un tamaño inmenso, se vería que literalmente no es más que una masa arremolinada de células y átomos, agrupada en remolinos menores de células y átomos.

¿Quién lo controla? Bueno, en los órganos tiene lugar mucho procesamiento. El comportamiento humano se determina en muchos sitios. El control de nuestro comportamiento no se localiza en el cerebro. Está distribuido por todo el cuerpo.

Así que podría afirmarse que los seres humanos están regidos también por una «inteligencia de enjambre». El equilibrio lo controla el enjambre del cerebelo y rara vez llega al nivel de la conciencia. Más procesamiento se produce en la médula espinal, el estómago, los intestinos. En los globos oculares se produce gran cantidad de visión antes de que el cerebro participe.

Y dicho sea de paso, también se lleva a cabo gran cantidad de elaborado procesamiento cerebral por debajo de los niveles de conciencia. Una prueba sencilla es la evitación de objetos. Un robot móvil debe destinar una enorme proporción de tiempo de procesamiento simplemente a evitar los obstáculos del entorno. Los seres humanos también lo hacen, pero no son conscientes de ello... hasta que se apagan las luces. Entonces descubren la cantidad de procesamiento que realmente se requiere.

Así, hay quien afirma que toda la estructura de la conciencia, y de paso el sentido humano del autocontrol y el propósito, es una ilusión. No tenemos control consciente de nosotros mismos en absoluto. Solo creemos que lo tenemos.

El simple hecho de que los seres humanos vayan de un lado a otro pensando en sí mismos como un «yo» no significa que eso sea cierto. Y por lo que sabíamos, aquel condenado enjambre poseía una especie de rudimentario sentido de sí mismo como entidad. O si no, muy pronto podía empezar a tenerlo.

Observando el hombre sin rostro en el monitor, vimos que la imagen perdía estabilidad. El enjambre tenía problemas para mantener la apariencia sólida. Fluctuaba. En algunos momentos la cara y los hombros parecían convertirse en polvo y luego reaparecían con forma sólida. Observarlo producía una extraña sensación.

—¿Pierde el control? —preguntó Bobby.

—No, creo que está cansándose —dijo Charley.

—Querrás decir que está quedándose sin energía.

—Sí, probablemente. Mantener todas esas partículas en puntos exactos representa un alto consumo.

En efecto, el enjambre recuperaba su aspecto de nube.

—¿Así que esta es una posición de bajo consumo? —comenté.

—Sí. Estoy seguro de que se optimizaron para el control de energía.

—O al menos ahora lo están —dije.

Oscurecía rápidamente. En el cielo ya no quedaba ni rastro del color naranja.

El monitor empezaba a perder definición. El enjambre se dio media vuelta y se alejó.

—Maldita sea —dijo Charley.

Observé desaparecer el enjambre en el horizonte.

—Tres horas, y habrán pasado a la historia —anuncié.

DÍA 6

22.12

Charley volvió a acostarse después de cenar. A las diez de la noche, cuando Mae y yo nos preparábamos para volver a salir, aún dormía. Llevábamos chalecos y chaquetas, porque refrescaría. Necesitábamos a una tercera persona para acompañarnos. Ricky pretextó que debía esperar a Julia, que llegaría de un momento a otro. Me pareció bien; en todo caso no lo quería conmigo. Vince estaba en algún sitio viendo la televisión y bebiendo cerveza. Eso dejaba a Bobby.

Bobby no quería ir, pero Mae lo obligó a hacerlo por vergüenza. Un problema era cómo desplazarnos los tres, ya que posiblemente el escondite del enjambre estaba lejos, quizá a varios kilómetros de distancia. Aún disponíamos de la moto de David, pero solo servía para dos. Resultó que Vince tenía un quad en el cobertizo. Fui a verlo al edificio del grupo electrógeno para pedirle la llave.

—No necesitas llave —contestó.

Estaba sentado en un sofá, viendo *Quién quiere ser millonario*. Oí decir al presentador: «¿Última pregunta?».

—¿Qué quieres decir?

—La llave está en el contacto —aclaró Vince—. Siempre está.

—Un momento —dije—. ¿Significa eso que había un vehículo con llaves en el cobertizo?

—Claro.

En el televisor oí decir: «Por cuatro mil dólares, ¿cuál es el nombre del estado más pequeño de Europa?».

—¿Por qué no me lo ha dicho nadie? —pregunté empezando a enfurecerme.

Vince se encogió de hombros.

—¿Cómo iba a decírtelo? Nadie me lo ha preguntado.

Volví al edificio principal.

—¿Dónde demonios está Ricky?

—Al teléfono —respondió Bobby—. Hablando con los jefes, en Silicon Valley.

—Tranquilo —aconsejó Mae.

—Estoy tranquilo —contesté—. ¿En qué teléfono? ¿En la unidad principal?

—Jack. —Mae apoyó las manos en mis hombros y me detuvo—. Pasan de las diez. Olvídalo.

—¿Olvidarlo? Podría habernos matado.

—Y ahora tenemos trabajo pendiente.

Miré su rostro sereno, su expresión inalterable. Pensé en la rapidez con que había extraído las vísceras del tapetí.

—Tienes razón —dije.

—Bien. —Se dio media vuelta—. Creo que en cuanto encuentre unas mochilas, estaremos listos para marcharnos.

Existía una razón, pensé, por la que Mae nunca perdía una discusión.

Fui al armario del material y saqué tres mochilas. Le lancé una a Bobby.

—En marcha —dije.

Era una noche despejada, con el cielo salpicado de estrellas. En la oscuridad nos dirigimos hacia la unidad de almacenamiento, un contorno oscuro contra el horizonte oscuro. Empujando, llevé la moto. Durante un rato ninguno de nosotros habló. Finalmente Bobby dijo:

—Vamos a necesitar luces.

—Vamos a necesitar muchas cosas —afirmó Mae—. He preparado una lista.

Llegamos a la unidad de almacenamiento y abrí la puerta. Vi que Bobby se quedaba atrás en la oscuridad. Entré, busqué a tientas el interruptor y encendí la luz.

Dentro todo seguía en apariencia tal como lo habíamos dejado. Mae abrió su mochila y recorrió la hilera de estantes.

—Necesitamos luces portátiles... fusibles de ignición... bengalas... oxígeno...

—¿Oxígeno? —repitió Bobby—. ¿Tú crees?

—Si el escondite está bajo tierra, sí, quizá... y necesitamos termita.

—La tenía Rosie. Puede que la dejara cuando... —dije—. Iré a mirar.

Entré en la sala contigua. La caja de termita estaba volcada en el suelo, los tubos desparramados alrededor. Debía de habérsele caído a Rosie cuando echó a correr. Me pregunté si tendría alguno más en la mano. Me volví hacia la puerta para echar un vistazo al cadáver.

El cuerpo de Rosie había desaparecido.

—Dios mío.

Bobby entró apresuradamente.

—¿Qué pasa? ¿Ocurre algo?

Señalé hacia la puerta.

—Rosie ha desaparecido.

—¿Cómo que ha desaparecido?

Lo miré.

—Ya no está, Bobby. Antes el cuerpo estaba ahí y ahora ha desaparecido.

—¿Cómo es posible? ¿Un animal?

—No lo sé.

Me acerqué al lugar donde había estado su cuerpo y me agaché. Cuando la vi por última vez, hacía cinco o seis horas, una secreción lechosa cubría el cuerpo. Parte de esa secreción seguía en el suelo. Allí donde había estado la cabeza, la secreción permanecía homogénea e inalterada. Pero más cerca de la puerta daba la impresión de que la hubieran rascado. Había marcas en el revestimiento.

—Parece que la hayan sacado a rastras —dijo Bobby.

—Sí.

Observé atentamente la secreción en busca de huellas. Un coyote solo no podía haberla arrastrado; habría sido necesaria una manada para sacarla por la puerta. Sin duda habrían dejado un rastro. No lo había.

294

Me puse en pie y caminé hasta la puerta. Bobby se colocó a mi lado y miró hacia la oscuridad exterior.

—¿Ves algo? —preguntó.

—No.

Me volví hacia Mae. Ya lo había encontrado todo. Tenía mecha de magnesio enrollada. Tenía pistolas de bengalas. Tenía focos halógenos portátiles. Tenía linternas con anchas cintas elásticas para ceñirse a la cabeza. Tenía pequeños prismáticos y gafas de visión nocturna. Tenía una radio. Y tenía botellas de oxígeno y mascarillas de plástico transparente. Sentí cierta inquietud al darme cuenta de que aquellas eran las mismas mascarillas de plástico que había visto a los hombres de la furgoneta con el rótulo ssvt la noche anterior en California, salvo que estas no eran plateadas.

Entonces pensé: ¿Fue anoche? Sí. Apenas habían pasado veinticuatro horas. Tenía la sensación de que había sido un mes.

Mae lo repartía todo entre las tres mochilas. Observándola, comprendí que ella era la única con verdadera experiencia en trabajo de campo. En comparación, nosotros éramos teóricos, pasivos. Esa noche me sorprendió mi propia sensación de dependencia respecto a ella.

Bobby levantó la mochila más cercana y gruñó.

—¿De verdad crees que necesitamos todo esto, Mae?

—No tenemos que acarrearlo; vamos en el quad. Y sí, vale más prevenir que curar.

—Muy bien, de acuerdo, pero... ¿una radio de campo?

—Nunca se sabe.

—¿A quién vas a llamar?

—La cuestión, Bobby, es que si por casualidad necesitas algo de esto, lo necesitarás de verdad.

—Sí, pero es...

Mae cogió la segunda mochila y se la echó al hombro. Manejaba el peso con facilidad. Miró a Bobby.

—¿Decías?

—No importa.

Cogí la tercera mochila. No pesaba tanto. Bobby protestaba porque tenía miedo. Desde luego la botella de oxígeno era un poco más grande y pesada de lo que habría deseado, y se llevaba mal en la mochila. Pero Mae insistió en el oxígeno.

—¿Oxígeno? —repitió Bobby nerviosamente—. ¿Qué tamaño creéis que tendrá ese escondite?

—No tengo la menor idea —contestó Mae—. Pero los últimos enjambres son mucho mayores.

Se acercó al fregadero y cogió un medidor de radiación. Pero al desenchufarlo de la toma vio que no había batería. Tuvimos que buscar una batería nueva, desmontar la carcasa y sustituir la batería. Me preocupaba que el repuesto estuviera también agotado. Si era así, no teníamos nada que hacer.

—Vale más que vigilemos también las gafas de visión nocturna —recomendó Mae—. No sé cuál es el estado de las baterías de todo lo que llevamos.

Sin embargo el medidor sonó claramente. El indicador de batería se encendió.

—Plena carga —anunció Mae—. Durará cuatro horas.

—En marcha —dije.

Eran las 22.43 horas.

El medidor de radiación enloqueció cuando nos acercamos al Toyota, acelerándose tanto la pulsación que el sonido se volvió continuo. Sosteniendo la varita detectora ante ella, Mae se alejó del coche en dirección al desierto. Fue hacia el oeste y la pulsación disminuyó. Fue hacia el este y volvió a aumentar. Pero cuando siguió hacia el este la pulsación se redujo. Se dirigió al norte y aumentó.

—Hacia el norte —dijo.

Monté en la moto y di gas.

Bobby salió del cobertizo en el quad con sus gruesos neumáticos posteriores y su manillar de motocicleta. El quad parecía torpe, pero me constaba que era más adecuado que la moto para desplazarse de noche por el desierto.

Mae montó en la moto, inclinada para mantener la varita cerca del suelo, y dijo:

—Muy bien. Adelante.

Nos adentramos en el desierto bajo un cielo nocturno sin una sola nube.

El haz de luz del faro de la moto subía y bajaba, agitando las sombras sobre el terreno, dificultando ver lo que había por delante. El desierto, que de día parecía tan llano e indefinido, revelaba ahora hondonadas arenosas, zonas de roca y profundas hendiduras que surgían sin previo aviso. Mantener la moto en equilibrio exigía toda mi atención, sobre todo porque Mae me obligaba a doblar a derecha e izquierda continuamente. A veces me hacía trazar un círculo completo para asegurarse del camino correcto.

Si alguien siguiera nuestro rastro a la luz del día, pensaría que el conductor estaba borracho por las numerosas vueltas y cambios de dirección. La moto saltó y viró sobre las irregularidades del terreno. Estábamos ya a varios kilómetros del laboratorio, y empezaba a preocuparme. Oía la pulsación del medidor, y la frecuencia decrecía. Era difícil distinguir la estela del enjambre de la radiación de fondo. No entendía por qué ocurría eso pero sin duda así era. Si no localizábamos pronto el escondite del enjambre, perderíamos el rastro.

Mae también estaba preocupada. Se inclinaba cada vez más, manteniendo la varilla con una mano y sujetándose a mi cintura con la otra. Yo tenía que reducir la marcha, porque el rastro era cada vez más tenue. Lo perdimos, lo encontramos y volvimos a perderlo. Bajo la negra bóveda de las estrellas, retrocedimos, giramos en círculo. Sin darme cuenta, contuve la respiración.

Y al final acabamos dando vueltas y vueltas sobre el mismo punto, intentando no ceder a la desesperación. Tracé el círculo tres veces, luego una cuarta, pero de nada sirvió: las pulsaciones del medidor eran aleatorias. Y de pronto resultó evidente que habíamos perdido el rastro por completo.

Estábamos en medio de ninguna parte, moviéndonos en círculo.

Habíamos perdido el rastro.

El agotamiento me asaltó súbitamente y con contundencia. A lo largo de todo el día me había mantenido en pie la adrenalina y ahora que por fin me sentía derrotado me invadió un profundo cansancio. Se me cerraban los ojos. Tenía la sensación de que podía quedarme dormido en la moto.

Detrás de mí, Mae se irguió y dijo:

—No te preocupes.

—¿Qué quieres decir? —pregunté con hastío—. Mi plan ha fracasado totalmente, Mae.

—Quizá todavía no —dijo ella.

Bobby se detuvo cerca de nosotros.

—¿Habéis echado un vistazo atrás? —preguntó.

—¿Por qué?

—Echad un vistazo —insistió—. Mirad lo lejos que hemos llegado.

Me volví y miré por encima del hombro. Al sur, vi las intensas luces de la fábrica, sorprendentemente cerca. No podíamos estar a más de dos o tres kilómetros. Debíamos de haber viajado en un gran semicírculo, regresando finalmente hacia el punto de partida.

Mae había bajado de la moto y se colocó frente al faro. Estaba mirando el visor del medidor.

—Mmm —masculló.

—¿Y bien, Mae? ¿Qué opinas? —dijo Bobby, esperanzado—. ¿Hora de volver?

—No —respondió Mae—. No es hora de volver. Echad una ojeada a esto.

Bobby se inclinó, y los dos miramos el visor. Mostraba un gráfico de intensidad de radiación, que descendía progresivamente por fases y luego caía de pronto. Bobby frunció el entrecejo.

—¿Y esto qué es?

—El desarrollo de las lecturas de esta noche —explicó Mae—. El aparato nos revela que desde el principio la intensidad de la radiación ha decrecido aritméticamente; es una escalera descendente, ¿veis? Y el decrecimiento ha sido aritmético hasta el último minuto poco más o menos, cuando ha pasado a ser exponencial. Sencillamente ha descendido a cero.

—¿Y? —Bobby parecía perplejo—. ¿Qué significa eso? No lo entiendo.

—Yo sí. —Mae se volvió hacia mí y subió otra vez a la moto—. Creo que sé qué ha ocurrido. Sigue al frente, despacio.

Solté el embrague y avancé. El haz de luz oscilante mostró una ligera pendiente en el desierto, cactus escuálidos al frente.

—No. Más despacio, Jack.

Aminoré la marcha. Íbamos prácticamente a paso de paseo. Bostecé. No tenía sentido preguntarle; estaba totalmente concentrada. Yo me sentía cansado y derrotado. Continuamos ascendiendo por la pendiente hasta que el terreno recuperó la horizontalidad y poco más adelante la moto empezó a descender.

—Para.

Paré.

Justo enfrente el desierto acababa bruscamente. Más allá solo vi negrura.

—¿Es un precipicio?

—No. Solo un promontorio alto.

Avancé en diagonal. El terreno se precipitaba claramente. En cuanto llegamos al borde, me orienté. Estábamos en la cresta de un promontorio de unos cinco metros de altura, que formaba uno de los lados de una torrentera muy ancha. Abajo vi lisas rocas de río, con algún que otro peñasco y matas dispersas en una franja que se extendía unos cincuenta metros de distancia hasta el otro lado del lecho. En la otra orilla, el desierto era otra vez llano.

—Ahora lo entiendo —dije—. El enjambre ha saltado.

—Sí —contestó Mae—, ha seguido por el aire, y hemos perdido el rastro.

—Entonces debe de haber ido a parar a algún lugar de ahí abajo —aventuró Bobby, señalando el lecho de la torrentera.

—Quizá sí —dije—. O quizá no.

Estaba pensando que necesitaríamos muchos minutos para encontrar un camino de bajada seguro. Luego tardaríamos mucho tiempo buscando entre los arbustos y rocas del lecho hasta dar de nuevo con el rastro. Podía llevarnos horas. Tal vez ni siquiera lo encontráramos. Desde nuestra posición en lo alto del promontorio veíamos la desalentadora vastedad del desierto que se extendía ante nosotros.

—El enjambre podría haber hecho tierra en la torrentera, o podría haber ido un poco más allá, o podría haber recorrido otros quinientos metros al otro lado.

Mae no se dejó desanimar.

—Bobby, quédate aquí —dijo—. Tú marcarás la posición por donde ha saltado. Jack y yo buscaremos un camino para bajar, saldremos a la llanura y avanzaremos en línea recta de este a oeste hasta que volvamos a detectar el rastro. Tarde o temprano lo encontraremos.

—Muy bien —dijo Bobby—. Entendido.

—De acuerdo —convine.

Podíamos intentarlo. No teníamos nada que perder. Pero albergaba pocas esperanzas de éxito.

Bobby se inclinó al frente en el asiento de su quad.

—¿Qué es eso?

—¿Qué?

—Un animal. He visto brillar unos ojos.

—¿Dónde?

—Allí, en aquel arbusto. —Señaló el centro de la torrentera.

Fruncí el entrecejo. Los dos teníamos los faros dirigidos torrentera abajo. Iluminábamos un amplio arco de terreno. No vi ningún animal.

—¡Allí! —dijo Mae.

—No veo nada.

Mae señaló.

—Acaba de ocultarse detrás de aquel enebro. ¿Ves aquel arbusto que parece una pirámide? ¿Aquel que tiene las ramas muertas a un lado?

—Lo veo —contesté—. Pero... —No veía ningún animal.

—Se mueve de izquierda a derecha. Espera un momento, y aparecerá otra vez.

Esperamos, finalmente vi un par de puntos verdes y resplandecientes. Cerca del suelo, desplazándose a la derecha. Vi un destello blanco. Y casi de inmediato supe que algo raro ocurría.

Lo mismo pensó Bobby. Hizo girar el manillar, moviendo el haz de luz para enfocar directamente aquel lugar. Cogió unos prismáticos.

—Eso no es un animal —dijo.

Avanzando entre los bajos arbustos, vimos... carne blanca. Pero eran solo vislumbres. Y de repente advertí una superficie blanca y plana, cayendo en la cuenta con un sobresalto de que era una mano humana arrastrándose por tierra. Una mano con los dedos extendidos.

—Dios santo —exclamó Bobby, mirando a través de los prismáticos.

—¿Qué? ¿Qué es?

—Es un cuerpo a rastras —contestó. Y a continuación, con una voz extraña, añadió—: Es Rosie.

DÍA 6

22.58

Dando gas a la moto recorrí con Mae el borde del promontorio hasta que descendió hacia el lecho de la torrentera. Bobby permaneció donde estaba, observando el cuerpo de Rosie. En unos minutos crucé a la otra orilla y retrocedí hacia la luz de su faro.

—Ahora más despacio, Jack —indicó Mae.

Así que reduje la marcha y me incliné sobre el manillar para ver más extensión de terreno al frente. De pronto empezó a oírse de nuevo la pulsación del medidor de radiación.

—Buena señal —dije.

Seguimos avanzando. Nos hallábamos ya a la altura de Bobby. Su faro proyectaba un ligero resplandor en el espacio que nos rodeaba, como una especie de claro de luna. Con señas le indiqué que empezara a moverse. Hizo girar su vehículo y se encaminó hacia el oeste. Sin su luz, el desierto estaba de pronto más oscuro, más misterioso.

Y entonces vimos a Rosie Castro.

Rosie yacía de espaldas, con la cabeza ladeada de modo que parecía mirar atrás, directamente a mí, los ojos abiertos, el brazo extendido hacia mí, la pálida mano abierta. Tenía en el rostro una expresión de súplica o de terror. Presentaba ya la rigidez de la muerte, y su cuerpo endurecido se sacudía mientras se desplazaba entre los arbustos y cactus del desierto.

Era arrastrada, pero ningún animal tiraba de ella.

—Creo que deberías apagar las luces —propuso Mae.

—Pero no veo qué pasa... parece que hay una sombra bajo ella.

—No es una sombra —corrigió Mae—. Son las partículas.

—¿Están arrastrándola?

Asintió con la cabeza.

—Apaga las luces.

Apagué el faro. Nos quedamos inmóviles en la oscuridad.

—Pensaba que los enjambres no mantenían la energía más de tres horas —comenté.

—Eso es lo que ha dicho Ricky.

—¿Ha mentido otra vez?

—O las partículas han superado esa limitación.

Las implicaciones eran inquietantes. Si los enjambres ahora conservaban la energía durante la noche, podían hallarse activos cuando llegáramos a su escondite. Yo contaba con encontrarlos caídos, las partículas dispersas por tierra. Pretendía matarlas mientras dormían, por así decirlo. Ahora daba la impresión de que no dormían.

Permanecimos en la fría oscuridad, pensando.

—¿No tienen estos enjambres como modelo el comportamiento de los insectos? —preguntó Mae por fin.

—En realidad, no —respondí—. El modelo para la programación fue la relación entre el depredador y la presa. Pero como el enjambre es un población de partículas en interacción, hasta cierto punto se comportará como cualquier población de partículas en interacción, por ejemplo los insectos. ¿Por qué?

—Los insectos pueden llevar a cabo planes que exigen un tiempo de vida superior al de una sola generación. Pueden construir nidos que requieren muchas generaciones. ¿No es verdad?

—Eso creo.

—Entonces quizá un enjambre ha arrastrado el cuerpo durante un rato y luego otro ha tomado el relevo. Quizá hayan intervenido ya tres o cuatro enjambres. Así ninguno de ellos tiene que estar activo durante tres horas por la noche.

Las implicaciones de esa idea me gustaban aún menos.

—Eso significaría que los enjambres trabajan en colaboración —dije—. Significaría que están coordinados.

—A estas alturas resulta evidente que así es.

—Solo que eso no es posible —aduje—. Porque no tienen la capacidad de comunicarse entre ellos.

—No era posible hace unas cuantas generaciones —dijo Mae—. Ahora sí. ¿Recuerdas la formación que antes ha ido hacia ti? Esos enjambres estaban coordinados.

Era cierto. Simplemente no había caído en la cuenta en ese momento. Allí, inmóviles en el desierto, en plena noche, me pregunté qué más se me había escapado. Escruté la oscuridad, intentando ver al frente.

—¿Adónde la llevan? —pregunté.

Mae abrió la cremallera de mi mochila y sacó unas gafas de visión nocturna.

—Ponte esto.

Me disponía a ayudarla a coger las suyas, pero ella había descargado diestramente su mochila, la había abierto y había extraído sus propias gafas.

Me coloqué las gafas, ajusté la correa y bajé las lentes ante los ojos. Eran las nuevas gafas GEN4, que mostraban las imágenes en colores apagados. Casi de inmediato vi a Rosie en el desierto. Su cuerpo desaparecía tras la maleza a medida que se alejaba cada vez más.

—Bien, ¿y adónde la llevan? —repetí.

Aun mientras hablaba, levanté las gafas y al instante vi adónde la llevaban.

A lo lejos parecía una formación natural, un montículo de tierra oscura de unos cinco metros de anchura y un metro ochenta de altura. La erosión había provocado hondas hendiduras verticales de modo que el montículo semejaba una enorme rueda dentada. Era fácil tomar aquella formación por algo natural y pasarla por alto.

Pero no era natural. Y la erosión no había creado su aspecto esculpido. Por el contrario, ante mis ojos tenía una construcción artificial, semejante a los nidos de las termitas africanas y otros insectos sociales.

Con sus gafas de visión nocturna ya puestas, Mae observó durante un rato en silencio. Por fin preguntó:

—¿Vas a decirme que eso es el resultado de un comportamiento autoorganizado? ¿Que el comportamiento necesario para crearlo ha surgido sin más por sí solo?

—De hecho, sí —contesté—. Eso es precisamente lo que ha ocurrido.

—Cuesta creerlo.

—Lo sé.

Mae era una buena bióloga, pero su especialidad eran los primates. Estaba acostumbrada a estudiar pequeñas poblaciones de animales muy inteligentes con jerarquías de dominación y líderes de grupo. Entendía los comportamientos complejos como fruto de una inteligencia compleja. Y le resultaba difícil explicarse el simple poder del comportamiento autoorganizado dentro de una población numerosa de animales sin inteligencia.

En todo caso ese era un arraigado prejuicio humano. Los seres humanos esperaban encontrar un mando central en cualquier organización. Los estados tenían gobiernos. Las empresas tenían gerentes. Los colegios tenían directores. Los ejércitos tenían generales. Los seres humanos tendían a pensar que sin un mando central el caos se adueñaría de la organización y sería imposible realizar nada significativo.

Desde este punto vista resultaba difícil admitir que unas criaturas sumamente estúpidas con cerebros menores que la cabeza de una aguja fueran capaces de proyectos de construcción más complicados que cualquier proyecto humano. Pero en realidad sí lo eran.

Las termitas africanas era un ejemplo clásico. Estos insectos construían hormigueros semejantes a castillos de treinta metros de diámetro y torres que se alzaban a siete metros del suelo. Para valorar esta hazaña, había que imaginar que si las termitas fueran del tamaño de los hombres, esos hormigueros serían rascacielos de más de mil quinientos metros de altura y unos ocho kilómetros de diámetro. Y al igual que un rascacielos, el termitero tenía una intrincada arquitectura interna para proporcionar aire fresco, eliminar el exceso de CO_2 y calor, etcétera. Dentro de la estructura había huertos para cultivar comida, residencias para la realeza, y espacio vital para dos millones de termitas. No existían dos termiteros exactamente iguales; cada uno se construía independientemente conforme a los requisitos y ventajas de un lugar en particular.

Todo esto se conseguía sin arquitecto, ni capataz, ni autoridad central. Tampoco había planos para la construcción codificados en los genes de la termita. Estas enormes creaciones eran el resultado de unas reglas relativamente sencillas que las termitas individuales seguían en su relación con las demás. (Reglas como «Si hueles que ha estado aquí otra termita pon una mota de polvo en este punto».) Sin embargo el resultado era indiscutiblemente más complejo que cualquier creación humana.

En ese momento estábamos viendo una nueva construcción realizada por una nueva criatura, y una vez más costaba concebir cómo se había llevado a cabo. ¿Cómo podía un enjambre construir un nido? Pero empezaba a comprender que allí, en el desierto, era una estupidez preguntarse cómo ocurría algo. Los enjambres cambiaban deprisa, casi minuto a minuto. El natural impulso humano de imaginarlo era una pérdida de tiempo. En cuanto uno lograra concebirlo, las cosas ya habrían cambiado.

Bobby se aproximó en su quad y apagó las luces. Permanecimos todos inmóviles bajo las estrellas.

—¿Qué hacemos ahora? —dijo Bobby.

—Seguir a Rosie —propuse yo.

—Parece que Rosie va a entrar en aquel nido —comentó él—. ¿Quieres seguirla hasta allí?

—Sí —contesté.

A sugerencia de Mae, recorrimos el resto del camino a pie. Acarreando las mochilas, tardamos prácticamente diez minutos en llegar a las proximidades del nido. Nos detuvimos a unos quince metros de distancia. En el aire se percibía un hedor nauseabundo, un olor putrefacto a descomposición. Era tan intenso que revolvía el estómago. Un leve resplandor verde parecía emanar del interior del nido.

—¿De verdad quieres entrar ahí? —susurró Bobby.

—Todavía no —musitó Mae.

Señaló a un lado. El cuerpo de Rosie ascendía por la pendiente del montículo. Cuando llegó al borde, sus piernas rígidas quedaron apuntando al aire por un momento. Al cabo de un instante el cadáver se decantó y se precipitó en el interior. Pero se detuvo antes de desaparecer por completo; por unos segundos la cabeza permaneció por encima del borde, el brazo extendido como si diera un manotazo al aire. Luego, lentamente, se deslizó y se perdió de vista.

Bobby se estremeció.

—Bien. Vamos —dijo Mae.

Avanzó sin ruido, como de costumbre. Al seguirla, procuré moverme tan silenciosamente como me fue posible. Bobby se abrió paso por el terreno entre crujidos y chasquidos. Mae se detuvo y le lanzó una severa mirada.

Bobby alzó las manos como para decir: ¿qué puedo hacer?

—Vigila donde pisas —susurró Mae.

—Eso hago —contestó él.

—No, no lo haces.

—Está oscuro, no veo nada.

—Verás si te lo propones.

No recordaba haber visto a Mae irritada en ocasiones anteriores, pero ahora estábamos todos bajo presión. El hedor era espantoso. Mae se dio media vuelta y de nuevo avanzó en silencio. Bobby la siguió, haciendo tanto ruido como antes. Apenas unos pasos más adelante, Mae se volvió, levantó la mano y le indicó que parara y se quedara allí.

Él movió la cabeza en un gesto de negación. Era evidente que no quería quedarse solo.

Mae lo agarró por el hombro, señaló el suelo con firmeza y masculló:

—Quédate aquí.

—No.

—Conseguirás que acabemos todos muertos.

—Te prometo que iré con cuidado.

Ella negó con la cabeza, señalando el suelo para que él se sentara.

Por fin Bobby se sentó.

Mae me miró. Asentí. Nos pusimos otra vez en marcha. Nos encontrábamos ya a unos siete metros del montículo. El olor era insoportable. Tenía el estómago revuelto; temía vomitar de un momento a otro. Y a esa corta distancia, empezamos a oír el sonido grave y palpitante. Fue sobre todo al oír ese sonido cuando sentí deseos de huir. Pero Mae siguió adelante.

Nos agachamos mientras trepábamos por la pendiente del montículo y al llegar al borde nos echamos a tierra. Veía el rostro de Mae en el resplandor verde procedente del interior. Por alguna razón el hedor ya no me molestaba. Probablemente a causa del miedo.

Mae metió la mano en el bolsillo lateral de la mochila y extrajo una diminuta cámara acoplada a una fina varilla telescópica. Sacó un pequeño monitor y lo colocó en la tierra entre nosotros. Luego deslizó la varilla por encima del borde.

En el monitor vimos las paredes lisas y onduladas del interior verde. Nada parecía moverse. Enfocó la cámara en una y otra dirección. No vimos más que las paredes verdes. No había ni rastro de Rosie.

Mae me miró y se señaló los ojos: ¿quieres echar un vistazo?

Asentí con la cabeza.

Ascendimos despacio hasta asomarnos por encima del borde.

No era en absoluto lo que esperaba.

El nido simplemente estrechaba una abertura existente que era enorme, de unos siete metros de anchura o más, y revelaba una pendiente de roca que descendía desde el borde hasta un orificio situado a nuestra derecha. La luz verde surgía de algún lugar del interior del orificio.

Lo que tenía ante mis ojos era la entrada de una amplia cueva. Desde nuestra posición no veíamos el interior de la cueva, pero el sonido palpitante indicaba actividad. Mae extendió por completo la varilla telescópica y con sumo cuidado introdujo la cámara en el orificio. Pronto vimos la cueva por dentro. Sin duda era un cavidad natural, y espaciosa, quizá dos metros y medio o tres. Las paredes rocosas eran de un blanco mate, y parecían recubiertas de la sustancia lechosa que habíamos visto sobre Rosie.

El cuerpo de Rosie se hallaba a corta distancia de la entrada. Veíamos su mano asomando por un recodo de la pared. Pero más allá del recodo no veíamos nada. Con señas Mae me preguntó: ¿quieres bajar?

Asentí lentamente. No me gustaba la sensación que daba aquello, no me gustaba no imaginar siquiera qué había más allá de ese recodo. Pero no teníamos alternativa.

Mae señaló hacia Bobby: ¿lo hago venir?

Negué con la cabeza: aquí no nos serviría de nada.

Mae asintió y empezó a desprenderse muy despacio de la mochila, sin hacer el menor ruido, hasta que de pronto se quedó petrificada. Literalmente petrificada: no movió ni un solo músculo.

Miré la imagen del monitor. Y yo también me quedé petrificado.

Una figura había aparecido de detrás del recodo, y en ese momento permanecía inmóvil y alerta en la entrada de la cueva, mirando alrededor.

Era Ricky.

Actuaba como si algo hubiera llamado su atención. La videocámara seguía suspendida sobre el borde del montículo. Era muy pequeña; no sabía si él la veía.

Tenso, observé la pantalla.

La cámara no ofrecía buena resolución y la pantalla era del tamaño de la palma de mi mano; aun así, era evidente que se trataba de Ricky. No me explicaba qué hacía allí ni cómo había llegado. En ese instante apareció otro hombre de detrás del recodo.

También era Ricky.

Miré a Mae, pero ella permaneció absolutamente quieta, como una estatua. Solo movía los ojos.

Escruté el monitor. Dentro de los límites de aquella resolución, las dos figuras parecían idénticas en todos los sentidos. La misma ropa, los mismos movimientos, los mismos gestos. No veía bien las caras, pero tuve la impresión de que las facciones estaban más detalladas que antes.

Aparentemente no advirtieron la presencia de la cámara.

Miraron al cielo y luego hacia la pendiente de roca por un rato. A continuación nos volvieron la espalda y regresaron al interior de la cueva.

Mae seguía sin moverse. Llevaba inmóvil casi un minuto y en ese tiempo ni siquiera había parpadeado. Ahora los hombres se habían ido, y...

Otra figura apareció de detrás del recodo. Era David Brooks. En un primer momento sus movimientos eran torpes y rígidos, pero enseguida se hicieron más fluidos. Tuve la sensación de estar viendo a un titiritero perfeccionar sus movimientos, animando la figura de una manera más natural. De repente David se convirtió en Ricky. Y al instante otra vez en David. Y la figura de David se dio media vuelta y se fue.

Mae siguió esperando. Esperó dos minutos más. Y por fin retiró la cámara. Señaló hacia atrás con el pulgar. Juntos nos apartamos del borde, descendimos por la pendiente y nos alejamos silenciosamente en la noche.

Nos reunimos a cien metros al oeste, cerca de nuestros vehículos. Mae revolvió en su mochila; sacó una tablilla y un rotulador. Encendió su linterna y empezó a dibujar.

—Esto es lo que tenemos —dijo—. La puerta tiene una abertura así, como has visto. Más allá del recodo, hay un gran orificio en el suelo y la cueva desciende en espiral a lo largo de unos cien metros. Eso lleva a una amplia cámara de unos treinta y cinco metros de altura y unos setenta de anchura. Un único espacio, eso es todo. De él no sale ningún pasadizo, que yo haya visto.

—¿Que tú hayas visto?

—He estado allí dentro —contestó ella.

—¿Cuándo?

—Hace un par de semanas, cuando empezamos a buscar el escondite del enjambre. Encontré esa cueva y entré a plena luz del día. Entonces no vi el menor indicio de un enjambre. —Explicó que la cueva estaba llena de murciélagos; cubrían todo el techo como formando una masa adosada hasta la misma entrada.

—Uf —dijo Bobby—. Detesto los murciélagos.

—Esta noche no he visto ningún murciélago.

—¿Crees que los han ahuyentado?

—Probablemente se los han comido.

—Dios mío —exclamó Bobby, moviendo la cabeza en un gesto de repugnancia—. Soy solo un programador. No me veo capaz de hacer esto. No me veo capaz de entrar ahí.

Mae no le prestó atención.

—Si entramos —dijo—, tendremos que hacer estallar la termita, y desde la entrada hasta la cámara. No estoy segura de si tendremos lo suficiente para eso.

—Quizá no —respondí. Mi preocupación era otra—. Habremos perdido el tiempo a menos que destruyamos todos los enjambres, y todos los ensambladores que los producen. ¿No es así?

Los dos asintieron.

—Dudo que eso sea posible —proseguí—. Pensaba que la energía de los enjambres se agotaría de noche. Pensaba que podríamos destruirlos en tierra. Pero su energía no se ha agotado, al menos no la de todos ellos. Y si escapa uno solo de ellos, si sale de la cueva... —Me encogí de hombros—. En ese caso todo habrá sido una pérdida de tiempo.

—Sí —convino Bobby—. Así es. Sería una pérdida de tiempo.

—Tenemos que pensar en algo para atraparlos dentro de la cueva —propuso Mae.

—No es posible —dijo Bobby—. Pueden salir cuando quieran.

—Puede que haya una manera. —Empezó a revolver otra vez en la mochila, buscando algo—. Entretanto mejor será que nos dispersemos.

—¿Por qué? —preguntó Bobby, alarmado.

—Tú obedece —dijo Mae—. Ahora en marcha.

Me ajusté las correas de la mochila para que no hiciera ruido. Me calé las gafas de visión nocturna en la frente y empecé a avanzar. Me encontraba a mitad de camino del nido cuando vi salir de dentro una figura oscura.

Me eché cuerpo a tierra tan silenciosamente como pude. Me hallaba entre unas espesas matas de salvia de un metro de altura, así quedaba razonablemente oculto. Miré por encima del hombro, pero no vi a Mae ni a Bobby; también se habían agachado. No sabía si se habían separado ya. Con cautela, aparté una planta de delante y miré en dirección al montículo.

Las piernas de la figura aparecían recortadas contra el tenue resplandor verde. La parte superior del cuerpo se veía negra ante el cielo estrellado. Me bajé las gafas y esperé un momento mientras aparecía un brillo azul y poco a poco la imagen cobraba resolución.

Esta vez era Rosie. Deambulando en la noche, mirando en todas direcciones, su cuerpo vigilante y alerta. Salvo que no se movía como Rosie; se movía más bien como un hombre. Al cabo de un momento la silueta se transformó en Ricky. Y se movió como Ricky.

La figura se acuclilló y pareció escudriñar el desierto por encima de las matas de salvia. Me pregunté qué la habría inducido a salir de la cueva. No tuve que esperar mucho para saberlo.

Al oeste, tras la figura, apareció una luz blanca en el horizonte. Rápidamente se hizo más brillante, y pronto empecé a oír el zumbido de las hélices de un helicóptero. Debía de ser Julia que llegaba de Silicon Valley, pensé. Me pregunté qué era tan urgente como para obligarla a salir del hospital contra las indicaciones de los médicos y volar hasta allí en plena noche.

Cuando el helicóptero se acercó, encendió el reflector. Observé el círculo de luz blanco azulado desplazarse por el terreno hacia nosotros. La figura de Ricky lo observó también y al cabo de un momento bajó al nido y se perdió de vista.

Y entonces el helicóptero pasó sobre mí con un rugido, cegándome por un momento con la luz halógena. Casi de inmediato se escoró bruscamente y dio la vuelta.

¿Qué demonios estaba ocurriendo?

El helicóptero trazó un lento arco, sobrevoló el montículo sin llegar a detenerse y por fin paró justo encima del lugar donde yo me hallaba escondido. Quedé bajo el resplandor azul. Rodé sobre mí mismo y me volví cara arriba para hacer señas al helicóptero, indicando insistentemente en dirección al laboratorio. Formé con los labios la palabra «Marchaos».

El helicóptero descendió, y por un momento pensé que iba a aterrizar a mi lado. De repente volvió a escorarse y se alejó en dirección sur, hacia el helipuerto de hormigón volando a baja altura. El sonido se desvaneció.

Decidí cambiar de posición rápidamente. Me arrodillé y, agachado, me desplacé de lado treinta metros a la izquierda. Allí volví a echarme cuerpo a tierra. Cuando miré de nuevo hacia el montículo, vi tres... no, cuatro figuras salir de dentro. Se separaron, encaminándose cada una en distinta dirección. Todas se parecían a Ricky. Las observé mientras bajaban por la pendiente y se dispersaron por entre la maleza. El corazón empezó a latirme con fuerza. Una de las figuras venía hacia mí. Al acercarse, vi que se desviaba a la derecha. Iba al lugar donde yo estaba antes. Cuando llegó a mi anterior escondite, se detuvo y se volvió en todas direcciones.

No estaba lejos de mí. Con las gafas de visión nocturna, advertí que este nuevo Ricky tenía facciones bien definidas y la ropa aparecía con mucho más detalle. Además, esta figura, al moverse, daba la impresión de ser un cuerpo con peso real. Podía ser una ilusión óptica, claro está, pero supuse que el enjambre había aumentado de masa y ahora pesaba unos veinticino kilos, o quizá más. Quizá incluso el doble. De ser así, el enjambre tenía ahora masa suficiente para zarandear a un hombre con un impacto físico. Tal vez incluso para derribarlo.

Vi que la figura movía los ojos y parpadeaba. Ahora el rostro tenía textura de piel. El cabello parecía compuesto de mechones. Movía los labios y se los lamía nerviosamente con la lengua. En conjunto, aquella cara se parecía mucho a la de Ricky, se parecía inquietantemente. Cuando la cabeza se volvió en dirección a mí, tuve la sensación de que Ricky me miraba fijamente.

Y supongo que así era, porque la figura empezó a moverse hacia mí.

Estaba atrapado. El corazón se me aceleró en el pecho. No había previsto nada de esto; no tenía protección, ninguna clase de defensa. Podía levantarme y echar a correr, claro, pero no había adónde ir. Me rodeaban kilómetros de desierto, y los enjambres me darían caza. En cuestión de segundos estaría...

Con un rugido, el helicóptero volvió. La figura de Ricky miró hacia el aparato y de pronto se dio media vuelta y huyó, volando literalmente sobre el suelo, sin molestarse ya en simular que caminaba. Resultaba escalofriante ver aquella réplica humana flotar súbitamente por el desierto.

Las otras tres figuras escapaban también. A toda velocidad, transmitiendo una clara sensación de pánico. ¿Temían los enjambres al helicóptero? Eso parecía. Y mientras observaba comprendí por qué. Pese a que los enjambres eran ahora más pesados y densos, aún eran vulnerables a los vientos fuertes. El helicóptero volaba a una altura de poco más de treinta metros, pero la corriente de aire descendente bastó para deformar a las figuras, aplanándolas parcialmente mientras huían. Era como si las hubieran aplastado de un mazazo.

Las figuras desaparecieron en el interior del nido.

Miré a Mae. Estaba en el lecho de la torrentera. Hablando por su radio al helicóptero. Había necesitado la radio, después de todo.

—¡Vamos! —me gritó, y empezó a correr hacia mí.

Noté vagamente la presencia de Bobby, que se alejaba rápidamente del montículo, de regreso a su quad. Pero no había tiempo para preocuparse por él. El helicóptero permanecía suspendido sobre el nido. Los ojos me escocían a causa de la nube de polvo que levantaba.

En ese momento Mae llegó a mi lado. Nos quitamos las gafas y nos pusimos las mascarillas de oxígeno. Se volvió hacia mí y accionó la válvula de la botella que llevaba a la espalda. Hice lo mismo por ella. A continuación volvimos a colocarnos las gafas de visión nocturna. Me sentía cubierto de artefactos. Mae prendió una lámpara halógena de mi cinturón y otra del suyo. Se inclinó hacia mí y, gritando, preguntó:

—¿Preparado?

—Sí, preparado.

—Bien, vamos.

No había tiempo para pensar. Mejor así. El remolino provocado por el helicóptero me zumbaba en los oídos. Mientras trepábamos por la pendiente del montículo, el viento agitaba nuestra ropa. Alcanzamos el borde, apenas visible en la espesa nube de polvo. No veíamos nada más allá. No veíamos qué había abajo. Mae me cogió de la mano y saltamos.

DÍA 6

23.22

Caí sobre piedras sueltas, y medio tambaleándome, medio deslizándome, bajé por la pendiente hacia la entrada de la cueva. El zumbido de las hélices del helicóptero era atronador. Mae estaba a mi lado, pero apenas la veía en la densa polvareda. No había figuras de Ricky a la vista. Nos acercamos a la entrada de la cueva y nos detuvimos. Mae sacó las cápsulas de termita. Me dio las mechas de magnesio. Me lanzó un encendedor de plástico. ¿Eso es lo que vamos a utilizar?, pensé. Mae tenía la cara parcialmente cubierta de polvo. Y los ojos ocultos detrás de las gafas de visión nocturna.

Señaló hacia el interior de la cueva. Asentí con la cabeza.

Me tocó el hombro y señaló mis gafas. No la entendí, así que alargó el brazo hacia mi mejilla y pulsó un interruptor.

—¿... ahora? —preguntó.

—Sí, te oigo.

—Muy bien, vamos.

Entramos en la cueva. El resplandor verde se había desvanecido en el espeso polvo. Solo llevábamos luces infrarrojas en las gafas de visión nocturna. No vimos figuras. No oíamos nada salvo el zumbido del helicóptero. Pero a medida que nos adentramos en la cueva, el sonido fue extinguiéndose.

Y a medida que se extendía el sonido, disminuía el viento.

Mae estaba concentrada.

—¿Bobby? ¿Me oyes?

—Sí, te oigo.

—Ven aquí de inmediato.

—Intento...

—No intentes. Ven aquí, Bobby.

Moví la cabeza en un gesto de negación. Conociendo a Bobby Lembeck, sabía que nunca bajaría allí. Doblamos el recodo, y no vi nada excepto polvo en suspensión y los imprecisos contornos de las paredes. Allí las paredes parecían uniformes, sin huecos donde esconderse. De pronto, justo enfrente, vi surgir de la oscuridad una figura de Ricky. Inexpresivo, se acercaba a nosotros. Luego apareció otra figura a la izquierda, y otra más. Las tres formaron una línea. Marcharon hacia nosotros a paso regular, sus rostros idénticos e inexpresivos.

—Primera lección —dijo Mae, tendiendo la cápsula de termita.

—Esperemos que ellos no la aprendan —comenté, y encendí la mecha. Despidió chispas blancas.

Mae lanzó la cápsula al frente. Cayó a un metro del grupo que avanzaba. Sin prestarle atención, mantuvieron la mirada fija en nosotros.

—Tres... dos... uno... Y vuélvete.

Me di la vuelta y me agaché, escondiendo la cabeza bajo el brazo al tiempo que una esfera de cegadora luz blanca llenaba el túnel. Aunque tenía los ojos cerrados, el brillo era tan intenso que vi puntos al volver a abrir los ojos. Me volví de nuevo.

Mae ya se había puesto en marcha. El polvo del aire presentaba un color ligeramente más oscuro. No vi indicios de las tres figuras.

—¿Han escapado?

—No. Se han vaporizado —contestó Mae. Parecía satisfecha.

—Situaciones nuevas —dije.

Me sentía más optimista. Si los supuestos del programa se mantenían, los enjambres se debilitarían al reaccionar a situaciones verdaderamente nuevas. Con el tiempo aprenderían; con el tiempo desarrollarían estrategias para hacer frente a las nuevas condiciones. Pero inicialmente la respuesta sería desorganizada, caótica. Ese era un punto débil de la inteligencia distribuida. Era potente y era flexible, pero reaccionaba con lentitud a los acontecimientos sin precedentes.

—Esperemos —respondió Mae.

Llegamos a la abertura en el suelo de la caverna que ella había descrito. Con las gafas de visión nocturna, vi una especie de rampa. Cuatro o cinco figuras ascendían hacia nosotros, y detrás parecía haber más. Todas se parecían a Ricky, pero muchas estaban peor formadas. Y las del fondo no eran más que nubes arremolinadas. El sonido palpitante era muy audible.

—Segunda lección.

Mae tendió una cápsula. Chisporroteó cuando la encendí. La dejó rodar suavemente por la rampa. Las figuras vacilaron al verla.

—Maldita sea —exclamé, pero había llegado el momento de agacharme y protegerme los ojos del destello. Dentro de aquel restringido espacio se produjo un bramido de gas en expansión. Noté una ráfaga de intenso calor en la espalda. Cuando volví a mirar, la mayoría de los enjambres habían desaparecido. Pero unos cuantos permanecían, aparentemente intactos.

Estaban aprendiendo.

Deprisa.

—Siguiente lección —dijo Mae, esta vez tendiendo dos cápsulas.

Encendí las dos, y ella dejó caer una rodando y lanzó la otra rampa abajo. Las explosiones sonaron simultáneamente, y una potente ráfaga de aire caliente subió hacia nosotros. Se me prendió la camisa. Mae la apagó con la palma de la mano, con una sucesión de rápidos golpes.

Cuando miramos de nuevo, no había a la vista ni figuras ni enjambres oscuros.

Descendimos por la rampa, adentrándonos en la cueva.

Habíamos empezado con veinticinco cápsulas de termita. Nos quedaban veintiuna, y solo habíamos recorrido una corta distancia rampa abajo hacia la amplia cámara del fondo. Ahora Mae avanzaba apresuradamente —yo tenía que apretar el paso para no quedarme rezagado—, pero su intuición era buena. Los pocos enjambres que cobraron forma ante nosotros retrocedieron rápidamente al acercarnos.

Estábamos empujándolos hacia la cámara inferior.

—Bobby, ¿dónde estás? —preguntó Mae.

El auricular crepitó.

—... intentando... llegar...

—Bobby, date prisa, maldita sea.

Pero seguíamos adentrándonos en la caverna, y pronto solo oíamos interferencia estática. Allí abajo, el polvo flotaba en el aire, difuminando los haces de los rayos ultrarrojos. Veíamos claramente las paredes y el suelo justo enfrente de nosotros, pero más allá la negrura era absoluta. La sensación de oscuridad y aislamiento resultaba aterradora. No sabía qué tenía a uno u otro lado a menos que volviera la cabeza, recorriendo el espacio con la luz. Empecé a percibir de nuevo aquel olor a putrefacción, penetrante y nauseabundo.

Se acababa la pendiente. Mae conservó la calma; cuando zumbó ante nosotros media docena de enjambres, me tendió otra cápsula para que la encendiera. Antes de que llegara a prender la mecha, los enjambres se apartaron. Ella avanzó en el acto.

—Viene a ser como domar a un león.

—De momento —dije.

No sabía cuánto tiempo podríamos continuar así. La cueva era enorme, mucho mayor de lo que había imaginado. Veintiuna cápsulas no parecían suficientes para llegar al final. Me pregunté si también Mae estaría preocupada. No lo parecía. Pero probablemente se debía a que no lo exteriorizaba.

Algo crujía bajo mis pies. Bajé la vista y vi el suelo cubierto de millares de pequeños y frágiles huesos amarillos. Como huesos de pájaro. Solo que eran huesos de murciélago. Mae tenía razón: se los habían comido. En el ángulo superior de mi imagen de visión nocturna, empezó a parpadear una luz roja. Era algún tipo de aviso, probablemente la batería.

—Mae...

La ruz roja se apagó tan pronto como se había encendido.

—¿Qué? —preguntó ella—. ¿Qué pasa?

—Da igual.

Y por fin llegamos a la amplia cámara central, salvo que ya no había cámara central. Ahora el extenso espacio estaba lleno desde el suelo hasta el techo de esferas oscuras, de alrededor de medio metro de diámetro, y erizadas de púas. Parecían enormes erizos de mar. Se hallaban apiñados en varios grupos. Estaban dispuestos de manera ordenada.

—¿Es esto lo que creo que es? —preguntó Mae con voz serena, distante. Casi académica.

—Sí, eso creo —contesté. A menos que estuviera equivocado, aquellos racimos erizados eran una versión orgánica de la fábrica que Xymos había construido en la superficie—. Así es como se reproducen.

Di un paso al frente.

—No sé si debemos entrar...

—Tenemos que hacerlo, Mae. Fíjate, tiene un orden.

—¿Crees que hay un centro?

—Quizá.

Y si lo había, mi intención era lanzar allí la termita. Seguí avanzando.

Moviéndome entre los racimos experimenté una extraña sensación. Un líquido espeso como una mucosidad resbalaba de las puntas. Las esferas parecían recubiertas de un viscoso gel que temblaba produciendo la impresión de que todo el racimo se agitaba, estaba vivo. Me detuve para observar más atentamente. Entonces vi que la superficie de las esferas estaba realmente viva: dentro del gel reptaban y se retorcían masas de gusanos negros.

—Dios mío... —exclamé.

—Estaban aquí antes —dijo Mae serenamente.

—¿Qué?

—Los gusanos. Vivían en la capa de murcielaguina del suelo de la cueva cuando vine aquí. Comen materia orgánica y excretan un compuesto con alto contenido en fósforo.

—Y ahora participan en la síntesis del enjambre —añadí—. Eso no requirió mucho tiempo, solo unos días. Coevolución en acción. Las esferas probablemente proporcionaban alimento y de algún modo recogían sus excrementos.

—O los recogían a ellos —dijo Mae secamente.

—Sí. Quizá. —No era inconcebible. Las hormigas criaban áfidos, tal como nosotros criábamos vacas. Otros insectos cultivaban hongos en huertos para comer.

Nos adentramos en la cámara. Los enjambres se arremolinaban alrededor de nosotros, pero se mantenían a distancia. Probablemente otro acontecimiento sin precedentes: intrusos en el nido. No habían decidido qué hacer. Me movía con cuidado; en algunos lugares el suelo estaba cada vez más resbaladizo. Había una especie de denso lodo en el suelo. En algunos sitios emitía un resplandor verde veteado. Las vetas parecían ir hacia el interior, hacia el centro. Tuve la sensación de que el suelo descendía en suave pendiente.

—¿Cuánto más debemos entrar? —preguntó Mae. Aún parecía serena, pero yo no creía que lo estuviera. Tampoco yo lo estaba; al volver la vista atrás, no veía ya la entrada de la cámara, oculta tras los racimos.

Y de pronto llegamos al centro de la cámara, porque los racimos terminaban en un espacio abierto, y justo enfrente vi lo que parecía una versión en miniatura del montículo exterior. Era un montículo de un metro veinte de altura más o menos, perfectamente circular con paletas planas que se extendían hacia fuera. También presentaba vetas verdes. Un humo claro se elevaba de las paletas.

Nos acercamos.

—Está caliente —observó Mae. Y así era. El calor era intenso; por eso humeaba—. ¿Qué crees que hay ahí dentro?

Miré al suelo. Vi que las vetas verdes iban desde los racimos hasta este montículo central.

—Ensambladores —contesté.

Los erizos generaban materia prima orgánica. Esta fluía hacia el centro, donde los ensambladores producían las moléculas acabadas. Allí era donde tenía lugar el ensamblaje final.

—Este es el corazón, pues —dijo Mae.

—Sí. Diría que sí.

Los enjambres estaban alrededor, suspendidos junto a los racimos. Por lo visto, no entraban en el centro. Pero estaban por todas partes, esperándonos.

—¿Cuántas quieres? —preguntó en voz baja, sacando la termita de la mochila.

Eché un vistazo a los enjambres.

—Aquí cinco —contesté—. Necesitaremos el resto para salir.

—No podemos encender cinco a la vez.

—No hay problema. —Tendí la mano—. Dámelos.

—Pero, Jack...

—Vamos, Mae.

Me entregó cinco cápsulas. Me acerqué y las lancé, sin encender, dentro del montículo central. Los enjambres de alrededor zumbaron, pero no se acercaron.

—De acuerdo —dijo Mae. Comprendió de inmediato lo que me proponía. Estaba ya sacando más cápsulas.

—Ahora cuatro —dije, echando otro vistazo a los enjambres. Estaban inquietos. Moviéndose de un lado a otro. No sabía cuánto tiempo seguirían allí—. Tres para ti, uno para mí. Tú ve por los enjambres.

—Muy bien. —Me dio una cápsula. Encendí las otras para ella. Las lanzó en la dirección por la que habíamos llegado. Los enjambres se apartaron. Mae contó—: Tres... dos... uno... ya.

Nos agachamos, ocultando la cabeza del violento estallido de luz. Oí un crujido. Cuando volví a mirar, parte de los racimos se rompían y caían. Sin dudar, encendí la siguiente cápsula, y mientras despedía chispas blancas, la arrojé al montículo central.

—¡Vamos!

Corrimos hacia la entrada. Los racimos se venían abajo ante nosotros. Mae saltó ágilmente sobre las púas caídas y siguió adelante. Yo fui detrás de ella, contando mentalmente... Tres... dos... uno...

Ya.

Se produjo una especie de agudo alarido, y luego una terrible bocanada de gas caliente, una atronadora detonación y sentí un penetrante dolor en los oídos. La onda expansiva me derribó, lanzándome hacia arriba por el lodo. Sentí las púas clavárseme en la piel por todo el cuerpo. Perdí las gafas de visión nocturna, y me envolvió la negrura. Negrura. No veía nada en absoluto. Me limpié el barro de la cara. Intenté ponerme en pie, resbalé y caí.

—Mae, Mae.

—Ha habido una explosión —dijo ella con voz sorprendida.

—Mae, ¿dónde estás? No veo nada.

Todo estaba oscuro como boca de lobo. No veía nada en absoluto. Estaba en las profundidades de una maldita cueva llena de cosas puntiagudas y no veía. Luché contra el pánico.

—Tranquilo —dijo Mae. En la oscuridad noté que me agarraba del brazo. Aparentemente ella sí me veía—. La linterna del cinturón. —Me guió la mano.

Buscando a tientas, encontré el prendedor, pero no conseguí

abrirlo. Era un prendedor de resorte, y mis dedos resbalaban una y otra vez. Empecé a oír un sonido palpitante, al principio poco intenso, pero cada vez más fuerte. Me sudaban las manos. Finalmente el prendedor se abrió y encendí la linterna con un suspiro de alivio. Vi a Mae en el frío haz de luz halógena; aún llevaba sus gafas de visión nocturna, y desvió la mirada. Recorrí la cueva con la linterna. La explosión la había transformado. Muchos de los racimos se habían partido y las púas estaban desparramadas por el suelo. En el suelo una sustancia empezaba a arder. Se elevaba un humo acre y desagradable. El aire era espeso y oscuro... Retrocedí y pisé algo viscoso.

Bajé la vista y vi la camisa de David Brooks. De pronto me di cuenta de que estaba de pie sobre lo que quedaba del torso de David, que se había convertido en una especie de gelatina blancuzca. Tenía el pie justo en su abdomen. Sus costillas me arañaron las piernas, dejando una marca blanca en los pantalones. Miré hacia atrás y vi el rostro de David, espectralmente blanco y consumido, sus facciones tan indefinidas como las caras de los enjambres. Sentí náuseas y un sabor a bilis.

—Vamos —dijo Mae, agarrándome del brazo y apretándome con fuerza—. Vamos, Jack.

Con un sonido de succión liberé el pie de aquella masa. Intenté restregar el zapato contra el suelo para limpiarme el lodo blanco. Ya no pensaba; simplemente luchaba contra las náuseas y la abrumadora sensación de terror. Quería echarme a correr. Mae me hablaba pero no la oía. Veía únicamente como retazos del espacio que me rodeaba, y solo tenía una vaga conciencia de los enjambres que surgían de todas partes alrededor de nosotros, uno tras otro. Zumbaban aquí y allá.

—Te necesito, Jack —dijo Mae, tendiendo cuatro cápsulas.

Manipulando torpemente la linterna, conseguí encenderlas, y ella las lanzó en todas direcciones. Me cubrí los ojos con las manos al tiempo que las calientes esferas estallaban alrededor. Cuando volví a mirar, los enjambres habían desaparecido. Pero en cuestión de segundos reaparecieron. Primero un enjambre, luego tres, seis, diez... y finalmente demasiados para contarlos. Convergían hacia nosotros con un furioso zumbido.

—¿Cuántas cápsulas nos quedan? —pregunté.

—Ocho.

Entonces supe que no lo conseguiríamos. Aún estábamos demasiado lejos de la salida. No llegaríamos. Ignoraba cuántos enjambres había alrededor: mi haz halógeno iba de un lado a otro de lo que parecía un ejército.

—Jack... —dijo Mae, tendiéndome la mano. No parecía perder el aplomo jamás. Encendí tres cápsulas más, y Mae las arrojó al tiempo que desandaba el camino hacia la entrada. Permanecí cerca de ella, pero sabía que nuestra situación era desesperada. Cada nueva detonación dispersaba los enjambres apenas un instante. A continuación se reagrupaban rápidamente. Había demasiados enjambres.

—Jack. —Tenía más termita en las manos.

Veía ya la entrada de la cámara, a solo unos metros. Me lloraban los ojos a causa del humo acre. La luz halógena era solo un estrecho rayo a través del polvo. El aire se espesaba por momentos.

Una última serie de detonaciones calientes y blancas, y llegamos a la entrada. Vi la rampa que ascendía hasta la superficie. Había pensado que nunca llegaríamos hasta allí. Pero en realidad ya no pensaba: todo eran impresiones.

—¿Cuántas quedan? —pregunté.

Mae no contestó. Oí el ruido de un motor en algún lugar sobre nosotros. Alzando la vista, vi una luz blanca y oscilante en lo alto de la cueva. El ruido aumentó —oí la aceleración de un motor— y luego vi el quad al principio de la rampa. Allí estaba Bobby, pidiéndonos a gritos que saliéramos.

Mae se dio media vuelta y corrió rampa arriba, y yo la seguí como pude. Percibí vagamente que Bobby encendía algo que despidió llamas anaranjadas, y al instante Mae me empujó contra la pared mientras el quad sin control descendía ruidosamente por la rampa hacia la cámara, con una tela en llamas colgando del depósito de gasolina. Era un cóctel molotov. En cuanto hubo pasado, Mae me obligó a correr.

Ascendí apresuradamente los últimos metros de la rampa. Bobby tendió los brazos y tiró de nosotros hacia el exterior. Me caí y me arañé una rodilla, pero apenas lo noté mientras él me ayudaba a ponerme en pie. A continuación corrí con todas mis fuerzas hacia la entrada de la cueva, y casi había llegado a la abertura cuando una colosal explosión nos derribó y salí volando por el aire yendo a estrellarme contra una de las paredes de la cueva. Me levanté con un zumbido en la cabeza. Había perdido la linterna. Oí una especie de extraño chillido en algún lugar a mis espaldas, o eso creí.

Miré a Mae y Bobby. Estaban poniéndose en pie. Con el helicóptero aún sobre nosotros, trepamos hasta el borde y nos dejamos caer al otro lado por la pendiente. En la noche fría y negra del desierto.

Lo último que vi fue a Mae haciendo señas al helicóptero para que se alejara.

En ese momento la cueva estalló.

La tierra se sacudió bajo mis pies, y me desplomé. Caí en el preciso momento en que la onda expansiva me causaba un penetrante dolor en los oídos. Oí el profundo fragor de la explosión. Desde la boca de la caverna se elevó una enorme y furiosa bola de fuego, naranja y negra. Sentí el calor venir hacia mí y luego alejarse, y de pronto todo quedó en silencio, y alrededor el mundo se tornó negro.

No sé con seguridad cuánto tiempo pasé allí tendido bajo las estrellas. Debí de perder el conocimiento, porque lo siguiente que recuerdo es a Bobby acomodándome en el asiento trasero del helicóptero. Mae ya estaba dentro, y se inclinó hacia mí para abrocharme el cinturón. Los dos me miraban con cara de preocupación. Aturdido, me pregunté si estaba herido. No sentía dolor. La puerta se cerró a mi lado, y Bobby se sentó delante junto al piloto.

Lo habíamos hecho. Lo habíamos conseguido.

Me costaba creer que aquello hubiera terminado.

El helicóptero se elevó en el aire y vi las luces del laboratorio a lo lejos.

PRESA

DÍA 7

00.12

—Jack.

Cuando entré por el pasillo, Julia corrió hacia mí. Bajo la luz del techo, su rostro era hermoso de una manera elegante y estilizada. Estaba ciertamente más bella de lo que yo recordaba. Tenía el tobillo vendado y la muñeca escayolada. Me rodeó con los brazos y apoyó la cabeza en mi hombro. El pelo le olía a lavanda.

—Oh, Jack, Jack. Gracias a Dios que estás bien.

—Sí —contesté con voz ronca—. Estoy bien.

—Me alegro... Me alegro mucho.

Me quedé inmóvil, dejándome abrazar. Luego le devolví el abrazo. No sabía cómo reaccionar. Ella rebosaba energía; yo en cambio estaba exhausto.

—¿Estás bien, Jack? —preguntó, sin soltarme.

—Sí, Julia —contesté en un susurro—. Estoy bien.

—¿Qué te pasa en la voz? —dijo, retrocediendo un paso para mirarme. Escrutó mi cara—. ¿Qué te pasa?

—Probablemente se ha quemado las cuerdas vocales —explicó Mae. También ella estaba ronca. Tenía el rostro ennegrecido de hollín, un corte en la mejilla y otro en la frente.

Julia volvió a abrazarme, rozándome la camisa con los dedos.

—Cariño, estás herido.

—Solo se me ha roto la camisa.

—Jack, ¿seguro que estás bien? Creo que estás herido.

—No, estoy bien.

Incómodo, me aparté de ella.

—No sabes lo agradecida que estoy por lo que has hecho esta noche, Jack. Lo que habéis hecho todos —añadió Julia, volviéndose hacia los demás—. Tú, Mae, y también Bobby. Solo lamento no haber estado aquí para ayudar. Sé que todo esto es culpa mía. Pero os estoy muy agradecida. La compañía también está muy agradecida.

¿La compañía?, pensé, pero solo dije:

—Ya, bueno, tenía que hacerse.

—Sí, desde luego. Deprisa y de manera contundente. Y tú lo has hecho, Jack. Gracias a Dios.

Ricky estaba detrás, asintiendo con la cabeza. Parecía uno de esos pájaros mecánicos que bebe agua de un vaso. Yo me sentía irreal, como si fuera el personaje de una obra.

—Creo que deberíamos tomar una copa para celebrarlo —decía Julia mientras seguíamos por el pasillo—. Debe de haber champán. ¿Ricky? ¿Hay? Quiero celebrar lo que habéis hecho.

—Yo solo quiero dormir —dije.

—Vamos, solo una copa.

Era propio de Julia, pensé. Absorta en su propio mundo, sin darse cuenta de cómo se sentía la gente que tenía alrededor. El último deseo de cualquiera de nosotros era beber champán.

—Gracias de todos modos —dijo Mae, negando con la cabeza.

—¿Estáis seguros? ¿De verdad? Sería divertido. ¿Y tú, Bobby?

—Quizá mañana —contestó Bobby.

—Bueno, está bien. Al fin y al cabo vosotros sois los héroes. Lo celebraremos mañana.

Noté lo deprisa que hablaba, la rapidez de sus gestos. Recordé la sospecha de Ellen respecto a las drogas. Desde luego daba la impresión de que tomaba algo. Pero yo estaba tan cansado que me daba igual.

—Le he comunicado la noticia a Larry Handler, el presidente de la compañía —dijo Julia—, y os da las gracias a todos.

—Muy amable de su parte —comenté—. ¿Va a informar al ejército?

—¿Informar al ejército? ¿De qué?

—De que se os ha ido de las manos la situación.

—Bueno, Jack, ahora está todo bajo control. Vosotros lo habéis resuelto.

—No estoy muy seguro —contesté—. Puede que algunos enjambres hayan escapado, o es posible que haya otro nido. Para más seguridad, creo que deberíamos avisar al ejército. —En realidad no creía que hubiera quedado nada, pero quería que interviniera gente ajena a la compañía. Estaba cansado. Deseaba que otros se hicieran cargo.

—¿El ejército? —Julia lanzó una mirada a Ricky y luego volvió a mirarme a mí—. Jack, tienes toda la razón —dijo con firmeza—. Esta es una situación sumamente grave. Si existe la menor posibilidad de que haya escapado algo, debemos avisar en el acto.

—Quiero decir esta misma noche.

—Sí, estoy de acuerdo, Jack. Esta noche. Voy a hacerlo ahora mismo.

Miré a Ricky. Caminaba junto a nosotros, asintiendo aún de manera mecánica. No le entendía. ¿Qué había sido del anterior pánico de Ricky? ¿Su temor a que el experimento se hiciera público? Ahora daba la impresión de que no le importaba.

—Vosotros tres podéis dormir un rato —sugirió Julia—, yo telefonearé a mis contactos en el Pentágono.

—Te acompañaré —dije.

—No es necesario.

—Quiero hacerlo —insistí.

Mirándome, sonrió.

—¿No te fías de mí?

—No es eso —respondí—. Pero quizá hagan preguntas que yo puedo contestar.

—Muy bien, de acuerdo. Buena idea. Excelente idea.

Estaba convencido de que ocurría algo. Tenía la sensación de ser el personaje de una obra y de que todos representaban un papel. Solo que no sabía cuál era la obra. Miré a Mae. Tenía el entrecejo algo fruncido. Debía de presentir lo mismo que yo.

Cruzamos los compartimientos estancos y entramos en la unidad residencial. Allí el aire me pareció desagradablemente frío; me estremecí. Fuimos a la cocina y Julia cogió el teléfono.

—Hagamos esa llamada, Jack —propuso.

Abrí el frigorífico y cogí un ginger ale. Mae tomó un té helado y Bobby una cerveza. Estábamos los tres sedientos. Vi una botella de champán en el frigorífico, esperando. La toqué; estaba fría.

Había además seis copas, puestas a enfriar. Julia tenía ya planeada la fiesta. Pulsó el botón del altavoz del teléfono. Oímos el tono y marcó el número. Pero no conseguimos la comunicación y se cortó la línea.

—Vaya —dijo Julia—. Probemos de nuevo.

Marcó por segunda vez. La comunicación volvió a fallar.

—Qué raro. Ricky, no hay línea exterior.

—Prueba otra vez —dijo Ricky.

Tomé un sorbo de ginger ale y los observé. No cabía duda que aquello era todo una actuación, una representación para nosotros. Julia marcó diligentemente una tercera vez. Me pregunté a qué número llamaba, extrañándome de que se supiera de memoria el número del Pentágono.

—Vaya —repitió—. Nada.

Ricky cogió el auricular, examinó la base y volvió a colgarlo.

—Debería funcionar —comentó con afectada perplejidad.

—Vaya por Dios —dije—. Dejadme adivinar. Ha pasado algo y no podemos comunicarnos con el exterior.

—No, no, sí podemos —contestó Ricky.

—Yo misma he hecho una llamada hace unos minutos —añadió Julia—, poco antes de que volvierais.

Ricky se apartó de la mesa.

—Comprobaré las líneas.

—Sí, hazlo —dije furioso.

Julia me miraba fijamente.

—Jack, me tienes preocupada.

—Ya.

—Te noto enfadado.

—Me estáis tomando el pelo.

—Te prometo que no —respondió con voz tranquila, mirándome a los ojos.

Mae se levantó de la mesa y dijo que iba a ducharse. Bobby entró en la sala de recreo para entretenerse con un videojuego. Su manera habitual de relajarse. Enseguida oí los disparos de la ametralladora y los gritos de los malos. Julia y yo nos quedamos solos en la cocina. Se inclinó hacia mí sobre la mesa.

—Jack —dijo, hablándome con voz baja y seria—, me parece que te debo una explicación.

—No —dije—. No me debes nada.

—Por mi comportamiento, quiero decir. Por mis decisiones en los últimos días.

—No importa.

—A mí, sí.

—Quizá más tarde, Julia.

—He de decírtelo ahora. Verás, yo simplemente quería salvar la compañía, Jack. Solo eso. La cámara falló y no pudimos repararla, perdimos el contrato y la compañía se venía abajo. Nunca he perdido una compañía. Nunca he tenido un fracaso, no quería que Xymos fuera el primero. Estaba acorralada, había mucho en juego y, supongo, tenía mi orgullo. Quería salvar la compañía. Sé que no obré con buen criterio. Estaba desesperada. No es culpa de nadie más. Todos querían acabar con esto. Yo los presioné para que siguieran adelante. Fue... fue mi propia cruzada. —Se encogió de hombros—. Y todo para nada. La compañía irá a la quiebra en cuestión de días. La he perdido. —Se inclinó aún más—. Pero no quiero perderte también a ti. No quiero perder a mi familia. No quiero perdernos a nosotros. —Bajó aún más la voz y tendió la mano a través de la mesa para cubrir con ella la mía—. Quiero rectificar, Jack. Quiero hacer las cosas bien y que volvamos por el buen camino. —Guardó silencio por un instante—. Espero que tú también lo quieras.

—No sé muy bien cómo me siento —dije.

—Estás cansado.

—Sí, pero no estoy seguro, ya no.

—¿Te refieres a nosotros?

—No me gusta esta conversación.

Y no me gustaba. Me molestaba que abordara el tema cuando yo estaba agotado, cuando yo acababa de pasar por una situación que casi me había costado la vida y que, en último extremo, era culpa de ella. Me molestaba que le restara importancia a su responsabilidad calificándola de «mal criterio» cuando las cosas habían sido mucho peores que eso.

—Vamos, Jack. Volvamos a estar como antes —dijo, y de pronto se inclinó aún más sobre la mesa e intentó besarme los labios. Yo me aparté y volví la cabeza. Ella me dirigió una mirada suplicante—. Por favor, Jack.

—Este no es el momento ni el lugar, Julia —contesté.

Un silencio. No sabía qué decir. Finalmente comentó:

—Los niños te echan de menos.

—Estoy seguro. También yo los echo de menos.

Rompió a llorar.

—Y a mí no me echan de menos... —se lamentó entre sollozos—. Ni siquiera les importó: yo, que soy su madre.

Volvió a tender la mano, y permití que cogiera la mía. Intenté analizar mis sentimientos, solo me sentía cansado y muy incómodo. Quería que dejara de llorar.

—Julia...

Sonó el chasquido del intercomunicador. Oí la voz de Ricky, amplificada.

—¿Eh, chicos? Tenemos un problema con las líneas de comunicación. Vale más que vengáis aquí enseguida.

El cuarto de comunicaciones era un espacio en un rincón de la sala de mantenimiento. Tenía una sólida puerta de seguridad herméticamente cerrada, con una ventanilla de cristal templado en la mitad superior. A través de esta, vi todos los paneles de conexión y las series de interruptores para las telecomunicaciones del laboratorio. Vi también que habían arrancado parte de los cables. Y desplomado en un rincón del espacio vi a Charley Davenport. Parecía muerto. Tenía la boca abierta y la mirada fija en el vacío. Y la piel de un color gris amoratado. Un ruidoso enjambre negro giraba alrededor de su cabeza.

—No entiendo cómo ha podido ocurrir —decía Ricky—. Estaba profundamente dormido cuando he ido a verlo.

—¿Cuándo ha sido? —pregunté.

—Hará una media hora.

—¿Y el enjambre? ¿Cómo ha llegado hasta ahí?

—No me lo explico —contestó Ricky.

—Debe de haberlo traído él mismo de fuera.

—¿Cómo? —pregunté—. Ha pasado por los compartimientos estancos.

—Lo sé, pero...

—Pero ¿qué? ¿Cómo es posible?

—Quizá... no sé, quizá lo tenía en la garganta o algo así.

—¿En la garganta? —repetí—. ¿Qué quieres decir? ¿Flotando entre las amígdalas? Estas partículas matan, ya lo sabes.

—Sí, lo sé. Claro que lo sé. —Se encogió de hombros—. Me sorprende.

Miré con asombro a Ricky, intentando comprender su actitud. Acababa de descubrir que un nanoenjambre letal había invadido su laboratorio, y eso no parecía alarmarle en absoluto. Se lo tomaba con total despreocupación.

Mae entró apresuradamente en la sala. Entendió lo ocurrido al primer vistazo.

—¿Alguien ha comprobado la grabación en vídeo?

—No podemos —contestó Ricky. Señaló hacia el cuarto de telecomunicaciones—. Los controles están averiados.

—¿Así que no sabéis cómo entrar ahí?

—No. Pero es evidente que no quería que nos pusiéramos en contacto con el exterior. Al menos, eso parece.

—¿Por qué iba a entrar ahí Charley? —preguntó Mae.

Negué con la cabeza. No tenía la menor idea.

—Es un compartimiento estanço —dijo Julia—. Quizá sabía que estaba infectado y quería aislarse de nosotros. Ha cerrado la puerta desde dentro.

—¿Ah, sí? —dije—. ¿Cómo lo sabes?

—Esto... Supongo... Esto... —Echó un vistazo a través del cristal—. Y... esto... se ve el reflejo del pasador en ese aplique cromado... ¿Lo ves ahí?

Ni me molesté en mirar. Pero Mae sí, y la oí decir:

—Ah, sí, Julia tiene razón. Bien observado. Eso se me había escapado.

Sonó muy falso, pero Julia no reaccionó. Así que ahora todos interpretábamos un papel. Todo aquello estaba escenificado. Y no comprendía por qué. Pero observando a Mae con Julia noté que trataba con suma cautela a mi esposa. Casi como si le tuviera miedo o temiera ofenderla.

Eso era extraño.

Y un poco alarmante.

—¿Hay alguna manera de abrir la puerta? —pregunté a Ricky.

—Creo que sí. Probablemente Vince tiene una llave maestra. Pero nadie va a abrir la puerta, Jack; no mientras ese enjambre esté ahí.

—¿Así que no podemos ponernos en contacto con nadie? —dije—. ¿Estamos aislados? ¿Incomunicados?

—Hasta mañana, sí. El helicóptero volverá mañana por la mañana, en su visita diaria. —Ricky examinó los estragos en el cableado a través del cristal—. Dios mío, Charley se ha esmerado con esos paneles.

—¿Por qué crees que haría una cosa así? —pregunté.

Ricky movió la cabeza en un gesto de incomprensión.

—Charley estaba un poco loco, ya lo sabes. Era pintoresco. Pero con todos esos pedos y ese tararear... estaba a un paso del frenopático, Jack.

Yo no tenía esa idea de él.

—Es solo una opinión —añadió Ricky.

Acercándome a Ricky, miré a través del cristal. El enjambre zumbaba en torno a la cabeza de Charley, y vi que sobre su cuerpo empezaba a formarse el recubrimiento lechoso. El mismo proceso de siempre.

—¿Y si bombeamos nitrógeno líquido ahí dentro? —propuse—. ¿Para congelar el enjambre?

—Probablemente podríamos hacerlo —respondió Ricky—. Pero me temo que estropearíamos el equipo.

—¿No podéis aumentar la potencia de las unidades de tratamiento de aire lo suficiente para absorber las partículas?

—Ya están funcionando a plena potencia.

—¿Y si se usara un extintor?

Negó con la cabeza.

—Los extintores no afectarán a las partículas.

—Así pues, no tenemos acceso al cuarto.

—Que yo sepa, no.

—¿Teléfonos móviles?

Negó con la cabeza.

—Las antenas se conectan a través de ese cuarto. Por ahí pasan todas nuestros medios de comunicación: móviles, Internet, transmisión de datos a alta velocidad.

—Charley sabía que el cuarto cerraba herméticamente —dijo

Julia—. Estoy segura de que ha entrado ahí para protegernos a todos. Ha sido un acto altruista. Un acto de valor.

Estaba desarrollando su propia teoría sobre Charley, dándole cuerpo, añadiendo detalles. Despistaba un poco. Considerando que el problema principal seguía sin respuesta: cómo abrir la puerta y anular el enjambre.

—¿Hay otra ventana?

—No.

—¿Esta ventanilla de la puerta es la única?

—Sí.

—Muy bien, pues —dije—, tapemos la ventana y apaguemos las luces de dentro. Y esperemos unas horas, hasta que el enjambre pierda energía.

—En fin, no sé —dijo Ricky, dudoso.

—¿Cómo, Ricky? —dijo Julia—. A mí me parece una gran idea. Desde luego vale la pena probarla. Hagámoslo ahora mismo.

—Bueno, de acuerdo —convino Ricky, cediendo de inmediato a ella—. Pero habrá que esperar seis horas.

—Pensaba que eran tres horas —comenté.

—Así es, pero quiero que pasen unas horas más antes de abrir esa puerta. Si ese enjambre queda libre aquí dentro, estamos todos perdidos.

Finalmente nos pusimos de acuerdo. Sujetamos una tela negra a la ventana con cinta adhesiva y colocamos encima un cartón. Apagamos las luces y fijamos el interruptor en esa posición con cinta. Al final, me venció de nuevo el agotamiento. Consulté mi reloj. Era la una de la madrugada.

—Tengo que acostarme —dije.

—A todos nos vendría bien dormir un poco —dijo Julia—. Podemos repasar la situación por la mañana.

Nos encaminamos todos hacia el módulo residencial. Mae caminó a mi lado.

—¿Cómo te encuentras? —preguntó.

—Bien. Empieza a dolerme un poco la espalda.

Mae asintió con la cabeza.

—Mejor será que me dejes echarte un vistazo.

—¿Por qué?

—Tú déjame echarte un vistazo antes de acostarte.

—Oh, Jack, cariño —exclamó Julia—. Pobrecito.

—¿Qué pasa?

Estaba sentado sobre la mesa de la cocina sin camisa. Julia y Mae estaban detrás de mí, parloteando.

—¿Qué pasa? —repetí.

—Tienes ampollas —dijo Mae.

—¿Ampollas? —dijo Julia—. Tiene toda la espalda cubierta...

—Creo que tenemos apósitos —la interrumpió Mae, alargando el brazo para coger el botiquín que había bajo el fregadero.

—Sí, eso espero. —Julia me sonrió—. Jack, no sabes cuánto siento que hayas tenido que pasar por esto.

—Puede que te escueza un poco —avisó Mae.

Sabía que Mae quería hablar conmigo a solas, pero no había oportunidad. Julia no estaba dispuesta a dejarnos solos ni por un minuto. Siempre había tenido celos de Mae, ya al principio cuando la contraté en mi compañía, y ahora competía con ella por mi atención.

No me sentí halagado. En un primer momento noté frescos los apósitos, cuando Mae me los aplicó, pero poco después empezaron a escocerme. Hice una mueca de dolor.

—No sé qué calmantes hay aquí —dijo Mae—. Tienes quemaduras de segundo grado en una amplia zona.

Julia revolvió frenéticamente el botiquín, lanzando el contenido a izquierda y derecha. Tubos y frascos cayeron ruidosamente al suelo.

—Hay morfina —dijo por fin, alzando un frasco. Me sonrió alegremente—. Esto servirá.

—No quiero morfina —dije. En realidad deseaba decirle que se fuera a la cama. Julia me molestaba. Estaba sacándome de quicio con su nerviosismo. Y quería hablar con Mae a solas.

—No hay nada más, excepto aspirinas —informó Julia.

—Bastará con una aspirina.

—Me preocupa que no...

—Bastará con una aspirina.

—No hace falta que te pongas así.

—Lo siento. No me encuentro bien.

—Bueno, solo intento ayudar. —Julia retrocedió—. En fin, si queréis quedaros solos, no teníais más que decirlo.

—No —contesté—, no queremos quedarnos solos.

—Bueno, solo intento ayudar —repitió. Se volvió hacia el botiquín—. Quizá haya algo más...

Cayeron al suelo cajas de esparadrapo y frascos de antibióticos.

—Julia —dije—. Basta, por favor.

—¿Qué hago? ¿Qué es lo que tanto te molesta?

—Déjalo ya.

—Solo intento ayudar.

—Lo sé.

—Muy bien —dijo Mae detrás de mí—. Listo. Esto aguantará hasta mañana. —Bostezó—. Y ahora, si no os importa, me voy a acostar.

Le di las gracias y la observé salir de la cocina. Cuando me di la vuelta, Julia me tendía un vaso de agua y dos aspirinas.

—Gracias —dije.

—Esa mujer nunca me ha gustado —declaró.

—Vamos a dormir un poco.

—Aquí solo hay camas individuales.

—Lo sé.

Se acercó más.

—Me gustaría estar contigo, Jack.

—Estoy muy cansado, de verdad. Nos veremos por la mañana, Julia.

Volví a mi habitación y miré la cama. No me molesté en quitarme la ropa. No recuerdo que mi cabeza tocara la almohada.

DÍA 7

04.42

Dormí inquieto, con continuos y terribles sueños. Soñé que estaba otra vez en Monterrey, casándome con Julia, y me hallaba frente el pastor cuando ella se acercó a mí con su traje de novia. Al levantarse el velo, me sorprendió lo hermosa, joven y esbelta que era. Me sonrió, y le devolví la sonrisa, procurando disimular mi desasosiego, porque de pronto vi que su rostro más que estilizado, era enjuto, casi demacrado. Casi un cráneo.

A continuación me volví hacia el pastor, pero era Mae, y vertía líquidos de colores en tubos de ensayo. Cuando volví a mirar a Julia, estaba furiosa, y dijo que esa mujer nunca le había gustado. Por algún motivo la culpa era mía. Era yo a quien se lo echaba en cara.

Sudoroso, desperté por un momento. La almohada estaba empapada. Le di la vuelta y seguí durmiendo. Me vi a mí mismo dormir en la cama y, alzando la vista, noté que la puerta de la habitación estaba abierta. Entraba luz del pasillo. Una sombra se proyectó sobre la cama. Ricky entró en la habitación y me miró. Su rostro estaba oscuro, a contraluz, y no veía su expresión, pero dijo: «Siempre te he querido, Jack». Se inclinó para susurrarme algo al oído, y cuando bajó la cabeza, me di cuenta de que en realidad iba a besarme. Iba a besarme en los labios, apasionadamente. Tenía la boca abierta. Se humedecía los labios con la lengua. Yo estaba muy alterado, no sabía qué hacer, pero en ese momento entró Julia y dijo: «¿Qué pasa?». Ricky se apartó en el acto e hizo algún comentario evasivo. Julia, colérica, respondió: «Ahora no, idiota», y Ricky contestó con otra evasiva. A continuación Julia dijo: «Esto es totalmente innecesario, se resolverá por sí solo». A lo cual Ricky respondió: «Existen coeficientes constrictivos para algoritmos deterministas si haces optimización global por intervalos». Y ella añadió: «No te dolerá si no te resistes». Encendió la luz de la habitación y salió.

De repente estaba de nuevo en Monterrey, en mi boda, con Julia a mi lado vestida de blanco, y al volverme a mirar a los invitados, vi a mis tres hijos sentados en la primera fila, contentos y sonrientes. Y mientras los observaba, se dibujó en torno a sus bocas una línea negra, que descendió por sus cuerpos hasta que quedaron cubiertos de negro. Continuaron sonriendo, pero yo estaba horrorizado. Corrí hacia ellos, pero ni aun restregándoles pude quitarles aquella capa negra. Y Nicole, tranquilamente, dijo: «Papá, no te olvides de los aspersores».

Me desperté enredado entre las sabanas, bañado en sudor. La puerta de la habitación estaba abierta. Un rectángulo de luz se proyectaba sobre mi cama desde el pasillo. Eché un vistazo al monitor del terminal. Se leía: «04.55». Cerré los ojos y permanecí ahí tendido durante un rato, pero ya no pude conciliar el sueño. Estaba mojado e incómodo. Decidí ducharme.

Poco antes de las cinco de la madrugada me levanté de la cama.

El pasillo estaba en silencio. Fui hasta el cuarto de baño. Las puertas de todas las habitaciones estaban abiertas, lo cual me pareció extraño. Al pasar por delante, los vi a todos dormidos. Y las luces de todas las habitaciones estaban encendidas. Vi dormidos a Ricky, a Bobby, a Julia y a Vince. La cama de Mae estaba vacía, y por supuesto también la de Charley.

Me detuve en la cocina para coger un ginger ale del frigorífico. Tenía mucha sed, la garganta reseca y dolorida, y el estómago revuelto. Miré la botella de champán. De pronto me asaltó un extraño presentimiento y pensé que quizá la habían manipulado. La cogí y examiné detenidamente el tapón, la funda de metal que cubría el corcho. No vi nada anormal. Ni manipulación alguna, ni marcas de agujas hipodérmicas, ni nada.

Era solo una botella de champán.

La dejé y cerré la puerta del frigorífico.

Empecé a preguntarme si había sido injusto con Julia. Quizá realmente creía que había cometido un error y quería enmendarse. Quizá solo quería demostrar su gratitud. Quizá estaba siendo demasiado duro con ella, demasiado implacable.

Porque si me detenía a pensarlo, ¿qué había hecho que fuera sospechoso o incorrecto? Se había alegrado de verme. Aunque hubiera exagerado un poco. Había asumido la responsabilidad del experimento, y se había disculpado. De inmediato había accedido a avisar al ejército. Había aprobado mi plan para eliminar el enjambre en el cuarto de comunicaciones. Había hecho todo lo posible para demostrar que me apoyaba y estaba de mi lado.

Aun así, me sentía intranquilo.

Y estaba además, por supuesto, el asunto de Charley y su enjambre. La idea de Ricky de que Charley podía haber llevado el enjambre dentro del cuerpo, en la boca o bajo el brazo o algo así, no tenía mucho sentido. Aquellos enjambres mataban en cuestión de segundos. Así que eso planteaba una duda: ¿Cómo había entrado el enjambre en el cuarto de comunicaciones con Charley? ¿Había llegado de fuera? ¿Por qué no había atacado a Julia, a Ricky y a Vince?

Decidí acercarme a la sala de mantenimiento y examinar la puerta del cuarto de comunicaciones. Tal vez había pasado algo por alto. Julia había hablado sin cesar, interrumpiendo continuamente mis pensamientos. Casi como si pretendiera desviar mi atención de algo...

Otra vez empezaba a juzgar a Julia con demasiada severidad.

Atravesé el compartimiento estanco, seguí por el pasillo y crucé otro compartimiento. Cuando uno estaba cansado, resultaba molesto soportar aquellas corrientes de aire. Salí a la zona de mantenimiento y me dirigí hacia la puerta del cuarto de comunicaciones. No noté nada especial. Oí el sonido de un teclado y me asomé al laboratorio de biología. Allí estaba Mae, ante su terminal.

—¿Qué haces? —pregunté.

—Comprobando la grabación de vídeo.

—Pensaba que no era posible porque Charley arrancó los cables.

—Eso dijo Ricky, pero no es verdad.

Rodeé la mesa del laboratorio con la intención de mirar por encima de su hombro. Ella levantó la mano.

—Puede que no quieras ver esto, Jack —advirtió Mae.

—¿Qué? ¿Por qué no?

—Es, esto... puede que no quieras afrontarlo, al menos ahora. Quizá mañana.

Pero después de eso, claro está, prácticamente me eché a correr para ver qué mostraba el monitor. Y me detuve. En la pantalla vi una imagen de un pasillo vacío, con un código de tiempo al pie del recuadro.

—¿Es esto? —pregunté—. ¿Es esto lo que no me conviene afrontar ahora?

—No. —Se volvió en su silla—. Mira, Jack, hay que ver la grabación de todas las cámaras de seguridad en secuencia, y cada una recoge solo diez fotogramas por minuto, así que resulta muy difícil estar seguros de que...

—Enséñamelo, Mae.

—He de rebobinar un poco.

Pulsó repetidas veces la tecla de RETROCESO en el ángulo del teclado. Al igual que muchos de los nuevos sistemas de control, el de Xymos se basaba en los exploradores de Internet. Era posible retroceder paso a paso.

Las imágenes saltaron atrás hasta que llegó al punto que buscaba. Entonces las hizo avanzar de nuevo, y el encuadre pasó de una cámara a la siguiente en rápida sucesión. Un pasillo. El edificio principal. El edificio desde otro ángulo. Un compartimiento estanco. Otro pasillo. La sala de mantenimiento. Un pasillo. La cocina. La sala de recreo. El pasillo del módulo residencial. Una vista exterior, enfocando el desierto iluminado desde una posición elevada. Un pasillo. El grupo electrógeno. El exterior, a ras de suelo. Otro pasillo.

Parpadeé.

—¿Cuánto tiempo llevas con esto?

—Cerca de una hora.

—Dios mío.

A continuación vi un pasillo. Ricky avanzaba por él. Grupo electrógeno. Vista exterior, Julia apareciendo bajo la luz de los reflectores. Un pasillo. Julia y Ricky juntos, abrazados, y luego un pasillo, y...

—Un momento —dije.

Mae pulsó una tecla. Me miró sin hablar. Apretó otra tecla e hizo avanzar las imágenes lentamente. Se detuvo en la cámara que mostraba a Ricky y Julia.

—Diez fotogramas.

El movimiento era borroso y entrecortado. Ricky y Julia se acercaron el uno al otro. Se abrazaron. Se advertía una evidente familiaridad entre ellos. Y a continuación se besaron apasionadamente.

—Mierda —exclamé, volviendo la cabeza—. Mierda, mierda, mierda.

—Lo siento, Jack. No sé qué decir.

Me asaltó un repentino mareo, como si fuera a desplomarme. Me senté en la mesa, manteniéndome de espaldas a la pantalla. No podía mirar. Respiré hondo. Mae decía algo más, pero yo no oí sus palabras. Volví a tomar aire. Me pasé la mano por el pelo.

—¿Estabas enterada de esto? —pregunté.

—No. Hasta hace unos minutos no.

—¿Lo sabía alguien?

—No. A veces bromeábamos con ello; decíamos que tenían una relación, pero ninguno de nosotros lo creía.

—Dios mío. —Volví a pasarme la mano por el pelo—. Dime la verdad, Mae. Necesito oír la verdad. ¿Lo sabías o no?

—No, Jack. No lo sabía.

Silencio. Respiré hondo. Intenté examinar mis sentimientos.

—¿Sabes qué es lo más curioso? —comenté—. Lo curioso es que lo sospechaba desde hacía un tiempo. Estaba casi seguro de que ocurría algo así, pero no sabía quién... es decir... aunque uno lo espere, resulta desolador.

—Estoy segura.

—Nunca habría pensado en Ricky —dije—. Es un tipo tan... no sé... tan empalagoso. Y no es un hombre con mucho poder. Por alguna razón había pensado que ella elegiría a alguien más importante, supongo.

Mientras hablaba recordé mi conversación con Ellen después de la cena.

«¿Tan seguro estás de cuál es el estilo de Julia?»

Eso fue después de ver a alguien en el coche de Julia, el hombre cuyo rostro no llegué a distinguir...

Ellen: «A eso se llama negación, Jack».

—Dios santo —me lamenté, moviendo la cabeza en un gesto de desesperación. Me sentía indignado, abochornado, confuso, furioso. Mis sensaciones cambiaban a cada segundo.

Mae esperó. No se movió ni habló. Estaba completamente quieta.

—¿Quieres ver más? —preguntó por fin.

—¿Hay más?

—Sí.

—No sé si yo, esto... no, no quiero ver más.

—Quizá te convenga.

—No.

—Quizá te sirva para sentirte mejor.

—No lo creo —contesté—. No creo que pueda aceptarlo.

—Quizá no sea lo que piensas, Jack —dijo—. Al menos puede que no sea exactamente lo que piensas.

«A eso se llama negación, Jack.»

—Lo siento, Mae —dije—, pero no quiero seguir fingiendo. Lo he visto. Sé lo que es.

Pensaba que pasaría toda mi vida con Julia. Pensaba que los dos queríamos a los niños, que teníamos una familia, una casa, una vida en común. Y Ricky tenía un hijo recién nacido. Era absurdo. No le veía sentido. Pero las cosas nunca salen como uno prevé.

Oí teclear a Mae rápidamente en el teclado. Volví la cabeza para verla a ella pero no la pantalla.

—¿Qué haces?

—Intento encontrar a Charley. Ver si puedo averiguar qué le pasó en las últimas horas.

Siguió tecleando. Tomé aire. Mae tenía razón. Lo que ocurría en mi vida personal, fuera lo que fuese, estaba ya muy avanzado. No podía hacer nada al respecto, al menos por ahora.

Me di media vuelta y miré la pantalla.

—Muy bien —dije—. Busquemos a Charley.

Resultaba desorientador ver pasar las imágenes de las cámaras, repitiéndose una y otra vez la secuencia. La gente aparecía y desaparecía de la imagen. Vi a Julia en la cocina. Luego los vi a ella y a Ricky en la cocina. La puerta del frigorífico estaba abierta, luego cerrada. Vi a Vince en el edificio principal de la fábrica; luego desapareció. Lo vi en un pasillo; luego ya no estaba.

—No veo a Charley.

—Quizá aún estaba dormido —aventuró Mae.

—¿No puedes ver en las habitaciones?

—Sí, ahí hay cámaras, pero tendría que cambiar el ciclo de seguridad. Normalmente el ciclo no incluye las habitaciones.

—¿Es muy complicado cambiar el ciclo de seguridad?

—No estoy segura. De hecho, este es el terreno de Ricky. El sistema de la fábrica es bastante complejo. Ricky es el único que conoce verdaderamente su funcionamiento. Veamos si encontramos a Charley en el ciclo habitual.

Eso hicimos, esperando para ver si aparecía en alguna de las imágenes corrientes de las cámaras. Buscamos durante unos diez minutos más. De vez en cuando, tenía que apartar la mirada de las imágenes; Mae, en cambio, las seguía impasible. Finalmente lo vimos en el módulo residencial, frotándose la cara por el pasillo. Acababa de despertar.

—Perfecto —dijo Mae—. Ya lo tenemos.

—¿Qué hora es?

Congeló la imagen para poder leerla: eran las 00.10.

—Eso fue una media hora antes de que volviéramos —calculé.

—Sí.

Adelantó las imágenes. Charley desapareció del pasillo, pero lo vimos por un instante camino del cuarto de baño. Luego vimos a Ricky y Julia en la cocina. Sentí una súbita tensión en mi cuerpo. Pero solo estaban hablando. Después Julia guardó el champán en el frigorífico, y Ricky empezó a entregarle las copas para colocarlas junto a la botella.

Era difícil saber con seguridad qué ocurría a continuación, a causa del ritmo de los fotogramas. Diez fotogramas de vídeo por minuto equivalían a disponer solo de una imagen cada seis segundos, así que los sucesos se veían borrosos y entrecortados cuando las cosas se movían deprisa, porque era mucho lo que ocurría entre un fotograma y otro.

Pero esto es lo que creo que pasó.

Charley apareció y empezó a hablar con los dos. Sonreía, alegre. Señaló las copas. Julia y Ricky guardaron las copas mientras hablaban con él. De pronto él levantó una mano para interrumpirles.

Señaló una copa que Julia sostenía, dispuesta a meterla en el frigorífico. Dijo algo.

Julia negó con la cabeza y colocó la copa en el frigorífico.

Charley parecía desconcertado. Señaló otra copa. Julia negó con la cabeza. A continuación Charley encorvó los hombros y echó el mentón al frente, como si estuviera montando en cólera. Golpeó repetidamente la mesa con el dedo, insistiendo en algo.

Ricky avanzó y se interpuso entre Julia y Charley. Actuó como quien interrumpe una discusión. Levantó las manos para tranquilizar a Charley.

Charley no se calmó. Señalaba el fregadero, lleno de platos sucios.

Ricky negó con la cabeza y apoyó la mano en el hombro de Charley.

Charley se la apartó.

Los dos empezaron a discutir. Entretanto Julia guardó tranquilamente el resto de las copas en el frigorífico. Parecía indiferente a la disputa, casi como si no la oyera. Charley intentaba soslayar a Ricky para aproximarse al frigorífico, pero Ricky le cortaba el paso una y otra vez, levantando las manos.

El comportamiento de Ricky inducía a pensar que la actitud de Charley se le antojaba irracional. Lo trataba con esa delicadeza a la que uno recurre cuando alguien está fuera de control.

—¿Afecta ya a Charley el enjambre? —preguntó Mae—. ¿Por eso se comporta así?

—No lo sé. —Observé la pantalla con mayor atención—. No veo ningún enjambre.

—No —convino Mae—. Pero está muy enfadado.

—¿Qué quiere que hagan? —dije.

Mae movió la cabeza en un gesto de negación.

—¿Que saquen las copas? ¿Que las laven? ¿Que utilicen otras? No lo sé.

—A Charley esas cosas le traían sin cuidado —comenté—. Habría comido en un plato sucio utilizado antes por otra persona. —Sonreí—. Se lo he visto hacer.

De pronto Charley retrocedió varios pasos. Por un momento se quedó totalmente inmóvil, como si hubiera descubierto algo que lo hubiera asombrado. Ricky le dijo algo. Charley empezó a señalarlos y gritarles. Ricky intentó acercarse a él.

Charley siguió retrocediendo, y luego se volvió hacia el teléfono, colgado en la pared. Levantó el auricular. Ricky se abalanzó hacia él, muy rápidamente, su cuerpo una mancha desdibujada, y colgó el auricular con brusquedad. Empujó a Charley violentamente. Ricky tenía una fuerza sorprendente. Charley era un hombre corpulento, pero cayó al suelo y resbaló hacia atrás un par de metros. Charley se puso en pie, continuó gritando y luego se dio media vuelta y salió corriendo de la cocina.

Julia y Ricky cruzaron una mirada. Julia dijo algo.

De inmediato Ricky corrió tras Charley.

Julia corrió tras Ricky.

—¿Qué hacen? —pregunté.

Mae soltó la tecla PAUSA, y en la pantalla apareció el rótulo «Hora de actualización». A continuación empezamos a ver imágenes de las cámaras otra vez en secuencia. Vimos a Charley correr por un pasillo, y a Ricky detrás de él. Esperamos impacientemente el siguiente ciclo. Pero esta vez no había nadie visible.

Otro ciclo. Entonces vimos a Charley en la sala de mantenimiento, marcando en el teléfono. Miró por encima del hombro. Al cabo de un momento entró Ricky, y Charley colgó el auricular. Empezaron a discutir de nuevo, girando en círculo uno alrededor del otro.

Charley empuñó una pala y le lanzó un golpe a Ricky. La primera vez Ricky lo esquivó. El segundo golpe le dio de pleno en el hombro y lo derribó. Charley alzó la pala y descargó contra la cabeza de Ricky. El gesto era brutal, la intención claramente asesina. Ricky consiguió apartarse, y la pala se estrelló contra el suelo de hormigón.

—Dios mío —exclamó Mae.

Ricky se ponía en pie cuando Charley se dio media vuelta y vio entrar a Julia en la sala. Julia tendió la mano y se dirigió a Charley con actitud de ruego, pidiéndole quizá que dejara la pala. Charley miró a uno y a otro. Entonces entró también Vince en la sala. Ahora que estaban todos ahí, Charley no parecía ya dispuesto a luchar. Estaban rodeándolo, acercándose a él.

De repente Charley se echó a correr hacia el cuarto de comunicaciones, entró e intentó cerrar la puerta. Ricky se abalanzó sobre él al instante. Con el pie, impidió a Charley cerrar la puerta. A través el cristal se veía la expresión furiosa de Charley. Vince se colocó junto a Ricky. Estando los dos ante la puerta, no vi qué ocurría. Julia parecía dar órdenes. Me pareció ver que introducía la mano por la rendija de la puerta, pero no podía estar seguro.

En todo caso la puerta se abrió y tanto Vince como Ricky entraron en el cuarto de comunicaciones. La acción que siguió fue rápida, desdibujada en el vídeo, pero aparentemente los tres estaban luchando, y Ricky consiguió colocarse detrás de Charley e inmovilizarlo con una llave; Vince dobló un brazo a Charley hacia a su espalda, y juntos lo redujeron. Dejó de resistirse. La imagen era ya menos borrosa.

—¿Qué está pasando? —preguntó Mae—. No nos han dicho nada de esto.

Ricky y Vince sujetaban a Charley por detrás. Charley ladeaba, con el pecho agitado, pero ya no forcejeaba. Julia entró en el cuarto. Miró a Charley y conversó con él. Y de pronto Julia se acercó a Charley y le dio un largo beso en los labios.

Charley forcejeó, intentó zafarse. Vince lo agarró por el cabello y trató de inmovilizarle la cabeza. Julia siguió besándolo. Por fin se apartó, y en ese momento vi un río negro entre su boca y la de Charley. Permaneció ahí solo por un instante y luego se desvaneció.

—Dios mío —dijo Mae.

Julia se enjugó los labios y sonrió.

Charley se encorvó y cayó al suelo. Parecía aturdido. Una nube negra salió de su boca y se arremolinó alrededor de su cabeza. Vince le dio una palmada en la cabeza y abandonó el cuarto.

Ricky se aproximó a los paneles y arrancó los cables a puñados. Desgarró literalmente los paneles. Después se volvió hacia Charley, dijo algo más y salió del cuarto de comunicaciones.

Charley se puso en pie de un salto, cerró la puerta y echó el pasador. Pero Ricky y Julia se rieron, como si aquel fuera un gesto inútil. Charley volvió a encorvarse y ya no se le vio más.

Ricky echó un brazo sobre el hombro de Julia y los dos salieron juntos de la sala.

—¡Vaya, qué madrugadores!

Me di media vuelta.

Julia estaba en el umbral de la puerta.

DÍA 7

05.12

Sonriente, entró en el laboratorio.

—¿Sabes, Jack? —dijo—. Si no confiara tan plenamente en ti, pensaría que hay algo entre vosotros dos.

—¿En serio? —Me aparté un poco de Mae mientras ella tecleaba rápidamente. Sentía un gran nerviosismo—. ¿Por qué habrías de pensar una cosa así?

—Bueno, teníais los dos las cabezas tan juntas... —contestó mientras se aproximaba a nosotros—. Se os notaba muy absortos en lo que estabais viendo en la pantalla. ¿Qué era, por cierto?

—Esto... cosas técnicas.

—¿Puedo verlo? Me atraen las cuestiones técnicas. ¿No te ha hablado Ricky de mi nuevo interés por lo técnico? Pues es cierto. Me fascina esta tecnología. Es un mundo nuevo, ¿no? El siglo xxi ha llegado. No te levantes, Mae. Miraré por encima de tu hombro.

Había rodeado la mesa y veía ya la pantalla. Arrugó la frente al mirar la imagen, que mostraba cultivos bacterianos sobre un medio rojo. Círculos blancos dentro de círculos rojos.

—¿Qué es esto?

—Colonias de bacterias —contestó Mae—. Hemos detectado cierta contaminación en las *E. coli.* He tenido que desactivar un depósito. Intentamos descubrir cuál es el problema.

—Probablemente los fagos, ¿no creéis? —dijo Julia—. ¿No es lo que suele pasar con las bacterias? ¿Un virus? —Dejó escapar un suspiro—. Con la manufacturación molecular todo es muy delicado. Las cosas salen mal con mucha facilidad, y muy a menudo.

Hay que permanecer alerta en previsión de complicaciones. —Nos echó un vistazo primero a mí y luego a Mae—. Pero seguramente no es esto lo que habéis estado mirando todo este tiempo.

—Pues sí, lo es —contesté.

—¿Qué? ¿Imágenes de moho?

—Bacterias.

—Sí, bacterias. Mae, ¿habéis estado mirando esto todo el rato? Encogiéndose de hombros, Mae asintió con la cabeza.

—Sí, Julia. Es mi trabajo.

—Y yo no pongo en duda tu dedicación ni por un instante —respondió Julia—. Pero si no te importa... —Con un rápido movimiento de la mano pulsó la tecla RETROCESO en el ángulo del teclado.

La pantalla anterior mostró más imágenes de crecimiento bacteriano.

La siguiente pantalla mostró un micrográfico electrónico de un virus.

Y después una tabla de datos de crecimiento a lo largo de las últimas doce horas.

Julia siguió pulsando la tecla de RETROCESO otra media docena de veces, pero solo vio imágenes de bacterias y virus, gráficos y tablas. Retiró la mano de teclado.

—Según parece, dedicas mucho tiempo a esto. ¿De verdad es tan importante?

—Bueno, es un contaminante —contestó Mae—. Si no lo controlamos, tendremos que interrumpir todo el sistema.

—Si es así, adelante. —Se volvió hacia mí—. ¿Quieres desayunar? Supongo que estás muerto de hambre.

—Buena idea —respondí.

—Acompáñame —dijo Julia—. Lo prepararemos juntos.

—De acuerdo —dije. Lancé una mirada a Mae—. Hasta luego. Si puedo ayudarte de algún modo, dímelo.

Me marché con Julia. Nos dirigimos por el pasillo hacia el módulo residencial.

—No sé por qué, pero esa mujer me molesta —comentó Julia.

—Yo tampoco sé por qué. Es muy buena. Muy atenta, muy concienzuda.

—Y muy guapa.

—Julia...

—¿Por eso no quieres besarme? ¿Porque tienes un lío con ella?

—Por Dios, Julia.

Me miró fijamente.

—Mira, las últimas dos semanas han sido complicadas para todos —dije—. Sinceramente, no ha sido nada fácil vivir contigo.

—Lo comprendo.

—Y sinceramente he estado muy enfadado contigo.

—Y con razón, lo sé. Lamento haberte hecho pasar por todo esto. —Se inclinó hacia mí y me besó la mejilla—. Pero eso ya me parece lejano. No me gusta esta tensión entre nosotros. ¿Por qué no nos damos un beso y hacemos las paces?

—Quizá después —contesté—. Ahora tenemos mucho que hacer.

Se puso juguetona, haciendo mohínes y lanzando besos al aire.

—Oh, vamos, cariño, solo un besito..., no vas a morirte por eso...

—Más tarde —respondí.

Suspiró y se rindió. Continuamos por el pasillo en silencio por un momento. De pronto, con voz seria, dijo:

—Estás eludiéndome, Jack. Y quiero saber por qué.

No le contesté. Me limité a lanzar un suspiro de resignación y seguir andando, actuando como si lo que acababa de decir no mereciera respuesta. De hecho, estaba muy preocupado.

No podía negarme a besarla eternamente; tarde o temprano adivinaría lo que sabía. Quizá lo sospechaba ya, porque incluso cuando adoptaba una actitud femenina, parecía más alerta que nunca. Tenía la sensación de que no se le escapaba nada. Esa misma sensación me producía Ricky. Era como si estuvieran sintonizados, ultraatentos.

Y me preocupaba lo que había visto en el monitor de Mae. La nube negra que parecía brotar de la boca de Julia. ¿Realmente estaba allí, en el vídeo? Pues por lo que yo sabía, los enjambres mataban a su presa por contacto. Eran implacables. En cambio, Julia parecía hospedar un enjambre. ¿Cómo era posible? ¿Tenía algún tipo de inmunidad? ¿O el enjambre la toleraba, no la mataba por alguna razón? ¿Y qué pasaba con Ricky y Vince? ¿También ellos eran inmunes?

Una cosa era indudable: Julia y Ricky no querían que avisáramos a nadie. Nos habían aislado en el desierto intencionadamente, conscientes de que disponían solo de unas horas hasta la llegada del helicóptero. Así que en apariencia ese era el tiempo que necesitaban. ¿Para qué? ¿Para matarnos? ¿O solo para infectarnos? ¿Qué?

Caminando por el pasillo junto a mi mujer, tuve la sensación de que me hallaba junto a una desconocida, junto a alguien que ya no conocía y que era extraordinariamente peligrosa.

Consulté mi reloj. El helicóptero estaría allí en menos de dos horas.

Julia sonrió.

—¿Tienes una cita?

—No. Solo pensaba que es hora de desayunar.

—Jack, ¿por qué no eres sincero conmigo?

—Soy sincero.

—No. Te preguntabas cuánto falta para la llegada del helicóptero.

Hice un gesto de indiferencia.

—Dos horas —prosiguió—. Estoy segura de que te alegrarás de marcharte de aquí, ¿verdad?

—Sí —contesté—. Pero no voy a irme hasta que todo quede resuelto.

—¿Por qué? ¿Qué queda por hacer?

Ya habíamos llegado al módulo residencial. Percibí el olor a beicon y huevos fritos. Ricky apareció por la esquina del pasillo. Sonrió cordialmente al verme.

—Hola, Jack. ¿Cómo has dormido?

—Bien.

—¿De verdad? Lo digo porque se te ve cansado.

—He tenido pesadillas —contesté.

—¿Ah, sí? ¿Pesadillas? Lástima.

—A veces pasa —dije.

Entramos todos en la cocina. Bobby estaba preparando el desayuno.

—Huevos revueltos con cebolletas y queso cremoso —anunció alegremente—. ¿Qué clase de pan queréis para las tostadas?

Julia quería pan integral. Ricky quería pan inglés. Yo contesté que no quería nada. Observando a Ricky, volvió a llamarme la atención su fuerte aspecto. Bajo la camiseta, los músculos se dibujaban claramente. Me sorprendió mirándolo.

—¿Pasa algo?

—No. Solo admiraba tu buena forma —contesté. Procuré aparentar despreocupación, pero la verdad era que me sentía muy incómodo en la cocina con todos ellos alrededor. Seguía pensando en Charley, y en la agilidad con la que se habían abalanzado sobre él. No tenía hambre; solo quería salir de allí. Pero no se me ocurría cómo marcharme sin despertar sospechas.

Julia fue al frigorífico y abrió la puerta. Allí continuaba el champán.

—¿Estáis ahora con ánimo de celebración?

—Claro —dijo Bobby—. Buena idea, un cóctel de champán y naranja por la mañana.

—Ni hablar —dije—. Julia, debo insistir en que tomes esta situación en serio. El peligro aún no ha pasado. Tenemos que traer al ejército, y todavía no hemos podido avisar. No es momento para descorchar el champán.

Hizo un mohín.

—Oh, eres un aguafiestas.

—Esto no es ninguna fiesta. No digas estupideces.

—Vamos, cariño no te enfades, solo bésame. —Volvió a arrugar los labios y se inclinó hacia mí por encima de la mesa.

Pero por lo visto no me quedaba más alternativa que enfurecerme.

—Maldita sea, Julia —prorrumpí—, el único motivo por el que estamos metidos en este lío es que desde el principio no te lo tomaste en serio. Has tenido un enjambre fuera de control en el desierto durante... ¿cuánto? ¿Dos semanas? Y en lugar de erradicarlo, te has dedicado a jugar con él. Has tonteado hasta que se te ha escapado completamente de las manos, y como consecuencia de eso han muerto tres personas. Esto no es una celebración, Julia. Es un desastre. Y nadie va a beber champán mientras yo esté aquí. —Llevé la botella al fregadero y la rompí. Me volví hacia ella—. ¿Queda claro?

—No había ninguna necesidad de eso —dijo con rostro inexpresivo.

Vi que Ricky me miraba pensativamente, como si intentara decidir algo. Bobby nos dio la espalda mientras cocinaba, como si le incomodara la pelea conyugal. ¿Había caído Bobby en sus redes? Me pareció ver una fina línea negra en su cuello, pero no estaba seguro, y no me atreví a mirar fijamente.

—¿No había necesidad? —repetí, indignado—. Esas personas eran amigos míos. Y eran amigos tuyos, Ricky. Y tuyos, Bobby. Y no quiero oír hablar más de esta mierda de celebración.

Me di media vuelta y salí airado de la cocina. En ese momento entraba Vince.

—Vale más que te calmes —aconsejó Vince—. Va a darte una embolia.

—Vete a la mierda.

Vince enarcó las cejas. Lo rocé al pasar junto a él.

—No engañas a nadie, Jack —gritó Julia—. Sé qué te traes entre manos.

Noté un nudo en el estomago, pero seguí andando.

—Te leo el pensamiento, Jack. Sé que vuelves con ella.

—Exactamente —contesté.

¿Realmente era eso lo que Julia pensaba? No lo creí ni por un momento. Solo pretendía confundirme, mantenerme con la guardia baja hasta... ¿qué? ¿Qué iban a hacer?

Eran cuatro. Y nosotros solo dos... o al menos éramos dos si aún no habían infectado a Mae.

Mae no estaba en el laboratorio de biología. Miré alrededor y vi que una puerta lateral estaba entornada. Daba a una escalera que bajaba al sótano, donde se hallaban instaladas las cámaras de fermentación. De cerca, eran mucho mayores de lo que había imaginado, esferas gigantes e inmaculadas de un metro ochenta de diámetro. Las rodeaba un laberinto de tubos, válvulas y unidades de control de temperatura. Allí hacía calor y el ruido era intenso.

Mae se encontraba junto la tercera unidad, tomando notas en una tablilla y cerrando una válvula. A sus pies tenía tubos de ensayo en una gradilla. Bajé y me acerqué a ella. Me miró y a continuación echó una ojeada hacia el techo, donde había una cámara de seguridad. Fue hacia el otro lado del depósito, yo la seguí. Allí, la cámara no tenía visibilidad.

—Han dormido con las luces encendidas —dijo.

Asentí con la cabeza. De pronto entendí la razón de aquello.

—Están todos infectados —añadió.

—Sí.

—Y no les mata.

—No —dije—, pero no entiendo por qué.

—Debe de haber evolucionado para tolerarlos.

—¿Tan deprisa?

—La evolución puede producirse deprisa. Ya conoces los estudios de Ewald.

En efecto los conocía. Paul Ewald había estudiado el cólera, averiguando que el organismo del cólera cambiaba rápidamente para mantener una epidemia. En lugares donde no había agua corriente, sino quizá una acequia a través de una aldea, el cólera era muy virulento; postraba a la víctima y la mataba allí donde caía mediante una fulminante diarrea: la diarrea contenía millones de organismos del cólera; pasaba al agua y contagiaba a otros vecinos de la aldea. De este modo el cólera se reproducía y la epidemia continuaba.

Pero cuando había agua corriente, la virulenta cepa no podía reproducirse. La víctima moría donde caía pero su diarrea no infectaba el suministro de agua. No se contagiaban otros, y la epidemia remitía. Bajo estas circunstancias, la epidemia evolucionaba hacia una forma más moderada, permitiendo a la víctima moverse y propagar esos organismos más débiles a través del contacto, ropa de cama sucia, etcétera.

Mae insinuaba que eso mismo había ocurrido con los enjambres. Habían evolucionado hacia una forma más moderada, que podía transmitirse de una persona a otra.

—Es horroroso —comenté.

Ella asintió.

—Pero ¿qué podemos hacer? —Y de pronto empezó a llorar en silencio, las lágrimas resbalaron por sus mejillas.

Mae siempre había sido fuerte. Verla tan alterada me inquietó. Movió la cabeza en un gesto de negación.

—Jack, no podemos hacer nada. Son cuatro. Son más fuertes que nosotros. Van a matarnos como mataron a Charley.

Apoyó la cabeza en mi hombro. La rodeé con el brazo. Pero no podía ofrecerle consuelo. Porque sabía que tenía razón.

No había escapatoria.

En una ocasión Winston Churchill dijo que hallarse bajo el fuego enemigo aumentaba la concentración. En ese momento tenía la mente acelerada. Pensaba que había cometido un error y debía arreglarlo. Pese a ser un error típicamente humano.

Teniendo en cuenta que vivimos en una era donde todo es evolutivo —biología evolutiva, medicina evolutiva, ecología evolutiva, psicología evolutiva, economía evolutiva, informática evolutiva—, resultaba sorprendente que la gente pensara tan poco en términos evolutivos. Era un punto débil de la especie humana. Veíamos el mundo que nos rodeaba como una instantánea cuando en realidad era una película, en constante cambio. Por supuesto sabíamos que cambiaba pero nos comportábamos como si no lo supiéramos. Negábamos la realidad del cambio. Así que el cambio siempre nos sorprendía. Incluso los padres se sorprendían del crecimiento de sus hijos. Los trataban como si tuvieran menos edad de la que tenían.

Y a mí me había sorprendido el cambio en la evolución de los enjambres. No había ninguna causa para que los enjambres no evolucionaran en dos direcciones distintas al mismo tiempo. O en tres, o en cuatro, o en diez direcciones, de hecho. Debería haberlo previsto. Debería haberme anticipado. Si lo hubiera hecho, quizá ahora estaría mejor preparado para afrontar la situación.

En lugar de eso había guardado el enjambre como un único problema —un problema allí fuera, en el desierto— y había pasado por alto otras posibilidades.

«A eso llama negación, Jack.»

Empecé a preguntarme qué más estaba negándome. ¿Qué más no había visto? ¿Dónde me había equivocado? ¿Cuál era el primer indicio que se me había escapado? Probablemente el hecho de que mi contacto inicial con un enjambre había producido una reacción alérgica, una reacción que había estado a punto de matarme. Mae la había llamado «reacción coliforme», provocada por una toxina de las bacterias en el enjambre. Sin duda la toxina era el resultado de un cambio evolutivo en la *E. coli* que generaba el enjambre. A decir verdad, la presencia misma del fago en el depósito era un cambio evolutivo, una respuesta viral a las bacterias que...

—Mae —dije—. Un momento.

—¿Qué?

—Quizá sí podamos hacer algo para detenerlos —añadí.

Noté el escepticismo en su cara. Pero se enjugó las lagrimas y escuchó.

—El enjambre se compone de partículas y bacterias, ¿no es así? —pregunté.

—Sí.

—Las bacterias proporcionan los ingredientes para que las partículas se reproduzcan, ¿no? Muy bien. Así que si una bacteria muere, ¿muere también el enjambre?

—Probablemente. —Frunció el entrecejo—. ¿Estás pensando en un antibiótico? ¿En administrar antibióticos a todos? Porque se necesitan muchos antibióticos para eliminar una infección de *E. coli*; tendrían que tomarlo durante varios días, y no...

—No. No estoy pensando en antibióticos. —Di unas palmadas al depósito que tenía ante mí—. Estoy pensando en esto.

—¿El fago?

—¿Por qué no?

—No sé si dará resultado —dijo con la frente arrugada—. Podría ser. Pero ¿cómo vas a introducir el fago en ellos? No van a bebérselo sin más, ya lo sabes.

—Entonces saturaremos el ambiente con él —dije—. Lo respirarán sin siquiera darse cuenta.

—Ya, ¿y cómo saturamos el ambiente?

—Muy fácil. No cierres este depósito. Introduce las bacterias en el sistema. Quiero que la cadena de ensamblaje empiece a fabricar virus... muchos virus. Luego los propagaremos por el aire.

Mae dejó escapar un suspiro.

—No dará resultado, Jack —aseguró.

—¿Por qué no?

—Porque la cadena de ensamblaje no producirá muchos virus.

—¿Por qué no?

—Por la manera en que se reproduce el virus. Ya sabes, el virus flota de un lado a otro, se adhiere a la pared de una célula y se inyecta en la célula. Entonces se apropia del ARN y lo convierte para crear más virus. Se interrumpen las funciones metabólicas normales de la célula, y se limita a producir virus. Pronto la célula está repleta de virus, y revienta como un globo. Los virus quedan en libertad, flotan hasta otras células, y el proceso empieza de nuevo.

—Sí, ¿y?

—Si introduzco el fago en las cadenas de ensamblaje, el virus de reproducirá rápidamente por un tiempo —continuó Mae—. Pero destruirá muchas membranas celulares, dejando atrás todas esas membranas en forma de desechos lípidos. Los desechos obstruirán los filtros intermedios. Al cabo de una o dos horas, las cadenas de ensamblaje empezarán a sobrecalentarse, los sistemas de seguridad se activarán y todo se interrumpirá. La producción se detendrá. No habrá virus.

—¿Es posible desconectar los sistemas de seguridad?

—Sí. Pero no sé cómo.

—¿Quién sabe?

—Solo Ricky.

Negué con la cabeza.

—Eso no nos sirve de nada. ¿Estás segura de que no puedes descubrirlo?

—Hay un código —contestó—. Ricky es el único que lo conoce.

—Ah.

—En todo caso, Jack, sería muy peligroso desconectar los dispositivos de seguridad. Partes del sistema funcionan a altas temperaturas y altos voltajes. Y en los tentáculos se producen muchas cetonas y metano. Se supervisa y regula continuamente para mantener los niveles por debajo de cierta concentración. Pero si no se regula, y se provocan chispas de alto voltaje... —Se interrumpió, encogiéndose de hombros.

—¿Qué quieres decir? ¿Podría explotar?

358

—No, Jack. Te estoy diciendo que explotará, en cuestión de minutos una vez desconectados los dispositivos de seguridad. Seis u ocho minutos a lo sumo. Y no conviene estar cerca cuando eso pase. Así que no puede utilizarse el sistema para producir muchos virus. Tanto si los dispositivos están conectados como si no, no dará resultado.

Silencio.

Frustración.

Eché un vistazo alrededor. Contemplé el depósito de acero, curvándose hacia arriba por encima de mi cabeza. Miré la gradilla de los tubos de ensayo a los pies de Mae. Miré al rincón, donde vi una fregona, un cubo y una garrafa de agua de plástico. Y miré a Mae, asustada, todavía al borde de las lágrimas, pero conservando la calma.

Y se me ocurrió un plan.

—Muy bien. Hazlo de todos modos. Deja el virus en libertad dentro del sistema.

—¿De qué servirá?

—Tú hazlo.

—Jack —dijo Mae—. ¿Por qué hacemos esto? Me temo que ya saben que lo sabemos. No podemos engañarlos. Son muy inteligentes. Si lo intentamos, se echarán sobre nosotros de inmediato.

—Sí, probablemente.

—Y de todos modos no dará resultado. El sistema no producirá virus. Así pues, ¿por qué, Jack? ¿Para qué?

Mae había sido una buena amiga desde el principio, y ahora tenía un plan y no iba a contárselo. No me gustaba hacerlo así, pero necesitaba una distracción para los otros. Tenía que engañarlos. Y ella debía ayudarme a conseguirlo. Lo cual implicaba que tenía que creer un plan distinto.

—Mae, debemos distraerlos, engañarlos. Quiero que dejes el virus en libertad en la cadena de ensamblaje. Conviene que ellos se concentren en eso, que se preocupen por eso. Entretanto yo llevaré unos virus a la zona de mantenimiento, bajo el tejado y los verteré en el depósito de los rociadores contraincendios.

—¿Y después activarás los rociadores?

—Sí.

Mae asintió con la cabeza.

—Y quedaremos empapados de virus. Todos los que estamos ahora en esta fábrica.

—Exacto.

—Puede que funcione, Jack.

—No se me ocurre nada mejor —dije—. Ahora abre una de esas válvulas, y llenemos de virus algunos tubos de ensayo. Y quiero que eches virus en aquella garrafa.

Vaciló.

—La válvula está al otro lado del depósito. Nos verán a través de la cámara de seguridad.

—No importa —dije—. Ahora es inevitable. Se trata de conseguir un poco de tiempo.

—¿Y cómo lo hago?

Se lo dije. Me miró con cara de asombro.

—¿Bromeas? No harán una cosa así.

—Claro que no. Solo necesito un poco de tiempo.

Rodeamos el depósito. Llenó los tubos de ensayo. El líquido que salió era espeso y marrón. Despedía un olor fecal. Tenía un aspecto fecal. Mae preguntó:

—¿Estás seguro de esto?

—Tenemos que hacerlo. No hay alternativa.

—Tú primero.

Cogí el tubo de ensayo, respiré hondo y me tragué todo el contenido. Era repugnante. Se me revolvió el estomago. Pensé que iba a vomitar, pero no lo hice. Volví a tomar aire, bebí un poco de agua de la garrafa y miré a Mae.

—Asqueroso, ¿no? —dijo.

—Asqueroso.

Cogió un tubo de ensayo, se tapó la nariz y tragó.

Esperé a que se le pasara el ataque de tos. Consiguió no vomitar. Le di la garrafa, bebió y vertió el resto en el suelo. Luego la llenó de líquido marrón. Por último accionó la palanca de una enorme válvula de paso.

—Listo —dijo—. Ya está entrando en el sistema.

—De acuerdo. —Cogí dos tubos de ensayo y me los metí en el bolsillo de la camisa. Levanté la garrafa. En la etiqueta se leía AGUA PURA ARROWHEAD—. Hasta luego.

Y me marché apresuradamente. Mientras recorría el pasillo calculé que tenía una probabilidad entre cien de salir airoso, quizá solo una entre mil. Pero tenía una probabilidad.

Más tarde, vi toda la escena por la cámara de seguridad, así que supe qué le ocurrió a Mae. Entró en la cocina con sus tubos de ensayo. Los otros estaban allí comiendo. Julia le lanzó una fría mirada. Vince no le prestó atención. Ricky preguntó:

—¿Qué traes ahí, Mae?

—Fagos.

—¿Para qué?

Julia la observó.

—Son del depósito de fermentación —dijo Mae.

—No me extraña que apeste.

—Jack acababa de beberse uno. Me ha obligado a beberme otro.

Ricky resopló.

—¿Para qué habéis hecho eso? Dios mío, me sorprende que no hayas vomitado.

—He estado a punto. Jack quiere que vosotros también bebáis.

Bobby se echo a reír.

—¿Sí? ¿Para qué?

—Para asegurarnos de que ninguno de vosotros está contagiado.

Ricky frunció el entrecejo.

—¿Contagiado? ¿Qué quieres decir?

—Según Jack, Charley hospedaba el enjambre dentro del cuerpo, así que quizá eso mismo nos ocurra a los demás, o al menos a algunos. Así que si bebéis este virus, matará las bacterias que haya dentro de vosotros y eliminará el enjambre.

—¿Hablas en serio? —dijo Bobby—. ¿Bebernos esa porquería? ¡Ni hablar, Mae!

Ella se volvió hacia Vince.

—Huele a mierda —declaró Vince—. Que otro la pruebe primero.

—¿Quieres ser el primero, Ricky? —preguntó Mae.

Ricky negó con la cabeza.

—Yo no voy a beberme eso. ¿Por qué iba a hacerlo?

—Bueno, para empezar, así tendrías la seguridad de que no estás contagiado. Y además, el resto de nosotros también estaría seguro.

—¿Qué quieres decir? ¿Es una prueba?

Mae se encogió de hombros.

—Eso piensa Jack.

Julia frunció el entrecejo. Se volvió hacia Mae.

—¿Dónde está Jack? —preguntó.

—No lo sé. La última vez que lo he visto estaba cerca de las cámaras de fermentación. No sé dónde está ahora.

—Sí, sí lo sabes —afirmó Julia con aspereza—. Sabes exactamente dónde está.

—No. No me lo ha dicho.

—Sí te lo ha dicho. Te lo dice todo —continuó Julia—. De hecho tú y él habéis planeado este pequeño intermedio, ¿verdad? No esperabas realmente que nos bebiéramos eso. ¿Dónde está Jack, Mae?

—Ya te lo he dicho, no lo sé.

—Comprueba los monitores, encuéntralo —ordenó Julia a Bobby. Rodeó la mesa—. Veamos, pues, Mae. —Habló con voz tranquila pero amenazadora—. Quiero que me contestes. Y quiero que me digas la verdad.

Mae retrocedió. Ricky y Vince se acercaron a ella por los lados. Mae llegó a la pared.

Julia avanzó lentamente.

—Dímelo, Mae. Será mejor para ti si colaboras.

Desde el otro lado de la cocina, Bobby anunció:

—Lo he encontrado. Está atravesando la sala de fabricación. Lleva una garrafa de esa mierda, parece.

—Habla, Mae —insistió Julia, inclinándose hacia Mae. Estaba tan cerca que sus labios casi se rozaban. Mae cerró los ojos y apretó los labios. Empezaba a temblar de miedo. Julia le acarició el pelo—. No tengas miedo. No hay nada que temer. Solo dime qué quiere hacer con esa garrafa.

Mae empezó a sollozar histéricamente.

—Sabía que no saldría bien. Le he dicho que lo averiguaríais.

—Claro que lo averiguaremos —dijo Julia con calma—. Claro que sí. Ahora habla.

—Se ha llevado el virus en la garrafa —explicó Mae—, y va a echarlo en los rociadores de agua.

—¿Sí? —dijo Julia—. Muy astuto por su parte. Gracias, encanto.

Y besó a Mae en la boca. Mae se retorció, pero estaba contra la pared, y Julia le sujetó la cabeza. Cuando por fin Julia retrocedió, dijo:

—Intenta conservar la calma. Recuérdalo. Si no te resistes, no te hará daño.

Y salió de la cocina.

DÍA 7

06.12

Las cosas ocurrieron más deprisa de lo que esperaba. Los oí correr hacia mí por el pasillo. Me apresuré a esconder la garrafa y luego retrocedí y seguí atravesando la sala de fabricación. Fue entonces cuando todos vinieron tras de mí. Apreté a correr. Vince me placó, y caí contra el suelo de hormigón. Ricky se abalanzó sobre mí. Me cortó la respiración de un golpe. A continuación Vince me asestó dos patadas en las costillas, y arrastrándome por los pies, me llevaron ante Julia.

—Hola, Jack —dijo sonriendo—. ¿Qué tal?

—He tenido momentos mejores.

—Acabamos de mantener una agradable conversación con Mae —dijo Julia—. Así que no tiene sentido andarse con rodeos. —Echó un vistazo alrededor—. ¿Dónde está la garrafa?

—¿Qué garrafa?

—Jack. —Movió la cabeza en un gesto de tristeza—. ¿Por qué te molestas? ¿Dónde está la garrafa de fagos que ibas a vaciar en el sistema de rociadores?

—No tengo ninguna garrafa.

Se acercó a mí. Noté su aliento en la cara.

—Jack... conozco esa expresión, Jack. Tienes un plan, ¿verdad? Ahora dime dónde está la garrafa.

—¿Qué garrafa?

Sus labios rozaron los míos. Yo permanecí inmóvil como una estatua.

—Jack, cariño —susurró—, sabes que no te conviene jugar con fuego. Quiero esa garrafa.

Seguí inmóvil.

—Jack... solo un beso... —Estaba cerca, seductora.

—Olvídalo, Julia —intervino Ricky—. No te tiene miedo. Ha bebido el virus y cree que está protegido.

—¿Y lo está? —preguntó Julia dando un paso atrás.

—Quizá —respondió Ricky—, pero estoy seguro de que le da miedo morir.

Y a continuación él y Vince me llevaron a rastras por la sala de fabricación. Me conducían hacia el cuarto donde estaban los imanes. Empecé a forcejear.

—Muy bien —dijo Ricky—. Sabes lo que te espera, ¿verdad?

Ese no era mi plan. No era lo que yo esperaba; ahora no sabía qué hacer. Forcejeé aún más, lanzando puntapiés y retorciéndome, pero los dos eran extraordinariamente fuertes. Continuaron arrastrándome. Julia abrió la pesada puerta de acero del cuarto de imanes. Dentro vi el imán circular, de dos metros de diámetro.

Me lanzaron adentro y caí al suelo. Me golpeé la cabeza contra el revestimiento de acero. Oí el chasquido del pasador de la puerta al cerrarse.

Me puse en pie.

Oí el sonido de las bombas de enfriamiento cuando se pusieron en marcha. Por el intercomunicador, Ricky dijo:

—¿Te has preguntado alguna vez por qué estas paredes son de acero, Jack? Los imanes por impulsos son peligrosos. Si se los hace funcionar continuamente, estallan, el propio campo que generan los destroza. El tiempo de carga es de un minuto. Así que tienes un minuto para pensarlo.

Había estado en aquel cuarto antes, cuando Ricky me enseñó las instalaciones. Recordaba que había un interruptor de seguridad a la altura de la rodilla. Lo pulsé.

—No funciona, Jack —informó Ricky lacónicamente—. He invertido la conexión. Ahora activa el imán en vez de apagarlo. He pensado que te interesaría saberlo.

El rumor aumentó de volumen. El cuarto empezó a vibrar. El aire se enfrió rápidamente. Al cabo de un instante se empañaba el aliento.

—Lo siento si estás incómodo, pero será solo un momento

—dijo Ricky—. En cuanto empiecen los impulsos, el cuarto se calentará deprisa. Esto..., veamos. Cuarenta y siete segundos.

El rumor se convirtió en un rápido tableteo, como el ruido ahogado de un ruido neumático. Era cada vez más estridente. Apenas oía la voz de Ricky por el intercomunicador.

—Vamos, Jack —dijo—, tienes una familia, una familia que te necesita. Así que piensa detenidamente en tus opciones.

—Déjame hablar con Julia.

—No, Jack. Es este momento no quiere hablar contigo. La has decepcionado, Jack.

—Déjame hablar con ella.

—Jack, ¿no me escuchas? Dice que no. No hasta que le digas dónde está el virus.

El tableteo continuó. El cuarto empezaba a calentarse. Oí el borboteo del refrigerante en las tuberías. Golpeé el interruptor de seguridad con la rodilla.

—Jack, ya te lo he dicho. Eso ahora solo sirve para encender el imán. ¿Es que no oyes bien?

—No, no te oigo bien —grité.

—Es una lástima. Lo siento —dijo, o al menos eso me pareció oír.

El tableteo parecía llenar el cuarto, hacer vibrar el aire. Sonaba como una enorme unidad de resonancia magnética. Me dolía la cabeza. Observé el imán, los gruesos pernos que unían las placas. Aquellos pernos pronto se convertirían en proyectiles.

—Esto no es una broma, Jack. Lamentaríamos mucho perderte. Veinte segundos.

El tiempo de carga era el tiempo que tardaban en cargarse los capacitadores del imán para que pudieran transmitirse los impulsos de electricidad de milisegundos. Me pregunté cuánto tardaría en estallar el imán por efecto de los impulsos. Probablemente unos segundos, no más. Así que se me acababa el tiempo. No sabía qué hacer. Todo había salido mal y lo peor era que había perdido la única ventaja que tenía, porque ahora conocían la importancia del virus. Antes no lo veían como amenaza. Pero ya lo habían comprendido, y me exigían que lo entregara. Pronto pensarían en destruir el depósito de fermentación. Erradicarían por completo el virus, de eso estaba seguro.

Y no podía hacer nada al respecto. Ya no.

Me pregunté cómo estaba Mae, y si le habían hecho daño. Me pregunté si seguía con vida. Empecé a sentirme distante, indiferente. Estaba en una unidad de resonancia magnética gigante, solo eso. Ese aterrador sonido debía de ser el mismo que Amanda había oído cuando estaba en la unidad... perdí la concentración.

—Diez segundos —anunció Ricky—. Vamos, Jack, no te hagas el héroe. No es tu estilo. Dinos dónde está. Seis segundos, cinco. Jack, vamos...

El tableteo se interrumpió, y se produjo un zumbido seguido de un chirrido metálico. El imán se había activado, durante unos milisegundos.

—Primer impulso —dijo Ricky—. No seas idiota, Jack.

Otro zumbido. Y otro. Y otro más. Los impulsos eran cada vez más rápidos. Vi que el revestimiento del sistema refrigerador empezaba a ceder con cada impulso. Eran ya muy rápidos.

No pude aguantarlo más.

—¡De acuerdo, Ricky! ¡Os lo diré!

—¡Adelante, Jack! Estoy esperando.

—No. Antes apágalo. Y solo se lo diré a Julia.

Los zumbidos continuaron.

—Eres muy poco razonable, Jack. No estás en situación de negociar.

—¿Queréis el virus o preferís que sea una sorpresa?

Los zumbidos se sucedieron rápidamente. Y de pronto silencio. Nada aparte del susurro del refrigerante en las tuberías. El imán estaba caliente al tacto. Pero como mínimo el sonido semejante al de una unidad de resonancia magnética se había interrumpido.

Una unidad de resonancia magnética... me quede inmóvil en el cuarto esperando a que entrara Julia y al cabo de un momento, pensando, me senté.

Oí abrirse el pasador de la puerta. Entró Julia.

—Jack. No estás herido, ¿verdad?

—No —contesté—. Solo tengo los nervios destrozados.

—No sé por qué has tenido que pasar por esto. No había ninguna necesidad. Pero tengo una buena noticia. Acaba de llegar el helicóptero.

—¿Sí?

—Sí, hoy ha llegado temprano. Piénsalo bien, ¿no sería agradable subir en él? ¿Volver a tu casa, con tu familia? ¿No te gustaría?

Seguía allí sentado, apoyado contra la pared, mirándola.

—¿Estás diciendo que puedo marcharme?

—Claro, Jack. No hay ninguna razón para que te quedes. Entrégame el virus y vete a casa.

No la creí ni por un segundo. Estaba viendo a la Julia amable, a la Julia seductora. Pero no la creía.

—¿Dónde está Mae?

—Descansando.

—Le habéis hecho algo.

—No. No, no, no. ¿Por qué íbamos a hacer una cosa así? —Negó con la cabeza—. No lo entiendes, ¿verdad? Yo no quiero hacer daño a nadie, Jack. Ni a ti, ni a Mae, ni a nadie. Sobre todo no quiero hacerte daño a ti.

—Díselo a Ricky.

—Jack, por favor. Deja las emociones a un lado y piensa con lógica por un momento. Tú mismo te has metido en esto. ¿Por qué no aceptas la nueva situación? —Me tendió la mano. La cogí, y ella tiró de mí. Era fuerte. Mucho más fuerte de lo que recordaba—. Al fin y al cabo, formas parte de esto. Has matado al tipo maligno de partículas por nosotros, Jack.

—Para que el tipo benigno pueda prosperar.

—Exacto, Jack. Para que el tipo benigno pueda prosperar, y crear una nueva sinergia con los seres humanos.

—La sinergia que ahora hay contigo, por ejemplo.

—Así es, Jack. —Sonrió. Era una sonrisa escalofriante.

—Ahora la relación es ¿qué? ¿Coexistencia? ¿Coevolución?

—Es una relación simbiótica. —Seguía sonriendo.

—Julia esto es una gilipollez —contesté—. Esto es una enfermedad.

—Es normal que digas eso, porque aún no conoces nada mejor. No lo has experimentado. —Se acercó y me abrazó. No me resistí—. No te imaginas lo que tienes por delante.

—Así ha sido toda mi vida —respondí.

—Por una vez no seas tan obstinado. Déjate llevar. Se te ve cansado, Jack.

Lancé un suspiro.

—Estoy cansado —dije. Y lo estaba. Percibía claramente mi debilidad allí entre sus brazos. Y estaba seguro de que ella la notaba.

—¿Por qué no te relajas, pues? Abrázame, Jack.

—No sé... quizá tengas razón.

—Sí, la tengo. —Volvió a sonreír y me alborotó el pelo con la mano—. Jack, te he echado mucho de menos.

—Yo a ti también. Te he echado de menos. —La abracé, la estreché contra mí. Nuestras caras casi se rozaban. Estaba preciosa, con los labios separados, la mirada fija en mí, tierna, tentadora. Noté que se relajaba—. Solo una cosa, Julia. Por curiosidad.

—Sí, Jack, dime.

—¿Por qué no quisiste someterte a la resonancia magnética en el hospital?

Frunció el entrecejo y se echó atrás para mirarme.

—¿Cómo? ¿Qué quieres decir?

—¿Te habría pasado lo mismo que a Amanda?

—¿Amanda?

—Nuestra hija... ¿recuerdas? Se curó gracias a la resonancia magnética. Al instante.

—¿De qué hablas?

—Julia, ¿tiene algún problema el enjambre con los campos magnéticos?

Abrió desorbitadamente los ojos. Empezó a forcejear para zafarse de mí.

—¡Suéltame! ¡Ricky! ¡Ricky!

—Lo siento, cariño —dije.

Golpeé el interruptor con la rodilla y se oyó un sonoro zumbido al activarse el imán.

Julia gritó.

Siguió gritando, un sonido continuo y uniforme, su boca muy abierta, su rostro rígido por la tensión. La sujeté con fuerza. La piel de su cara empezó a estremecerse, a vibrar rápidamente. Y de pronto sus facciones parecían crecer, hincharse. Me pareció ver miedo en sus ojos. Continuó hinchándose, y empezó a disgregarse.

Y de repente Julia se desintegró literalmente ante mí. La piel de su cuerpo y su rostro hinchados se separó de ella en ríos de partículas, como arena arrancada de una duna por el viento. Las partículas se curvaron en el arco del campo magnético hacia los lados del cuarto.

Noté que su cuerpo se hacía cada vez más ligero entre mis brazos. Seguían desprendiéndose partículas, con una especie de silbido, en dirección a todos los rincones. Y cuando terminó el proceso, lo que quedó —lo que aún tenía entre mis brazos— era una forma pálida y cadavérica. Julia tenía los ojos hundidos en las cuencas, los labios finos y agrietados, la piel traslúcida, el cabello quebradizo, sin color. Las clavículas sobresalían bajo su cuello huesudo. Parecía estar muriendo de cáncer. Movió la boca. Oí el débil sonido de su voz, apenas un susurro. Me incliné hacia ella y acerqué el oído a su boca.

—Jack, está devorándome.

—Lo sé.

—Tienes que hacer algo —añadió con voz casi inaudible.

—Lo sé.

—Jack... los niños...

—Sí.

—Los... besé...

No dije nada. Solo cerré los ojos.

—Jack... salva a mis hijos... Jack...

—Sí —dije.

Observé las paredes y vi, alrededor, el rostro del cuerpo de Julia extendido y ajustado a los contornos del cuarto. Las partículas conservaban su apariencia. Pero ahora estaban esparcidas sobre las paredes. Y aún se movían, coordinadas con el movimiento de sus labios, el parpadeo de sus ojos. Poco a poco empezaron a volver de las paredes hacia ella en una broma de color carne.

Fuera del cuarto, oí gritar a Ricky:

—¡Julia! ¡Julia!

Golpeó la puerta un par de veces pero no entró. Sabía que no se atrevería. Había esperado un minuto, así que los capacitadores estaban cargados. Ya no podía impedirme que activara el imán. Podía hacerlo a voluntad, al menos mientras hubiera carga. No sabía por cuánto tiempo.

—Jack... —susurró Julia.

La miré. En sus ojos vi una expresión triste, suplicante.

—Jack —dijo—. No lo sabía.

—Está bien.

Las partículas volvían a ella, reconstruyendo su cara ante mis ojos. Julia recobraba solidez y belleza.

Pulsé de nuevo el interruptor.

Las partículas se alejaron en el acto, volando hacia las paredes, aunque esta vez no tan rápidamente. Y de nuevo tuve a la cadavérica Julia entre mis brazos, rogándome con sus ojos hundidos.

Me llevé la mano al bolsillo y saqué uno de los tubos de ensayo con el virus.

—Quiero que te bebas esto —dije.

—No... no... —Se agitó—. Es demasiado tarde... para...

—Inténtalo —dije. Acerqué el tubo a sus labios—. Vamos, cariño; quiero que lo intentes.

—No... por favor... da igual...

Ricky seguía gritando y aporreando la puerta.

—¡Julia! ¡Julia! ¿Estás bien, Julia?

Julia lanzó una mirada a la puerta con sus ojos cadavéricos. Movió los labios. Hundió en mi camisa sus dedos esqueléticos, arañando la tela. Quería decirme algo. Volví de nuevo la cabeza para poder oír.

Tenía la respiración débil y entrecortada. No entendía las palabras. Y de pronto llegaron a mí claramente.

—Ahora tienen que matarte —dijo.

—Lo sé.

—No lo permitas... los niños...

—No lo permitiré.

Me rozó la mejilla con su mano huesuda.

—Sabes que siempre te he querido, Jack. Nunca te habría hecho daño.

—Lo sé, Julia. Lo sé.

Las partículas de las paredes flotaban libremente una vez más.

Ahora parecían replegarse con más facilidad, volviendo directamente a su cara, su cuerpo. Golpeé de nuevo el interruptor con la rodilla, con la esperanza de pasar un momento más con ella, pero se oyó solo un apagado chasquido mecánico.

El capacitador estaba descargado.

Y súbitamente regresaron todas las partículas, y Julia era otra vez tan hermosa y fuerte como antes. Se apartó de mí de un empujón con una mirada de desprecio y, con voz alta y firme, dijo:

—Lamento que hayas tenido que ver esto.

—Yo también.

—Pero ya nada puede hacerse. Estamos perdiendo el tiempo. Quiero el virus, Jack, y lo quiero ahora.

En cierto modo eso hizo las cosas más fáciles porque comprendí que ya no trataba con Julia. Ya no debía preocuparme qué pudiera ocurrirle. Solo tenía que preocuparme por Mae —suponiendo que aún estuviera viva— y por mí.

Y suponiendo que yo mismo siguiera con vida unos minutos más.

561-963-5305

DÍA 7

07.12

—De acuerdo —dije—. De acuerdo. Os daré el virus.

Julia frunció el entrecejo.

—Vuelves a tener esa expresión en la cara.

—No —dije—. Me rindo. Os llevaré.

—Bien. Empecemos por esos tubos de ensayo que tienes en el bolsillo.

—¿Cuáles? ¿Estos? —pregunté.

Metí la mano en el bolsillo para sacarlos, cuando cruzaba la puerta. Fuera me esperaban Ricky y Vince.

—Muy gracioso —dijo Ricky—. Podías haberla matado. Podías haber matado a tu propia esposa.

—Ya ves —dije.

Seguía con los dedos en el bolsillo, como si los tubos de ensayo se hubieran enredado en la tela. No sabían qué hacía, así que volvieron a agarrarme, Vince a un lado y Ricky al otro.

—Chicos, no puedo hacer esto sin...

—Soltadlo —ordenó Julia al salir del cuarto.

—Ni hablar —contestó Vince—. Intentará algo.

Yo seguía forcejeando, tratando de sacar los tubos. Por fin los tuve en mano y, en el forcejeo, dejé caer uno al suelo. Se rompió al chocar contra el hormigón, y el líquido marrón se desparramó.

Los tres se apartaron de un salto y me soltaron. Se inclinaron para mirarse los pies y asegurarse de que el virus no los había salpicado.

Y en ese momento me eché a correr.

Cogí la garrafa de su escondite y seguí corriendo por la sala de fabricación. Tenía que cruzar todo la sala hasta el ascensor y subir hasta el techo, donde se encontraba el equipo básico del sistema. Allí estaban las unidades de tratamiento de aire, las cajas de empalmes... y el depósito del sistema de rociadores. Si podía llegar hasta el ascensor y ascender a unos dos metros del suelo, no podrían tocarme.

Si podía hacerlo, mi plan daría resultado.

El ascensor estaba a unos cincuenta metros de distancia.

Corrí con todas mis fuerzas, saltando por encima de los tentáculos más bajos del pulpo y agachándome para esquivar las secciones a la altura del pecho. Eché un vistazo atrás y no los vi en aquel laberinto de tubos y máquinas. Pero oí sus gritos y sus rápidas pisadas. Oí decir a Julia:

—¡Va hacia los rociadores!

Al frente, vi la caja abierta y amarilla del ascensor.

Iba a conseguirlo, después de todo.

En ese momento tropecé con uno de los tentáculos y caí de bruces. La garrafa resbaló por el suelo y fue a detenerse contra la base de un puntal. Me levanté de inmediato y la recuperé. Sabía que me pisaban los talones, y esta vez no me atrevía a volver la vista atrás.

Corrí hacia el ascensor, agachándome bajo un último tubo, pero cuando volví a mirar, Vince ya estaba allí. Debía de conocer un atajo entre los tentáculos del pulpo; de algún modo se me había adelantado. Sonriente, estaba plantado en la caja abierta. Eché una ojeada atrás y vi a Ricky a unos metros, acercándose por momentos.

—¡Ríndete, Jack! —gritó Julia—. Es inútil.

En eso tenía razón: era inútil. No podía eludir a Vince. Y ya no podía escapar de Ricky; estaba demasiado cerca. Salté por encima del tubo, rodeé una alta caja de cables eléctricos, y me agaché. Cuando Ricky saltó sobre el tubo, le asesté un codazo entre las piernas. Aulló de dolor, se desplomó y rodó por el suelo. Me detuve y le di una patada en la cabeza tan fuerte como pude. Eso era por Charley.

Me eché a correr de nuevo.

En el ascensor, Vince permanecía medio en cuclillas, con los puños preparados. Tenía ganas de pelea. Corrí derecho hacia él, y desplegó una ancha sonrisa de anticipada satisfacción. Y en el último momento doblé a la izquierda y salté.

Empecé a trepar por la escalera de la pared.

—¡Detenedle! ¡Detenedle! —gritó Julia.

Con el pulgar alrededor del asa de la garrafa era difícil subir; el plástico me golpeaba dolorosamente el dorso de la mano derecha mientras ascendía. Me concentré en el dolor. Me dan miedo las alturas, y no quería mirar abajo. Por tanto no veía qué tiraba de mis piernas, intentando arrastrarme hacia el suelo. Pateé, pero no conseguí desprenderme.

Finalmente me volví para mirar. Estaba a más de tres metros del suelo, y dos barrotes por debajo, Ricky me rodeaba las piernas con el brazo libre, agarrándome con la mano el tobillo. A tirones trató de arrancarme los pies del barrote. Resbalé y por un instante sentí un penetrante dolor en las manos. Pero aguanté.

Ricky sonreía sombríamente. Pateé para golpearle la cara, pero no sirvió de nada; tenía mis dos piernas firmemente agarradas contra el pecho. Poseía una fuerza extraordinaria. Continuó intentándolo hasta que advertí que podía liberar una pierna. Lo hice y le pisé la mano con la que se sujetaba a la escalera. Lanzó un alarido y me soltó para agarrarse con la otra mano. Volví a pisarlo y le golpeé con el tacón, acertándole justo debajo de la barbilla. Resbaló cinco barrotes escalera abajo y volvió a agarrarse. Quedó ahí colgado, cerca del pie de la escalera.

Seguí subiendo.

Julia corría hacia nosotros por la sala.

—¡Detenedle!

Oí los engranajes del ascensor cuando Vince se elevó en dirección hacia el techo. Me esperaría allí.

Seguí subiendo.

Estaba ya a unos cinco metros, a seis. Bajé la vista y vi que Ricky se hallaba aún lejos. Dudaba que pudiera atraparme, y de pronto Julia, arremolinándose subió por el aire hacia mí, moviéndose en espiral como un sacacorchos. Se agarró a la escalera justo a mi lado. Excepto que no era Julia, era el enjambre, y por un momento el enjambre estuvo lo bastante desorganizado para permitirme ver a través en algunos puntos; veía las partículas en movimiento que componían a Julia. Bajé la vista y vi a la verdadera Julia, cadavéricamente pálida, mirándome inmóvil, su rostro una calavera. Junto a mí el enjambre tenía ya aspecto sólido. Parecía Julia. Los labios se movieron y una extraña voz dijo: «Lo siento, Jack». A continuación el enjambre se encogió, pasando a ser aún más denso, transformándose en una Julia de menor tamaño, alrededor de un metro veinte de estatura.

Me volví para seguir trepando.

La pequeña Julia se balanceó y me embistió con fuerza. Tuve la sensación de haber sido golpeado por un saco de cemento. Se me cortó la respiración. Las manos me flojearon y apenas pude mantenerme sujeto, mientras el enjambre con forma de Julia arremetía una y otra vez contra mí. Gruñendo de dolor, intenté esquivarla y seguí ascendiendo pese a los impactos. El enjambre poseía masa suficiente para hacerme daño pero no para arrancarme de la escalera.

También el enjambre debió de darse cuenta de eso, porque en ese instante se comprimió en una esfera y se deslizó al frente para envolver mi cabeza en una ruidosa nube. Me cegó por completo. No veía nada. Era como si estuviera en medio de una tormenta de arena. Busqué a tientas el siguiente barrote de la escalera y luego otro más. Notaba alfilerazos en la cara y las manos, el dolor cada vez más intenso, más penetrante. Al parecer, el enjambre estaba aprendiendo a concentrar el dolor. Pero al menos no había aprendido a asfixiar. El enjambre no hizo nada para impedirme respirar.

Continué.

Trepé a ciegas.

Y entonces sentí que Ricky me tiraba otra vez de las piernas. Y en ese instante, por fin, no vi manera de seguir subiendo.

Estaba a siete metros y medio del suelo, aferrándome desesperadamente a una escalera, cargando una garrafa de líquido espeso y marrón, con Vince esperándome arriba y Ricky tirando de mí desde abajo, y un enjambre zumbando alrededor de mi cabeza, cegándome y aguijoneándome. Estaba exhausto y derrotado, y notaba cómo me abandonaba la energía. Me temblaban los dedos en torno de los barrotes. No podría mantenerme allí mucho más tiempo. Sabía que solo tenía que soltarme y dejarme caer, y aquello terminaría en el acto. En todo caso estaba acabado.

Busqué a tientas el siguiente barrote, lo agarré y tiré de mi cuerpo hacia arriba. Pero me ardían los hombros. Ricky tiraba de mí ferozmente. Yo sabía que ganaría él. Ganarían ellos. Siempre ganarían ellos.

Y entonces me acordé de Julia, pálida como un espectro y esquelética, susurrando: «Salva a mis hijos». Me acordé de los niños, que aguardaban mi regreso. Los imaginé sentados a la mesa esperando la cena. Y supe que tenía que seguir adelante a pesar de todo.

Así lo hice.

No recuerdo claramente qué pasó con Ricky. De algún modo consiguió sacarme los pies del barrote, y quedé suspendido en el aire, sujetándome solo con las manos, sacudiendo las piernas desesperadamente, y debí de asestarle un puntapié en la cara y romperle la nariz.

Porque al instante Ricky me soltó y oí el golpeteo sordo de su cuerpo contra la escalera mientras intentaba por todos los medios aferrarse a los barrotes. Oí «¡Ricky, no», y la nube desapareció de mi cabeza. Quedé completamente libre. Bajé la vista y vi el enjambre de Julia junto a Ricky, que había logrado sujetarse a unos tres metros y medio del suelo. Furioso alzó la mirada. Brotaba sangre a borbotones de su boca y nariz. Empezó a subir de nuevo hacia mí pero el enjambre de Julia dijo: «No, Ricky. No lo conseguirás. Déjaselo a Vince».

Y entonces Ricky, medio cayendo, descendió por la escalera hasta el suelo, y el enjambre volvió a instalarse en el cuerpo pálido de Julia. Y los dos se quedaron allí observándome.

Yo volví la vista hacia arriba.

Vince estaba allí, a un metro y medio por encima de mí.

Tenía los pies en los barrotes superiores y estaba inclinado hacia delante, cortándome el paso. No había manera de evitarlo. Me detuve para evaluar la situación, desplacé el peso del cuerpo, de un pie a otro, levanté una pierna hacia el siguiente barrote, y enrosqué el brazo libre en torno al barrote más cercano a mi cara. Pero al alzar la pierna noté algo en el bolsillo. Me detuve.

Aún me quedaba un tubo de ensayo con el virus.

Me metí la mano en el bolsillo y lo saqué para enseñárselo.

Quité el tapón con los dientes.

—Eh, Vince, ¿qué te parece una lluvia de mierda? —dije.

No se movió, pero entornó los ojos.

Subí otro peldaño.

—Mejor será que te apartes, Vince —aconsejé. Jadeaba de tal modo que ni siquiera podía adoptar el tono debidamente amenazador—. Apártate si no quieres acabar mojado.

Un peldaño más. Estaba solo a tres barrotes de él.

—Tú verás, Vince. —Sostenía el tubo de ensayo en una mano—. Desde aquí no puedo echártelo a la cara, pero te salpicaré las piernas y los zapatos. ¿No te preocupa?

Un peldaño más.

Vince permaneció donde estaba.

—Quizá no —dije—. ¿Te gusta vivir peligrosamente?

Me detuve. Si ascendía al barrote siguiente podía darme una patada en la cabeza. Si me quedaba ahí tendría que bajar él, y entonces podría alcanzarle. Así que me quedé ahí.

—¿Qué dices, Vince? ¿Te quedas o te vas?

Frunció el entrecejo. Paseó la mirada entre mi cara y el tubo.

Y de pronto se apartó de la escalera.

—Buen chico, Vince.

Subí otro peldaño.

Había retrocedido tanto que ya no veía dónde estaba. Pensé que probablemente planeaba abalanzarse sobre mí en lo alto. Así que me preparé para esquivarlo agachándome y balanceándome a un lado.

El último barrote.

Y entonces volví a verlo. No planeaba nada. Temblaba de

miedo, como un animal acorralado, encogido en el hueco oscuro de la pasarela. No veía sus ojos pero sí veía temblar su cuerpo.

—Muy bien, Vince —dije—. Voy a subir.

Apoyé un pie en la plataforma de rejilla metálica. Estaba en lo alto de escalera, rodeado de ruidosa maquinaria. A menos de veinte pasos, vi los depósitos de acero del sistema contraincendios. Eché una ojeada abajo y vi a Ricky y Julia, que me miraban fijamente. Me pregunté si se daban cuenta de lo cerca que estaba de mi objetivo.

Volví a mirar a Vince, justo a tiempo de verlo coger una lona de plástico translúcida de una caja del rincón. Se envolvió en ella a modo de escudo y acto seguido, con un grito gutural, arrancó contra mí. Yo estaba junto a la escalera. No tuve tiempo de apartarme; simplemente me volví de lado y me apuntalé contra una tubería de un metro de grosor en previsión del inminente impacto.

Vince me embistió.

El tubo voló de mi mano y se hizo añicos contra la rejilla. La garrafa se me cayó de la otra mano y rodó por la pasarela, yendo a detenerse casi al borde. Unos centímetros más y caería. Me dirigí hacia ella.

Resguardándose aún tras la lona, Vince me embistió otra vez. Me lanzó contra la tubería y me golpeé la cabeza en el acero. Resbalé con el líquido marrón que goteaba a través de los orificios de la rejilla, consiguiendo apenas mantener el equilibrio. Vince me embistió de nuevo.

En su pánico, no se dio cuenta de que había perdido mis armas, o quizá no veía a través de la lona. Se limitaba a descargar solo en mí todo el peso de su cuerpo, y finalmente resbalé en el líquido y caí de rodillas. Inmediatamente avancé a gatas hacia la garrafa, que se hallaba a unos tres metros de distancia. Ese extraño comportamiento indujo a Vince a detenerse por un instante; bajó la lona, vio la garrafa y se abalanzó hacia ella por el aire.

Pero era demasiado tarde. Yo tenía ya la mano en la garrafa, y tiré de ella justo cuando Vince caía, envuelto en la lona allí donde había estado la garrafa. Se golpeó la cabeza contra el borde de la pasarela. Momentáneamente aturdido, sacudió la cabeza para despejarse.

Y yo agarré el borde de la lona y tiré con fuerza hacia arriba.

Vince gritó y se precipitó al vacío.

Lo vi estrellarse contra el suelo. Su cuerpo quedó inmóvil. Poco después el enjambre se separó de él, deslizándose por el aire como un fantasma. El fantasma fue a reunirse con Ricky y Julia, que me observaban. De pronto se dieron media vuelta y, echándose a correr, empezaron a atravesar la sala de fabricación, saltando sobre los tentáculos del pulpo. En sus movimientos se percibía claramente una sensación de urgencia. Incluso cabía pensar que tenían miedo.

Bien, pensé.

Me puse en pie y me encaminé hacia los depósitos de los rociadores contraincendios. Las instrucciones estaban estampadas en el depósito inferior. Hice girar la llave de paso, desenrosqué el tapón, aguardé a que acabara de salir el nitrógeno presurizado, y luego vacié dentro la garrafa de virus. Escuché el borboteo mientras entraba en el depósito. Luego enrosqué el tapón, abrí la válvula y presuricé de nuevo con nitrógeno.

Y ya estaba hecho.

Respiré hondo.

Después de todo iba a vencer a aquella cosa.

Bajé en el ascensor, sintiéndome bien por primera vez en todo el día.

DÍA 7

08.12

Estaban todos reunidos en el otro extremo de la sala: Julia, Ricky y ahora Bobby. También Vince estaba ahí, flotando al fondo, pero su enjambre era un poco transparente y a veces veía a través de él. Me pregunté quiénes de los otros ya solo eran enjambres. No podía saberlo con certeza, pero de todos modos ya poco importaba.

Estaban de pie ante una serie de monitores que mostraban todos los parámetros del proceso de manufacturación: gráficos de temperatura, rendimiento, y sabía Dios qué otros datos más. Pero se hallaban de espaldas a los monitores, observándome.

Caminé tranquilamente hacia ellos, con pasos contenidos. No tenía prisa. Todo lo contrario. Debí de tardar dos minutos en cruzar la sala de fabricación hasta donde ellos estaban. Me miraron primero con perplejidad y luego con una franca sonrisa.

—Vaya, Jack —dijo Julia por fin—. ¿Cómo va?

—No del todo mal —contesté—. Las cosas mejoran.

—Se te ve muy confiado.

Me encogí de hombros.

—¿Lo tienes todo bajo control? —preguntó Julia.

Hice otro gesto de indiferencia.

—Por cierto, ¿dónde está Mae?

—No lo sé. ¿Por qué?

—Bobby ha estado buscándola. No la encuentra por ninguna parte.

—No tengo la menor idea —contesté—. ¿Para qué la buscáis?

—Hemos pensado que debíamos estar todos juntos a la hora de terminar nuestro trabajo aquí —respondió Julia.

—Ah. ¿Es eso lo que va a ocurrir ahora? ¿Vamos a acabar aquí?

Julia movió la cabeza en un lento gesto de asentimiento.

—Sí, Jack. Eso es.

Como no podía arriesgarme a consultar mi reloj, tenía que calcular aproximadamente cuánto tiempo había pasado. Suponía que eran tres o cuatro minutos.

—¿Y qué tenéis en mente?

Julia empezó a pasearse.

—Verás, Jack, estoy muy decepcionada por cómo han ido las cosas contigo, de verdad. Sabes lo mucho que te quiero. No desearía que te ocurriera nada malo, Jack, pero estás resistiéndote, y vas a seguir resistiéndote. Y eso no podemos admitirlo.

—Entiendo —dije.

—Sencillamente no podemos, Jack.

Me metí la mano en el bolsillo y saqué un encendedor de plástico. Si Julia o los demás se dieron cuenta, no dieron señales de ello. Siguió paseándose.

—Jack me pones en una situación difícil.

—¿Y eso?

—Has tenido el privilegio de presenciar el nacimiento de algo realmente nuevo. Nuevo y milagroso. Pero no eres comprensivo, Jack.

—No, no lo soy.

—Todo nacimiento conlleva un parto, y el parto es doloroso —dijo Julia.

—También lo es la muerte.

Julia siguió paseándose.

—Sí. También lo es la muerte. —Arrugó la frente.

—¿Pasa algo?

—¿Dónde está Mae? —repitió.

—No lo sé. No tengo ni la más remota idea.

Mantuvo su expresión ceñuda.

—Tenemos que encontrarla, Jack.

—Estoy seguro de que la encontraréis.

—Sí, la encontraremos.

—Entonces no me necesitáis —respondí—. Hacedlo vosotros mismos. Sois el futuro si no recuerdo mal. Superiores e imparables. Yo soy solo un hombre.

Julia empezó a pasearse alrededor, mirándome desde todos los lados. Noté que mi comportamiento la desconcertaba, o estaba evaluándolo. Quizá yo lo había exagerado. Me había pasado de la raya. Estaba captando algo, sospechaba algo. Y eso me puso nervioso.

Inquieto, comencé a dar vueltas al encendedor entre las manos.

—Jack. Me decepcionas.

—Eso ya lo has dicho.

—Sí, pero aún no estoy segura...

Como por efecto de alguna indicación tácita, los hombres empezaron también a caminar en círculo. Trazaban círculos concéntricos a mi alrededor. ¿Era aquello una especie de procedimiento de exploración? ¿O era otra cosa?

Intentaba adivinar cuánto tiempo había pasado. Supuse que unos cinco minutos.

—Ven, Jack. Quiero verte más de cerca.

Me rodeó los hombros con el brazo y me guió hacia uno de los tentáculos grandes del pulpo. Tenía alrededor de un metro ochenta de diámetro, y su superficie reflejaba como un espejo. Veía a Julia de pie a mi lado, su brazo sobre mis hombros.

—¿No formamos buena pareja? Es una lástima. Podríamos tener tanto futuro.

—Sí, bueno... —dije; en el momento que hablé, un río de partículas claras salió de Julia, se curvó en el aire y se precipitó como una lluvia sobre todo mi cuerpo y dentro de mi boca. Apreté los labios pero de nada sirvió, porque en el espejo mi cuerpo pareció disolverse y ser sustituido por el de Julia. Daba la impresión de que su piel se hubiera separado de ella, hubiera flotado en el aire y se hubiera deslizado sobre mí. Ahora había dos Julias ante el espejo, una al lado de la otra.

—Basta ya, Julia —dije.

Ella se echó a reír.

—¿Por qué? A mí me parece divertido.

—Basta ya —repetí. Hablaba con mi propia voz pese a tener el aspecto de Julia—. Basta ya.

—¿No te gusta? Yo lo encuentro gracioso. Vas a ser yo durante un rato.

—He dicho que basta.

—Jack, ya no eres divertido.

Me llevé la mano a la cara y tiré de la imagen de Julia, intentado arrancármela como si fuera una máscara. Pero solo sentí mi propia piel bajo las yemas de los dedos. Cuando me arañé la mejilla, el reflejo de Julia presentó arañazos en el espejo. Me llevé la mano a la cabeza y me toqué el pelo. Aterrorizado, dejé caer el encendedor. Rebotó en el suelo de hormigón.

—Sal de mí —dije—. Sal de mí.

Me zumbaron los oídos, y la piel de Julia desapareció, flotando en el aire y posándose sobre ella. Solo que ahora ella tenía mi aspecto. Había dos Jacks en el espejo, uno al lado del otro.

—¿Mejor así? —preguntó Julia.

—No sé qué pretendes demostrar —dije, y respiré hondo.

Me incliné y recogí el encendedor.

—No pretendo demostrar nada. Solo te sondeo, Jack. ¿Y sabes qué he averiguado? Tienes un secreto, Jack. Y pensabas que no lo averiguaría.

—¿Sí?

—Pero lo he averiguado —dijo.

No sabía cómo interpretar sus palabras. Ya no estaba seguro de dónde me hallaba, y los cambios de aspecto me habían alterado tanto que había perdido la noción del tiempo.

—Te preocupa el tiempo, ¿verdad, Jack? —preguntó—. No tiene por qué preocuparte. Disponemos de mucho tiempo. Aquí todo está bajo control. ¿Vas a contarnos tu secreto, o tenemos que obligarte a contarlo?

Detrás de ella, veía las filas de pantallas del puesto de control. Las de las esquinas tenían una franja brillante a lo largo de la parte superior de la imagen, con letras que no podía leer. Vi que algunos de los gráficos presentaban un rápido ascenso, las líneas pasando de azul a amarillo y a rojo a medida que subían.

No hice nada.

Julia se volvió hacia los otros.

—Muy bien —dijo ella—. Obligadlo a hablar.

Los tres hombres vinieron hacia mí. Había llegado el momento de darles una lección. Había llegado el momento de activar mi trampa.

—No hay problema —dije.

Levanté el encendedor, lo accioné y acerqué la llama al rociador más cercano.

Los tres se detuvieron en seco. Me observaron.

Mantuve el encendedor con firmeza. El rociador se ennegreció a causa del humo.

Y no ocurrió nada.

La llama estaba fundiendo la punta de metal blando de la parte inferior del rociador. Gotas plateadas caían al suelo a mis pies. Y seguía sin ocurrir nada. Los rociadores no funcionaron.

—Mierda —exclamé.

Julia me observaba pensativamente.

—Buen intento. Muy imaginativo, Jack. Magnífica idea. Pero has olvidado una cosa.

—¿Qué?

—Existe un sistema de seguridad para toda la fábrica. Y cuando hemos visto que ibas hacia los depósitos de rociadores, Ricky ha desactivado el sistema: los dispositivos de seguridad, los rociadores. —Se encogió de hombros—. No tienes suerte, Jack.

Apagué el encendedor. No podía hacer nada más. Me quedé allí inmóvil, como un estúpido. Me pareció percibir un tenue olor en la sala, una especie de hedor dulzón y nauseabundo. Pero no estaba seguro.

—Ha sido un buen intento, no obstante —añadió Julia—. Pero ya basta. —Se volvió hacia los hombres y les hizo una señal con la cabeza. Los tres vinieron hacia mí.

—Eh, chicos, vamos... —No reaccionaron. Impasibles, me agarraron y empecé a forcejear—. Eh, vamos —me zafé de ellos—. ¡Eh!

—No nos lo compliques más, Jack —dijo Ricky.

—Vete a la mierda, Ricky —contesté, y le escupí a la cara un segundo antes de que me derribaran.

Confiaba en que el virus entrara en su boca. Confiaba en que eso lo entretuviera, en que tuviéramos que pelear, cualquier cosa valía con tal de ganar tiempo. Pero en cuanto me tuvieron en el suelo, se abalanzaron los tres sobre mí para estrangularme. Noté sus manos en mi cuello. Bobby me tapó la boca y la nariz. Intenté moverle. Mantuvo las manos firmemente en el sitio, mirándome con fijeza. Ricky me observaba con una distante sonrisa. Era como si no me conociera, como si no conservara el menor sentimiento hacia mí. Eran todos desconocidos, dispuestos a matarme de una manera rápida y eficaz. Los golpeé con los puños hasta que Ricky me inmovilizó un brazo con su rodilla, y Bobby el otro. Ya no podía moverme en absoluto. Intenté usar las piernas, pero tenía a Julia sentada encima, ayudándolos. El mundo empezó a desdibujarse ante mis ojos, en medio de una bruma tenue y gris. Pronto se oyó un ligero chasquido casi como el de una palomita de maíz en la freidora o un cristal al romperse. Y Julia gritó:

—¿Qué es eso?

Los tres me soltaron, y se levantaron. Se apartaron de mí. Me quedé en el suelo, tosiendo. Ni siquiera intenté ponerme en pie.

—¿Qué es eso? —repitió Julia.

Se reventó el primer tubo del pulpo, a cierta altura por encima de nosotros. Con un silbido, empezó a emanar un vapor marrón. Reventó otro tubo, y otro más. El silbido llenó la sala. El aire se volvía marrón oscuro, marrón y denso.

—¿Qué es eso? —volvió a gritar Julia.

—Es la cadena de ensamblaje —respondió Ricky—. Se ha sobrecalentado. Y está estallando.

—¿Cómo? ¿Cómo es posible?

Aún tosiendo, me incorporé y me levanté.

—No hay sistema de seguridad, ¿recordáis? Habéis desactivado los dispositivos. Ahora esta sala está llenándose de virus.

—No por mucho tiempo —replicó Julia—. Volveremos a conectar el sistema en dos segundos.

Ricky se encontraba ya ante el panel de control, tecleando desesperadamente.

—Buena idea, Julia —comenté.

Accioné el encendedor y lo acerqué al rociador.

—¡Para, Ricky! ¡Para!

Ricky se detuvo.

—Estáis perdidos tanto si lo hacéis como si no.

Julia se volvió colérica hacia mí.

—Te odio.

Su cuerpo empezaba ya a tener una tonalidad gris, monocroma. También Ricky estaba perdiendo el color. El virus que impregnaba el aire afectaba ya a sus enjambres.

Se produjo un breve chisporroteo desde los tentáculos más altos del pulpo. Al cabo de un momento se vio otro arco voltaico. Ricky lo advirtió y gritó:

—¡Olvídalo, Julia! ¡Tenemos que arriesgarnos!

Tecleó y conectó otra vez el sistema de seguridad. Las alarmas comenzaron a sonar. En los monitores aparecieron señales rojas por la excesiva concentración de metano y otros gases. En la pantalla principal se leyó el rótulo: SISTEMA DE SEGURIDAD ACTIVADO.

Y conos de lluvia marrón brotaron de los rociadores.

Lanzaron alaridos al contacto del agua. Se retorcían y empezaban a encogerse ante mis ojos. Julia tenía el rostro contraído. Me lanzó una mirada de puro odio. Pero ya comenzaba a disolverse. Cayó de rodillas y luego se desplomó de espaldas. Los otros rodaban por el suelo, gritando de dolor.

—Vámonos, Jack —alguien me tiraba de la manga. Era Mae—. Vámonos. La sala está llena de metano. Tenemos que salir.

Vacilé, mirando aún a Julia. Al cabo de un instante nos dimos media vuelta y echamos a correr.

DÍA 7

09.11

El piloto del helicóptero abrió las puertas cuando nos vio llegar corriendo a la plataforma. Saltamos al interior.

—¡Vámonos! —dijo Mae.

—He de insistir en que se abrochen los cinturones de seguridad antes... —contestó él.

—¡Ponga en marcha este trasto! —grité.

—Lo siento, son las normas, y es peligroso...

Por la puerta del grupo electrógeno empezó a salir humo negro, alzándose hacia el cielo azul del desierto.

El piloto lo vio y dijo:

—¡Agárrense!

Despegamos y partimos hacia el norte, trazando un amplio arco en torno al edificio. Todos los respiraderos cercanos al tejado despedían humo. Una bruma negra se alzaba en el aire.

—El fuego quema las nanopartículas y también las bacterias —informó Mae—. No te preocupes.

—¿Adónde vamos? —preguntó el piloto.

—A casa.

Voló hacia el oeste, y en unos minutos dejamos atrás la fábrica, que desapareció tras el horizonte. Mae estaba recostada en su asiento, con los ojos cerrados.

—Pensaba que iba a estallar —dije—. Pero han vuelto a activar el sistema de seguridad. Así que probablemente no estallará.

Ella guardó silencio.

—Siendo así, ¿por qué tanta prisa para salir de allí? —pregunté—. Y por cierto, ¿dónde estabas? No te encontraban.

—Estaba fuera —respondió—, en la unidad de almacenamiento.

—¿Qué hacías allí?

—He ido a buscar más termita.

—¿Había?

No oímos sonido alguno. Se produjo solo un destello amarillo que se extendió durante un instante por el horizonte y luego se desvaneció. Casi costaba creer que hubiera ocurrido. Pero el helicóptero se sacudió debido a la onda expansiva.

—¡Dios santo! —exclamó el piloto—. ¿Qué ha sido eso?

—Un desgraciado accidente industrial —contesté.

Cogió la radio.

—Mejor será que informe.

—Sí —dije—. Mejor será.

Seguimos hacia el oeste, y cuando entramos en California, vi la línea verde del bosque y las onduladas estribaciones de las sierras.

DÍA 7

23.57

Es tarde.

Casi las doce de la noche. La casa está en silencio. No sé cómo acabará esto. Los niños están muy enfermos, vomitando desde que les he dado el virus. Oigo las arcadas de mi hijo y mi hija, cada uno en un cuarto de baño. Hace unos minutos he entrado a ver cómo estaban, qué echaban. Estaban muy pálidos. Noto que tienen miedo, porque saben que yo tengo miedo. Aún no les he dicho lo de Julia. No me han preguntado. Ahora se encuentran demasiado mal para preguntar.

Me preocupa sobre todo la pequeña, porque también he tenido que darle el virus. Era su única esperanza. Ahora Ellen está con ella, pero también Ellen está vomitando. La pequeña aún no ha vomitado. No sé si eso es buena señal o no. Los niños de muy corta edad reaccionan de manera distinta.

Creo que estoy bien, al menos de momento. Estoy muy cansando. Creo que me he adormilado varias veces a lo largo de la noche. En este momento estoy sentado, mirando por la ventana de atrás, esperando a Mae. Ha saltado la cerca del fondo del jardín, y probablemente busca entre los arbustos de la pendiente que baja al otro lado, donde están los aspersores. Le ha parecido ver allí un tenue resplandor verde. Le he dicho que no fuera sola, pero estoy demasiado cansado para ir a por ella. Si espera hasta mañana, el ejército puede venir con lanzallamas y abrasar lo que quiera que haya.

El ejército no quiere darse por aludido con todo este asunto, pero tengo aquí en casa el ordenador de Julia, y un rastro de mensajes en su disco duro. Solo por prudencia, he quitado el disco duro. Lo he cambiado por otro y he guardado el original en una caja de seguridad en la ciudad. En realidad, no me preocupa el ejército. Me preocupa Larry Handler y los otros directivos de Xymos. Son conscientes de las demandas que les esperan. La compañía se declarará en quiebra en algún momento de la semana, pero aún está por esclarecerse la responsabilidad criminal. En especial la de Larry. No me echaría a llorar si lo mandaran a la cárcel.

Mae y yo hemos conseguido explicarnos la mayor parte de los acontecimientos de los últimos días. El sarpullido de mi hija se debió a los ensambladores gamma, las micromáquinas que ensamblaban las moléculas acabadas a partir de los fragmentos integrantes. Los ensambladores gamma debían de estar en la ropa de Julia cuando llegó a casa del laboratorio. A Julia le preocupaba esa posibilidad, y por eso se duchaba en cuanto llegaba. El laboratorio tenía un buen sistema de descontaminación, pero Julia interactuaba con los enjambres fuera del laboratorio. Conocía los riesgos.

En todo caso, aquella noche dejó accidentalmente los ensambladores sueltos en la habitación de la niña. Están diseñados para cortar microfragmentos de silicio, pero ante otro material dúctil como la piel también actúan. Es doloroso y provoca una especie de microtraumatismos que nadie había visto hasta la fecha, ni habría imaginado siquiera. No era raro que Amanda no hubiera tenido fiebre. No había infección. Tenía en la piel una capa de partículas cortantes. El campo magnético de la unidad de resonancia magnética la curó en el acto; la primera pulsación arrancó de ella todos los ensambladores. (Por lo visto, eso mismo le ocurrió al naturalista del desierto. De alguna manera entró en contacto con los ensambladores. Estaba acampado a menos de dos kilómetros de la fábrica de Xymos.)

Julia sabía qué le pasaba a Amanda, pero no se lo dijo a nadie. En lugar de eso, avisó al equipo de limpieza de Xymos, que se presentó en la casa en plena noche mientras yo estaba en el hospital. Solo Eric los vio, y ahora sé qué vio. Porque el mismo equipo ha llegado aquí hace unas horas para limpiar la casa. Eran los mismos hombres que yo vi en la carretera la noche del accidente.

El jefe del equipo lleva un traje plateado antimagnético, y presenta un aspecto fantasmal. Con la máscara da la impresión de que no tiene rostro. Se adelanta al resto para examinar el terreno. Luego otros cuatro hombres con mono lo siguen con aspiradoras. Yo le había dicho a Eric que lo había soñado, pero no era así. El equipo dejó uno de sus sensores bajo la cuna de Amanda. Eso fue intencionado, para detectar la posible presencia de ensambladores gamma residuales, por si se habían dejado alguna. No era un amortiguador de onda; simplemente estaba diseñado para parecerlo.

Cuando por fin he deducido todo esto, me he enfurecido con Julia por no decirme qué ocurría. Por angustiarme. Pero ella estaba enferma, claro está. Y de nada sirve enfadarse con ella ahora. Los ensambladores gamma cortaron el MP3 de Eric del mismo modo que los procesadores de los coches aparcados en el desierto y que la unidad de resonancia magnética. Por alguna razón los ensambladores cortan los chips de memoria y aíslan los procesadores centrales. Aún no tengo explicación para esto.

Aquella noche había un enjambre en el descapotable de Julia. La había acompañado por el desierto. Ignoro si lo trajo intencionadamente o no. El enjambre podía reducirse a la nada, razón por la cual Eric no lo vio cuando salió a mirar en el coche. Y yo no estaba seguro de lo que vi cuando ella arrancó, lo cual también era lógico. Probablemente el enjambre reflejaba la luz de una manera irregular. En mi memoria se parecía un poco a Ricky, pero quizá era demasiado pronto para que el enjambre adoptara apariencia humana. Aún no había evolucionado tanto. O tal vez vi una forma indistinta y, movido por los celos, lo tomé por un hombre. Creo que no lo imaginé, pero quizá sí. Eso piensa Ellen.

Después del accidente Julia llamó al equipo de limpieza. Por eso estaban en la carretera esa noche. Esperaban para bajar al pie del barranco y limpiar la zona. Desconozco la causa por la que el coche se salió de la carretera, si tuvo que ver con el enjambre o si realmente fue un accidente. Ahora ya no hay nadie que pueda contestar a esa pregunta.

El complejo industrial del desierto ha quedado completamente destruido. En el laboratorio principal había metano suficiente para crear una bola de fuego de más de mil grados. Cualquier materia orgánica se habrá incinerado. Pero aún estoy preocupado. No han encontrado cadáveres entre los escombros. Ni siquiera esqueletos.

Mae ha llevado el bacteriófago a su antiguo laboratorio de Palo Alto. Espero que consiga hacerles entender lo desesperada que es la situación. Hasta ahora no ha dado noticias. Creo que deberían echar los fagos al suministro de agua, pero Mae dice que el cloro los neutralizaría. Quizá debería haber un programa de vacunación. Que sepamos, el fago es eficaz en la eliminación de los enjambres.

A veces me zumban los oídos, lo cual es mala señal. Y noto una vibración en el pecho y el abdomen. No sé si es solo paranoia, o si realmente me pasa algo. Intento poner buena cara ante los niños pero es imposible engañarlos. Saben que tengo miedo.

El último misterio por despejar era por qué los enjambres siempre regresaban al laboratorio. Yo no le veía sentido. Le daba vueltas y más vueltas al asunto porque era un objetivo poco lógico. No se correspondía con las formulaciones de PREDPRESA. ¿Por qué había de volver un depredador a un lugar en particular?

En retrospectiva existía solo una posible respuesta, naturalmente. Los enjambres habían sido programados para regresar. El objetivo fue definido explícitamente por los programadores.

Pero ¿por qué introduciría alguien un objetivo así en el programa?

No lo he sabido hasta hace unas horas.

El código que Ricky me enseñó no era el verdadero código utilizado por las partículas. No podía mostrarme el autentico código, porque de inmediato habría descubierto lo que se había hecho. Ricky ni siquiera me lo dijo. Nadie me lo dijo.

Lo que más me molesta es un mensaje que he encontrado hace

unas horas en el disco duro de Julia. Iba dirigido a Ricky Morse, con un CC a Larry Handler, el presidente de Xymos, donde se perfilaba el procedimiento que debía seguirse para conseguir que el enjambre cámara funcionara con fuertes vientos. El plan consistía en soltar intencionadamente un enjambre en el medio ambiente.

Y eso habían hecho.

Simularon que fue una emanación accidental provocada por la ausencia de filtros de aire. Por eso Ricky me enseñó toda la fábrica y exageró sus quejas sobre el contratista y el sistema de ventilación. Pero nada de lo que me dijo era verdad. La emanación obedecía a un plan.

Fue intencionada desde el principio.

Al ver que no conseguían controlar el enjambre con vientos fuertes, intentaron hallar una solución. Fracasaron. Las partículas eran demasiado pequeñas y ligeras, y posiblemente no poseían inteligencia suficiente. Existían fallos de diseño desde el principio, y no podían resolverlos. Todo su multimillonario proyecto de defensa se iba a pique y no podían arreglarlo.

Así que decidieron que el enjambre lo arreglara por ellos.

Reconfiguraron las nanopartículas para incorporar energía solar y memoria. Reescribieron el programa para incluir un algoritmo genético. Y dejaron las partículas en libertad para que se reprodujeran y evolucionaran, y comprobar así si el enjambre podía llegar a aprender a sobrevivir por sí solo.

Lo consiguieron.

Era tan estúpido que resultaba sobrecogedor. No entendía cómo habían sido capaces de llevar a cabo un plan así sin prever las consecuencias. Como todo lo demás que había visto en Xymos, era algo improvisado, a medio hacer, preparado a toda prisa para solucionar problemas del presente sin tomar en consideración el futuro. Acaso esa fuera la manera de pensar propia de las empresas cuando se hallaban bajo presión, pero con tecnologías como aquella resultaba muy peligroso.

Ahora bien, la verdad era más complicada. La propia tecnología invitaba a tal comportamiento. Los sistemas de agentes distribuidos se organizaban por sí solos. Ese era su modo de funcionamiento, la esencia misma: uno los ponía en marcha y los dejaba a su aire. Era fácil acostumbrarse a eso. Era fácil acostumbrarse a tratar así a redes de agentes. La autonomía era la clave.

Pero una cosa era dejar en libertad a una población de agentes virtuales en la memoria de un ordenador para solucionar un problema y otra muy distinta poner en libertad a agentes reales en el mundo real.

En Xymos no vieron la diferencia. O no quisieron verla.

Y dejaron el enjambre en libertad.

El término técnico que describe este rasgo es «autooptimizacion». El enjambre se desarrolla por sí solo, los agentes con menos éxito se extinguen, y los agentes con más éxito se reproducen en la siguiente generación. Después de una decena o un centenar de generaciones, el enjambre evoluciona hacia una solución mejor. Una solución óptima.

Esto ocurre continuamente en el ordenador. Se utiliza incluso para generar nuevos algoritmos informáticos. Danny Hillis fue uno de los que primero lo intentó hace años, para optimizar un algoritmo de clasificación, para ver si el ordenador era capaz de encontrar por si solo la manera de mejorar su rendimiento. El programa descubrió un nuevo método. Otros programadores siguieron pronto su ejemplo.

Pero no se ha puesto en práctica con robots autónomos en el mundo real. Que yo sepa esta era la primera vez. Quizá ya haya pasado antes, y simplemente no nos hemos enterado. Sea como sea, estoy seguro de que volverá a ocurrir.

Y pronto probablemente.

Son las dos de la madrugada. Por fin los niños han dejado de vomitar. Se han ido a dormir. Parece que están tranquilos. La pequeña duerme. Ellen aún tiene náuseas. Yo debo de haberme adormilado otra vez. No sé qué me ha despertado. Veo que Mae sube por la pendiente desde detrás de la casa. La acompaña el tipo del traje plateado y el resto del equipo de SSVT. Viene hacia mí. Veo que sonríe. Espero que traiga buenas noticias.

En este momento no me vendría mal una buena noticia.

El mensaje original de Julia dice: «No tenemos nada que perder». Pero al final lo han perdido todo: la empresa, la vida, todo. Y lo irónico es que el procedimiento dio resultado. El enjambre resolvió, en efecto, el problema que le habían planteado.

Pero luego siguió adelante, siguió evolucionando.

Y ellos lo permitieron.

No sabían lo que hacían.

Me temo que ese será el epitafio de la especie humana.

Tengo la esperanza de que no lo sea.

Quizá tengamos suerte.

BIBLIOGRAFÍA

Esta novela es por completo ficticia, pero los programas de investigación en que está basada son reales. Las siguientes referencias pueden ayudar al lector interesado a documentarse mejor acerca de la creciente convergencia entre genética, nanotecnología e inteligencia distribuida.

ADAMI, Christoph, *Introduction to Artificial Life,* Springer-Verlag, Nueva York, 1998.

BEDAU, Mark A., John S. McCASKILL, Norman H. PACKARD y Steen RASMUSSEN, *Artificial Life VII, Proceedings of the Seventh International Conference on Artificial Life,* MIT Press, Cambridge, Mass., 2000.

BENTLEY, Peter, ed., *Evolutionary Design by Computers,* Morgan Kaufmann, San Francisco, 1999.

BONABEAU, Eric, Marco DORIGO y Guy THERAULAZ, *Swarm Intelligence: From Natural to Artificial Systems,* Oxford University Press, Nueva York, 1999.

BRAMS, Steven J., *Theory of Moves,* Cambridge University Press, Nueva York, 1994.

BROOKS, Rodney A., *Cambrian Intelligence,* MIT Press, Cambridge, Mass., 1999.

CAMAZINE, Scott, Jean-Louis DENEUBOURG, Nigel R. FRANKS, James SNEYD, Guy THERAULAZ y Eric BONABEAU, *Self-Organization in Biological Systems,* Princeton, Princeton, 2001. Véase especialmente el capítulo 19.

CARO, T. M. y Clare D. FITZGIBBON, «Large Carnivores and Their Prey». En Crawley, *Natural Enemies,* 1992.

CRANDALL, B. C., «Molecular Engineering», en B. C. Crandall, ed., *Nanotechnology,* MIT Press, Cambridge, Mass., 1996.

CRAWLEY, Michael J., ed., *Natural Enemies: The Population Biology of Predators, Parasites, and Diseases*, Blackwell, Londres, 1992.

DAVENPORT, Guy, trad., *7 Greeks*, New Directions, Nueva York, 1995.

DOBSON, Andrew P., Peter J. HUDSON y Annarie M. LYLES, «Macroparasites», en Crawley, *Natural Enemies*, 1992.

DREXLER, K. Eric, *Nanosystems, Molecular Machinery, Manufacturing, and Computation*, Wiley & Sons, Nueva York, 1992.

—, «Introduction to Nanotechnology», en Krummenacker y Lewis, *Prospects in Nanothechnology*.

EWALD, Paul W., *Evolution of Infectious Disease*, Oxford University Press, Nueva York, 1994.

FERBER, Jacques, *Multi-Agent Systems: An Introduction to Distributed Artificial Intelligence*, Addison-Wesley, Reading, Mass., 1999.

GOLDBERG, David E., *Genetic Algorithms in Search, Optimization and Machine Learning*, Addison-Wesley, Boston, 1989.

HASSELL, Michael P., *The Dynamics of Competition and Predation*. Institute of Biology, Studies in Biology N.º 72, Edward Arnold, Londres, 1976.

—, y H. Charles J. GODFRAY, «The Population Biology of Insect Parasitoids», en Crawley, *Natural Enemies*, 1992.

HOLLAND, John H., *Hidden Order: How Adaptation Builds Complexity*, Perseus, Cambridge, Mass., 1996.

KELLY, Kevin, *Out of Control*, Perseus, Cambridge, Mass., 1994.

KENNEDY, James y Russell C. EBERHART, *Swarm Intelligence*, Academic Press, San Diego, 2001.

KOHLER, Timothy A., y George J. GUMERMAN, *Dynamics in Human and Primate Societies: Agent-Based Modeling of Social and Spatial Processes*, Oxford University Press, Nueva York, 2000.

KORTENKAMP, David, R. Peter BONASSO y Robin MURPHY, *Artificial Intelligence and Mobile Robots*, Cambridge, Mass., MIT Press, 1998.

KOZA, John R, «Artificial Life: Spontaneous Emergence of Self-Replicating and Evolutionary Self-Improving Computer Programs», en Langton, ed., *Artificial Life III*.

KRUMMENACKER, Markus y James LEWIS, eds., *Prospects in Nanotechnology: Toward Molecular Manufacturing*, Wiley & Sons, Nueva York, 1995.

KRUUK, Hans, *The Spotted Hyena: A Study of Predation and Social Behavior*, University of Chicago Press, Chicago, 1972.

LANGTON, Christopher G., ed., *Artificial Life*, Santa Fe Institute Studies in the Sciences of Complexity, Proc. Vol. VI, Addison-Wesley, Reading, Mass., 1989.

—, ed., *Artificial Life III*, Santa Fe Institute Studies in the Sciences of Complexity, Proc. Vol. XVII, Addison-Wesley, Reading, Mass., 1994.

—, Charles Taylor, J. Doyne Farmer y Steen Rasmussen, eds., *Artificial Life II*, Santa Fe Institute Studies in the Sciences of Complexity, Proc. Vol. X, Addison-Wesley, Redwood City, Calif., 1992.

Levy, Steven, *Artificial Life*, Pantheon, Nueva York, 1992.

Lyshevsky, Sergey Edward, *Nano – and Microelectromechanical Systems: Fundamentals of Nano – and Microengineering*, CRC Press, Nueva York, 2001.

Millonas, Mark M., «Swarms, Phase Transitions, and Collective Intelligence», en Langton, ed., Artificial Life III.

Mitchell, Melanie, *An Introduction to Genetic Algorithms*, MIT Press, Cambridge, Mass., 1996.

Nishimura, Shin I., «Studying Attention Dynamics of a Predator in a Prey-Predator System», en Bedau *et al.*, *Artificial Life VII*.

—, y Takashi Ikegami, «Emergence of Collective Strategies in a Prey-Predator Game Model», *Artificial Life*, V. 3, n.º 4, 1997, p. 423 ff.

Nolfi, Stefano, «Coevolving Predator and Prey Robots: Do "Arms Races" Arise in Artificial Evolution?», *Artificial Life*, otoño de 1998, V. 4, 1998, p. 311 ss.

—, y Dario Floreano, *Evolutionary Robotics: The Biology, Intelligence, and Technology of Self-Organizing Machines*, MIT Press, Cambridge, Mass., 2000.

Reggia, James A., Reiner Schulz, Gerald S. Wilkinson y Juan Uria-Gereka, «Conditions Enabling the Evolution of Inter-Agent Signaling in an Artificial World», *Artificial Life*, V. 7, 2001, p. 3.

Reynolds, Craig R., «An Evolved, Vision-Based Model of Obstacle Avoidance Behavior» en Langton, ed., *Artificial Life III*.

Schelling, Thomas C., *Micromotives and Macrobehavior*, Norton, Nueva York, 1978.

Solem, Johndale C., «The Motility of Microrobots», en Langton, *et al.*, *Artificial Life III*.

Wooldridge, Michael, *Reasoning About Rational Agents*, MIT Press, Cambridge, Mass., 2000.

Yaeger, Larry, «Computational Genetics, Physiology, Metabolism, Neural Systems, Learning, Vision, and Behavior of PolyWorld; Life in a New Context», en Langton, ed., *Artificial Life III*.